THOMAS ERLE

DAS LIED DER WÄCHTER

DER GESANG

THOMAS ERLE

DAS LIED DER WÄCHTER

ROMAN

DER GESANG

GMEINER SPANNUNG

Bisherige Veröffentlichungen im Gmeiner-Verlag:
Das Lied der Wächter – Das Erwachen (2018);
Mörderisches Freiburg (2018); Hochburg (2017); Höllsteig (2015);
Freiburg und die Regio für Kenner (2015); Blutkapelle (2014);
Teufelskanzel (2013)

Im Ehnried 5, 88605 Meßkirch
Telefon 0 75 75 / 20 95 - 0
info@gmeiner-verlag.de

1. Auflage 2019

Lektorat: Claudia Senghaas
Herstellung: Mirjam Hecht
Umschlaggestaltung: U.O.R.G. Lutz Eberle, Stuttgart
unter Verwendung eines Fotos von: © hfox / fotolia.com
S. 7: Lyrics from «Songs From the Wood« written by Ian Anderson © 1977,
The Ian Anderson Group Of Companies Ltd,
administered by BMG Rights Management (UK) Ltd
Druck: GGP Media GmbH, Pößneck
Printed in Germany
ISBN 978-3-8392-2354-3

Personen und Handlung sind frei erfunden.
Ähnlichkeiten mit lebenden oder toten Personen
sind rein zufällig und nicht beabsichtigt.

WAS BISHER GESCHAH ...

Seit einem verheerenden Atomunfall am Oberrhein vor 16 Jahren gilt der Schwarzwald als verstrahlt und unbewohnbar. Nach der Totalevakuierung der Bevölkerung haben die Behörden die gesamte Region zur Sperrzone erklärt.

Am Tag seines 16. Geburtstages erfährt Felix von der Frau, die er für seine Mutter hielt, dass seine Eltern an jenem verhängnisvollen Tag auf einer Bergtour unterwegs waren und seither als vermisst gelten. Er fühlt sich getäuscht, ist wütend und verzweifelt. Doch das Testament seines verstorbenen Onkels weckt die Hoffnung in ihm, dass seine Eltern noch leben könnten.

Felix beginnt seine abenteuerliche Suche. Es gelingt ihm, in die streng bewachte verbotene Zone vorzudringen, wo er die mysteriöse Lena kennenlernt und erfährt, dass die Regierung seit Jahren ein falsches Spiel spielt. Denn die Gefahr, die in dem verstrahlten Gebiet lauert, ist so viel größer, als sich die Menschen vorstellen können: Eine unerklärliche Kraft scheint alles Leben zu bedrohen ...

»Ich will dir Lieder aus dem Wald singen …«

- Ian Anderson, Songs from the wood, 1977

4. KAPITEL

Die ersten zarten Strahlen des Morgenlichtes kämpften sich durch das Dickicht der Zweige und Äste, fingen sich im Dunkel der Fichtennadeln und frisch aufgebrochener Blattknospen von Buchen, Eichen und Birken. Tautropfen funkelten versteckt in schillernd-irisierenden Farben. Die Feuchte der Nacht stieg in dünnen, kaum wahrnehmbaren Schleiern aus satten Moospolstern.

Felix hatte kaum ein Auge für die zaghafte Schönheit des beginnenden Tages. Der Abstieg ins Höllental war weitaus schwieriger, als er es sich vorgestellt hatte. Der Steilhang unterhalb des Felsens, von dem er sich abgeseilt hatte, war dicht mit mannshohen Tannen bewachsen, deren ausladende Wedel ihm ein nahezu undurchdringliches Hindernis entgegenstellten. Mit beiden Armen musste er sich vorwärtskämpfen. Brombeerranken zerkratzten ihm die Hände. Über seine Stirn lief ein schmaler, blutender Strich. Nasse Spinnweben wehten über sein Gesicht. Der Rucksack wog schwer und schlug bei jedem Schritt auf seine Schultern. Dick mit Moos überwachsene Felsen wechselten sich mit grauem, losem Geröll, das unter seinen Füßen nachgab, ab. Ständig musste er aufpassen nicht abzurutschen.

Felix blieb für einen Moment stehen, um zu verschnaufen. Er stützte sich an einen Felsblock und wischte sich den Schweiß von der Stirn.

»Steig hinunter bis zur Talsohle. Dann folge dem Bach aufwärts bis nach Hinterzarten.« Georgs Beschreibung hatte einfach und klar geklungen. Doch von einem Pfad war nichts zu sehen. Um ihn herum dehnte sich undurchschaubares Grün. Es blieb ihm nichts anderes übrig, als weiter zu versuchen, sich irgendwie abwärtszuhangeln. Irgendwann würde er unten ankommen.

Die Abrisskante kam so plötzlich, dass er um ein Haar ins Leere getreten wäre. Im letzten Moment hielt er sich am Stamm einer verkrüppelten Kiefer fest. Direkt vor ihm fiel eine Mauer gut fünf Meter senkrecht abwärts.

Vorsichtig spähte Felix nach unten. Direkt unter ihm verlief eine schmale Trasse, die aus dem Fels herausgeschlagen war. Zwischen Büschen, toten Bäumen und Gras schimmerten die parallel verlaufenden Eisenbahnschienen hervor. Felix hatte in der Schule von der ehemaligen Höllentalbahn gehört. Die Bahnlinie von Freiburg durch den Schwarzwald ins Schwäbische galt als Meisterwerk der Technik aus dem 19. Jahrhundert.

Dass die Natur sich in 16 Jahren einen Großteil zurückgeholt hatte, überraschte Felix nicht. Seit er von Freiburg aufgebrochen war, hatte er auf seinem Weg über Waldkirch und das Simonswälder Tal bis hinauf zur ehemaligen B 500 immer wieder die Kraft der Natur bestaunen können.

Felix ließ seinen Blick weiterwandern. Zu seiner rechten Seite sah er schräg unter sich einen Tunnelausgang. Der Fels, durch den der Tunnel geschlagen war, ragte ein gutes Stück ins Tal hinein, sodass ihm der Blick weiter talabwärts verwehrt war. Direkt unterhalb waren von beiden Seiten der Schlucht riesige Steinbrocken abgestürzt. Die gesamte Breite war versperrt. Davor hatte sich ein See aufgestaut. Die ehemalige Straße, die sich die Engstelle mit der Bahnlinie teilen musste, war nicht mehr zu sehen und trat erst einige Hundert Meter oberhalb wieder aus dem Wasser hervor. Aus der spiegelglatten Oberfläche ragten Schilfinseln und abgebrochene Baumstrünke heraus, am Rande des Sees wuchsen Brennnesseln, Binsen und hohe Gräser. Weiter talaufwärts erstreckte sich über die gesamte Breite des Tals ein hellgrüner Teppich aus Bäumen und Buschwerk.

Wenigstens wusste Felix jetzt, wo er war. Doch er sah sofort, dass es nicht einfacher werden würde. Die Stützmauer der Bahntrasse stellte ein unüberwindbares Hindernis dar. Die fest aneinandergefügten Steine fielen nahezu senkrecht nach unten. Für einen Sprung war es zu hoch. Nach links ging es so steil nach oben, dass er dort nicht weiterklettern konnte. Dagegen entdeckte er auf der anderen Seite etwas, was ihm Mut machte. Etwa 20 Meter von der Stelle aus, an der er stand, sah er mehrere über den Hang gespannte dicke Metallseile, dazwischen die Reste eines großmaschigen Netzes, das anscheinend der Hangbefestigung gedient hatte.

Die Verankerung war noch so gut intakt, dass sich Felix daran entlanghangeln konnte. Einige Meter weiter wand sich die Bahnstrecke um eine Kurve und verschwand im Berg. Kurz vor dem schwarzen Halbrund des Tunnelausgangs entdeckte Felix endlich eine Stelle, an der er es riskieren konnte, nach unten zu steigen.

Fast hatte er es geschafft, als er doch noch ins Straucheln geriet. Unter seinem Fuß löste sich ein Stein, er trat ins Leere, mit seinen Händen fand er an der glatten Wand keinen Halt. Die letzten Meter rutschte er inmitten von Erde, Geröll und kleinen Steinchen nach unten und landete unsanft auf seinem Hintern im Schotter des alten Gleisbettes.

Zum Glück hatte er sich nicht verletzt. Er rappelte sich auf und bahnte sich den Weg weiter nach unten, bis er den Rand des Wassers erreichte. Es war eine Wohltat, den Rucksack endlich abstreifen zu können. Er stellte ihn auf einem herabgestürzten Felsbrocken ab, dann zog er seine Jacke aus, knüpfte sein Hemd auf und kniete sich auf den Boden ins Gras. Er tauchte seine Hände in die kühle Flüssigkeit und fuhr sich ein paarmal über sein Gesicht und den Nacken. Die Erfrischung tat ihm gut. Er trank ein paar Schluck Wasser, das Essen im Rucksack ließ er unangetastet. Auch wenn er damit rechnete, spätestens morgen auf die Spuren von Josef zu treffen, wollte er mit den Vorräten sparsam sein. Die Tage, an denen er und Lena sich von kaum genießbaren Dosenbohnen ernähren mussten, waren ihm noch in lebhafter Erinnerung.

Die Sonne hatte noch nicht den Talgrund erreicht. Dennoch war es inzwischen deutlich heller geworden. Felix ließ den Blick über den Abhang wandern, den er heruntergekommen war. Aus der Entfernung kam er ihm noch undurchdringlicher und steiler vor, als er es erlebt hatte. Doch er hatte es geschafft! Gerne hätte er Lena noch einmal zugewunken, doch der Fels, von dem er sich abgeseilt hatte, war nicht mehr auszumachen. Bestimmt war sie in der Zwischenzeit wieder zu Hause bei ihren Leuten auf dem Hof, die ihn so freundlich und hilfreich aufgenommen hatten.

Die gegenüberliegende Seite des Tals war dicht mit Nadelbäumen versehen. Sie schien weniger steil zu sein und wirkte nicht ganz so schroff und abweisend. Irgendwo dort oben hinter dem Bergrücken war Felix' Ziel. Er musste den Mann finden, der sich selbst Sepp nannte und von dem er wusste, dass er irgendwo am Fuße des Feldbergs wohnte.

Felix tastete nach dem kleinen silbernen Segelboot, das um seinen Hals hing. Seit er wusste, dass es das Gegenstück gab, war ihm die Hoffnung, dass seine Eltern noch lebten, zur Gewissheit geworden. Er würde alles daransetzen, Mutter und Vater zu finden. Und mit Sepp hatte er die erste konkrete Spur. Felix brannte darauf herauszufinden, wo der Fremde, den Georg zufällig unterwegs getroffen hatte, das Amulett herhatte.

Für einen Moment überlegte er, ob er es riskieren sollte, den Hang hinaufzusteigen, um sich dann direkt in Richtung

Feldberg durchzuschlagen. Doch dann erinnerte er sich an die Worte von Georg, als dieser ihm die Kartenskizze aufgezeichnet hatte. »Die südliche Talseite ist für dich vollkommen tabu. Halte dich fern, so weit wie möglich. Dein Weg ist entlang des Baches und weiter hinauf nach Hinterzarten!«

Felix seufzte. Er zog seine Jacke wieder an und schulterte den Rucksack. Er war froh, dass Lenas Bruder ihm die nötigen Tipps gegeben hatte. Schon mehr als einmal hatte er erleben müssen, welch schreckliche Gefahren sich hinter einem harmlosen Anblick verbargen. Er war allein. Wenn er in die Fänge der Spinne geraten würde, hätte er kaum eine Chance sich zu befreien.

Zum Glück reichte das aufgestaute Wasser nur wenige Hundert Meter das Tal hinauf. Doch Felix hatte sich zu früh gefreut. Der Boden war feucht und schlammig, überall breiteten sich Pfützen und verschlungene Wasserarme aus. Alle paar Schritte sank sein Fuß bis über den Knöchel in den Morast. Es gab nur wenige Steine, auf denen er entlangbalancieren konnte. Der Bach, bis zu dem er sich vorgekämpft hatte, war durch unzählige aufgestaute und angeschwemmte Äste, Zweige, Baumwurzeln und Steinbrocken unpassierbar.

Inzwischen hatten ihn ganze Schwärme von Mücken entdeckt. Sie stürzten sich auf jede freie Stelle, an der seine Haut zum Vorschein kam. »Immer am Wasser entlang!« Felix fluchte, als er vor sich hin stapfte und abwechselnd mit seinen Händen wedelte und sich den Schweiß aus der Stirn wischte. Seine Hosenbeine waren bis zum Knie hoch nass und dreckverschmiert, an seinen Schuhen hingen fette Erdbrocken.

Er wusste nicht, wie lange er gegangen war, als sich innerhalb weniger Meter das Gelände änderte. Seine Füße fanden auf festem Boden Halt, die niedrigen Wasserpflanzen wichen Gras, die Erde war trocken und sandig. Felix hob den Blick.

Er stand am Rand eines Birkenwäldchens. Je weiter er vorwärtsdrang, desto dichter standen die Bäume. In allen Größen breiteten sie sich um ihn aus. Der Anblick der hellen Rinde und der zarten Zweige, an denen die jungen Blättchen in hellem Grün tanzten, hellte Felix' Stimmung sofort auf.

Doch schon bald darauf merkte er, dass sich seine Lage nicht verbessert hatte. In dem dichten Blätterwald hatte er große Mühe, die Orientierung zu behalten. Der Blick war in alle Richtungen gleich. Er kam sich vor wie ein Schwimmer in einem grünen Meer. Selbst die Sicht auf die Berghänge zu beiden Seiten des Tals wurde die meiste Zeit von Ästen und Blättern verdeckt. Je weiter er vorwärtsdrang, desto höher wurden die Birken. Gleichzeitig schufen sie Platz für Heidelbeerbüsche, Brombeerhecken, Vogelbeeren und Brennnesseln, die es ihm allesamt zusätzlich erschwerten, sich einen Weg zu bahnen.

Die Bäume am Rande des Baches ragten deutlich höher hervor. Felix entschloss sich, auf eine der Erlen zu klettern. Was er sah, versetzte seinem Optimismus einen weiteren Dämpfer: Die Sonne stand bereits hoch, und er hatte erst etwa die Hälfte der Strecke zurückgelegt. Nach seiner Schätzung mussten es noch mindestens zwei Kilometer sein, bis er den Aufstieg am Ende des Tals erreichen würde.

Zu seiner Linken sah er eine schmale Linie von Bäumen, die sich am Fuße des Berghanges stetig aufwärtswand. Das musste die Bahnlinie sein, über die er heruntergekommen war. Warum sollte er es nicht dort versuchen? Die Schienen würden ihn ohne Umwege direkt zum Ziel führen, dass zwischenzeitliche Klettern über Hindernisse würde er dafür gerne in Kauf nehmen.

Felix prägte sich die Richtung ein und kletterte den Baum hinunter. Er hielt sich nach links, bis er das überwucherte

Asphaltband der Straße erreicht hatte. Von dort konnte er den Hang zu den Gleisen emporklettern. Der Blick zurück zeigte ihm, dass er richtig gehandelt hatte. Es war keine Besserung in Sicht. Das grüne Meer zu seinen Füßen erstreckte sich ohne Unterbrechung weiter talaufwärts. Auf der Bahnlinie hatte er die Chance, in wesentlich kürzerer Zeit sein Ziel zu erreichen.

Felix entschloss sich, nach den Anstrengungen eine Pause einzulegen. Er aß einen der Äpfel, die Lenas Mutter eingepackt hatte. Er war noch vom Vorjahr und hatte eine verschrumpelte, fleckige Schale. Dennoch schmeckte er süß und kam ihm besser vor als alle, die er zu Hause aus dem Supermarkt gegessen hatte.

Ehe er weiterging, ermahnte er sich, dass er die Vorsicht nicht außer Acht lassen durfte. Er aß den Apfel bis auf den Stiel auf, dann zog er das hölzerne Kästchen aus der Tasche. Das Abschiedsgeschenk der Riesles, das ihm Lena heute Morgen kurz vor ihrer Trennung gegeben hatte. Er schob den kleinen Riegel zur Seite und klappte den Deckel auf. Das in grauen Filz eingeschlagene Rindenstück war kaum größer als ein Golfball. Die schwarzbraune Oberfläche war mit zahlreichen Kerben durchfurcht. Warmes, pulsierendes Leuchten strömte ihm entgegen. Winzige Leuchtpunkte strahlten in irisierenden Regenbogenfarben. Es war, als liefen unzählige Glühwürmchen auf unsichtbaren Bahnen und hüllten die längst abgestorbene Borke in geheimnisvolles Licht. Felix konnte den Blick kaum lösen. Vorsichtig nahm er den Wegweiser heraus. Die Berührung mit den Fingern ließ die Farben noch ein Stück mehr aufleuchten. Auf seiner Handfläche breitete sich eine angenehme Wärme aus, die in seinen ganzen Körper strömte.

Während der Tage bei Lena auf dem Hof hatte Felix ein paarmal versucht, Näheres über die geheimnisvollen Rindenstücke zu erfahren, von denen außer den Jüngsten jeder der Bewohner ein eigenes Exemplar besaß. Doch selbst von Lena war keine Antwort zu bekommen gewesen, die ihn zufriedengestellt hatte.

»Es funktioniert«, hatte sie auf seine Frage geantwortet. »Du hast es selbst gesehen. Wie und warum, weiß keiner.«

Felix erinnerte sich lebhaft an den Tag, an dem sie die Soldaten in den Wald verfolgt hatten. Lena war vorausgegangen und hatte mithilfe der leuchtenden Rinde einen Weg gefunden, der sie sicher durch die Spinnenarme der geheimnisvollen Kraft geführt hatte. Mit Schaudern dachte Felix an das Erlebnis mit dem Soldaten, der eine Abkürzung gewählt hatte und vor seinen Augen plötzlich von unerklärlicher Lähmung befallen wurde. Lena hatte ihm gezeigt, wie die Farben wie winzige Lebewesen reagierten. Sie wurden langsamer und stumpften ab, wenn sie in die Nähe der tödlichen Kraft kamen, sie leuchteten lebendig und vielfältig, solange keine Gefahr drohte. Lena und ihre Leute nannten die Borkenstücke »Wegweiser«. Für sie war es die einzige Möglichkeit, sich abseits bekannter Wege durch den Schwarzwald zu bewegen.

Felix stand auf und hielt das Rindenstück in Brusthöhe auf der offenen Hand. Langsam drehte er sich einmal herum, die Farben leuchteten unverändert. Zufrieden schnallte er den Rucksack wieder auf und setzte seinen Weg auf den Bahnschwellen fort.

Natürlich hatte er nicht erwartet, dass er auf der Trasse ohne Probleme vorwärtskommen würde. Die Natur hatte auch dieses Zeichen der Zivilisation Stück für Stück zurückerobert. Die groben Steine im Schotterbett zwischen den Holzschwellen hatten nicht viel bewirkt. Große Teile der Bahntrasse waren überwuchert, dazwischen lagen unzählige Steine und Felsbrocken, die vom Berghang abgebrochen waren. An einer Stelle musste er über einen Bergrutsch klettern, der die Schienen mit einem riesigen Geröllhaufen überzogen hatte.

Doch spätestens seit ihrer mühsamen Klettertour auf der alten Straße im Wildgutachtal wusste Felix, wie er sich bewegen musste. Zwar ging es nicht so rasch vorwärts, wie er es sich erhofft hatte, dennoch war es eine große Erleichterung gegenüber dem undurchschaubaren Grün, das unter ihm in der Talsenke lag.

Nach etwa einer halben Stunde tauchte neben den Gleisen ein Haus auf. Über die ausgebleichten Holzschindeln an der Außenseite wucherte ein riesiger Efeu, dessen Ranken sich bis über das Dach empor ausgebreitet hatten. Fenster und Türen waren hinter dunklem Laub verborgen. An der Frontseite erkannte Felix die Reste eines hölzernen Vorbaus, der wohl früher als Wetterschutz gedient hatte. Der asphaltierte Vorplatz ließ ihn vermuten, dass das Haus früher einmal ein Bahnhof oder ein Haltepunkt gewesen war. Über der Tür hing ein halb heruntergestürztes Holzschild. Felix musst den Kopf zur Seite legen, um die fast gänzlich verwitterte Aufschrift entziffern zu können. »Höllsteig«.

Felix hielt sich nicht lange auf, sondern balancierte auf den Bahnschwellen weiter vorwärts. Schon nach wenigen Schritten erreichte er eine Stelle, an der das Gelände zu beiden Seiten unvermutet steil abbrach. Direkt vor ihm verengten sich die Gleise zu einer Brücke, die über mehrere Hundert Meter in sanftem Bogen zur gegenüberliegenden Seite führte, von wo sich die Schienen irgendwo am Berg verloren. Vom Tal herauf wand sich in mehreren engen Kurven die Straße den Berg hoch. Links sah Felix die Öffnung einer bewaldeten Schlucht, von dessen Grund das Wasser eines schmalen

Baches heraufschimmerte. Auf der rechten Seite lagen tief unter ihm die Dächer mehrerer großer Häuser. Der Bach, dem er ursprünglich folgen wollte, war unter Pappeln und Erlen nur undeutlich zu erkennen. Er kam von irgendwo am Ende des Tales den Berg herunter.

Er hatte das Ende des Höllentals erreicht.

Bisher hatte Felix alle paar Hundert Meter die Umgebung mit seinem Wegweiser geprüft. Auch jetzt zog er ihn heraus und betrachtete die winzigen Leuchtpunkte. Alles war unverändert, der Weg über die Gleise schien ungefährlich. Vorsichtig bewegte sich Felix bis zum Rand der Brücke. Auf den ersten Blick schien das Bauwerk unversehrt. Auf mächtigen Steinbögen überwand die Bahnstrecke die tief eingeschnittene Schlucht. Dennoch wusste Felix sofort, dass es hier für ihn nicht weitergehen würde. Schon bei der Brücke über die Wilde Gutach und erst recht bei ihrem missglückten Aufstieg den Zweribachfall entlang hatte ihn seine Angst vor der Höhe gelähmt. Der Gedanke, auf diesem kaum abgesicherten Schienenstrang über die gähnende Tiefe gehen zu müssen, war unerträglich. Selbst wenn er dadurch ein großes Stück des Weges würde abkürzen können. Es würde ihm nichts anderes übrig bleiben, als bis zu dem ehemaligen Bahnhofsgebäude zurückzugehen. Dort meinte er, einen Feldweg gesehen zu haben, der hinunter ins Tal führte.

Er hatte richtig vermutet. Nur wenige Schritte hinter dem kleinen Bahnhof bog ein Weg ab. Unter einer Stahlbrücke hindurch führte der Pfad entlang des Hanges steil nach unten. Die Sonne, die jetzt zunehmend an Kraft gewann, blitzte durch die großen fünffingrigen Blätter mächtiger Kastanien, die den Weg entlang der Talseite säumten. Von Weitem sah Felix inmitten des Birkenwaldes den hellen Glockenturm einer Kapelle.

Der Weg endete an einer schmalen Brücke, die einen tief

eingeschnittenen Bach überspannte. Direkt dahinter erhob sich auf der linken Seite ein stattliches Gebäude. Es war im Stil der ehemaligen Schwarzwaldhäuser gebaut. Ein riesiges Dach beherrschte wie eine Haube mehrere Stockwerke, an deren Vorderseite jeweils ein Balkon entlanglief. An der breiten Treppe, die zum Eingang nach oben führte, begrüßte ein Schild die Gäste: »Zum Hofgut Sternen, Best Western Hotel«. In einem schmiedeeisernen Kasten waren sogar noch die verblichenen Reste der Speisekarte zu sehen.

Ein riesiges Gemälde auf der Außenmauer unter dem Dach erregte Felix' Aufmerksamkeit. Es stellte eine Szene aus einer anderen Zeit dar. Herren und Damen in prächtigen Gewändern, eine Postkutsche mit Pferden und Dienerschaft, dahinter bewaldete Bergrücken. »Marie Antoinette zu Gast 1770«. Felix musste schmunzeln. Er bezweifelte, dass das Hotel vor ihm schon so alt war. Doch das Bild sah hübsch aus und verlieh dem verlassenen Gebäude einen Hauch von Historie.

Das Haus direkt gegenüber war genauso hoch, aber wesentlich schlichter gestaltet. Mit seinen in regelmäßigen Abständen angeordneten Fenstern und dem steinernen Treppenaufgang erinnerte es an ein Verwaltungsgebäude. Felix sprang die Stufen hinauf und drückte die Türklinke herunter. Es war abgeschlossen. Auf Augenhöhe war an die Außenwand ein schlichtes Schild geschraubt. »Goethe war hier zu Gast am 29.9.1779.«

Die übrigen Gebäude ließen Felix vermuten, dass in den Jahren vor dem großen Unglück, das zur Evakuierung und Absperrung des Schwarzwaldes geführt hatte, hier ein reges touristisches Treiben geherrscht hatte. Ein flacher moderner Bau war als Glasmanufaktur ausgewiesen. Durch die Scheiben erkannte Felix jede Menge gläserne Kugeln, Vasen,

Becher, Schalen sowie Tiere und Pflanzen in allen Formen und Farben. Felix wollte sich nicht damit aufhalten, hier etwas Brauchbares zu suchen, zumal wie bei dem Haus zuvor die Tür abgeschlossen war. Auf der anderen Seite eines kleinen Hofes, in dem noch die typischen Holztische und Stühle eines früheren Restaurantbetriebes standen, hatte er mehr Glück. Die Tür hing schräg in den Angeln, sodass er sie ohne Mühe aufstoßen konnte. Er fand sich in einem Raum wieder, der wohl einmal als Gaststätte gedient hatte. Überall standen Tische und Stühle. An zwei Seiten gab es Serviertheken mit leeren Schüsseln und Stapeln von Tellern. »Schwarzwälder Kirschtorte – täglich frisch gebacken!« Das Schild hing vor einer völlig leeren Theke, deren eingestaubte Kuchenteller nichts mehr von den ehemaligen Leckereien erahnen ließen. Felix seufzte. Gerne hätte er wieder einmal ein Stück Schokolade gegessen. Doch es war abzusehen, dass ihm dies auf lange Zeit verwehrt bleiben würde. Ein Pfeil mit der Aufschrift »Souvenirs aus dem Schwarzwald« wies auf eine breite Holztreppe nach oben in den Anbau. Der Verkaufsraum direkt unterm Dach bildete einen völligen Gegensatz zu dem, was Felix bei seinem unfreiwilligen Aufenthalt in der Hexenlochmühle gesehen hatte. Die hiesigen Besitzer hatten den Schwerpunkt auf hochwertige Markenqualität gelegt. Die Preisschilder in den mit Fähnchen geschmückten Vitrinen sprachen vor allem solvente Bustouristen aus Japan, den USA und der Schweiz an, die ihre Mitbringsel deutlich von der üblichen Massenware absetzen wollten. Felix bestaunte eine reichhaltige Kollektion von Schweizermessern. Er hatte zwar von Lenas Großvater zum Abschied den Dolch geschenkt bekommen. Dennoch überlegte er, ob er sich hier bedienen sollte. In den letzten Wochen hatte er mehrfach erfahren, von welch großer Wichtigkeit hier im Schwarzwald jegliche

Art von Tauschgegenständen sein konnte. Er nahm einige der Messer aus der Vitrine. Neben den einfachen Modellen, die im klassischen Stil zwei Klingen und einen Korkenzieher hatten, gab es welche, die durch die Fülle der Instrumente so dick waren, dass sie kaum mehr sinnvoll zu handhaben waren. Felix entschied sich für zwei Messer, die zusätzlich einen kombinierten Dosenöffner und Schraubenzieher, einen Stößel sowie eine kleine Säge hatten. Zusätzlich packte er zwei silbern glänzende Scheren ein. Alles andere ließ er unangetastet. Lediglich bei einer goldglänzenden Rolex, die einen fünfstelligen Betrag aufwies, konnte er nicht widerstehen, sie zumindest einmal überzustreifen. Er musste lächeln, als er das schwere blitzende Gehäuse an seinem Arm sah. Es war kurios, wie unbedeutend Statussymbole einer anderen Welt hier waren. Um nichts auf der Welt hätte er so etwas gegen seinen Wegweiser eingetauscht.

Felix legte die Uhr zurück und ging die Treppe wieder hinunter. Als er auf der Rückseite des Shops ins Freie trat, fand er sich auf einem großen leeren Parkplatz wieder. Es war Zeit, dass er zurück zum Bach kam. Wenn es ihm gelang, bis zum Nachmittag bis Hinterzarten zu kommen, konnte er hoffen, dort eine Möglichkeit für eine sichere Übernachtung zu finden.

Weiden und Pappeln, die sich als gewundenes Band über den hellgrünen Birken abzeichneten, wiesen ihm auch jetzt den Weg. Als er auf der Straße stand, sah er, dass er fast am Talende angelangt war. Etwa 100 Meter vor ihm knickte die Straße in einer scharfen Kurve nach links ab und schlängelte sich den Berg hoch. Auf der gegenüberliegenden Seite trat der Steilhang bis fast an den Fahrweg heran. Dazwischen sah er von Weitem den Einschnitt, an dem der Bach herunterkam, dem er folgen wollte.

In der Kurve verließ er die Straße und schlug sich in die Büsche, die am Ausgang der Senke standen. Schon nach wenigen Schritten erwartete ihn eine böse Überraschung: Dort, wo er den Bach vermutet hatte, türmte sich eine riesige Halde aus Steinen, Schlamm und Sand. Stattliche Felsbrocken waren von den seitlichen Wänden der Schlucht abgebrochen und heruntergestürzt. Zersplitterte Baumstämme, deren mächtiges Wurzelwerk bizarr in die Luft ragte, lagen kreuz und quer an der Stelle, wo einmal der Bach heruntergekommen war. Das wilde Durcheinander versperrte den ehemaligen Ausgang der kleinen Schlucht wie ein Pfropfen. Alles war dick mit Moos, Gras und Farn überwuchert. Aus unzähligen kleinen Spalten sickerte das Wasser des Baches hervor und verschwand ein gutes Stück unterhalb hinter dem befestigten Rand der Straßenkurve im Gebüsch.

Verzweifelt sah Felix nach oben. Wie sollte er hinaufkommen? Auf der rechten Seite rückte der Steilabhang des Höllentals ganz nah heran. Hier musste er sich unbedingt fernhalten. Auf der gegenüberliegenden Seite des Hindernisses ragten die Stützmauern der Straße senkrecht empor. Schon der erste Versuch hinaufzuklettern misslang. Felix' Hände und Füße fanden keinen Halt. Alles war nass und glitschig, sodass er schon nach wenigen Metern ausglitt und nach unten rutschte. Auch der zweite und der dritte Versuch scheiterten kläglich. Das Seil fiel ihm ein, das er unter seinen Rucksack gebunden hatte. Doch wo hätte er es befestigen sollen? In seiner Verzweiflung knüpfte er eine Schleife und versuchte, sie wie ein Lasso über einen der Aststümpfe zu werfen, die fast senkrecht über ihm aus dem Bergsturz herausragten.

Nach zahllosen vergeblichen Versuchen gab er auf. Felix schleppte sich zurück zur Straße und sackte erschöpft vor der Leitplanke auf den Boden. Er war völlig verdreckt. Jacke und Hose waren mit feuchter Erde verschmiert, Schuhe und Hosenbeine waren nass bis über die Knie. Am liebsten hätte er alles von sich geworfen und sich neu angezogen. Doch eine warme Dusche war nur ein Wunschtraum und so weit entfernt wie der Mond, der im Westen über den Bergkämmen unterging.

Felix entschied sich, sich trotzdem zu waschen. Dort, wo sich das Wasser gestaut hatte, kratzte er den gröbsten Dreck aus seinen Kleidern. Dann wusch er Gesicht, Hände und Arme. Jacke, Hemd, Hose und Socken hängte er über die Leitplanke, seine Schuhe stellte er aufrecht an einen der Leitpfosten. Felix zog seinen Pullover aus dem Rucksack und streifte ihn sich über. Dann setzte er sich auf den Boden. Nach dem Stand der Sonne musste es um die Mittagszeit sein. Demnach war er schon fast zehn Stunden unterwegs. Er hatte sich vollkommen verschätzt. Sein Plan, rasch nach Hinterzarten zu gelangen und von dort aus vielleicht schon bis zum Abend in Richtung Mathisleweiher unterwegs zu sein, hatte sich völlig zerschlagen. Er war noch nicht einmal aus dem Höllental herausgekommen. Und so, wie es jetzt aussah, wusste er noch nicht einmal, wie ihm das gelingen sollte.

Felix spürte, wie die Sonnenstrahlen ihn langsam aufwärmten. Er schloss die Augen und versuchte, sich an das zu erinnern, was ihm Georg gesagt hatte. »Den Bach entlang bis zum Talende und dann hinauf nach Hinterzarten.« Hatte er wirklich »den Bach hinauf« gemeint? Der Hang sah nicht so aus, als sei er erst in letzter Zeit abgerutscht. Aber wie war es Georg gelungen weiterzukommen?

Felix drehte sich zur Seite und nahm aus einer der Außentaschen die Skizze heraus, die Georg ihm angefertigt hatte.

Das Höllental war als dünne Linie gezeichnet, ein Pfeil führte an der Seite entlang bis zu dem großen »H«, das für »Hinterzarten« stand. Das war eindeutig. Doch Felix konnte sich kaum vorstellen, wie Georg über den Hangabrutsch geklettert sein konnte. Er stand auf und betrachtete das Talende, das er von seinem Standpunkt aus gut überblicken konnte. Ob es noch einen anderen Weg gab, den er bisher übersehen hatte? Ob er vielleicht doch die rechte Talseite absuchen sollte, obwohl Georg ihm eingeschärft hatte, sie unter allen Umständen zu meiden? Immerhin hatte er den Wegweiser in seiner Tasche, der ihn vor allen Gefahren warnen würde.

Sein Blick fiel auf die andere Seite des Tals und folgte der Straße, die sich serpentinenartig in engen Kurven nach oben wand, bis sie hinter der Kuppe verschwand. Und es gab die Eisenbahnstrecke, die ebenfalls hinauf nach Hinterzarten und von dort weiter in den Schwarzwald hineinführte. Von Weitem bestaunte Felix das riesige Viadukt, das nur wenige Meter hinter dem Hotel in großen, steinernen Bögen das Tal überspannte. Von hier aus konnte er nicht sehen, wo die Gleise hinführten. Möglicherweise gab es eine Senke, die in den Berghang gegraben war. Oder einen Tunnel. Doch schon der Gedanke, über das Viadukt zu gehen, ließ Felix' Knie zittern. Das würde er unmöglich schaffen.

Hinter der Bogenbrücke deuteten die bewaldeten Berghänge einen weiteren Taleinschnitt an. Felix hatte inzwischen gelernt, dass überall durch die großen Täler fast immer ein Bach führte. Ob Georg diese Stelle gemeint hatte? Mehr als einmal hatte er darauf hingewiesen, dass es am sichersten war, sich entlang des Wassers fortzubewegen. Das Nachdenken machte Felix schläfrig. Er döste eine Weile vor sich hin und griff ab und zu nach seinen Klamotten, um zu sehen, ob sie trockneten. Irgendwann stand er auf und zog die Hose wieder an. Das Hemd knüpfte er um den Hals, die Wollsocken schob er unter eine der Außenklappen am Rucksack. Die Schuhe band er an den Schnürsenkeln zusammen und hängte sie sich über die Schulter.

Er hatte sich dafür entschieden, als Erstes die einfachste Lösung auszuprobieren. Nachdem er alles fertig gepackt hatte, holte er das Rindenstück aus dem Holzkästchen und ging los. Er wollte versuchen, so lange es ging, auf der Straße zu bleiben. Wenn er Glück hatte, konnte er auf diese Weise bequem bis Hinterzarten gehen. Oder er fand unterwegs eine Möglichkeit, an die er bisher noch nicht gedacht hatte.

Hinter der Kurve führte die Straße steil nach oben. Auf dem Asphalt waren noch die Markierungen zu erkennen, in regelmäßigen Abständen mahnten Schilder die Autofahrer, ihre Geschwindigkeit zu drosseln. Felix kam gut voran. Es schien, als habe der Regen dafür gesorgt, dass sich auf der abschüssigen Fahrbahn nur wenige Hindernisse festsetzen konnten. Zudem schützten die bis zu 30 Meter hohen Stützmauern auf der Bergseite vor Steinschlag. Nur wenige große Felsen lagen auf der Straße verstreut.

In einer der Haltebuchten stand ein Sattelschlepper und rostete vor sich hin. Felix zog sich an der Tür hinauf zur Kabine, doch sie war leer. Der Fahrer, der dem Nummernschild nach aus Holland gekommen war, hatte sich wohl rechtzeitig in Sicherheit gebracht. Sonst war nirgendwo ein Auto zu sehen.

Dort, wo die Eisenbahnstrecke aus dem Tal heraufkam, öffnete sich der dichte Vorhang aus Fichten und gab den Blick frei. Das Tal zu seinen Füßen lag nun in der Sonne. Das helle Grün der jungen Birken bildete einen malerischen Kontrast zu den dunklen Nadelbäumen zu beiden Seiten des Tals. Die Straße hing an dieser Stelle so weit über, dass

Felix von hier aus von oben in die Schlucht hinter dem Viadukt sehen konnte. Er hatte richtig vermutet. Zwischen den dicht stehenden Bäumen schimmerte tatsächlich ein Bachlauf hervor. Ob das der Weg war, den Georg gemeint hatte? Er konnte wieder hinabsteigen und versuchen, dem Gewässer so weit als möglich zu folgen. Allerdings wies das Tal fast in die entgegengesetzte Richtung zu seinem Ziel. Und solange er auf der Straße so gut vorwärtskam, wollte er es weiter versuchen.

Einige Hundert Meter weiter deutete ein überdimensionales Schild auf eine bevorstehende Spitzkehre hin. Nach der nächsten Kurve sah Felix, was damit gemeint war: Die Straße wand sich um 180 Grad um einen herausragenden Felsen, auf dem ein Kreuz errichtet war. Unmittelbar über ihm führte die Fahrbahn wieder in die Gegenrichtung und weiter den Berg hinauf. Ein weiteres Schild bremste die Autofahrer auf zehn Stundenkilometer ab.

Felix war so fasziniert vom Anblick des imposanten Straßenbaus inmitten der wilden Berglandschaft, dass er für einen Moment alle Vorsicht vergaß. Gerade noch rechtzeitig spürte er, wie sein Schritt plötzlich langsamer wurde. Seine Füße schienen am Boden zu kleben. Die Luft um ihn wurde zum Greifen dick. Entsetzt sah Felix, dass das pulsierende Leuchten auf seinem Rindenstück deutlich verblasst war.

Sofort wusste er, was das bedeutete. Er drehte sich auf der Stelle um. Er brauchte einige Schritte, bis sich die Lähmung aus seinen Gliedern wieder löste. Doch die Angst trieb ihn, er rannte auf der Straße abwärts und hielt erst in der Haltebucht mit dem Lastwagen wieder inne. Schwer atmend lehnte er sich an einen der großen Reifen.

Wie konnte er nur so leichtsinnig sein! So wie beim Aufstieg nach Sankt Märgen war er geradewegs in die Arme der

Spinne gelaufen. Damals hatte er die Vorzeichen der unheilvollen Kraft nicht beachtet. Ohne Lena, die ihn befreit hatte, wäre er verloren gewesen.

Hier gab es niemanden, der ihm helfen würde.

Die Oberfläche der Rinde hatte jetzt wieder ihre normale Färbung angenommen. Für den Moment war er in Sicherheit. Felix blieb jedoch aufmerksam. Wenn die Spinne sich bewegte und ihm näher kam, musste er sofort reagieren.

Nachdem er zu Atem gekommen war, ging Felix zur Sicherheit einige Schritte weiter die Straße hinunter. Er zermarterte sich den Kopf. Was konnte er tun? Der Aufstieg entlang des Baches war verschüttet, die Straße versperrt, der südliche Talabhang tabu. So wie es aussah, hatte er nur zwei Möglichkeiten: Er konnte versuchen, unter dem Viadukt hindurch in die dahinter gelegene Schlucht zu gelangen und dort den Bach aufwärtszusteigen, auch wenn dieser Weg von seinem eigentlichen Ziel wegzuführen schien.

Der Gedanke an die zweite Möglichkeit versetzte Felix einen Stich. Er konnte wieder den Weg durch das Höllental zurückgehen, den Steilhang hinaufklettern und versuchen irgendwie den Aufstieg zur Breitnau-Hochebene zu schaffen. Zurück zu den Riesles, zurück zu Lena.

Zum Eingeständnis seiner Niederlage.

Felix zwang sich zur Ruhe. Er hob seinen Kopf und ließ den Blick den Hang hinauf bis zum Kamm des Berges wandern. Dort oben, hinter der Kante, lag das Ziel. Von seinem Platz aus zum Greifen nah. Es musste eine Möglichkeit geben, dort hinaufzugelangen. Felix fiel ein, was er an den Gebäuden des Hofgutes Sternen gesehen hatte. Goethe hatte es bis hierher geschafft. Wahrscheinlich war er wie er aus Richtung Freiburg gekommen. Hatte er damals umgedreht? Oder gab es einen Saumpfad, der weiter nach oben führte? Und was war mit Marie Antoinette? Wie war sie dorthin gelangt? Vor über 200 Jahren hatte es weder die Eisenbahn noch die gut ausgebaute Straße gegeben. Trotzdem hatten die Menschen Möglichkeiten gefunden, die Barriere zu überwinden.

Felix betrachtete das Rindenstück in seiner Hand. Selbst die Spinne war nicht unüberwindbar. Lena hatte ihm erzählt, dass sie ihre Form änderte, manchmal in Tagen, manchmal in Stunden. Und dass es Durchgänge gab, dass sich unvermittelt Lücken auftaten, nur wenige Meter breit, aber dennoch groß genug, um hindurchzuschlüpfen.

Ein Knurren in seinem Magen erinnerte ihn daran, dass er heute noch kaum etwas gegessen hatte. Lenas Mutter hatte ihm eingepackt, was sie von ihren kostbaren Vorräten entbehren konnte. Felix holte aus seinem Rucksack eines der beiden kleinen Brote, dazu das Päckchen, das in Stroh und Blätter fest eingewickelt war und obenauf gelegen hatte. Der verführerische Duft selbst gemachten Rahmkäses stieg ihm in die Nase. Felix brach mit den Fingern ein kleines Stück davon ab und kaute langsam darauf herum. Der Geschmack erinnerte ihn an die Tage auf dem Hof, an den liebevollen Empfang und an die Menschen, die er dort kennengelernt hatte. Er brach ein zweites Stück ab und steckte es zusammen mit einem Bissen Brot in den Mund. Nach dem dritten Bissen spürte Felix, wie sein Optimismus zurückkehrte. Er packte Käse und Brot wieder sorgfältig zusammen und legte alles in den Rucksack. Seine Socken waren inzwischen wieder so weit trocken, dass er sie anziehen konnte. Das Hemd ließ er weiter über dem Rucksack hängen. Die Luft war inzwischen so warm, dass er darauf verzichten konnte.

Felix hatte sich vorgenommen, von unten an die Hangseite der Straße abzusuchen. Zwar war das meiste mit großen Granitsteinen zugemauert, doch dazwischen gab es immer wieder Stellen, an denen der Wald bis an den Straßenrand heranreichte. Felix kam sich vor wie ein Schatzsucher, der mit einem Metalldetektor den Boden nach verschollenen Goldmünzen durchforstet. Er musste schmunzeln, als er daran dachte. Wenn er eine Stelle zum Aufstieg finden würde, wäre es tatsächlich wie die Entdeckung eines wertvollen Schatzes.

Die erste Stelle war nicht breiter als zehn Meter. Doch Felix sah zu seiner Enttäuschung keine Möglichkeit, nach oben zu kommen. Es war so steil, dass er eine Kletterausrüstung benötigt hätte. Er konnte sich nicht vorstellen, dass Georg hier jemals emporgestiegen war. Direkt danach wieder die Stützmauer. Keine Chance, dort hinaufzukommen. Selbst ein kalifornischer Freeclimber hätte hier seine Mühe gehabt.

Hinter der nächsten Kurve spannte sich eine Brücke über die Straße. Es war die Stelle, an der die Eisenbahn vom Tal heraufführte. Die Straße bog in einer großen Kurve nach links ab, rechts im Hang gab es eine Ausbuchtung, die vielleicht früher einmal ein Parkplatz gewesen war. Hier hatte sich auf der gesamten Fläche eine riesige Brombeerhecke ausgebreitet. Der Hang dahinter ging steil nach oben.

Doch er sah noch etwas anderes. Hinter der Straßenbrücke führten die Gleise über eine zweite, kleinere Überführung. Direkt dahinter öffnete sich ein großes Loch in der Wand.

Ein Tunnel!

In dem Moment, als Felix ihn sah, merkte er, dass er diese Möglichkeit völlig außer Acht gelassen hatte. Er ahnte, warum. Er erinnerte sich an einen Schulausflug zur Schwäbischen Alb. Dort gab es mehrere riesige Höhlen, die vor vielen Tausend Jahren Menschen als Unterschlupf gedient hatten. Seine Mitschüler waren begeistert gewesen. Doch er hatte an den bizarren Formen der Tropfsteine und dem Glitzern der unterirdischen Seen keine Freude gehabt. Der Gedanke an die Tausende Tonnen Erde und Steinen über seinem Kopf hatte ihm den Schweiß auf die Stirn getrieben. Nur mit viel Mühe und mit viel gutem Zureden der Lehrerin hatte er es geschafft, den Rundgang durchzustehen.

Felix spürte, wie sein Herz heftig schlug. Unschlüssig blickte er um sich. Am Ende der Bucht setzte sich die Stützmauer fort, ein Stück weiter oben wartete die Spinne auf ihn. Er atmete tief durch. Vielleicht war es seine einzige Chance. Er durfte nicht weitergehen, ohne diese Möglichkeit zu versuchen.

Die Brombeerhecke war so dicht verwachsen, dass er es nicht schaffte, auch nur zwei Meter weit einzudringen. Er hätte eine Machete gebraucht, um sich einen Weg bis an das hintere Ende freizukämpfen. Doch er hatte keine. Mit seinem Messer hatte er keine Chance. Er ging ein paar Meter zurück und besah sich die Brücke. An dieser Stelle wucherten die Ranken sogar noch höher. Einige hatten bereits das schmale Geländer erreicht und suchten sich den Weg auf die andere Straßenseite. Felix ging unter der Brücke hindurch. Dort war es einfacher. Er kletterte und zog sich an den Zweigen eines Holunders nach oben und stand nach kurzer Zeit auf den Schienen, keine 30 Meter vom Tunneleingang entfernt.

Felix setzte langsam Schritt für Schritt auf die Eisenbahnschwellen. Der Wegweiser, den er ausgestreckt vor sich hielt und langsam von links nach rechts und zurück bewegte, zeigte keine Veränderung. Vor der Tunnelöffnung blieb Felix stehen. Das Eingangstor war mit großen Granitsteinen eingefasst. Die Ummauerung setzte sich nach oben und zur Seite in den nackten Fels fort. Etliche Ranken hingen herab. Der Anblick des dunklen Loches bereitete Felix

Unbehagen. Irgendetwas kam ihm merkwürdig vor, doch er konnte es nicht greifen. Er spürte, wie die Angst an ihn herankroch.

An der rechten Seite des Portals war ein Schild an die Wand geschraubt. »Finsterrank-Tunnel 258 Meter«. Felix mochte sich nicht ausmalen, was mit einem Finsterrank gemeint war. Die Vorstellung, 258 Meter durch den Berg im Dunkeln zu gehen, genügte, um ihm den Schweiß auf die Stirn zu treiben. Im Eingang glänzte das Tageslicht auf den Schienen und verlor sich nach wenigen Metern in konturenlosem Schwarz. Wieder sah Felix auf das Rindenstück in seiner Hand. Er trat bis unter den Eingangsbogen, doch die Lichtpunkte leuchteten und pulsierten unvermindert. Vor ihm lag der Weg, den er gesucht hatte. Und er schien gefahrlos zu sein.

Er spürte, dass er sich jetzt entscheiden musste.

Heute Morgen hatte Felix etwas skeptisch geblickt, als ihm Lena eine Handvoll Kienspäne mitgegeben hatte. Jetzt war der Moment, wo er sie nutzen konnte. Er öffnete eine der vielen Außentaschen des Rucksacks und zog das größte Stück heraus. Es strömte einen aromatischen Harzduft aus und war etwa eine Spanne lang und dabei so dick, dass er es bequem in der Hand halten konnte. Er wusste nicht, wie lange es brennen würde, doch er wollte sowieso den Gang unter der Erde so rasch wie möglich hinter sich bringen.

Nur seine Kleider waren bei dem vergeblichen Aufstiegsversuch nass geworden. Leider hatte auch das Feuerzeug deutlich gelitten. Mehrere Male drücke Felix vergeblich auf den Auslöser. Mehr als ein schnarrendes Geräusch war nicht zu hören. Enttäuscht steckte er es zurück und griff nach den Streichhölzern, von denen zwei Packungen unter den Lebensmitteln lagen. »Gehe sorgfältig damit um«, hatte Lena ihm eingeschärft. »Du weißt nicht, wann du wieder neue bekommen wirst.«

Erschrocken stellte Felix fest, dass auch die kleine Stofftasche, in der die Schachteln steckten, feucht geworden war. Doch er versuchte es trotzdem. Zu seiner Erleichterung züngelte nach ein paar Versuchen die ersehnte Flamme auf. Das schmale Ende des Kienspans knisterte ein wenig und begann dann rasch zu brennen. Zarter Rauch stieg auf, der Harzduft verstärkte sich.

Felix steckte die übrigen Streichhölzer in seine Hosentasche und schulterte den Rucksack. Den ruhig brennenden Kien nahm er in die linke Hand, den Wegweiser hielt er ausgestreckt in der rechten. Er atmete einmal tief durch, dann schritt er vorwärts ins Dunkel. Langsam setzte er einen Fuß vor den anderen. Direkt hinter dem Tunneleingang ging das Gleisbett in eine Linkskurve über, sodass schon nach wenigen Schritten die helle Silhouette des Eingangs hinter ihm verschwand. Nur noch ein zarter Lichtschimmer, der mit jedem Schritt schwächer wurde, fiel auf die Gleise.

Felix blieb stehen. Er wusste jetzt, was ihm am Tunneleingang merkwürdig vorgekommen war: Er hatte keine Spinnweben gesehen. Ausgerechnet an diesem Ort. Nicht einmal die Reste davon. Felix ahnte, was das bedeuten konnte. Er spürte, wie sich die winzigen Haare in seinem Nacken aufstellten. Felix sah auf den Wegweiser. Die pulsierenden Farben der Borkenoberfläche wirkten wie aus einer anderen Welt. Aber sie waren da. Er streckte den Arm mit der Kienspanflamme hoch über seinen Kopf und bewegte ihn langsam nach allen Seiten. Die Tunnelwände waren zum Greifen nah. Das bläuliche Licht spiegelte sich in dem grob behauenen feuchten Stein wider und warf Schatten wie auf der Oberfläche eines windzerzausten Bergsees.

In das leise Knistern des Harzes mischte sich ein Geräusch, das er erst jetzt wahrnahm.

Dips. Dips.

Wasser. Irgendwo im Dunkel tropfte es von der Decke.

Dips. Dips.

Felix lauschte gespannt. Knistern und Tropfen. Sonst hörte er nichts.

Weiter ins Dunkel. Felix blieb auf den Schwellen. Die rohen Holzbalken gaben den Weg vor. Ein Stück Wiederleuchten im Stahl links und rechts, eine kleine flackernde Lichtinsel, die sich mit ihm bewegte. Es gab keine Hindernisse. Keine wuchernden Pflanzen, die er zur Seite biegen musste, noch nicht einmal heruntergestürzte Felsbrocken. Die Tunnelbauer hatten gute Arbeit geleistet.

Das Gleisbett, die Schienen und Schwellen auf dem Schotter. Der Fels.

Der Weg stieg leicht an. Kleine Pfützen gab es, in denen sich das herabtropfende Wasser sammelte und die Felix sorgfältig umging. Er wollte nicht wissen, was sich darin verbergen mochte.

Felix ging langsam. Wie lange waren 258 Meter? Müsste er nicht längst den Schimmer der Tunnelöffnung auf der anderen Seite sehen?

Wieder blieb er stehen. Sein letzter Schritt verhallte im Dunkel.

Stille.

Der Kien in seiner Hand war halb heruntergebrannt. Die Flamme bewegte sich leise. Der Wegweiser glimmte in allen Farben.

Dips.

Dips. Dips.

Der nächste Schritt. Ein zweiter. Dann …

Irgendwo im Dunkel vor ihm entstand ein zartes Knistern, als ob ein Schmetterling mit hölzernen Flügeln erwacht wäre. Das Geräusch hallte wider, vervielfältigte sich in Sekundenschnelle, schwoll an zu einem Getöse, das die Tunnelwände entlangbrauste und über Felix hinwegfegte.

Mit einem Schlag war die Flamme erloschen. Schwärze fiel auf ihn, erfüllt von unzähligen kleinen Leibern, die wild zuckend auf und nieder wogten.

Alles ging so schnell, dass Felix nicht reagieren konnte. Ein mächtiger Sog zwang ihn zu Boden. Instinktiv kauerte er sich zusammen und barg den Kopf zwischen den Händen. Das Brausen erfüllte alles. Ein riesiges Geschöpf umhüllte seinen geduckten Körper und glitt an ihm vorüber wie Wasser um einen großen Stein.

Es war so schnell vorbei, wie es gekommen war. Das formlose Ungetüm verschwand zum Tunnelausgang. Ein letzter Luftzug, ein Nachhall von den Tunnelwänden.

Dann wieder Stille.

Felix hörte seinen Atem. Sein Herz schlug wild. Vorsichtig öffnete er die Arme und hob den Kopf. Er war darauf gefasst, dass noch mehr kommen würde. Doch es blieb still.

Schwärze.

Dips. Dips.

Langsam stand Felix auf. Erleichtert stellte er fest, dass trotz seines Schreckens seine linke Hand immer noch den Wegweiser fest umklammert hielt. Das irisierende Leuchten beruhigte ihn. Das, was er eben erlebt hatte, hatte nichts mit der Spinne zu tun. Nichts mit der gefürchteten unheimlichen Kraft.

Vielleicht war es ein plötzlicher Windstoß, der in der Tunnelröhre an ungeahnter Kraft gewonnen hatte und alles mit sich riss? Konnten es Tiere gewesen sein? Vögel, die er aufgeschreckt hatte und die in Panik alle auf einmal zum Ausgang geflüchtet waren? Fledermäuse? Es gab sie nicht nur in Horrorfilmen. Vielleicht hatten sie sich die Höhle des Finsterrank-Tunnels ausgesucht, nachdem sie gelernt hatten, dass sie kein Zug mehr stören würde.

Den Versuch, einen weiteren Kienspan anzuzünden, gab Felix rasch auf. Das Feuerzeug aus seiner Hosentasche funktionierte immer noch nicht. Außerdem schien es ihm leichtsinnig, eine weitere Packung Streichhölzer unnütz zu vergeuden. Es konnte nicht mehr weit bis zum Tunnelausgang sein.

Felix rückte den Rucksack zurecht, strich sich die Haare aus der Stirn und bewegte den Wegweiser langsam nach beiden Seiten. Dann atmete er tief durch und schritt entschlossen vorwärts.

Erster Schritt, erste Schwelle. Zweiter Schritt, zweite Schwelle.

Die Abstände zwischen den Holzbohlen waren geringer, als er normalerweise gegangen wäre. Ein, zweimal trat er daneben und landete auf den groben Steinen. Doch die gleichmäßige Abfolge gab ihm mit jedem Meter mehr Sicherheit. Allmählich gewöhnten sich seine Augen an das Dunkel. Bald kam es ihm sogar so vor, als könne er ohne die Kienflamme besser wahrnehmen. Alle paar Schritte blieb er stehen, schwenkte den Wegweiser und lauschte. Alles blieb still. Keine Anzeichen von Gefahr.

Ein kaum wahrnehmbarer zarter Schimmer drang vom Gleisbett zu ihm herauf. Er verstärkte sich, spiegelte sich zuerst auf dem parallelen Gleis wider, sprang dann empor zu den Tunnelwänden. Mit jedem Schritt traten die Konturen der Felsen deutlicher hervor. Ein paar letzte Schritte, eine letzte Kurve – und Felix hatte den Tunnelausgang direkt vor sich.

Kaum stand er unter dem gemauerten Bogen, als ihn strahlend heller Tag empfing. Er musste sich beherrschen, vor Freude und Erleichterung nicht sofort loszurennen. Stattdessen ging er langsam und vorsichtig weiter und behielt dabei den Wegweiser fest im Auge. Erst ein paar Schritte weiter blieb er stehen und sank dann erschöpft und erleichtert am Rande der Bahnschienen nieder.

Es dauerte eine Weile, ehe er die Kraft fand sich umzusehen. Der Fels hinter ihm, aus dem die Schienenstrecke herausgehauen worden war, ging steil empor. Auf der gegenüberliegenden Seite ragten Wipfel hoher Fichten auf, die aus dem Talgrund bis auf die Höhe der Bahntrasse emporwuchsen. Tief unter sich hörte er von Weitem das schwache Rauschen des Baches, entlang dessen der Anstieg ihm verwehrt gewesen war.

Nach einer kurzen Pause stand er auf und ging weiter. Immer noch führten die Schienen stetig aufwärts. Ein kurzer Schreck durchfuhr ihn, als sich hinter der nächsten Kurve erneut ein Tunneleingang auftat. Doch beim Näherkommen sah er mit Erleichterung, dass er keine Angst haben musste; bereits von Weitem konnte er das helle Halbrund des Ausgangs sehen.

Neben dem Gleisbett führte eine schmale Straße entlang, an der schon bald die ersten Häuser auftauchten. Felix atmete auf. Obwohl er vorsichtig sein musste, hatte er das Gefühl, zurück in der Zivilisation angekommen zu sein. Er verließ den Schienenweg und stieg die wenigen Schritte zu dem Weg hinunter. Kurz darauf erreichte er eine Anhöhe, von der aus er einen großzügigen Ausblick hatte.

Das Düstere, Dunkle, das ihn die ganze Zeit über begleitet hatte, war völlig verschwunden. Der Himmel über ihm spannte sich weit und klar, der Wald und die Berghänge waren an den Horizont weggerückt. Der Ort, der vor ihm lag, war größer, als er es sich vorgestellt hatte. Schon bald sah er sich umgeben von schmucken Einfamilienhäusern mit großzügigen Gärten, die allerdings ausnahmslos völlig verwildert waren.

An einer ehemaligen Bushaltestelle fand Felix eine Bank. Er nahm den Rucksack herunter und holte die Skizze heraus, die Georg ihm angefertigt hatte. Hinterzarten, der Ort, an dem er jetzt war, war mit einem großen »H« in einem Kreis eingezeichnet. Von hier führte ein Pfeil weiter zu einem kleinen Kreuz, an dessen Rand Georg »M. Weiher« geschrieben hatte.

»Von Hinterzarten aus gehst du einfach weiter. Der Weg ist sicher. In ein bis zwei Stunden solltest du es schaffen.«

Felix ärgerte sich, dass er nicht weiter nachgefragt hatte. Was hieß »einfach weiter«? In welche Richtung sollte er gehen? Der einzige Anhaltspunkt, an den er sich erinnern konnte, war, dass der See irgendwo in Richtung Feldberg lag.

Felix blickte sich um. Von seinem Standpunkt aus sah er überall ringsum entfernte Bergkämme. Nirgendwo ragte ein kahler Gipfel hervor, auf dem von Ferne ein Turm zu sehen sein sollte.

Felix seufzte. Es wäre zu schön gewesen. Doch es blieb ihm nichts anderes übrig, als der Reihe nach vorzugehen. Zuerst musste er den See erreichen. Alles andere war zu vage. Wenn er sich verirrte, würde er viel Zeit verlieren. Und es konnte gefährlich werden.

Auf der gegenüberliegenden Straßenseite vor der Bahnunterführung wiesen Schilder in Richtung Bundesstraße, Autobahn und nach Freiburg. Die angegebene Distanz betrug nur wenige Autokilometer, dennoch lag dazwischen ein Abgrund, dessen gegenüberliegende Seite unerreichbar blieb. Der Name »Freiburger Straße« auf dem Straßenschild kam Felix vor wie die Botschaft aus einer anderen Welt.

Er entschloss sich, ein Stück weiter in den Ort hineinzugehen. Er kam überraschend gut voran. Bis auf einige Grasinseln, die sich in angeschwemmtem Erdreich ausgebreitet hatten, gab es nur wenige Hindernisse. Vereinzelt stieß er auf Überreste, die auf das ehemals rege Leben des Kurortes hindeuteten. Ein zerbrochener weißer Plastikstuhl eines Straßencafés, zwei, drei kaum mehr leserliche Aufsteller einer Apotheke, ein Drahtgestell für Werbebroschüren, dessen Inhalt Regen und Wind längst in alle Richtungen zerstreut hatten. Zu beiden Seiten der Straße reihten sich Restaurants und Geschäfte, deren Schaufenster angelaufen und verdreckt waren. Lediglich an den Schildern konnte Felix erkennen, was hier einmal gewesen war: ein Fotogeschäft, das mit Sofortservice warb, eine Apotheke, zwei Läden für Sportbekleidung, eine Bank, ein Geschäft für Trachtenmoden, mehrere Cafés und Gasthäuser. Dazwischen immer wieder Schilder, auf denen »Zimmer frei« angepriesen wurde.

Auf der gegenüberliegenden Seite eines ehemals stattlichen Hotels, dessen Fassade aus dem 19. Jahrhundert zu stammen schien, öffnete sich ein großer freier Platz. Im Zentrum stand ein großes Gebäude, das sich deutlich von den anderen unterschied. Die Front aus Beton, Glas und Plastik war etliche Meter lang, eine breite Treppe führte zu einer stattlichen doppelflügeligen Eingangstür. Felix vermutete zuerst das Rathaus, doch dann erkannte er unter den wuchernden Ranken von Kletterpflanzen in großen Lettern das Wort »Kurhaus«.

Inmitten einer kleinen gepflasterten, von Bänken eingerahmten Nische stand ein moderner Informationsstand. An mehreren kreuzweise angeordneten Wänden hingen überdimensionale Glaskästen, hinter deren völlig verschmutzten Oberfläche beim näheren Hinsehen Poster, Werbeflyer und Plakate zu erkennen waren. Das meiste war völlig ausgeblichen und unleserlich. Felix entzifferte den Hinweis auf ein Violinkonzert von vor 16 Jahren, daneben die Ankündigung eines Heimatabends mit den »Lustigen Schwarzwäldern« als Hauptattraktion.

An der Rückwand hingen streng geordnet verblichene Fotos mit den Adressen von Zimmervermietungen. Darunter war jeweils ein Lämpchen angebracht, das den Standort auf einer Karte und deren Belegung anzeigte. Eine Karte! Das war genau das, was Felix suchte. Doch auf derjenigen, die vor ihm hing, war nichts mehr erkennbar. Aber Felix gab nicht auf. Es musste eine Übersichtskarte geben. Wenn er Glück hatte, war sie so groß, dass sie bis zum Mathisleweiher reichte.

Er musste eine Weile suchen, denn auch die Scheiben der übrigen Schaukästen waren derart verdreckt, dass er ganz nahe herangehen musste, um deren Inhalt überhaupt erkennen zu können. Am Rande des größten Kastens konnte er Worte wie »Legende« und »Maßstab« entziffern. Das musste es sein! Felix stellte den Rucksack ab und griff sich einen der herumliegenden Pflastersteine, die der Frost gelockert und aus dem Boden herausgetrieben hatte. Dann zog er seine Jacke aus und wickelte ihn hinein. Er sah sich nach links und rechts um – und musste im nächsten Moment über sich selbst grinsen. Es gab hier niemanden, auf den er achten musste! Er wäre froh gewesen, wenn es einen Polizisten gegeben hätte, der ihn wegen Sachbeschädigung festhalten würde.

Das Glas war erstaunlich stabil. Felix musste mehrere Male kräftig zuschlagen, ehe die ersten Splitter flogen. Er warf den Stein zur Seite und räumte mithilfe seiner Jacke die

Scherben aus dem Rahmen. Es war genau die Karte, auf die er gehofft hatte. Leider erwartete ihn eine Enttäuschung. Außer einer dicken schwarz-weißen Linie, in der er die Bahnlinie vermutete, und einigen Zeichen am Rand konnte er kaum etwas erkennen. Irgendwo musste Wasser in den Kasten eingedrungen sein. Das Papier war gänzlich verdorben, die Karte nur noch eine erbärmliche Ansammlung von Wasserflecken und Löchern.

Felix gab dem Pflasterstein einen wütenden Tritt und ließ sich auf eine der Bänke fallen. Wie sollte er den Weg zu dem verdammten See finden? »Ein bis zwei Stunden, es ist nicht weit.« Georgs Worte klangen wie Hohn. Wohin? In welche Richtung?

Hinter der Bank, auf der er saß, teilte sich die Hauptstraße. Schon wenige Meter dahinter zweigten weitere Nebenstraßen ab. Überall standen Häuser. Woher sollte er wissen, welche Richtung er einschlagen musste? Er wusste noch nicht einmal, wo es wieder zum Ort hinausging.

An der Straßenecke bei dem Hotel entdeckte er von Weitem ein Schild. Felix stand auf und lief hinüber. Bahnhof. Post. Buchhandlung. Zwei weitere Hotels. Ein Rundweg um das Hinterzartener Moor. Der Radweg zum Titisee.

Wunderbar. Genau, was er brauchte. Das alles würde ihm nicht weiterhelfen. Vielleicht konnte er in der Buchhandlung etwas finden. Zumindest einen Reiseführer aus der Gegend, eine Karte vielleicht. Wenn alles unversehrt geblieben war, hatte er eine Chance.

Er ging zurück zu der Bank, auf der sein Rucksack lag, und ließ sich auf den Sitz fallen. Felix hatte keine Ahnung, wie spät es war. Die Sonne war bereits ein Stück in die Richtung weitergewandert, aus der er gekommen war. Es musste irgendwann am Nachmittag sein. Er spürte, wie er schläfrig wurde. Am liebsten hätte er sich ausgestreckt und ein Nickerchen gehalten. Doch er verzichtete darauf. Bis ihm etwas Besseres einfiel, wollte und musste er das Licht und die Wärme des Tages nutzen, seine Habseligkeiten wieder einigermaßen in Ordnung zu bringen.

Er zog seine Jacke aus und hängte sie ausgebreitet über die Banklehne. Daneben drapierte er Socken und seine Schuhe. Alles roch schon verdächtig, doch das wunderte ihn nicht. Zum Glück gab es außer ihm selbst niemanden, den das stören konnte. Für den Moment war wichtig, das Ganze trocken zu bekommen. Die beiden Packungen mit den Streichhölzern hatten deutlich gelitten. Er riss die Reste der Ortskarte herunter und breitete sie auf der Nachbarbank aus. Dann streute er den Inhalt der Schachteln darüber. Wenn er Glück hatte, konnte er noch einige der Zündhölzer retten. Die Kienspäne schienen alle noch brauchbar. Trotzdem legte er auch sie in die Sonne. Das Erlebnis im Tunnel hatte ihn daran erinnert, wie wichtig es war, Licht zu haben. Am Ende zog Felix sein Feuerzeug heraus. Er probierte ein paarmal, doch es wollte immer noch keine Flamme aufleuchten. Mit einem Seufzer legte er es zu den anderen Sachen in die Sonne, dann streckte er sich aus. Obwohl er es nicht wollte, übermannte ihn rasch die Müdigkeit. Wenig später war er eingenickt.

Mit einem plötzlichen Ruck fuhr Felix auf. Erschrocken flatterten ein paar Spatzen unter der Bank auf.

»Ich tue euch nichts.« Die Vögel schienen keine Scheu zu haben und hüpften rasch wieder näher. Ein besonders mutiger hüpfte sogar auf die Bank, pickte ein wenig herum und sah dann erwartungsvoll zu Felix herauf.

Die Tiere verhielten sich so, wie er es von zu Hause kannte. Im Sommer waren sie überall zu finden, wo Menschen im

Freien saßen. In Cafés, Eisdielen, Gartenwirtschaften – überall hüpften und flatterten sie herum auf der Suche nach Fressbarem. Aber hier? Felix durchzuckte ein Gedanke. Ob es hier irgendwo Menschen gab? Der Ort sah verlassen aus wie eine aufgegebene Goldgräberstadt. Das musste nichts bedeuten. Aber bisher hatte Felix keinerlei Anzeichen entdeckt, dass es hier menschliches Leben gab. Vielleicht war es so, dass die Vögel instinktiv spürten, dass er etwas zu essen im Rucksack hatte.

Felix streckte die Hand zu einem der Vögel aus, der direkt neben seinem Bein saß. Doch ähnlich wie bei dem Reh, das er vor Tagen am Waldrand streicheln wollte, wich das Tier zurück und hüpfte von ihm weg.

»Ich habe nichts, was ich dir geben könnte. Tut mir leid.« Gerne hätte Felix die munteren Tierchen gefüttert. Doch er musste sparsam sein. Außerdem war es Zeit, sich darum zu kümmern, wie es weitergehen sollte. Er stand auf und lief ein weiteres Mal langsam um die Infotafeln herum. Ehe er die Buchhandlung suchte, wollte er sicher sein, dass er nicht doch schon hier einen Hinweis fand. Sein Blick fiel auf das große »I«, das gleich einem Verkehrsschild auf das Wort »Information« hindeutete. Felix überlegte. An einem Ort wie diesem konnten die Hinweistafeln nur ein Teil dessen sein, was die Gemeinde für ihre Gäste bereitstellte. Mit Sicherheit hatte es eine Touristeninformation gegeben. Und wo könnte die besser untergebracht sein als mitten im Ort im Kurhaus?

Felix sah sich die Fassade des modernen Baus noch einmal genauer an. Vielleicht gab es dort drin ein paar Räume für diesen Zweck. Er konnte versuchen, durch eines der Fenster oder durch eine nicht versperrte Tür hineinzugelangen und nachzusehen. Als er näher trat, entdeckte er einen zweiten

Eingang, fast vollständig zugewuchert von Brennnesselbüschen. Zusätzlich hatte es direkt vor der Tür einem Hasel so gut gefallen, dass er dort gekeimt hatte und zu stattlicher Größe herangewachsen war. Ein Schild neben der Tür zeigte Felix, wo er sich befand. »Touristeninformation Hinterzarten«, darunter »täglich geöffnet außer sonntags«. Das war genau, was er brauchte.

Felix rüttelte heftig an der Tür. Dieses Mal hatte er Glück. Der Rahmen hatte sich so weit verzogen, dass er die Tür einen Spalt weit aufstemmen konnte. Sein Blick fiel auf einen Raum dahinter, von dem aus eine Treppe nach oben führte. Als sich Felix durch den Spalt zwängen wollte, fielen ihm die Spatzen ein. Hatte er den Rucksack fest genug verschlossen? Er wusste nicht, was ihn in diesem Gebäude erwartete und wie lange er wegbleiben würde. In jedem Fall wollte er bei seiner Rückkehr keine böse Überraschung erleben. Er ging zurück zur Bank. Die Spatzen waren inzwischen verschwunden. Trotzdem entschloss er sich, vorsichtshalber den Rucksack einfach mitzunehmen. Die Sachen zum Trocknen ließ er liegen.

In den kleinen Vorraum drang nur wenig Licht. Trotzdem sah Felix sofort, dass er am richtigen Ort war. Am Fuße der Treppe standen und lagen Prospektständer. Leider hatte auch hier die Natur unbarmherzig zugeschlagen. Die allermeisten Prospekte und Flyer waren ebenso ausgebleicht und verdorben wie die Hinweisposter an den Pinnwänden. Felix hielt sich nicht lange auf. Er stieg die Treppe nach oben und fand sich vor einer weiteren Tür wieder, die abgeschlossen war. Durch die verglasten Wände konnte er in den Raum schauen. Dies musste das Büro der Touristeninformation sein! Felix sah Plakatständer, Bücherregale, Prospektaufsteller, Ständer mit Postkarten und kleinen bunten Souvenirs.

Alles sah so aus, als sei es eben erst verlassen worden. Felix suchte nach einer Möglichkeit, in den Raum zu gelangen. Links von ihm sah er Türen mit Toilettenschildern, auf der rechten Seite gab es einen Flur mit weiteren Türen. Keine von ihnen war abgeschlossen. Felix sah der Reihe nach in sämtliche Räume, doch nichts half ihm weiter. Eine Magazinkammer mit Stapeln längst abgelaufener Hochglanzbroschüren, eine Abstellkammer mit Putzsachen und ein paar leeren Getränkekisten, ein winziges Büro mit einem Kopiergerät.

Die letzte Tür führte ihn ans Ziel. Ein paar Schritte weiter fand er sich in dem großen Raum wieder, den er durch die Glasscheiben gesehen hatte. Auf den ersten Blick schien alles gut erhalten. Außer einigen Stellen mit Mäusedreck fand Felix keine Anzeichen dafür, dass der Raum in Mitleidenschaft gezogen war. Zwar waren auch hier viele Prospekte ausgebleicht, doch alles lag noch wohlgeordnet beieinander. Er stöberte durch die Regale, bis er fand, was er suchte. Unter der Rubrik »Ausflüge und Wanderungen« gab es aufklappbare Faltpläne, kleine Landkarten für MTB- und E-Bike-Touren, es gab Hinweise auf Natursehenswürdigkeiten und spezielle Erlebnisrundwege für Familien mit Kindern.

Der Mathisleweiher war gleich auf mehreren Karten eingezeichnet. Felix versuchte sich zu orientieren. Bahnlinie, Bahnhof, das Kurhaus. Es schien von hier aus gar nicht so weit zu sein, wie er es befürchtet hatte. Ein paar Straßen entlang durch das Dorf, dann ein Stück durch den Wald. Es sah so aus, als könne er es heute noch schaffen. Nach einigem Suchen fand er eine Karte, die einen noch größeren Maßstab hatte und auch die Gegend um Hinterzarten einbezog. Die Bahnlinie, die er entlanggekommen war, führte bis zum Titisee und in einem Bogen weiter in den Schwarzwald hinein. Ein Pfeil am Kartenrand deutete als Endstation

»Schluchsee« an. Wichtiger für Felix war jedoch das Wort »Feldberg«, das am anderen Rand der Karte geschrieben stand. Von Hinterzarten aus gab es sogar einen Wanderweg, der in diese Richtung führte. Als Gehzeit waren vier Stunden angegeben. Felix' Herz schlug höher, während er die Karte studierte. Er war seinem Ziel näher, als er gedacht hatte! Vom Mathisleweiher aus konnte er sich in Richtung Feldberg halten, und mit ein wenig Glück würde er dort den Ort finden, an dem Josef lebte. Er spürte, wie sein Optimismus zurückkehrte. Vielleicht würde er schon morgen mehr über seine Eltern wissen!

Felix steckte die Karte und den Ortsplan ein. Anschließend durchstöberte er die beiden Schreibtische, die hinter dem Besuchertresen standen. Doch außer den üblichen Büroutensilien fand er nichts, was ihm nützlich sein konnte. Die Kugelschreiber und Eddings waren längst eingetrocknet und nicht mehr zu gebrauchen.

Kurz bevor Felix den Raum verließ, konnte er der Versuchung nicht widerstehen und nahm von einem der Ständer einen Anstecker mit. Ein stilisierter Bollenhut, rot auf schwarz, nichts Besonderes, wahrscheinlich in irgendeinem chinesischen Hinterhof gefertigt. Doch die bunten Farben gefielen ihm. Er heftete ihn an eine der Außenlaschen seines Rucksacks, dann ging er denselben Weg zurück nach draußen, den er gekommen war.

Zurück am Infostand schlug Felix den Ortsplan auf und versuchte sich zu orientieren. Die Straße, die er von hier aus entlanggehen musste, war direkt neben ihm und führte leicht bergan. Wenn es keine größeren Hindernisse gab, konnte er in einer Stunde am See sein. Er begann, die Sachen einzusammeln, die er ausgebreitet hatte. Socken und Jacke waren in der Sonne gut getrocknet, sodass er sie in den Rucksack stecken konnte. Er probierte eines der Streichhölzer. Es flammte kurz auf, verpuffte aber rasch wieder. Er entschloss sich trotzdem, sie nicht wegzuwerfen. Die Kienspäne klemmte er von außen unter eine der Laschen. Jetzt blieb nur noch …

Das Feuerzeug.

Es war weg.

Felix schüttelte unwillig den Kopf. Es musste heruntergefallen sein. Er bückte sich und sah unter die Bank. Er durchwühlte das alte Laub, das der Wind dort angetrieben hatte, dann sah er unter der zweiten und dritten Bank nach. Nichts.

Die Spatzen? Unwahrscheinlich. Die kleinen Vögel interessierten sich für Fressbares und sonst nichts. Außerdem war das Feuerzeug viel zu schwer. Selbst wenn sie es angepickt hätten, würde es hier ganz in der Nähe herumliegen. Eine Elster vielleicht? Felix hatte gehört, dass die großen schwarzweißen Vögel mit den langen Schwanzfedern begierig nach allem waren, was glitzerte und schimmerte, und es gern in ihrem Nest horteten. Das Feuerzeug hatte einen schmalen chromblitzenden Ring am oberen Rand. Reichte das, um eine Elster anzulocken?

Felix versuchte sich zu erinnern. Vielleicht hatte er es gar nicht dort hingelegt. Er griff in alle seine Hosen- und Jackentaschen, dann durchsuchte er die Taschen des Rucksacks. Mitten in der Bewegung hielt er inne und richtete sich auf. Er spürte, wie sein Herz begann, schneller zu schlagen. Sein Blick flog rasch über den Platz vor dem Kurhaus, über die Häuser, die Alleebäume und Straßen entlang. Alles war still, nichts bewegte sich. Ein mulmiges Gefühl überfiel ihn. Es wäre die einfachste Erklärung. Gleichzeitig aber auch die, die ihm am meisten Angst einjagte. Wenn es außer ihm hier noch jemanden gab, warum zeigte er sich nicht? Was führte er im

Schilde? Und warum hatte er nur das Feuerzeug genommen und die übrigen Sachen liegen gelassen?

Noch einmal sah sich Felix sorgfältig nach allen Seiten um. Die Nachmittagssonne spiegelte sich in den Häuserfenstern, die noch intakt waren. Ein leiser Wind kam auf. Aus der Linde, die schräg gegenüber des Hotels in zartem Grün stand, tönte das Summen unzähliger Bienen. Ein idyllisches Bild.

Ein trügerisches Bild.

Felix beschloss, keine Minute länger hierzubleiben. Er erinnerte sich an die unangenehme Begegnung auf dem Platz vor dem ehemaligen Wirtshaus an der B 500. An Jerry und Wagner, die sich scheinbar zurückgezogen hatten und am nächsten Tag mit Verstärkung zurückgekommen und über ihn und Lena hergefallen waren. Er hatte Glück gehabt, dass sie ihn für tot gehalten hatten. Noch einmal sollte ihm das nicht passieren.

Hastig stopfte er die restlichen Klamotten in den Rucksack und schnürte ihn sorgfältig zu. Sein wertvollstes Stück, den Wegweiser, behielt er in der Hand, die Ortskarte steckte er in seine hintere Hosentasche. Dabei streiften seine Hände über den Hirschfänger, der an seinem Gürtel hing. Mach ebbis Gschiids drus. Die Worte von Lenas Großvater klangen in seinen Ohren. Mach etwas Vernünftiges damit. Felix schluckte. Ob er gezwungen war, die Waffe jemals gegen einen Menschen einzusetzen?

Er streifte den Rucksack über die Schultern und lief los. An der Kreuzung vergewisserte er sich, dass er in die richtige Richtung abbog. Die Rathausstraße ging zuerst ein Stück den Hang hinauf. Oben drehte sich Felix noch einmal um. Von hier aus hatte er einen guten Blick über die Ortsmitte. Hinter den Dächern konnte er bis zum Rand des Bahnhofsgebäudes sehen. Alles lag ruhig, niemand war zu entdecken.

Es war schwer sich vorzustellen, wie hier früher ganze Scharen von Feriengästen und Ausflüglern herumgelaufen waren. Bis vor wenigen Minuten hatte er sich hier sicher und wohlgefühlt. Doch das war mit einem Schlag vorbei.

Die Stille war nicht mehr friedlich.

Hinter der Kuppe beschrieb die Straße eine lang gezogene Kurve. Auf der rechten Seite reihten sich in unregelmäßigen Abständen Wohnhäuser, dahinter dehnte sich ein Neubaugebiet aus. Links der Straße zog sich ein undurchdringliches Gestrüpp aus Büschen, kleinen Bäumen, gewaltigen Haselstauden, Heckenrosen und dem allgegenwärtigen Efeu, dessen Ranken längst den ehemaligen Gehweg unter sich begraben hatten und weit in die Straße hineinreichten.

Felix vergewisserte sich auf dem Plan, dass dies noch nicht das Ortsende sein konnte, auch wenn es so aussah. Tatsächlich hörte ein paar Hundert Meter weiter die Wildnis plötzlich wieder auf. Ein stattliches Hotel und eine Kirche standen am Kopfende eines gepflasterten Platzes, von dem aus weitere Straßen nach allen Seiten abbogen. Felix' Blick fiel auf ein entferntes Bauwerk, von dem er auf den ersten Blick nicht wusste, was es war. Das seltsame Gebilde war ein Stück oberhalb des Ortes in den Wald am Berghang hineingebaut. Anders als Felix es bisher erlebt hatte, schien die Natur ihm nichts anhaben zu können. Weithin sichtbar stach es aus dem umgebenden dichten Nadelwald heraus. Beim näheren Hinsehen bemerkte Felix, dass es mehrere verschieden große Bauwerke waren, die irgendwie alle ähnlich aussahen. Ein Denkmal? Ein riesiges Monument am Rande einer kleinen Stadt mitten im Schwarzwald?

Erst als er das große Hinweisschild am Zaun eines der Vorgärten las, fand er die Lösung. »Zur Adlerschanze 600 Meter«.

Natürlich, das war es. Felix interessierte sich normalerweise nur wenig für Wintersport. Ein paarmal war er zu Eishockeyspielen gegangen, gelegentlich verfolgte er die Fernsehübertragungen von den Wettbewerben der Biathleten und Snowboarder. Schnee kannte er selbst so gut wie überhaupt nicht. Die weißen Gipfel des Schwarzwaldes, die er im Winter von der Ebene aus sah, waren für ihn unerreichbar. In die Vogesen zu fahren, war ihm zu umständlich, zumal keiner seiner Schulfreunde großes Interesse hatte mitzukommen. Die Schweiz war zu teuer.

Ohne Schnee sahen die Schanzen seltsam aus. Felix bekam Lust, sich das Ganze aus der Nähe anzusehen. Doch er hatte heute schon zu viel Zeit verloren. Die Straße, der er dem Plan nach folgen musste, bog zudem in die andere Richtung ab. Er beugte sich über die Karte, als er plötzlich durch lautes Flügelschlagen aufgeschreckt wurde. Er fuhr herum und sah, wie aus dem Gehölz hinter ihm ein Schwarm Tauben aufflog. Die Tiere flatterten aufgeregt nach oben, bis sie eine sichere Höhe erreicht hatten, dann sammelten sie sich, drehten ab und ließen sich auf dem ein paar Hundert Meter entfernten Dachfirst eines Hauses nieder. Felix sprang auf und rannte die Straße entlang. Unter dem Vordach eines Hoteleingangs blieb er stehen und drehte sich um. An der Stelle im Grünen, aus dem die Tauben aufgeflogen waren, war nichts zu sehen. Kein Zweig regte sich. Sein Herz schlug heftig. Was hatte die Tiere aufgeschreckt? Verfolgte ihn jemand? Felix schossen die Gedanken durch den Kopf. Zuerst das Feuerzeug, jetzt die aufgeschreckten Vögel. War das Zufall? Oder spielten seine Nerven verrückt? Er löste sich von dem Eingangsgeländer und ging langsam die Straße weiter. Die Umgebung ließ er nicht mehr aus den Augen. Alle paar Meter blieb er stehen und sah hinter sich.

Nichts.

Langsam beruhigte er sich. Es hatte keinen Sinn, hektisch zu reagieren. Was sollte er auch tun? Sollte er sich verstecken? Doch selbst dann gab es keine Garantie, dass er nicht beobachtet wurde. Er konnte versuchen, dem Unbekannten aufzulauern, um wenigstens zu sehen, wer es war. Und dann? Ein weiterer, unerhörter Gedanke durchzuckte ihn. Konnte es sogar sein, dass es jemanden gab, der vor ihm, Felix, Angst hatte? War er in ein verbotenes Reich eingedrungen, dessen Bewohner ihn als Bedrohung empfanden?

Während sich Felix entlang der zahlreichen Hotels, Appartements und Restaurants etappenweise vorwärtsbewegte, legte er sich einen Plan zurecht. Er musste Gewissheit haben, ob er sich all dies nur einbildete. Wenn sich die Gelegenheit ergab, wollte er aus sicherer Entfernung warten und beobachten.

Nach einer halben Stunde erreichte Felix den Rand des Ortes. Hier teilte sich der Weg. Nach links beschrieb die Straße eine Kurve um einen verlassenen Bauernhof und dann weiter den Hang hinauf. »Titisee 7,5 Kilometer. Durchfahrt verboten, frei für Anlieger und landwirtschaftliche Fahrzeuge«, sagte das Hinweisschild.

Der Weg zum Mathisleweiher führte auf der rechten Seite steil nach oben. Felix vergewisserte sich, dass die Richtung stimmte. Er hatte keine Lust, sich im Wald zu verirren. Doch alles schien in Ordnung. Nach der Karte würde er in Kürze auf einen Bach stoßen, dem er nur zu folgen brauchte.

Schon wenige Schritte oberhalb der letzten Häuser stellte Felix ernüchtert fest, dass er sich anscheinend falsch entschieden hatte. Der Weg schien an dieser Stelle ins Leere zu führen. Der Wald hatte seine Ausläufer weit in den vormals offenen Hang geschickt. Unter hoch aufgeschossenen Buchen, die sich mit Tannen und Fichten abwechselten, hatte sich ein dichtes Band junger Hainbuchen, Haselsträucher und Stechpalmen ausgebreitet. Das Gras davor stand brusthoch.

Felix war ratlos. Der Fußweg führte genau auf das Dickicht zu, doch er sah kein Durchkommen. Eine Machete oder ein anderes Haumesser – das war genau das, was er bräuchte. Falls er jemals wieder in einen Ort kam, wollte er danach suchen. Doch hier war der Wunsch Illusion. Es würde ihm nichts anderes übrig bleiben, als zurückzugehen und an der Abzweigung den anderen Weg zu versuchen. Aber was war, wenn es dort genauso aussah? Er hätte nichts erreicht und erneut viel Zeit eingebüßt.

Felix beschloss, den Weg zu verlassen. Er wollte so lange am Waldrand entlanggehen, bis er einen Durchschlupf fand. Wieder einmal prüfte er mit dem Wegweiser die Umgebung, dann steckte er ihn sorgfältig in seine Jackentasche und ging los. Mit beiden Armen musste er das hohe Gras teilen, um überhaupt vorwärtszukommen.

Doch er hatte Glück. Nach ein paar Minuten gelangte er zu einer Kastanie, deren mächtige Krone so viel Schatten warf, dass unter ihrem knorrigen Stamm nur wenig wuchs. Felix sah sich um, ob ihm niemand folgte, dann schlüpfte er durch die Lücke in das Dunkel des Waldes.

Er brauchte ein paar Augenblicke, um sich an das Dämmerlicht zu gewöhnen. Zu seiner Erleichterung sah es unter dem dichten Dach der Baumkronen anders aus, als er befürchtet hatte. Zwar war auch hier der Waldboden dicht bewachsen, doch er konnte ohne große Mühe vorankommen. Durch Gras, Farne und unzählige Heidelbeerbüsche stolperte er zurück in die andere Richtung und stieß schon nach kurzer Zeit wieder auf den ehemaligen Wanderpfad. Bald führte der Weg an einen schmalen Bach. Felix nickte zufrieden. Jetzt konnte es nicht mehr weit sein. Er bückte sich und trank ein paar Schlucke von dem kühlen Wasser, dann lief er los.

Der Weg wand sich gleichmäßig nach oben und war nicht schwer zu gehen. In regelmäßigen Abständen stand eine Ruhebank an der Seite und deutete darauf hin, dass der Weiher früher einmal ein beliebtes Wanderziel gewesen war. Doch obwohl sich sein Magen mit wiederholtem Knurren meldete, beschloss Felix, keine Pause mehr zu machen. Das Abendessen würde er sich für später aufheben.

Das Gluckern an seiner Seite beruhigte ihn. Der Bach war wie ein Begleiter und vermittelte ihm das Gefühl, nicht alleine zu sein. Das Wasser suchte sich seinen Weg über Kiesel und um bemooste Steine herum, sprang über Treppen nach unten, sammelte sich in kleinen Tümpeln, über denen in kleinen Wolken winzige Mücken tanzten und an deren Rändern Grasbüschel wie kleine Inseln wuchsen. An lichteren Stellen gediehen vereinzelt Sumpfdotterblumen.

Nach etwa einer Viertelstunde stieß Felix auf eine kleine Lichtung, die den Blick nach oben freigab. Das Blau des Himmels war inzwischen in ein abendliches Grau übergegangen. Wolken zogen auf und bewegten sich rasch über ihn hinweg. Wenn er Pech hatte, würde es heute noch regnen. Felix bückte sich und schnürte seine Schuhe fester. Im selben Moment, als er wieder den Kopf hob, glaubte er, aus den Augenwinkeln den Schatten einer Gestalt zu sehen. Felix erschrak und fuhr herum. Sein Blick glitt rasch über den Weg zurück, den er gekommen war. Ein Tier vielleicht, das er aufgeschreckt hatte? Der Größe nach zu schließen, musste es mindestens ein Reh gewesen sein. Felix blieb unbewegt stehen und heftete seinen Blick auf die Stelle, an der er die Bewegung wahrgenommen hatte. Genau dort gab es einen etwa zwei Meter hohen Felsen, um den der Weg herumgeführt hatte. Dahinter erhob sich der dicke Stamm einer alten abgestorbenen Fichte.

Am liebsten wäre Felix aufgesprungen und so rasch wie möglich davongelaufen. Gleichzeitig spürte er einen starken Drang zurückzugehen, um nachzusehen, was dort war. Ob er vielleicht doch verfolgt wurde? Doch was wollte der Unbekannte von ihm? Warum gab er sich nicht zu erkennen?

Felix versuchte, sich so wenig wie möglich anmerken zu lassen. Falls es wirklich jemanden gab, der ihn beobachtete, sollte er nicht wissen, dass Felix gewarnt war. Noch einmal prüfte er seine Schuhe, rückte Jacke und Hose zurecht und zog langsam den Rucksack über. Dabei versuchte er immer wieder, irgendetwas zu erkennen. Doch es regte sich nichts. Außer dem Bach war nichts zu hören. Vielleicht sollte er den Spieß umdrehen. Während er weiter den Berg hinaufstapfte, überlegte Felix, wie er es anstellen konnte, Gewissheit zu bekommen. Immer noch konnte alles Zufall sein. Er war erschöpft und hungrig. Seine Sinne waren gereizt. Er musste sich eingestehen, dass die Unsicherheit sein ständiger Begleiter war, seit er sich heute Morgen von Lena verabschiedet hatte. Aber so konnte es nicht weitergehen. Spätestens wenn er den Weiher erreicht hatte und bevor es in die Nacht ging, musste er wissen, was los war. Er würde sonst keine ruhige Minute finden.

Während er versuchte, auf den Weg zu achten und gleichzeitig aufmerksam zu bleiben, spürte er, wie sich ein weiterer Gedanke in ihm regte. Eine Möglichkeit, die er bisher völlig außer Acht gelassen hatte. Ein paarmal hatte er schon die geheimnisvolle Kraft erlebt, die man nicht sehen konnte und die in der Lage war, Mensch und Tier Willen und Verstand zu rauben. Einmal war er selbst nur mit viel Mühe und mit Lenas Hilfe der tödlichen Lähmung entgangen. Die Kraft war unsichtbar und konnte überall völlig unvermittelt auftauchen. Ohne seinen Wegweiser wäre er verloren. Er hätte keine Chance, einen ungefährlichen Weg zu finden.

Felix hielt die offene Hand mit dem Rindenstück vor sich ausgestreckt. Was war, wenn sein geheimnisvoller Beobachter gar kein Mensch war? War es vielleicht eine teuflische List der geheimen Kraft, von der er bisher noch nichts wusste? Etwas, auf das selbst der Wegweiser nicht reagierte?

Felix spürte, wie eine Angst in ihm hochkroch, die anders war als alles, was er bisher erlebt hatte. Ein Feind, eine Bedrohung, die überall lauern konnte, gegen die er kein Mittel hatte sich zu wehren. Zum ersten Mal, seit er von zu Hause weggegangen war, wünschte er sich, er hätte das ganze Abenteuer nie begonnen. War es nicht von Anfang an eine irrwitzige Idee zu glauben, er könne nach so langer Zeit seine Eltern wiederfinden? Er könne in ein Gebiet vordringen, das seit 15 Jahren abgeriegelt war und über das niemand etwas Genaues wusste? Er hatte viel Hilfe erfahren, er hatte Glück gehabt, und er hatte sogar seine Hoffnung bestätigt gesehen. Aber jetzt war er völlig auf sich gestellt.

Allein.

Vielleicht war es besser, wenn er das Ganze zu einem Ende brachte. Wenn er sich hier und jetzt auf dem Waldboden ausstreckte und schlief. Falls er die Nacht überlebte, würde er loslaufen. Einfach loslaufen, irgendwohin, immer weiter, immer weiter …

»Tschää – tschää!«

Eine laute, heisere Stimme schreckte Felix auf.

»Tschää – tschää! Tschää – tschää!«

Instinktiv hob er den Kopf. Er sah, wie einige Meter vor ihm ein Vogel von einem Baum zum anderen flog und dabei Schreie ausstieß, die wie eine Warnung klangen.

»Tschää – tschää!«

Der Vogel blieb jetzt sitzen und äugte neugierig zu Felix herunter. Das Tier war groß und hatte hellbraunes Gefieder. Seine Flügel leuchteten weiß, schwarz und hellblau.

Felix erwachte wie aus einem Tagtraum. Was für seltsame Gedanken hatte er gehabt? Waren das überhaupt seine Gedanken? Oder hatte sich etwas in seinem Kopf eingenistet, über das er keine Gewalt hatte? Wie konnte er nur auf eine derart unsinnige Idee kommen? Natürlich würde er weitermachen!

»Ich danke dir, schöner Vogel!«, rief er den Baum hinauf. »Deine Stimme hat mich in die Gegenwart zurückgeführt.« Obwohl Felix ihm jetzt sehr nahe war, blieb der Vogel immer noch sitzen. Er wandte den Kopf hin und her, so als ob er verstehen würde, was Felix sagte. »Ich kenne zwar deinen Namen nicht, aber du hast mir sehr geholfen. Ich werde dich ›Warner‹ nennen.«

Noch einmal drehte der Vogel den Kopf. Dann breitete er seine Flügel aus und flog mit einem weiteren kräftigen »Tschää – tschää!« davon.

Felix sah ihm nach, dann schüttelte er unwillig den Kopf. Der Warner war gerade rechtzeitig gekommen. So wie ihn Lena bei ihrem vergeblichen Anstieg nach Sankt Märgen gerade noch rechtzeitig davor bewahrt hatte, in eine Welt abzugleiten, in der er sich auflöste. Er war immer noch viel zu leichtsinnig. Er musste endlich realisieren, dass der Weg, zu dem er sich entschlossen hatte, viel mehr war als ein Abenteuer. Das hier war kein Film, kein Buch, kein Computerspiel. Nichts, was er abschalten konnte, wenn er keine Lust mehr hatte. Er musste lernen, das wahrzunehmen, was wirklich da war. Er musste auf seine Gefühle hören, doch er durfte sich nicht von ihnen leiten lassen.

Vor allem musste er noch vorsichtiger sein.

In der Zwischenzeit war es um ihn herum merklich düsterer geworden. Das Licht war herabgedämpft, sein Blick reichte kaum mehr in den Wald hinein. Felix schritt weiter den Weg entlang. Die Hand mit dem Wegweiser hielt er die ganze Zeit vor sich ausgestreckt. Vielleicht war es übertrieben, was er tat. Immerhin hatte Georg ihm den Weg beschrieben und erzählt, dass er schon öfter hier gewesen war. Doch selbst wenn es nun langsamer vorwärtsging und er den Weiher vielleicht heute gar nicht mehr erreichte, wollte er keine weitere Überraschung mehr erleben.

Der Weg wurde deutlich steiler. An manchen Stellen waren sogar Reste von Stufen zu erkennen, einfache Holzbohlen, die den Anstieg für die Wanderer erleichtern sollten. Zeitweise führte der Pfad direkt am Bach entlang, dann wieder entfernte er sich so weit, dass Felix das Wasser unter den tief hängenden Zweigen nur erahnen konnte.

Immer wieder blieb Felix stehen, sah sich um und lauschte nach allen Seiten. Am Fuße eines riesigen Findlings, der den Weg vom Bach trennte und bedrohlich nach einer Seite überhing, ging mit dem Wegweiser in seiner Hand plötzlich eine merkwürdige Veränderung vor sich, die Felix zuvor noch nie gesehen hatte. Das irisierende Farbenspiel erlosch fast völlig. Übrig blieb ein leuchtender Schimmer, der aus hunderten Blautönen zusammengesetzt schien und statt auf der Oberfläche aus dem Innern des Rindenstücks heraus leuchtete. Was Felix in der Hand hielt, sah jetzt aus wie ein großer Edelstein, zusammengefügt aus Amethyst, Topas und Lapislazuli.

Felix war von dem Anblick vollkommen fasziniert. Doch er fasste sich rasch. Was war geschehen? Was hatte das zu bedeuten? Eine neue Gefahr, von der er nichts geahnt hatte?

Langsam bewegte er die Hand mit dem Wegweiser vor seinem Körper hin und her. Je näher er dem Stein kam, desto stärker wurde das innere Licht. Felix ging ein paar Schritte zurück auf dem Weg, und das Blau verschwand so rasch, wie es gekommen war. Er hob den Blick. Der Weg, der Bach, die Bäume und das Unterholz – alles war wie zuvor. Außer dem Gluckern des Wassers war kein Laut zu hören. Wieder näherte sich Felix dem riesigen Stein. Sofort war das Blau wieder da. Felix fasste seinen ganzen Mut zusammen und folgte dem Pfad um den Findling herum. Ein kurzes Stück weiter führte eine Treppe nach oben. Den Rand konnte er von seinem Platz aus nicht erkennen. Direkt daneben stürzte der Bach in einem kleinen Wasserfall nach unten.

Felix war hin und her gerissen. Sollte er weitergehen? Lief er womöglich direkt in die lähmenden Arme der Spinne? Sollte er nicht besser umkehren und versuchen, von Hinterzarten aus einen anderen Weg zu finden?

Vorsichtig setzte er einen Fuß vor den anderen. Wieder ging mit dem Rindenstück in seiner Hand eine Veränderung vor sich. Felix erschrak. Diese Reaktion hatte er schon einmal gesehen! Und sie deutete auf etwas hin, was er nicht noch einmal erleben wollte. Die Farben waren da, doch sie hatten ihren Glanz verloren. Mit jedem Schritt, den Felix weiterging, verblassten sie mehr, so als drehe er den Dimmer einer Lampe nach unten.

Felix traute sich jetzt kaum mehr sich zu bewegen. Was war hier los? »Sieh genau hin!« Die Stimme kam aus seinem Innersten. »Versuche das wahrzunehmen, was wirklich da ist!«

Noch einmal wanderte seine ausgestreckte Hand nach allen Seiten. Felix heftete seinen Blick konzentriert auf das Rindenstück. Es gab Unterschiede! Je weiter er die Hand nach rechts zum Wald und zur anderen Seite zum Bach hin ausstreckte, desto matter wurden die Farben. In der Mitte des Pfades blieben sie unverändert. Wieder setzte sich Felix vorsichtig in Bewegung. Langsam stieg er die Stufen empor. Als er die Kuppe erreicht hatte, sah er, wie sich nur wenige Hundert Meter vor ihm der Wald lichtete. Dahinter dehnte sich eine freie Fläche aus, deren graue Oberfläche von winzigen Lichtflecken bewegt wurde.

Das musste der Weiher sein! Felix atmete tief durch. Sein Ziel war zum Greifen nah. Am liebsten wäre er sofort losgelaufen. Doch noch hatte er es nicht geschafft. Er zwang sich, ruhig zu bleiben.

Schon nach wenigen Schritten sah er seine Vorsicht bestätigt. Gerade noch rechtzeitig bemerkte er, wie die Farben in seiner Hand erloschen. Blitzschnell zog er seinen Arm nach hinten, drehte sich um und lief den Weg zurück bis zu der Treppe. Als er sich schwer atmend über die oberste Stufe beugte, fuhr er zurück, als habe ihn der Blitz getroffen.

Zwei weit aufgerissene Augen starrten ihm entgegen. Das Gesicht des Geschöpfes verbarg sich unter einem wild wuchernden schwarzen Bart. Lange strähnige Haare fielen ihm bis auf die Schultern. Der Unbekannte bleckte herausfordernd die Zähne. Dann öffnete er den Mund und stieß eine Mischung aus Knurren und Zischen hervor. Im nächsten Moment schwang er den Fuß über die letzte Stufe und griff an.

Der Aufprall löste Felix' Erstarrung sofort. Er stieß einen gellenden Schrei aus und schlug wild um sich. Für einen Moment war der Unbekannte verblüfft und wich zurück. Jetzt erst sah Felix, dass er einen Knüppel in der Hand hielt, stark genug, um ihn mit einem einzigen Schlag zu Boden zu strecken. Wieder ließ der Mann ein gefährliches Knurren hören. Felix schoss das Blut in den Kopf. War das der Unbekannte, der ihn seit Hinterzarten verfolgte? Was wollte er? Der Mann sah aus, als sei er viel stärker, außerdem hatte er eine Waffe. Zu fliehen, war sinnlos. Felix würde direkt in die Arme der Spinne laufen. Felix tastete nach dem Messer, das an seinem Gürtel hing. Sofort klang wieder das gefährliche Zischen.

»Was … was willst du von mir?« Felix bemühte sich, seine Stimme kräftig erscheinen zu lassen. Doch er brachte nur ein mühsames Krächzen hervor. Der Mann schnaubte, doch er gab keine Antwort. Felix hob beide Arme und hielt ihm die geöffneten Handflächen entgegen.

»Ich bin unbewaffnet. Ich werde dir nichts tun!«

Wieder zischte es. Der Mann bewegte seinen Oberkörper leicht hin und her. Die Hand mit dem Knüppel hob sich.

Felix wich einen Schritt zurück und stolperte. Seine Hände fuchtelten in der Luft. Gleichzeitig überfiel es ihn siedend heiß. Seine Hände waren leer!

Der Wegweiser war weg. Er musste ihm bei dem plötzlichen Angriff heruntergefallen sein. Hektisch ließ er seinen Blick über den Boden wandern. Tatsächlich! Das Rindenstück lag am Rande des Weges, direkt vor den Füßen des Mannes!

Wieder machte der Unbekannte einen Schritt nach vorn. Felix suchte fieberhaft nach einer Möglichkeit, den Mann zu überwältigen. Nur mit seinem Messer hatte er eine geringe Chance.

Er musste versuchen, ihn abzulenken. »Ich heiße Felix.« Felix deutete mit den Fingern der linken Hand auf seine Brust. Gleichzeitig griff er mit der anderen Hand langsam zu der Stelle, an der der Dolch hing. »Ich bin Felix, und wer bist du?« Er deutete auf seinen Gegenüber.

Doch der Mann schien die Geste anders aufzufassen. Wieder ließ er drohend seine Tierlaute ertönen. Trotzdem schien ihn irgendetwas davon abzuhalten, sich auf Felix zu stürzen.

Felix' Finger tasteten nach dem Lederverschluss. Doch es gelang ihm nicht, den Griff zu fassen. Plötzlich kam ihm eine andere Idee.

»Du brauchst keine Angst vor mir zu haben«, begann er erneut. »Ich bin dein Freund.« Wieder hob er beide Hände, dann streifte er mit einer raschen Bewegung den Rucksack ab. »Ich werde es dir beweisen. Ich will dir etwas schenken.«

Der Mann hatte die Bewegungen aufmerksam verfolgt und sich nicht gerührt. Erst als Felix die große Außenklappe seines Rucksacks öffnete, ließ er wieder sein drohendes Knurren hören. Felix überlegte blitzschnell. Auf alles konnte er verzichten, nur nicht auf den Wegweiser. Er musste es riskieren.

Er ließ den Rucksack geöffnet und stellte ihn an den Rand des Weges. Dann trat er zur Seite und deutete darauf. »Für dich. Nimm dir, was du willst.«

Für ein paar Sekunden passierte überhaupt nichts. Es sah so aus, als ob der Mann intensiv nachdachte. Dann ging er unvermittelt auf Felix zu.

Es war der Moment der Entscheidung. Wenn Felix sich verschätzt hatte, war es mit ihm zu Ende. Doch der Mann verhielt sich so, wie er gehofft hatte. Er ließ Felix stehen und bückte sich zu dem Rucksack hinunter. Im selben Moment schlüpfte Felix an ihm vorbei. Mit ein paar schnellen Schritten war er an der Stelle angelangt, wo das Rindenstück im Gras lag. Rasch bückte er sich und hob es auf.

Jetzt blieb nur noch schnelle Flucht. Doch es war aussichtslos. Kaum hatte Felix den Fuß auf die erste Stufe der Treppe gesetzt, als der Mann bereits hinter ihm stand. An seinem drohenden Blick sah Felix, dass er jetzt keine Schonung mehr erwarten durfte. Schon schwebte der Knüppel über ihm. Um den Schlag abzuwehren, streckte Felix seinem Gegner instinktiv die Hand mit dem Rindenstück entgegen.

Der Mann hielt mitten in der Bewegung inne. Mit weit aufgerissenen Augen starrte er auf Felix' Hand. Für einen Moment stand er wie versteinert. Dann entglitten ihm seine Gesichtszüge. Er stieß einen Schrei aus, wie Felix ihn noch nie gehört hatte. Im nächsten Augenblick drehte er sich um. Durch den Schwung verlor er das Gleichgewicht, trat ins Leere, stürzte an Felix vorbei den Fels hinab und blieb am Fuß der Treppe regungslos liegen.

Felix reagierte rasch. Er kletterte nach oben und streifte seinen Rucksack über. Das Rindenstück hielt er fest mit seiner Hand umklammert. Noch einmal durfte ihm das nicht passieren! Der Wegweiser war seine Lebensversicherung.

Vorsichtig trat er an die Kante der Treppe und schaute nach unten. Der Mann lag auf dem Rücken, seine Arme und Beine wanden und krümmten sich in krampfhaften Zuckungen. Gleichzeitig stieß er ein klagendes Wimmern hervor, das Felix eiskalte Schauer den Rücken entlanglaufen ließ.

Was war das? Der Sturz war nicht so gefährlich, dass sich der Mann hätte ernsthaft verletzen können. Es sah vielmehr so aus, als ob das blanke Entsetzen ihn gepackt hätte. Felix überlegte kurz, ob er ihm helfen sollte, doch dann riss er sich von dem Anblick los und drehte sich um. Er durfte jetzt keine Zeit verlieren. Doch wo sollte er hin? Der Wegweiser hatte deutlich reagiert. Wenn er den Weg weiterging, würde er geradewegs der Spinne in die Arme laufen. Obwohl der Angreifer jeden Moment wieder hinter ihm auftauchen konnte, zwang Felix sich zur Ruhe. Langsam bewegte er sich auf die Stelle zu, an der er beim ersten Mal aufgehalten worden war. Die Farben in seiner Hand reagierten sofort. Von irgendwoher stieg ein fernes Summen auf. Felix streckte seinen Arm so weit wie möglich aus und beschrieb mit dem Wegweiser einen Halbkreis.

Sieh genau hin! Versuche das wahrzunehmen, was wirklich da ist!

Direkt vor ihm gab es kein Durchkommen. Auch auf der rechten Seite des Weges blieben die Farben tot. Zum Bach hin meinte Felix ein schwaches Schimmern wahrzunehmen. Er verließ den Pfad und tastete sich vorsichtig einige Schritte durch das Unterholz. In das Summen mischte sich ein tiefer, unergründlicher Ton wie die Schwingung einer riesigen Glocke. Für keinen Moment ließ er das Rindenstück in seiner Hand aus den Augen. Das Leuchten war schwach wie bei einer Kerze, die völlig heruntergebrannt war und jeden Moment ausgehen konnte. Doch es war ein Hoffnungsschimmer. Der Bach!, schoss es ihm durch den Kopf. Er musste den Bach erreichen! Die Erinnerung an Lena gab ihm Mut. »Am Wasser ist es am sichersten. Folge dem Wasser!«

Felix kam sich vor wie auf einem Hochseil, das über einen Abgrund gespannt war. Jeder falsche Schritt konnte das Ende bedeuten. Wieder prüfte er sorgfältig alle Richtungen. Hinter ihm blieb es ruhig. Wenn er Glück hatte, hatte der Unbekannte die Verfolgung aufgegeben.

Jetzt war er nur noch wenige Schritte vom Ufer des Baches entfernt. Das Gluckern des Wassers mischte sich in den Gesang, der sich jetzt von allen Seiten her erhob. Wieder sah Felix auf die Borke in seiner Hand. Das Leuchten war jetzt kaum mehr wahrnehmbar.

Er musste es riskieren.

Felix schloss die Augen. Dann atmete er einmal tief durch und sprang los.

Es war, als fiele er in eine Wand aus durchsichtigem Gelee. Sein Körper wurde schwer, die Arme waren nicht mehr als willenlose Anhängsel und gehorchten ihm nicht mehr. Die Beine knickten unter ihm zusammen. Mit letzter Kraft gelangen ihm noch zwei Schritte. Dann stürzte er zu Boden. Das Wasser war eiskalt und brachte ihn rasch wieder zur Besinnung. Er spürte, wie sich das Leben wieder in ihm regte. Sein Knie schmerzte, seine Hände waren aufgeschürft. Felix hob den Kopf. Immer noch brauste es um ihn, als sei er in einen Bienenschwarm geraten. Doch das lockende Singen war verschwunden. Mühsam rappelte Felix sich auf. Der Bach war an dieser Stelle kaum knietief. Dennoch war er nass bis auf die Knochen. Sein Blick fiel auf den Wegweiser. Die Farben traten nun wieder deutlich stärker hervor. Noch einmal wandte er sich um, doch es sah so aus, als habe er den Verfolger endgültig abgeschüttelt.

Er hatte es geschafft!

Etwa 30 Meter vor sich sah er das ehemalige Abflussrohr des Weihers. Es war längst verstopft mit Zweigen, Ästen und Laub. Das Wasser hatte sich seinen eigenen Weg gesucht und floss unterhalb der Öffnung wieder zusammen.

Felix lief im Bach weiter, bis er den See erreichte. Zu seiner Freude leuchtete der Wegweiser in seiner Hand wie gewohnt kräftig. Das vertraute pulsierende Farbenspiel ließ seine Stimmung sofort steigen. Es schien, als habe die geheimnisvolle Kraft einen Schutzring um den Weiher gelegt, um ihn vor unerwünschten Besuchern zu schützen.

Es war inzwischen fast dunkel. Zwischen den Wolken am Himmel blinkten die ersten Sterne. Felix begann zu frieren. Er hatte sein Ziel erreicht, doch jetzt galt es, einen geeigneten Platz für die Nacht zu finden.

Das Wasser hatte aus dem Weg um den See an einigen

Stellen tiefe Kerben herausgewaschen, ein paar umgestürzte Bäume lagen am Ufer. Doch über alle Hindernisse konnte Felix ohne Mühe hinwegsteigen. Schon bald tauchte eine Art Schutzhütte auf. Es war ein Blockhaus mit fest übereinandergefügten Holzstämmen, das zur Seeseite hin offen war. Es umschloss einen betonierten Raum, an dessen Längsseite eine feste Bank aus grob behauenem Holz an der Wand angeschraubt war. Davor stand ein einfacher Tisch. Wind und Wetter hatten Erde, Sand, Fichtenzapfen und abgerissene kleine Zweige herangeweht. In der Erde waren inzwischen Gräser gekeimt, aus dem Spalt zwischen Bank und Wand zwängte sich eine junge Birke hervor. Felix war so erschöpft, dass er sich mitsamt dem Rucksack auf die Bank warf und Arme und Beine weit von sich streckte. Eine Weile blieb er so sitzen und wäre fast eingeschlafen. Erst als ihn ein Zittern überfiel, wurde ihm klar, dass der Tag für ihn noch nicht zu Ende war. Zudem meldete sich sein Magen mit lautem Knurren. Felix streifte den Rucksack ab. Dann begann er, Stück für Stück seine Kleider auszuziehen. Einiges war nicht so durchnässt, wie er es befürchtet hatte, doch vor allem Schuhe und Strümpfe waren für heute nicht mehr zu gebrauchen. Die Socken musste er auswringen, aus den Schuhen floss Wasser, als er sie umdrehte.

Wieder einmal erwies sich der Rucksack, den er am Hof der Riesles bekommen hatte und der ihm auf den ersten Blick ziemlich vorsintflutlich vorgekommen war, als erstaunlich zweckmäßig. Der Inhalt war trotz seines Sturzes in den Bach völlig trocken geblieben. Felix reihte die Lebensmittel auf dem Tisch auf. Dann zog er die Decke hervor, warf sie sich um die Schultern und begann, sich kräftig zu massieren. Mit den Beinen verfuhr er ebenso, bis die Kälte aus seiner Haut verschwunden war. Er suchte zusammen, was er an Ersatzkleidung fand, und zog alles an. Dann verteilte er die nassen Sachen überall in der Hütte, wo er einen Platz zum Aufhängen fand.

Felix entschied, dass dies der Moment war, in dem er ein Feuer machen sollte. Natürlich würden die Flammen weithin sichtbar jedem seinen Schlupfwinkel verraten. Doch irgendetwas in ihm sagte ihm, dass er in dieser Nacht nichts zu befürchten hatte. Der Angreifer würde es nicht wagen, ihm auf demselben Weg zu folgen. Falls er es überhaupt tat. Natürlich konnte es noch einen weiteren Zugang geben, von dem Felix nichts ahnte. Doch er war zu erschöpft, um sich noch zu sorgen. Er sammelte an kleinen Zweigen und Ästen, was er in und um die Hütte finden konnte, und schichtete sie vor dem Tisch zu einer kleinen Pyramide auf. Am Ende lehnte er einige der trockenen Fichtenzapfen von außen dagegen.

Die Kienspäne, die er außen am Rucksack befestigt hatte, waren nass geworden. Dagegen waren die Streichhölzer im Innern inzwischen so weit abgetrocknet, dass bereits das erste, das er anstrich, eine Flamme schlug. Auch die Zapfen fingen sofort Feuer. Vorsichtig schob Felix die Holzstückchen aneinander, bis schließlich ein munteres Feuerchen prasselte. Nach ein paar Minuten konnte er bereits zwei dickere Zweige auflegen.

Felix rieb die Hände über dem Feuer. Die Wärme tat ihm wohl. Der aufsteigende Rauch war erfüllt vom Duft des Waldes. Die tanzenden kleinen Flämmchen flackerten wie lebendige Wesen und vermittelten Felix das Gefühl, nicht ganz alleine zu sein.

Als er den Kopf hob, glitt sein Blick über die ruhig vor ihm liegende Oberfläche des Sees. Hinter den Wipfeln der Bäume am anderen Ufer stieg die silberne Scheibe des Mondes empor, warf ein funkelndes Netz über das Wasser und spiegelte sich in unzähligen auf und ab tanzenden Lichtern. Ein leiser Wind strich über das Wasser. Von irgendwo hinter den Wäldern klang ein einsamer Ruf.

Ein Käuzchen, dachte Felix. Es wird Hunger haben.

Er zwang seine Augenlider auseinander.

»Hunger.« Sein Blick fiel auf die Päckchen mit dem Essen, die Lenas Mutter ihm eingepackt hatte. »Ich muss …«

Sein Kopf sank auf die Brust. »Nur noch …« Der Oberkörper wurde schwer und kippte nach vorne auf die Tischplatte.

Sekunden später war er fest eingeschlafen.

*

Felix wachte auf, als etwas ihn an der Wange kitzelte. Er war mindestens ebenso erschrocken wie die Maus, die ihn mit ihren winzigen schwarzen Knopfaugen ansah und sich mit einem Satz und erschrockenem Quietschen in Sicherheit brachte. Gleichzeitig flogen durch Felix' plötzliche Bewegung ein paar Vögel auf, die vom Geruch des Essens ebenso angelockt worden waren wie ein paar Käfer und Wespen. Felix rieb sich die Augen und blinzelte. Es war heller Tag. Im Wald zwitscherten die Vögel, im Gras summte es. Das Wasser schlug in sanften Wellen ans Ufer. Ein Stück weit entfernt zog ein Entenpärchen vorbei.

Felix spürte, wie seine Schulter und der Arm, auf dem sein Kopf gelegen hatte, schmerzten. Sein linkes Bein war eingeschlafen. Er musste sich am Tisch festhalten, um beim Aufstehen nicht einzuknicken. Als er sich zu seiner ganzen Größe aufrichtete, sprang die Maus mit zwei kühnen Sätzen von der Tischplatte über die Bank auf den Boden und war im nächsten Moment hinter der Hüttenwand verschwunden. Die Wespe flog zornig auf, umkreiste ihn zweimal in sicherem Abstand und flog dann davon.

Felix trat unter dem Dach hervor. Hinter ihm stand die Sonne bereits hoch am Himmel, es war angenehm warm. Am liebsten wäre er in den See gesprungen. Doch als er am Ufer die Hand hineinstreckte, zuckte er zurück. Das Wasser des Bergsees war klar und eiskalt. Er beschränkte sich darauf, den Mund auszuspülen und sich ein paar Hände voll ins Gesicht zu werfen, um endgültig wach zu werden.

Als er sich erfrischt hatte, ging er zurück zum Tisch. »Hotel Garni. Einmal Übernachtung mit Frühstück. Ohne Kaffee.« Sein Blick fiel auf das, was Lenas Mutter ihm eingepackt hatte. Trotz des ungebetenen Besuchs am Morgen war das meiste unversehrt und stand da, wo er es am Abend aufgereiht hatte. Lediglich beim Brot war das Papier aufgerissen und einer der Laibe angefressen. Felix scheuchte die Käfer zur Seite, riss ein Stück ab und steckte es sich in den Mund, um den ersten Hunger zu stillen. Dann schnürte er den Rahmkäse auf. Ein wunderbarer Duft stieg ihm in die Nase. Zum Vorschein kam ein handtellergroßer gelblicher Leib, weich und mit winzigen Löchern überzogen.

Felix musste sich zwingen, nicht alles auf einmal hinunterzuschlingen. Langsam und bedächtig brach er abwechselnd ein Stück vom Brot und vom Käse ab und kaute es genüsslich. Der Käse bitzelte auf der Zunge, das Brot war kräftig und mit Gewürzen versetzt, die er nicht kannte. Als Nachtisch folgten zwei getrocknete Apfelringe.

Felix räumte die übrigen Lebensmittel sorgfältig zusammen. Selbst wenn ihn wie gestern noch einmal etwas aufhalten würde, konnte er bei sparsamer Einteilung gut zwei Tage damit auskommen. Außerdem rechnete er fest damit, schon in ein paar Stunden dorthin zu gelangen, wo Sepp wohnte. Dort würde sich alles Weitere finden.

Die Kleider und Strümpfe waren während der Nacht fast völlig getrocknet. Lediglich den Schuhen merkte Felix immer noch an, dass sie mit Wasser durchtränkt gewesen waren. Er stellte sie in die Asche des abgebrannten Feuers, die immer noch ein wenig Wärme abstrahlte. Jetzt probierte er zum ersten Mal die Sandalen an, die er geschenkt bekommen hatte. Die eigenartige Konstruktion aus Holz, Stroh, Rinde und Wolle fühlte sich hart und ungewohnt an. Doch es war besser, als barfuß durch den Wald laufen zu müssen.

Ehe er aufbrach, beschloss Felix, den Rucksack komplett neu zu packen. Er leerte alle Taschen und breitete den Inhalt auf dem Tisch aus. Den leeren Rucksack stülpte er um, um ihn auszuklopfen. Dabei fühlte er an der Innenseite etwas Hartes in einer flachen Tasche, was ihm bisher nicht aufgefallen war. Vorsichtig griff er hinein. Zu seinem Erstaunen zog er ein kleines Heft hervor. Es war eine Art Notizblock, ähnlich wie ihn seine Tante benutzte, um ihre Einkäufe aufzuschreiben und um einen Überblick über die Ausgaben zu haben. Das Heft hatte einen festen Umschlag aus blauem Karton, der schon ziemlich verschlissen aussah. Hinter der kleinen Lücke der Heftung steckte ein Stift.

Woher kam das? Hatte jemand der Riesles vergessen, es herauszunehmen, ehe Felix den Rucksack bekommen hatte?

Sein Erstaunen wurde noch größer, als er auf dem Deckblatt seinen Namen las. Er schlug es auf. Die erste Seite war mit dicht untereinander stehenden Zeilen beschrieben.

Schon nach den ersten Worten begann sein Herz zu klopfen.

»*Lieber Felix*«, las er, »*wenn du dies liest, bist du wahrscheinlich schon weit weg. Ich hoffe, es geht dir gut. Ich wäre gerne mitgegangen. Aber ich kann hier nicht weg. Noch nicht. Du weißt schon. Außerdem habe ich bei unserem Gespräch am Bach gespürt, dass du diese Aufgabe alleine bewältigen musst. Dieses Büchlein ist das Letzte, was wir noch hatten. Es sollte helfen in Zeiten, in denen du dir wünschst, jemanden zu haben, mit dem du sprechen kannst. Es tut gut, wenn man etwas teilen kann. Sei es Freude oder Schmerz.*

Mögen die guten Mächte dich beschützen. Deine Anna.

Nachtrag: Gehe sparsam mit dem Bleistift um.«

Dahinter hatte sie einen Smiley, eine Blüte und ein Herzchen gezeichnet.

Anna!

Felix spürte einen Kloß im Hals, als er die Schrift betrachtete. Versonnen strich er mit den Fingern über das Blatt. Dann las er noch einmal, langsam, Wort für Wort. Es war, als sitze er noch einmal neben ihr auf der Wiese hinter dem Hof. Er sah ihre Augen, in denen sich Hoffnung und Sehnsucht, Neugier und Furcht spiegelte. Er musste ihr vorgekommen sein wie ein Bote aus einer anderen Welt. Wie ein Versprechen, das noch nicht eingelöst werden durfte.

Nachdenklich machte sich Felix daran, sorgfältig alles einzupacken. Fast alles, was er mit sich trug, waren Geschenke der Riesles: das Essen und die Kleidungsstücke von Lenas Mutter, das Messer von ihrem Großvater, der Wegweiser hatte Lukas gehört. Lauter notwendige, überlebenswichtige Dinge. Und nun dieses schmale, unscheinbare Heft. Felix kam es so vor, als habe ihm Anna ein Stück Erinnerung mitgegeben. Und die Gewissheit, dass es irgendwo jemanden gab, der an ihn dachte.

Felix steckte das Heft zusammen mit dem Bleistift zurück in die Innentasche. Dann schnürte er die Riemen fest. Am Ende klopfte er die Asche aus den Schuhen, die immer noch nicht ganz getrocknet waren, und band sie zusammen mit dem aufgerollten Seil außen fest.

Übrig blieben das Rindenstück und die Karte, die er in Hinterzarten mitgenommen hatte. Er breitete sie auf dem Tisch aus, strich sie glatt und beschwerte die Seiten mit jeweils einem Stein. Georgs Erinnerungen und seine Skizze hatten ihn bis hierher geführt. Hier am Mathisleweiher hatte Lenas Bruder den Mann getroffen, der sich Sepp nannte und bei dem er den Anhänger mit dem Silberschiffchen gesehen hatte. Vielleicht hatten sie sogar auf derselben Bank gesessen, wie er es jetzt tat.

Felix versuchte, sich an das zu erinnern, was Georg zu ihm gesagt hatte. Josef würde am Feldberg wohnen, hatte er angedeutet. Ausgerechnet in der Nähe des Berges, der zu denen gehörte, die die geheimnisvolle Kraft vollständig abgeschottet hatte. Eine Tabuzone, deren Betreten tödlich war. Und doch schien es so, als habe Sepp ausgerechnet irgendwo dort den Platz gefunden, der ihm das Leben ermöglichte. Auch die Riesles hatten einen solchen Ort für sich entdeckt. Einen Ort, von dem niemand ahnte, dass es ihn gab. Und zu dem der Zugang verborgen lag.

»Wir haben uns dann verabschiedet. Wir sind nach Hause, und Josef ist den See entlang in die andere Richtung weitergelaufen.« So oder ähnlich war Georgs letzte Erinnerung an die unverhoffte Begegnung gewesen.

Felix stand auf, trat vor die Schutzhütte an das Ufer des Weihers und ließ seinen Blick schweifen. Der See war nicht groß, ohne viel Mühe konnte er von seinem Platz aus das gegenüberliegende Ufer und die beiden Enden erkennen. Er versuchte sich zu konzentrieren. Georg und die anderen waren von hier aus heimwärts gegangen, also in die Richtung, von der Felix gekommen war. Demnach musste er sich nach links orientieren, um einen Weg zu finden, der ihn weiterführte.

Auf der Karte war außer ein paar dünnen Linien nur wenig zu erkennen. Anscheinend waren die Tagesausflügler üblicherweise denselben Weg wieder zurück nach Hinterzarten gegangen. Dennoch musste es eine Möglichkeit geben, in Richtung Feldberg weiterzugehen. Wenn es keinen Weg gab, würde Felix sich durch den Wald schlagen müssen.

Felix faltete die Karte sorgfältig zusammen und steckte sie in seine Gesäßtasche. Dann schulterte er den Rucksack, nahm den Wegweiser in die Hand und lief los; wenn es einen zweiten Durchschlupf gab, würde er ihn finden. Und wenn er um den ganzen See herumlaufen musste.

Eine Stunde und etliche blutige Dornenschrammen an den Armen später stand Felix wieder an derselben Stelle. Wütend warf er sein Gepäck auf den Boden. Seine Suche war vergebens. Es sah ganz so aus, als habe er sich im Netz der Spinne verfangen. Was am Abend zuvor noch die Rettung vor dem unbekannten Angreifer bedeutet hatte, schien ihm jetzt zur Falle geworden zu sein. Felix setzte sich am Ufer auf einen flachen Stein und starrte über die Wasseroberfläche. Sein Zorn wandelte sich in Resignation. Es hatte alles keinen Sinn. Er bewegte sich im Schneckentempo durch eine Welt, die ihm fremd war, eine Richtung, die er nicht kannte, zu einem Ziel, das im Nebel lag. Alleine.

Nach allen Regeln der Vernunft war dies das Ende seiner Suche. Hier war der Ort, an dem er umkehren sollte. Mit viel Glück konnte er es schaffen, einen Weg zurückzufinden und wieder nach Hause zu gelangen. Wenn er unterwegs nicht längst verhungert war.

Er war 16 Jahre alt und hatte sein ganzes Leben noch vor sich. Warum sollte er sich die Zukunft durch die vagen Schatten der Vergangenheit verbauen? Seine Tante würde ihn mit Freuden begrüßen. Birte würde auf ihn warten, und sein Motorrad. Und er war nicht auf den Kopf gefallen. In zwei oder drei Jahren konnte er auf die Universität gehen, er würde einen tollen Job finden, Geld verdienen …

Felix betrachtete das Rindenstück in seiner Hand. Die zarten Linien liefen über- und nebeneinander und pulsierten in allen Farben, so als sei nichts geschehen. Ein Wegweiser! Welchen Weg hatte er ihm bisher gewiesen? War es nicht so, dass er zu nichts anderem nütze war, als einer unbestimmten Gefahr aus dem Weg zu gehen, von der niemand wusste, woher sie kam und was sie wirklich war?

Der seltsame Mann von gestern fiel ihm ein. Er hatte beim Anblick des Wegweisers auf eine Art reagiert, die Felix völlig unverständlich und bisher unbekannt war. War es am Ende sogar so, dass der Träger der Rinde ins Verderben gelockt wurde? Onkel Thomas hatte irgendwann seine Suche aufgegeben, weil er von einer seltsamen Krankheit befallen wurde. Hatte er am Ende auch einen solchen »Helfer« besessen?

»Nutze es nicht leichtfertig«, hatte Lena gesagt, als sie ihm das Kästchen mit dem Abschiedsgeschenk gegeben hatte. »Noch weiß niemand genau, wie es wirkt.« Der Tod seines Onkels, die panische Reaktion des Mannes am Tag zuvor – was würde das Rindenstück bei Felix bewirken? Sollte er das Ganze nicht lieber vergessen? War es nicht am besten, die Rinde hier und jetzt in hohem Bogen in den See zu werfen?

Felix schloss die Augen und atmete tief durch. Er durfte jetzt nicht alle Vernunft fahren lassen. Der Wegweiser war die einzige Möglichkeit, aus der Umklammerung der Spinne herauszukommen. Seit gestern konnte sich der Zugang über den Bach bereits wieder verschoben haben. Und Felix wusste, was passieren würde, wenn er nicht rechtzeitig der Kraft aus dem Weg ging.

Fliegen müsste man können, dachte er, als er in einiger

Entfernung das Entenpaar sah, das ihm gestern bereits aufgefallen war. Die beiden ruderten durch die lichten Stellen des Schilfs. Emsig tauchten sie hier und da den Kopf ins Wasser auf der Suche nach ihrem Frühstück. Wie weit wohl die lähmende Kraft nach oben reichte? Niemand hatte es ihm sagen können. Vielleicht waren es nur ein paar Meter! Vielleicht reichte es, wenn er auf einen Baum stieg und versuchte, über die Wipfel eines anderen hinunterzuklettern? Was war mit dem Boden? Vielleicht würde er eine Höhle finden, durch die er nach außen kriechen konnte? Für Mäuse und Käfer gab es offensichtlich Gelegenheiten zum Durchschlüpfen, um ihm sein Essen zu stibitzen.

Inzwischen stand die Sonne hoch am Himmel. Es musste um die Mittagszeit sein. Felix überlegte. Wenn er jetzt aufbrach, konnte er mit etwas Glück am späten Nachmittag wieder in Hinterzarten sein. Dort würde er sich ein Plätzchen für die Nacht suchen, vielleicht im Büro der Touristeninformation. Von Hinterzarten zum Titisee war es nicht weit. Er konnte dort die Kontaktperson finden, die Wacker ihm genannt hatte und die sein ursprüngliches Ziel gewesen war. Dort würde man ihm bestimmt helfen, den umgekehrten Weg durch das Elztal wieder hinauszufinden. In ein paar Tagen konnte er wieder zu Hause sein.

Felix wurde warm. Er zog den Verschluss seiner Jacke herunter und beugte sich nach vorne, um etwas zu trinken. Dabei fiel ihm der kleine Anhänger aus dem Hemdkragen. Das silberne Schiffchen baumelte über der Wasseroberfläche und spiegelte sich in der Sonne. Es war, als hüpfte eine ganze Flotte kleiner Segelboote in den winzigen Wellen auf und nieder.

Felix fasste nach dem Schmuckstück und richtete sich wieder auf.

N. B.

Nadja Bühler. Seine Mutter.

Seine Gedanken schweiften zu der Nacht mit dem Traum, in dem er auf hoher See in einem Sturm um sein Leben kämpfte. Als ihm das Antlitz erschienen war, das er am nächsten Tag in dem Fotoalbum wiedererkannt hatte. Es war stumm gewesen und gleichzeitig so lebendig, dass er die Gewissheit hatte, dass seine Mutter noch lebte.

Nein. Er konnte nicht aufgeben. Er durfte nicht aufgeben.

Er würde noch einmal das Ufer entlanggehen und jeden einzelnen Meter absuchen. Und wenn es sein musste, ein drittes und ein viertes Mal.

Entschlossen schulterte er den Rucksack und lief los.

Wieder wandte er sich nach links. Das Gelände um den See sah auf den ersten Blick überall gleich aus. Schilf und Binsen entlang des Ufers, ein paar junge Erlen, die in den letzten Jahren gekeimt und gewachsen waren. Der Waldrand ähnelte dem, der sich ihm auf der Höhe des Hanges in Hinterzarten am Ortsende entgegengestellt hatte. Die Äste der Bäume hingen tief herab, darunter ein Dickicht aus jungen Bäumen, Haselsträuchern, Stechpalmen und immer wieder Brombeerhecken. Dazwischen wand sich der Weg, den Felix nur noch als schmalen Pfad erahnte, der aber dennoch erstaunlicherweise gut begehbar war.

Felix beobachtete konzentriert den Wegweiser in seiner Hand. Es war ein mühsames Unterfangen. Alle paar Meter blieb Felix stehen und streckte seinen Arm mit dem Rindenstück nach links in das Unterholz, so weit er konnte. Jedes Mal war es, als ob ein Schatten über die Farben in seiner Hand fiel. Das Leuchten verblasste, die Bewegungen erloschen.

Felix war bewusst, dass er sich auf einem gefährlich schmalen Grat bewegte. Er konnte nur hoffen, dass der Wegweiser ihn so rechtzeitig warnte, dass er nicht unversehens von der Lähmung überfallen wurde. Nach seinem vergeblichen Versuch am Morgen bewegte sich Felix dieses Mal nicht einmal halb so schnell vorwärts. Der Schatten an seiner Seite war bereits ein sichtbares Stück länger geworden, als er das Ende des Sees erreichte. Hier blieb er stehen und faltete die Karte auseinander.

Josef war damals nach dem Abschied von Georg in diese Richtung weitergegangen. Vielleicht hatte die Spinne sich seither verändert. Immerhin war inzwischen einige Zeit vergangen. Auf der Karte war keine Abzweigung zu erkennen, die von dem Rundweg weggeführt hätte.

Doch Felix fiel etwas anderes ins Auge. Beim näheren Hinsehen bemerkte er eine winzige dünne Linie, die er zuerst für einen Knick oder eine Falte gehalten hatte. Felix hob den Blick. Als er am Morgen das erste Mal hier vorbeigelaufen war, war es ihm nicht aufgefallen. Doch jetzt war es deutlich. Ein paar Meter vor ihm bemerkte er, dass der Bewuchs zu beiden Seiten des Weges sich von dem Rest des Weges unterschied. Unterholz und Gebüsch gab es am Waldrand fast keines. Stattdessen war der Boden überwuchert mit niedrigen Pflanzen, deren riesige Blätter Felix an den Rhabarber zu Hause im Garten erinnerten. Dicke Grasbüschel streckten ihre Stängel brusthoch empor. Ein dichter Kranz von strahlend gelb leuchtenden Sumpfdotterblumen zog sich über den Weg, der an dieser Stelle tief und feucht war, bis in den See hinein.

Warum war ihm das beim ersten Mal nicht aufgefallen? Die Pflanzen deuteten darauf hin, dass es hier Wasser geben musste. Viel Wasser. Blitzartig wurde ihm klar, was die dünne Linie auf der Karte bedeutete. Dies war der Zufluss zum Mathisleweiher. Der Bach, aus dem sich das Wasser des Sees speiste. Felix bewegte sich langsam und konzentriert vorwärts. Er tastete sich voran wie ein Blinder, der in jedem Moment damit rechnen musste, in einen Abgrund zu stürzen. Schritt für Schritt ging er der feuchten Stelle entgegen, die Augen in raschem Wechsel zu dem Rindenstück in seiner ausgestreckten Hand. Auf dem Weg leuchteten die Farben, daneben verblassten sie.

Dann, plötzlich, sah er es. Kaum wahrnehmbar. Und dennoch signalisierten die Farben, dass er nahe an einer Stelle war, an der die Kraft weniger Wirkung hatte. Stück für Stück arbeitete er sich vorwärts, weg vom Weiher, hinein in den Wald. In jedem Moment musste er darauf gefasst sein, wieder nach hinten zurückweichen zu müssen. Das Licht flackerte bedenklich wie bei einer alten Neonröhre, die kurz davor war, den Geist aufzugeben. Doch jedes Mal kehrten die Farben zurück, zwar schwach, aber deutlich wahrnehmbar.

Felix war inzwischen bis über die Fußknöchel in der feuchten Erde eingesunken. Längst hatte er die Sandalen ausgezogen. Dennoch wurde das Gehen mühsamer, jeder Schritt rief ein schmatzendes Geräusch hervor, wenn er den Fuß wieder herauszog. In seine Spuren gluckerte das Wasser und hinterließ kleine Pfützen. Um ihn herum wucherten sattgrüne Pflanzen mit großen Blättern, die Baumkronen über ihm waren dicht verwachsen und schirmten das Tageslicht fast völlig ab. Doch er kam vorwärts. Der Boden wurde fester, der Bewuchs wurde von mit Moos bedeckten Steinen abgelöst, seine Füße fanden mit jedem Schritt besseren Halt. Das Leuchten in seiner Hand wurde stärker und fand zu der Regelmäßigkeit zurück, die ihm vertraut war. Aus dem sumpfigen Waldboden trat allmählich ein schmaler Wasserlauf hervor, der sich in unzähligen kleinen Windungen vor ihm entlangschlängelte. Einen Weg gab es nicht, doch das interessierte Felix im Moment wenig. Dies musste der Bach sein, der auf seiner Karte als winzige Linie eingezeichnet war. Und er war sich sicher, dass Josef hier entlanggegangen war.

Die Spinne hatte ihn freigegeben!

Der Blick nach hinten zeigte ihm, dass er inzwischen ein gutes Stück von dem Weiher entfernt sein musste. Die Helle war vollständig hinter der Kulisse der Bäume verschwunden. Überall um ihn herum war jetzt Wald. Er hatte keine Ahnung, wo er sich befand. Vor allem wusste er nicht, wie weit der Wald sich erstreckte. Wahrscheinlich war es das Beste, wenn er vorläufig dem Bachlauf folgte. Das Gluckern des Wassers klang vertrauenerweckend, er hatte das Gefühl, dass hier nichts passieren konnte. Trotzdem blieb ein Rest Unsicherheit. Der Unbekannte von gestern – wo er jetzt wohl gerade war? Ob Felix ihn endgültig abgeschüttelt hatte? Er musste weiter wachsam sein.

Nachdem der Wegweiser in seiner Hand eine ganze Weile wieder kräftig leuchtete, entschloss sich Felix, eine kurze Rast einzulegen. Er stellte sich mitten in den Bach, um die Reste des Schlammes abzuwaschen. Er musste die Zähne zusammenbeißen, das Wasser war eiskalt.

Leider änderte der Bach an seiner Seite schon bald erneut sein Aussehen. Er wurde zuerst schmaler, dann spaltete er sich in mehrere Arme auf, von denen sich einige in kaum mehr wahrnehmbare Rinnsale verliefen. Gleichzeitig wuchs und wucherte es überall, sodass Felix kaum noch erkennen konnte, woher das Wasser kam und in welche Richtung er sich halten musste.

Irgendwann fand er sich auf einer fast kreisrunden Lichtung wieder. Der Waldboden war an dieser Stelle schlammig, überall ragten moosbewachsene Steine hervor. Das spärliche Wasser verschwand völlig unter dem dichten Wuchs der großblättrigen Pflanzen, die sich in der Nähe des Wassers besonders wohlzufühlen schienen und deren Namen Felix nicht wusste.

Von oben her kam wenig Licht herein. Die Sonne stand schräg über den Baumwipfeln, die sich über der Lichtung einander zuneigten. Eine frische Kühle lag über dem Ort. Die letzte halbe Stunde war Felix gehörig ins Schwitzen gekommen, jetzt überfiel ihn ein kühles Schaudern.

Er ging ein paar Schritte am Rand entlang. Es sah ganz so aus, als ob dies die Quelle des Bachlaufes sei. Felix entschied sich, sich hier nicht lange aufzuhalten. So gut es ging, prägte er sich den Weg ein, von dem er gekommen war. Er wollte versuchen, so lange wie möglich die Richtung beizubehalten. Irgendwann würde er an den Waldrand kommen. Oder er entdeckte eine Lichtung, auf der er, wenn er Glück hatte, einen Hochsitz oder einen Baum fand, an dem er ein Stück hochklettern und sich orientieren konnte.

Auf der gegenüberliegenden Seite der Quelle änderte sich das Bild. Der zuvor dicht bewachsene Boden wurde steinig, um ihn herum standen fast nur noch Fichten und Tannen. Überall lagen dicke Teppiche alter Nadeln und dämpften den Schritt. Sogar die Luft schien trockener zu werden. Felix kam gut voran. Um die Richtung einigermaßen beizubehalten, arbeitete er sich etappenweise vorwärts. Er suchte jeweils die Verlängerung des Weges, den er gekommen war, nach vorn, suchte sich ein Stück voraus einen markanten Punkt und hielt darauf zu.

Die Bäume sahen beileibe nicht alle gleich aus. Es gab Fichten, die durch einen Blitzeinschlag ihre Spitze verloren hatten und auf eine bizarre Art und Weise in mehreren neuen Trieben weiterwuchsen. An einer Stelle hatte sich von dem immer steiler aufsteigenden Weg ein Stück Fels gelöst und einen jungen Stamm derart zur Seite gedrückt, dass er im Streben nach Licht einen seltsamen Bogen beschreiben musste, der Felix an ein halbes Fragezeichen erinnerte. Zwei exakt parallel nebeneinanderstehende Fichten, die Felix von Weitem aufgefallen waren, erwiesen sich als Zwillingsstamm, der aus einer gemeinsamen Wurzel emporstrebte.

Allmählich mischte sich in die düstere Kulisse der Nadelbäume das helle, frische Grün der Lärchen. An ein paar wenigen Stellen leuchteten rote Stechpalmenfrüchte, die die Vögel über Winter übrig gelassen hatten. Am Fuße einer mächtigen Tanne, die wie der Mastbaum eines Segelschiffes emporragte, entdeckte Felix einen riesigen Ameisenhaufen. Das Nest breitete sich inmitten der wulstigen Wurzeln aus und war so hoch, dass es Felix fast bis an die Brust reichte. Er stellte den Rucksack ein paar Schritte zur Seite, dann näherte er sich vorsichtig, um die Tierchen zu beobachten. Überall wuselte es. Die Ameisen liefen scheinbar völlig ziellos durcheinander. Erst beim näheren Hinsehen vermochte Felix Einzelheiten zu erkennen. Viele schleppten Tannennadeln und winzige Aststückchen, manche alleine, andere zu mehreren. Eine ganze Gruppe hatte sich um einen toten Käfer zusammengefunden, den sie gemeinsam in eine Öffnung zerrten, die kaum größer war als ihre Beute. An einem Grashalm, der mindestens 20 Mal so groß war wie die Tiere selbst, mühten sich zwei gemeinsam ab. Als sie eine steile Stelle erreichten, rutschte die Last immer wieder zurück, doch beide ließen nicht locker. Felix bewunderte ihre Ausdauer. Er fragte sich, was es war, das die Tiere nicht einfach aufgeben ließ. Wer sagte ihnen, was sie tun mussten? Wie kam es, dass die abertausend Tiere wussten, was ihre Aufgabe war? Eines alleine hätte keine Chance. Stattdessen arbeiteten sie alle zusammen an einem großen Ziel.

Vorsichtig, damit er nichts zerstörte, entfernte sich Felix von dem Nest und ging zurück zu seinem Rucksack. Er kramte ein zweites seiner Brote heraus und aß die Hälfte davon auf. Inzwischen hatte er gelernt, dass es besser war, langsam zu essen. Er hatte nicht nur länger etwas davon, sondern genoss beim Kauen die feinen Geschmacksnuancen, die ihm beim Hinunterschlingen entgangen wären.

Je weiter er vorwärts stapfte, desto mehr lichtete sich der Wald. Der Weg, den er eingeschlagen hatte, wurde deutlich steiler. Bald wuchsen nur noch vereinzelte Laubbäume um ihn herum. Stattdessen fand er sich bald in einer Felsenlandschaft wieder, in der er rasch den Überblick verlor. Plötzlich aufragende Felsen zwangen ihn, ein gutes Stück zur Seite zu gehen. An einigen Stellen war er zum Klettern gezwungen, doch auch hier blieb ihm nichts anderes übrig, als sich dort entlangzubewegen, wo überhaupt eine Chance bestand. Schon bald musste er sich eingestehen, dass er sich völlig verirrt hatte. Die Sonne war inzwischen hinter der Bergkuppe verschwunden. Der Anstieg vor ihm schien sich endlos zu ziehen. Wenn er nach hinten schaute, fiel sein Blick über ein hügeliges grünes Wipfelmeer, ohne einen Anhaltspunkt, der ihm bekannt vorkam.

In einer kleinen Mulde, in der etwas schütteres Gras wuchs, ließ er sich auf einem flachen Stein nieder, um sich auszuruhen. Während er an einem weiteren Stück Brot knabberte, studierte er die Karte. Leider war außer den touristischen Hinweisen wie Wanderwegen und der Kennzeichnung kleiner Naturschutzgebiete wenig herauszulesen. Westlich des Mathisleweihers, von dem er heute Morgen gestartet war, gab es nichts weiter als eine große grüne Fläche. Dazwischen verstreut einige schwarz eingezeichnete Punkte mit einer Zahl daneben. Felix vermutete, dass dies Berge mit Höhenangaben waren. 1.054 Meter, 1.076 Meter. Der größte trug sogar einen Namen: Ramselehöhe – 1.112 Meter.

Felix war ratlos. Wenn es ihm gelungen war, die Richtung nach Westen einigermaßen einzuhalten, musste er sich im Anstieg auf einen dieser Berge befinden. Doch auf welchem? Wenn ihm wenigstens ein Rundblick möglich wäre! Irgendwann, irgendwo musste er doch endlich den markanten Gipfel des Feldbergs sehen!

Vielleicht sollte er einfach weiter nach oben klettern. Das Gelände ringsum schien nicht so schwierig, dass er es nicht schaffen könnte. Dennoch zögerte er. Er erinnerte sich an das, was Lena am ersten Tag ihres gemeinsamen Weges gemahnt hatte. »Meide die Berge! Je höher du kommst, desto gefährlicher wird es! Manche von ihnen sind tödlich!«

Felix fluchte. Er fühlte sich mutig und stark genug, jedes Hindernis zu überwinden, es mit jedem Gegner aufzunehmen. Doch was konnte er tun gegen einen Feind, den er nicht sehen konnte? Der jederzeit an jedem Ort heimtückisch zuschlagen konnte? Und von dem er bis jetzt noch nicht einmal wusste, wer oder was er war.

Zweifel regten sich in ihm. Was war, wenn der Mann, der sich Sepp nannte, Georg gar nicht die Wahrheit gesagt hatte? Wenn er gar nicht am Fuße des Feldbergs wohnte und stattdessen alle, die er traf, bewusst in die Irre führte? Felix hatte erfahren müssen, dass die Menschen, die in der verbotenen Zone lebten, die früher einmal Schwarzwald hieß, allesamt sehr vorsichtig waren. Das Leben in ständiger Gefahr machte misstrauisch. Und ein weiterer Gedanke keimte in Felix auf. Eine Vorstellung, die noch schlimmer war. Was war, wenn die unbekannte Kraft an den Ort, an dem sich Josef jahrelang sicher gefühlt hatte, vorgedrungen war und ein weiteres Opfer gefordert hatte? Was war, wenn Felix' Suche nicht nur vergeblich war, sondern wenn er auf direktem Weg in sein Verderben war? Felix dachte an die Ameisen. Keine von ihnen würde sich jemals solche Fragen stellen. Sie taten, was getan werden musste. Der große Ameisengeist, der in dem Nest wohnte, sorgte dafür, dass alles gut war. Doch was war gut für ihn? Was war richtig?

Was stand hinter ihm?

Felix atmete tief durch und ballte die Faust. Er brauchte niemanden, der hinter ihm stand und der ihm sagte, was er zu tun hatte. Er würde nicht aufgeben, niemals. Und wenn er selbst dabei draufgehen würde. Er durfte nicht aufgeben, nur weil der Grashalm wieder ein Stück den Berg hinuntergerutscht war. Ein neuer Anlauf. Noch einmal. Immer wieder. Bis zum Ziel.

Felix verschnürte den Rucksack wieder sorgfältig, setzte ihn auf und suchte den Hang nach einer geeigneten Stelle ab, an der er den Aufstieg fortsetzen konnte. Hinter einem Felsvorsprung zu seiner Linken entdeckte er eine Art natürlicher Treppe, deren Stufen in unregelmäßigen Abständen nach oben führten. Trotzdem war es so steil, dass er sich die ganze Zeit mit einer Hand festhalten musste. In der anderen Hand hielt er den Wegweiser, den er keine Sekunde aus den Augen ließ.

Mit einer letzten kräftigen Anstrengung zog sich Felix den Schlussanstieg hoch. Zu seiner Überraschung wurde das Gelände etwas sanfter. Zwischen den Felsen wuchsen niedrige Fichten, in der Nähe hörte er Wasser plätschern. Über sich sah er eine spärlich bewaldete Kuppe, hinter der vereinzelte Sonnenstrahlen durch die Baumkronen herunterschienen. Felix atmete auf. Gleich würde er sein Ziel erreicht haben. Doch zuerst wollte er ein paar Schlucke trinken. Er stellte seinen Rucksack ab und lief schräg den Hang entlang in die Richtung, aus der er das Gluckern gehört hatte. Er musste zunächst über einen kahlen Felsvorsprung klettern, dann sah er vor sich ein merkwürdiges Bild. Aus der Mitte des Bergabhangs schien eine riesige Faust ein Stück Fels herausgeschlagen zu haben. Von der oberen überhängenden Kante tropfte Wasser herunter, sammelte sich in einem Becken, das kaum größer war als eine Badewanne, und verschwand dann irgendwo im Geröll des Abhangs darunter. Der Fels unter dem Wasservorhang hatte eine deutlich andere Farbe als der Stein. Es sah so aus, als sei das Stück erst vor Kurzem herausgebrochen. Kein Grün war zu sehen, nicht die kleinste Pflanze hatte sich hier einen Platz gesucht. Der feine Wasserdampf verbreitete einen seltsamen Geruch, der Felix an faule Eier erinnerte. Für einen Moment überlegte er zurückzugehen, doch sein Durst war stärker. Vorsichtig kletterte er auf der anderen Seite des Felsens herab, um das Wasser zu erreichen. Jetzt fiel ihm ein, dass er den Becher in seinem Rucksack hätte mitnehmen sollen. Doch er wollte nicht mehr zurückgehen.

Wenige Schritte vor dem Rand des kleinen Tümpels hielt Felix inne und starrte auf das Rindenstück, dass er auch jetzt bei sich trug. Die Farben leuchteten immer noch kräftig, dennoch hatte sich etwas verändert. Das ruhige, harmonische Ineinanderlaufen, dessen Anblick Felix stets ein vertrauensvolles Gefühl bereitet hatte, hatte mit einem Mal aufgehört. Stattdessen sah es so aus, als habe er in ein Wespennest gestochen. Felix kam es so vor, als könne er das zornige Summen vor sich sehen. In rasender Geschwindigkeit flossen Gelb, Blau, Orange und Rot durcheinander. Das Grün waberte in endlosen Schattierungen und schien förmlich zu ihm emporzuspringen. Ein mit giftigem Rosa durchsetztes Weiß, das Felix noch nie zuvor gesehen hatte, bohrte sich in alle Richtungen durch die Rinde, verschwand plötzlich und tauchte an anderer Stelle wieder auf. Felix hatte das Gefühl, als blicke er in einen Topf, in dem ein magisches Hexengebräu blubberte und das kurz vor der Explosion stand.

Felix wusste nicht, was er tun sollte. Der Wegweiser reagierte so heftig, wie er es noch nie gesehen hatte. Doch was wollte er ihm sagen? Wollte er ihn vor der seltsamen Höhlung warnen? Er ging ein paar Schritte zurück, doch die Bewegungen der Farben änderten sich nicht. Felix sah sich um. Es gab nichts, was ihm Sorge bereiten müsste. Die Erfahrung hatte ihn gelehrt, dass er von der Spinne nichts zu befürchten hatte, solange die Farben nicht verblassten. Und er hatte Durst.

Entschlossen drehte er sich erneut um und lief bis zum Rand des kleinen Beckens. Als er sich eben bückte, um mit der Hand Wasser zu schöpfen, geschah es.

Einen Herzschlag lang starrte Felix entsetzt auf seine Hand. Die Farben waren allesamt verschwunden, wie ausgeknipst. Dann brach mit einem Mal ein Schwall Tausender winzig kleiner Blasen hervor. Sie flogen wie wahnwitzig durcheinander, blähten sich auf, zerplatzten und zersprühten in einem wilden Tanz. Überall dazwischen zuckte silbernes Feuer. Felix' Handoberfläche wurde mit einem Mal heiß. Ein gelblich fahles Leuchten stieg empor.

Felix reagierte blitzschnell. Mit kräftiger Faust umklammerte er das Rindenstück, sprang auf, lief so schnell er konnte zu dem Felsen zurück und kletterte nach oben. Auf der anderen Seite rutschte er hinunter, schürfte sich Arme und Hände auf, stolperte, kam irgendwie wieder auf die Füße und rannte, bis er seinen Rucksack erreichte. Mit seiner freien Hand ergriff er ihn und hastete weiter, ohne sich ein einziges Mal umzusehen. Er lief, rannte, stolperte, fiel, rappelte sich wieder auf, stürmte weiter. Für den Moment war ihm völlig egal, in welche Richtung er lief. Nur weg, so rasch wie möglich weg von diesem seltsamen Ort. Erst als ihm die Beine den Dienst versagten, blieb er stehen. Seine Lunge brannte, sein Atem rasselte, in seinen Ohren brauste es. Seine linke Hand hielt immer noch den Wegweiser fest umklammert.

Vorsichtig löste er die Finger, auf alles Mögliche gefasst. Seine Überraschung konnte nicht größer sein. Es war, als seien die letzten Minuten niemals geschehen. Das Rindenstück lag in seiner Handfläche, ruhig und gleichmäßig pulsierten die Farben. Felix atmete auf. Die Gefahr schien vorüber zu sein. Zumindest vorläufig. Dennoch saß ihm der Schreck tief in den Gliedern. Er durfte kein weiteres Risiko mehr eingehen. Es war besser, auf den Schlussanstieg zu verzichten. Stattdessen wollte er versuchen, auf kürzestem Weg hinunter ins Tal zu gelangen. Nur weg von dem Berg. Weg von dem seltsamen Erlebnis.

Während des Abstiegs brausten die Gedanken in seinem Kopf. Eine solche Reaktion hatte er noch nie erlebt. Was war geschehen? Der Felsabhang war ihm gleich merkwürdig vorgekommen. Auf eine seltsame Art unnatürlich. So als sei dort etwas abgestürzt und hätte sich dann aufgelöst. Aber was? Außer dem unangenehmen Geruch hatte er nichts Verdächtiges bemerkt.

»Niemand weiß genau, wie es wirkt.« Lenas Worte kamen ihm wieder in den Sinn. Der Wegweiser half, vor der Spinne und der geheimnisvollen Lähmung zu warnen. Aber was war noch? Gab es Eigenschaften, von denen er bisher nichts geahnt hatte? Der Fremde am See hatte sich vor seinem Anblick gefürchtet. Konnte es sein, dass die Farben nicht nur vor Gefahr warnten, sondern selbst gefährlich waren?

Felix zwang sich, wieder auf den Weg zu achten. Bei seiner plötzlichen überstürzten Flucht hatte er die Orientierung vollends verloren. Am Himmel waren inzwischen kräftige Wolken aufgezogen, die Sonne war verschwunden, er konnte nur noch ahnen, in welche Richtung Westen lag. Die Bäume um ihn herum wuchsen wieder dichter. In diesem Teil des Waldes gab es auch die vertrauten Laubbäume. Eichen, Hainbuchen, sogar vereinzelt Platanen und Ahorn. Dazwischen die allgegenwärtigen Stechpalmen und an lichten Stellen riesige Holunderbüsche, deren Dolden kurz vor der Blüte standen.

Felix entschloss sich, einfach weiterzugehen. Irgendwann musste er auf einen Bachlauf stoßen, dem er folgen konnte. Seine Überraschung war groß, als er stattdessen unvermutet auf einen Pfad stieß, der so aussah, als sei er zu anderen Zeiten häufig benutzt worden. Er war zwar an den meisten Stellen inzwischen überwachsen, dennoch wies der Schotter unter seinen Füßen darauf hin, dass er einmal angelegt und gepflegt worden sein musste. Schon nach wenigen Schritten wurde Felix' Vermutung bestätigt. Am glatten grauen Stamm einer Buche entdeckte er in Augenhöhe ein Schild. Es war zu einem guten Stück vom Wulst der Baumrinde überwachsen, auch waren die Farben völlig verblasst. Dennoch war die horizontale Raute noch gut zu erkennen.

Er hatte einen ehemals vom Schwarzwaldverein gekennzeichneten Wanderweg entdeckt. Lena hatte ihm damals das Rautenzeichen erklärt, als ihnen die Straße versperrt gewesen war. Wenn ihm die Spinne keinen Strich durch die Rechnung machte, konnte er auf diese Weise ein gutes Stück vorankommen. Doch schon nach wenigen Schritten hielt er inne und schüttelte den Kopf. Er musste über sich selbst lachen. Die Raute war die Raute und sonst nichts. In welche Richtung sollte er gehen? Woher konnte er wissen, dass er nicht wieder zurücklief?

Er drehte sich einmal um die eigene Achse, doch der Wald sah in alle Richtungen gleich aus. Der Wegweiser in seiner Hand zeigte keine Auffälligkeiten. Dennoch musste er sich entscheiden, hier und jetzt. Wenn er noch länger zögerte, würde es Nacht werden. Die ganze Zeit über hatte er gehofft, spätestens bei Einbruch der Dunkelheit am Ziel zu sein und die Nacht nicht im Freien verbringen zu müssen.

Noch einmal drehte er sich um, dann entschied er sich, nach rechts zu gehen.

Der Weg war klug angelegt. Er vermied größere Anstiege ebenso wie abschüssiges Gelände und schlängelte sich um Bäume, Felsen und umherliegende gefällte Stämme vorwärts. Felix hatte das Gefühl, dass es leicht aufwärtsging. Nach einer Weile kam er an eine Bank, die zwar an einigen Stellen angefault, aber sonst noch erstaunlich gut erhalten war. Sogar ein metallener Papierkorb stand daneben, der bis zum Rand mit Laub und kleinen Zweigen gefüllt war.

»Gestiftet von Familie Anneliese und Jürgen Becker aus Bochum im Sommer 1998. Zum Dank für 25 Jahre erholsamen Schwarzwaldurlaub«, las Felix auf einem an der Rückenlehne aufgeschraubten Metallschild. Ob die beiden immer noch Urlaub machten, vielleicht im Sauerland oder im Harz? Oder waren sie längst gestorben?

Felix nahm den Rucksack ab, setzte sich und streckte die Beine aus. Urlaub im Schwarzwald. Der Satz klang wie ein auf den Kopf gestellter Anachronismus. Die Erinnerung an viele schöne Jahre. Bestimmt hatte es damals auch noch andere Angebote gegeben. Outdoor Adventure, Survivaltraining in der Wildnis, Retreat Workshop mit künstlerischem Angebot, Zu-Sich-Selbst-Finden durch Naturmeditation. Felix hatte gegrinst und den Kopf geschüttelt, als er im letzten Jahr seine Tante in ein Reisebüro begleitet und aus Neugier einen der Hochglanzprospekte durchgeblättert hatte. Die Preise waren so außergewöhnlich gewesen wie das Angebot.

Hier hatte er alles umsonst. Vielleicht gab es sogar welche, die ihn um das beneideten, was er in den letzten Wochen erlebt hatte. Die Welt war verrückt. Aus den Fugen geraten, im wahrsten Sinne des Wortes. Und er war ein Teil davon.

Schon nach kurzer Rast brach Felix auf. Es wurde nun merklich kühler, und das wenige Licht, das durch die dichten Baumkronen schien, ließ in seiner Kraft spürbar nach. Felix' Hoffnungen, die Nacht bei Josef verbringen zu können, sanken auf ein Minimum, als er den ersten Tropfen auf seiner Haut spürte. Zudem kam er auf dem Weg doch nicht so schnell voran, wie er es sich ausgemalt hatte. Der Hang zu seiner Rechten hatte im Laufe der Jahre dem Pfad immer neue Veränderungen beschert. Steine, Felsbrocken, umgestürzte Bäume, kleinere Erdrutsche. Immer wieder musste Felix Umwege durch das Unterholz gehen oder Hindernisse überklettern. Nach kurzer Zeit hatten sich die einzelnen Tropfen zu einem unangenehmen Dauerregen verdichtet. Wind kam auf, und Felix begann zu frieren. Er war daher heilfroh, als hinter einer Biegung eine Hütte auftauchte. Ob sie als Unterstand für Wanderer gedacht war oder ob sie ehemals von Waldarbeitern genutzt wurde, war nicht mehr zu erkennen. Felix war das egal. Er entschloss sich, es für heute gut sein zu lassen und hier die Nacht zu verbringen. Felix zog seine Jacke aus, schüttelte das Wasser ab und hängte sie an einen hervorstehenden Aststummel unterm Dach. Im Gegensatz zu gestern Abend sah er keine Möglichkeit, ein Feuer anzufachen, das ihn ein wenig wärmen konnte. Der

Regen hatte inzwischen alles durchnässt. Trockenes Holz würde er nicht finden. Das Innere der Schutzhütte war leer bis auf einen Haufen herangewehtes altes Laub, der sich in der Ecke auftürmte. Felix zog stattdessen seinen Pullover an und hüllte sich in die Decke, die Lenas Mutter ihm mitgegeben hatte. Sogleich fühlte er sich einigermaßen wohl. Wie lange es in die Nacht hinein halten würde, wusste er nicht. Sein Abendessen war spärlich. Brot, Käse und eine Handvoll getrocknete Apfelringe, das musste genügen. Allmählich begann er sich zu sorgen, ob ihm seine Vorräte reichen würden. Seit seinem Aufbruch waren schon zwei Tage vergangen, und er hatte immer noch keine Spur von Josef entdeckt. Er nahm sich vor, am nächsten Tag verstärkt Ausschau zu halten, ob er im Wald etwas Essbares finden konnte. Es gab zwar noch nichts, was zu dieser Jahreszeit reif wäre. Aber vielleicht fand er noch ein paar alte Beeren oder Nüsse, die von den Waldbewohnern übrig gelassen worden waren.

Vor der Hütte war es inzwischen dunkel geworden. Der Regen rauschte unaufhörlich. Felix hoffte, dass das Dach einigermaßen dicht war. Er hatte keine Lust, am nächsten Morgen mit nassen Klamotten in einer Pfütze aufzuwachen. Er betrachtete das Holzstück in seiner Hand. Der Anblick der Farben, die kräftig und regelmäßig leuchteten, beruhigte ihn einigermaßen. Dennoch spürte er, wie sich in ihm ein Stück Unsicherheit breitgemacht hatte. Lena hatte ihm die Rinde als Wegweiser mitgegeben. Bisher hatte das gut geklappt. Doch die merkwürdigen Veränderungen, die er gestern und heute erlebt hatte, gaben ihm zu denken, auch wenn er jedes Mal gut davongekommen war. Er wünschte sich, er hätte jemanden, den er fragen konnte.

Er dachte an das kleine Notizbuch in der Innentasche des Rucksacks. »Wenn du jemanden brauchst, mit dem du reden willst«, hatte Anna hineingeschrieben. Felix stieß einen Seufzer aus. Heute würde ihm nichts anderes übrig bleiben, als mit sich selbst zu reden. Es war zu dunkel, als dass er auch nur einen Buchstaben hätte schreiben können.

Felix stand auf und tastete nach der Jacke, die über ihm hing. Sie war in der kurzen Zeit noch nicht trocken genug geworden, als dass er sie wieder hätte anziehen können. Stattdessen zog Felix die Decke fest um seine Schultern und kroch in den Laubhaufen in der Ecke. Er war so müde, dass ihn der Gedanke an Käfer, Asseln, Spinnen und sonstiges Kleingetier nur kurz beunruhigte. Auf dem Hüttendach prasselten die Regentropfen, der Wind rauschte durch die Bäume. Alles mischte sich zu einem gleichbleibenden Rhythmus, der Felix rasch in den Schlaf wiegte.

*

Angst griff nach ihm. Aus ihren spitzen, klebrigen Fingern strömte Todeskälte, fraß sich durch seine Haut, nagte an seinen Knochen und füllte seine Adern mit unzähligen Eiskristallen. Die Farben seines Wegweisers mischten sich zu einem fahlen Grau und formten sich zu einem Gesicht, das aus blinden Augen durch ihn hindurchsah.

Felix wollte schreien, doch in der Welt, durch die er taumelte, gab es niemanden, der ihn hörte. Die Bäume, das Gras, der Regen, der Weg, die Hütte – alles war verschwunden. Kein Boden unter den Füßen, keine Wand, an der er sich abstützen konnte, kein Dach, keine Sonne, kein Himmel. Oben und Unten waren Vergangenheit, seine Erinnerungen eine kraftlose leere Hülle, die in endloser Weite verschwand.

Der Junge, der Felix hieß, bäumte sich ein letztes Mal auf, vergebens.

Die Zeit stand still.

Irgendwann und irgendwo öffnete sich in dem toten Bild ein winziger Spalt, wurde langsam größer und weitete sich so, dass ein Lichtstrahl hindurchschlüpfen konnte, Keim eines Gedankens, der so alt war wie die Welt, aus der er kam. Das Licht und der Keim verschmolzen zu einem Ton, tief und ruhig wie der Grund des Meeres. Er schwoll an und breitete sich aus, fand ein Echo, mit dem er sich wiederum vermählte und zu einem großen Gesang verschmolz, einer Symphonie des Entstehens und Vergehens, die sich in der Welt wiederfand, die sich selbst erschaffen hatte.

Mit einem Ruck riss Felix die Augen auf. Sein Schädel dröhnte, sein Herz schlug heftig, die Kapuze, die er sich in der Nacht übergezogen hatte, war schweißgetränkt. Er versuchte sich aufzurichten, doch im nächsten Moment fiel er wieder zurück in den Laubhaufen. Arme und Beine waren eingeschlafen, seine Schulter schmerzte.

Allmählich kehrte die Erinnerung zurück. Er hatte sich am Abend vor Regen und Dunkelheit in diese Hütte geflüchtet und war irgendwann eingeschlafen. Und dann gab es diese Bilder. Bilder, die ihren Schrecken hinterlassen hatten. Noch einmal versuchte Felix aufzustehen. Er dürfte nicht wieder einschlafen. Sobald er die Augenlider senkte, war es, als ob er wieder die Tür öffnete für das, was er nicht sehen wollte. Er stemmte sich hoch und stützte sich an der Bretterwand ab. Allmählich spürte er, wie das Leben in seine Glieder zurückkehrte.

Er trat ein paar Schritte vor die Hütte. Alles um ihn herum war feucht und kühl. Die Konturen des Morgens begannen sich erst zaghaft abzuzeichnen. Der Wald war durchtränkt von milchigem Nebel, in dem die Baumstämme hervortraten wie auf einer unvollständigen Bleistiftskizze. Der

Regen hatte aufgehört. Der Weg war nass und schlammig, aus dem dunklen Grün der Moose und Farne dampfte die Feuchtigkeit. Überall tropfte es, vereinzelt hörte Felix Vögel zwitschern.

Er entschloss sich, eine Kleinigkeit zu essen und noch eine Weile zu bleiben. Nach der unbequemen Nacht und dem bedrohlichen Traum, der ihm immer noch im Hinterkopf saß, bot ihm wenigstens die armselige Hütte ein wenig Schutz. Schutz, den er jetzt brauchte.

Erst als die ersten Sonnenstrahlen ihren Weg durch die Baumkronen in das Innere des Waldes fanden, packte er seine Sachen zusammen und ging los. Das Unwetter hatte den Weg stark in Mitleidenschaft gezogen. Der Boden war voller Pfützen, schmale Bäche hatten sich gebildet, die Kies und Erde durchzogen. An manchen Stellen hatte der Regen matschige Blätterhaufen angeschwemmt, hinter denen sich das Wasser gesammelt hatte. Schon nach wenigen Schritten sah Felix, dass weder Schuhe noch Sandalen das Richtige waren. Er entschloss sich, auf Schuhe und Strümpfe ganz zu verzichten. Der Boden war zwar eiskalt, dennoch kam Felix auf diese Art und Weise besser voran. Und es tat gut, den Waldboden unter seinen nackten Fußsohlen zu spüren. Als Kind war er gerne barfuß herumgerannt. Sobald er im Garten, am Baggersee oder sonst irgendwo in der Natur war, hatte er die Schuhe ausgezogen und mehr als einmal nicht wiedergefunden. Er fühlte sich an Zeiten erinnert, in denen seine Tante ihn überreden musste, neue Sandalen zu kaufen, weil er aus den alten längst herausgewachsen war.

Während er weiter den Weg entlangging, wurde es um ihn herum merklich heller. Bald hatte sich der Frühnebel völlig verzogen. Die Sonne spiegelte sich in Tausenden winzigen Wassertropfen in den Nadeln der Bäume, auf der glatten Rinde und den unzähligen Blättern und Blättchen von Büschen, Gras und Moos.

Noch ehe er ihn erreicht hatte, wusste Felix, dass er sich dem Waldrand näherte. Das Licht vor ihm wurde heller, überall ertönte das Zwitschern der Vögel, winzige Mücken tanzten zwischen den Sonnenstrahlen.

Felix schritt nun rascher aus, die letzten Meter zog es ihn fast von alleine heraus aus der Düsternis ins Licht. Als er unter den Bäumen hervor ins Freie trat, war es ihm, als käme er in eine andere Welt. Er war fast geblendet von der plötzlichen Helle, die ihn auf einmal umgab. Im zartblauen Himmel über ihm standen mächtige weiße Schönwetterwolken, ein kaum wahrnehmbarer Hauch umspielte ihn mit warmer Frühlingsluft. Als seine Augen sich an die Helligkeit gewöhnt hatten, sah er, dass er am Rand einer hügeligen grünen Landschaft stand, auf der Gras wuchs, soweit er blicken konnte. Erst weit vor ihm schob sich eine bewaldete Hügelkette vor den Horizont. Direkt an der Stelle, an der der Wanderweg aus dem Wald herausführte, stand eine Bank, dahinter am Stamm einer Kastanie die horizontale Raute, die ihn begleitet hatte. Felix zog den Rucksack ab, setzte sich und schloss die Augen. Eine ganze Weile lang saß er da und spürte, wie Licht und Wärme allmählich seinen Körper durchdrangen.

Langsam kehrte auch sein Optimismus zurück. Er war sich sicher, dass er es heute schaffen würde. Nachdem er sich zur Belohnung zwei getrocknete Apfelringe gegönnt hatte, stand er auf, kletterte auf die Bank und sah sich um.

Schräg links über ihm stand die Morgensonne. Der Weg, den er gekommen war, führte von hier aus weiter und verlor sich nach wenigen Metern in dem Grasmeer. Die Richtung schien zu stimmen. Gleich würde er auf der Karte nachprüfen, ob er dort eingezeichnet und mit der Raute versehen war.

Doch er sah noch etwas anderes. Nur wenige Schritte entfernt lugten zwischen den Ästen der Bäume lange, helle Balken hervor, an deren oberen Ende eine Art Bretterverschlag sichtbar war.

Ein Hochsitz!

Endlich. Felix hatte diesen Anblick so herbeigesehnt, dass er alle Vorsicht vergaß. Mit einem Satz sprang er von der Bank herunter und lief los. Scharfe Halme und spitze Steine schnitten in seine nackten Füße, doch er spürte es kaum. Voller Freude kämpfte er sich durch Gras und Gestrüpp den Waldrand entlang. Doch noch ehe er die Holzkonstruktion erreicht hatte, hörte er seltsame Geräusche, die ihn auf der Stelle innehalten ließen.

Felix hatte noch nie so etwas gehört. Vorsichtig drehte er den Kopf nach allen Seiten. Wieder klangen die merkwürdigen leisen Laute. Jetzt kam es Felix vor, als folgten sie einem bestimmten Ablauf. Klicken, Klappern, ein heiseres Quieken. Klicken, Klappern, Quieken. Das Ganze kam aus dem Wald aus einer Gruppe dicht stehender Bäume, nur wenige Meter vom Hochsitz entfernt.

Felix war unschlüssig. Seit seinem Aufbruch in Freiburg hatte er schon so vieles erlebt, dass er auf alles gefasst war. Selbst darauf, dass er die nächsten Minuten nicht überleben würde. Doch gleichzeitig wuchs in ihm die Neugier. Er musste wissen, was das war.

Ein prüfender Blick auf seinen Wegweiser, dann huschte er geduckt die letzten Meter durch das Gras, bis er zur Leiter des Hochsitzes kam. Er rüttelte an den Sprossen, sie schienen noch einigermaßen stabil zu sein.

Felix musste aufpassen. Er durfte seine Aufmerksamkeit

nicht verlieren. Stufe für Stufe, Sprosse um Sprosse zog er sich die Leiter empor, möglichst darauf bedacht, leise zu sein und unbeherrschte Bewegungen zu vermeiden.

Der obere Teil des Jägersitzes war noch gut intakt. Die Plattform war kaum größer als ein Quadratmeter, dennoch gab es alles, was ein Beobachter brauchte, der möglichst nicht entdeckt sein wollte. Auf drei Seiten gab es eine meterhohe Bretterwand mit jeweils einem ausgesparten Guckloch. Zur Wiese hin war der Verschlag offen, darüber wölbte sich ein einfaches Dach, das allerdings schon etliche Löcher aufwies. An der hinteren Seite gab es eine an die Wand geschraubte Bank, gerade groß genug, dass er sich setzen konnte.

Während seines Aufstiegs waren die Geräusche verstummt. Er traute sich kaum zu atmen. Vorsichtig lugte Felix durch eines der Löcher.

Klick-klick, Klappern.

Klick-klick-kick.

Da war es wieder! Und es war direkt in seiner Nähe. Felix hob den Kopf so weit über den Rand, dass er etwas sehen konnte.

Nur wenige Schritte hinter dem Hochsitz zog sich der Waldrand einige Meter zurück und gab eine Lichtung frei, die in einem Halbkreis von Bäumen umstanden und zur Wiese hin offen war. Einige abgesägte Baumstümpfe, ein paar übereinandergeschichtete, schon halb zersetzte Holzstämme und ein paar herumliegende tote Zweige ließen darauf schließen, dass hier vor vielen Jahren Holz geschlagen wurde. Dazwischen hatten sich Gras und vereinzelte Heidelbeerbüsche breitgemacht.

Beim nächsten Klick-klick-kick sah Felix sofort, woher es kam. Auf einem der Bäume am hinteren Rand der Lichtung bewegte sich etwas auf einem Ast, der in etwa fünf Metern Höhe schräg nach vorne wuchs. Felix mühte sich, Genaueres zu erkennen. Es schien ein Vogel zu sein, doch die Sonne stand so, dass er nur eine dunkle Silhouette wahrnehmen konnte.

Mit einem Mal breitete das Tier seine Flügel aus, schwebte in einem mit hektischem Flattern begleiteten Flug heraus aus der Baumkrone und landete etwas ungeschickt auf einer freien Stelle auf dem Waldboden. Das Tier war nun kaum 20 Meter von Felix entfernt. Sogleich begann es, den Kopf zu heben und die Schwanzfedern zu spreizen und aufzurichten. Dann stieß es erneut seine seltsamen Laute aus, immer wieder unterbrochen von einem rasselnden Quieken, so als ob es Luft holen müsste.

Klick-klick, Klappern. Klick-klick-kick.

Schon nach wenigen Augenblicken war sich Felix sicher, dass er vor dem unbekannten Tier keine Angst zu haben brauchte. Im Gegenteil. Der Vogel bot einen Anblick, der ihn nur mit Mühe daran hinderte, in lautes Lachen auszubrechen.

Es sah aus, als habe der Gott der Vögel wahllos die Eigenschaften einiger seiner Geschöpfe herausgegriffen und danach willkürlich wieder zusammengesetzt. Die auseinandergespreizten Schwanzfedern erinnerten an einen zurechtgestutzten Pfau, die grünlich-blau schimmernden dichten Brustfedern schienen von einer Stockente zu stammen, die Flügel von einem Rebhuhn, der plumpe Leib von einem Truthahn, die kräftigen roten Farben über beiden Augen erinnerten an den Kamm eines aufgeregten Haushahns. Während das Tier weiter eifrig seine Laute hervorstieß, hatte es seinen Kopf in den Nacken gelegt und die Federn am Hals gespreizt. Jetzt sah Felix auch, dass das merkwürdige Klappern von einem überdimensionalen Schnabel stammte, der von dem mystischen Vogel Rock aus den Abenteuern von Sindbad dem Seefahrer entliehen schien. Trotz des merkwürdigen Anblicks strahlte das Tier eine archaisch anmutende Schönheit aus, die Felix nach der ersten Verblüffung vollkommen faszinierte.

Fast hätte er einen zweiten Vogel übersehen, der in einiger Entfernung langsam zwischen den Büschen umherschritt und von Zeit zu Zeit nach links und rechts pickte. Er war deutlich kleiner und trug ein bescheidenes graubraunes Federkleid. Trotzdem schien der aufgeregt keuchende Klappervogel magisch von ihm angezogen zu sein. Er hüpfte nach vorn und zurück, stolzierte im Kreis herum und schlug von Zeit zu Zeit mit seinen Flügeln.

Inzwischen war Felix aufgestanden, um noch besser sehen zu können. Er betrachtete das Schauspiel mit Vergnügen. Die beiden Tiere schienen ihn nicht zu bemerken.

Er war daher enttäuscht, als die beiden wie auf Kommando plötzlich voneinander abließen und mit einer Geschwindigkeit ins Gebüsch trippelten, die er den schwerfälligen Tieren nicht zugetraut hätte.

Schon im nächsten Moment sah Felix den Grund, warum die beiden geflüchtet waren: Am Rande der Lichtung war ein Hund aufgetaucht. Er hielt kurz inne, so als ob er den Vögeln hinterherstürmen wollte, dann kam er in großen Sprüngen auf den Hochsitz zu. Obwohl er Felix nicht sehen konnte, schien er genau zu wissen, dass er dort oben saß. Aufgeregt lief er am Fuß der Leiter hin und her und bellte.

»Wuff! Wuff!«

Felix war völlig verblüfft. Bisher hatte er geglaubt, dass im Anschluss an die große Katastrophe vor 16 Jahren keines der Haustiere überlebt hatte. Seit er in der verbotenen Zone war, hatte er außer den Tieren auf dem Hof der Riesles und der Katze am Elzufer in Waldkirch keinen der Begleiter des Menschen getroffen.

Felix beugte sich die Leiter vornüber. Als der Hund ihn im Auge hatte, verdoppelte er sein Bellen und versuchte vergeblich, mit den Vorderläufen auf die Leiter zu klettern. Dabei schlug seine Rute wie eine Peitsche hin und her. Der Hund sah keineswegs so aus, als wäre er ein ausgewilderter Streuner. Sein braun und rot schimmerndes Fell war sauber und glänzte, als sei es eben gebürstet worden.

Felix kannte sich mit Hunden einigermaßen aus und sah sofort, dass von diesem Tier keine Gefahr ausging. Stattdessen wirkte es eher so, als ob es ihm etwas sagen wollte. Trotzdem zwang Felix sich zur Vorsicht. Er streckte die Hand mit dem Wegweiser aus, der unverändert blieb. Dann suchten seine Augen sorgfältig den Umkreis ab, ob er irgendetwas Verdächtiges entdeckte. Nichts war zu sehen, weder ein weiteres Tier noch ein menschliches Wesen, das dazugehörte.

Felix entschloss sich, das Risiko einzugehen. Um beide Hände frei zu haben, steckte er den Wegweiser in seine Jackentasche. Dann drehte er sich um, griff mit beiden Händen in die Sprossen und stieg langsam, Schritt für Schritt nach unten. Der Hund bellte noch einmal kräftig, dann wurden seine Bewegungen langsamer.

»Ist ja gut. Alles ist gut.« Felix sprach mit ruhiger Stimme. »Du bist ein Guter. Ein ganz Guter.« Er setzte den Fuß auf den Boden und war darauf gefasst, im nächsten Moment angesprungen zu werden. Doch der Hund blieb friedlich. Er lief herbei und schnupperte an Felix' Hosenbeinen. Dann hob er seinen Kopf und sah ihn an. Felix konnte nicht anders. Er streckte die Hand aus und begann, das Tier sanft hinter den Ohren zu kraulen. Dabei sprach er weiter mit möglichst sanfter Stimme. »Jaaaa! So ist's recht. Du bist ein Guter. Ein ganz Guter.« Der Hund schien die Berührung zu genießen. Er schloss halb die Augen und legte den Kopf zur Seite.

Doch dann fuhr das Tier mit einem Mal zurück und begann erneut zu bellen. Der Hund machte zwei, drei Sätze in Richtung der Wiese, kam zurückgelaufen und sprang erneut weg. Es sah ganz so aus, als fordere ihn das Tier auf mitzukommen.

»Willst du mir etwas zeigen? Dein Herrchen vielleicht?« Felix machte sich auf, dem Hund zu folgen, als ihm einfiel, dass er seinen Rucksack noch auf der Bank stehen hatte. Sofort machte er kehrt und eilte zurück. Der Hund jaulte auf, blieb aber an seiner Seite.

Felix wurde mulmig. Hoffentlich hatte er keine Dummheit begangen. Falls der Unbekannte aus Hinterzarten noch hinter ihm her war, würde er die Gelegenheit bestimmt nicht ungenutzt lassen. Gleichzeitig schalt er sich einen Dummkopf. Seitdem er vom Mathisleweiher aufgebrochen war, hatte es keinerlei Anzeichen gegeben, dass ihm jemand gefolgt war. Trotzdem hoffte er inständig, dass nichts passiert war.

Er beruhigte sich erst wieder, als er seinen Rucksack unverändert auf der Bank stehen sah. Er holte seine Socken heraus, nahm die Schuhe ab und zog beides an.

»So, mein Alter. Jetzt kann es losgehen!«

Der Hund schien ihn verstanden zu haben, denn er stürmte sogleich los. Felix folgte ihm, so gut er konnte. Die Grashalme standen dicht und hoch, und alle paar Schritte schnitt er sich an Händen und Armen, als er sich durch das grüne Meer kämpfte.

Der Hund führte ihn zunächst ein Stück den Waldrand entlang, dann schlug er einen Bogen und stürmte den Hügel hinauf. Oben blieb Felix stehen, um zu verschnaufen, während der Hund bereits weiterlief. Er hielt direkt auf einen Hof zu, der in einiger Entfernung auftauchte.

Felix' Herz schlug schneller. Ob der Hund dort zu Hause war? Konnte es sein, dass dort Menschen lebten? Hatte er am Ende gar per Zufall den Hof von Josef erreicht?

Felix packte den Rucksack fester und beschleunigte seine Schritte. Der Hund empfing ihn am Rande der Zufahrtsstraße. Vor sich sah Felix ein Anwesen, wie er es im Schwarzwald inzwischen schon öfter gesehen hatte. Um das stattliche Wohnhaus gruppierten sich zwei Stallgebäude, ein Heuschober, mehrere Schuppen und Garagen. Ein paar Schritte abseits stand eine winzige Kapelle. Am Rande des Hofes standen zwei PKW, ein Stück dahinter ein Mähdrescher. Felix' Hoffnungen bekamen einen Dämpfer, als er sah, dass auch hier die Natur sich längst breitgemacht hatte. Der Asphalt im Innenhof war an mehreren Stellen aufgebrochen, überall wucherten Gras und Efeu. Die Fensterscheiben am Haus waren zwar alle intakt, aber verschmutzt und zum Großteil überwuchert. Es war schwer sich vorzustellen, dass hier jemand lebte.

Dennoch war Felix auf alles gefasst. Wieder kamen ihm Worte von Lena in den Sinn. »Ich übernachte nicht gerne in Häusern, die ich nicht kenne. Dort kann alles Mögliche passieren.«

Während Felix überlegte, war der Hund ganz nah gekommen. Als er ihn streicheln wollte, sprang er erneut mit auffordernden Bewegungen vor und zurück.

»Was ist denn? Willst du mir etwas zeigen?« Der Hund ließ von ihm ab und lief schnurgerade auf eines der kleineren Gebäude zu. Es schien älter zu sein als die übrigen. Statt dem üblichen Mauerwerk war das Erdgeschoss aus riesigen groben Natursteinen errichtet, über denen sich ein mit Holz verkleidetes Stockwerk erhob. Auch das weit heruntergezogene Dach war mit Schindeln bedeckt, über die gesamte Fläche hatten sich dicke Moospolster gebildet. Seltsamerweise konnte Felix nirgendwo ein Fenster entdecken. Lediglich oben gab es ein paar schmale Schlitze, deren Bedeutung er nicht verstand. Die niedrige Tür, in der der Hund auf Felix wartete, stand offen.

Felix sah sich noch einmal prüfend nach allen Seiten um, dann bückte er sich und trat ein. Sofort wurde es um ihn herum kühl. Im Licht, das durch die Tür ins Innere fiel, sah Felix einen Flur, an dessen hinteren Ende eine Treppe nach oben führte. Auf der rechten Seite waren die Umrisse zweier Öffnungen zu sehen.

Wo war der Hund? Felix blieb stehen und lauschte. Die dicken Außenwände schirmten jeden Laut ab, die Luft war kalt und dünn. Von tief unter der Erde schienen leise, undeutliche Geräusche zu kommen. Felix zögerte. Für einen Moment erwog er, umzukehren und so rasch wie möglich den Hof hinter sich zu lassen. Doch dann kam ihm eine andere Idee.

Er ging zurück ins Freie, stellte den Rucksack ab und löste zwei von den Kienspänen, die er unter dem Boden festgebunden hatte. Dann kramte er die Streichhölzer hervor. Zu seiner Freude erschien bereits beim ersten Versuch eine kleine Flamme. Er zündete eine der Fackeln an und steckte die andere in seine Gesäßtasche. Dann trat er erneut in das Haus ein. Als Erstes ging er zu der Treppe, die er von Weitem gesehen hatte. Sie war aus Holz, die Stufen waren ausgetreten und hingen verdächtig schräg herunter. Vorsichtig rüttelte Felix daran, im nächsten Moment fielen ein paar Holzteile herunter. Hier konnte niemand hinaufgestiegen sein. Stattdessen wandte sich Felix den beiden Öffnungen zu. Die hintere war mit einer festen Holztür verschlossen, es steckte kein Schlüssel. Die vordere war offen. Felix hob den

Kienspan und leuchtete. Ein lichtloser Keller mit nacktem Fußboden tat sich vor ihm auf. Entlang der Wände standen ein paar einfach gezimmerte Holzregale mit Kisten, Gläsern und Dosen. Im hinteren Teil des Raumes zweigte eine schmale Nische ab. Direkt davor stand der Hund. Als er Felix bemerkte, sprang er auf ihn zu und bellte laut. Dann lief er zurück und bellte erneut. Felix folgte ihm langsam. Im Schein der Fackel sah er, dass der Boden unter der Nische eingebrochen war. Vorsichtig trat er an den Rand und leuchtete hinunter. Was er sah, überraschte ihn.

Unter ihm befand sich ein weiterer Keller, dessen Größe er nicht überschauen konnte. Zwischen den herabgestürzten Trümmern der Decke erkannte er eine reglose menschliche Gestalt. Sie hatte den Kopf auf einen ihrer Arme gebettet und lag zusammengekrümmt auf der Seite. Als der Fackelschein über sie fiel, war es Felix, als ob sie sich bewegte.

»Hallo!«

»Hallo!«, rief Felix noch einmal. »Was ist mit dir?«

Statt einer Antwort kam ein leises Wimmern. Gleichzeitig bewegte sie schwach die Hand.

»Bist du verletzt?«

Die Gestalt versuchte, den Kopf zu heben, doch sie fiel sofort wieder zurück.

»Verstehst du mich?«

Dieses Mal gab es keine Antwort. Felix sah, dass er rasch handeln musste. Er zündete die zweite Fackel an und steckte sie in einen Spalt zwischen zwei Steinen. Mit der anderen lief er zurück vor das Haus. Rasch zog er die Decke und seinen Pullover heraus, packte das Seil und kehrte wieder um. Er steckte auch die zweite Fackel irgendwo fest, dann sah er sich nach einer Stelle um, wo er das Seil befestigen konnte. Ein großer steinerner Trog, der einmal ein Brunnen gewesen sein mochte, schien ihm stark genug, sein Gewicht zu halten.

»Nein, du kannst nicht mit«, sagte Felix zu dem Hund, der alle seine Bewegungen aufmerksam beobachtete. »Pass lieber auf, wenn jemand kommt.«

Er warf die Decke und den Pullover nach unten, dann schlang er sich das freie Ende des Seiles ein paarmal um den Arm und ließ sich vorsichtig hinab. Kaum hatte er den Boden erreicht, wandte er sich dem immer noch reglos Daliegenden zu. Die beiden Fackeln im Raum über ihm warfen gerade genügend Licht darauf, dass Felix staunend sehen konnte, wer vor ihm lag.

Das Gesicht des Mädchens war mit Erde verschmiert, über Stirn und Wangen zogen sich blutverkrustete Streifen. Sie trug dünne ausgebleichte Jeans und einen leichten Pulli. Zusätzlich hatte sie sich eine Art Sack um den Oberkörper geschlungen. Felix konnte nur ahnen, wie lange sie bereits in der Kälte gelegen hatte. Er spürte, dass er sie so rasch wie möglich nach oben bringen und wärmen musste. Vorsichtig fasste er mit einer Hand unter ihre Schulter, um sie aufzurichten. Im selben Moment schlug sie die Augen auf und starrte ihn verwundert an.

»Was …«

»Nicht reden. Ich helfe dir.« Felix zog den Sack weg und ihr stattdessen den Pullover über den Kopf. Als er versuchte, ihr die Ärmel überzustreifen, schrie sie plötzlich laut auf.

»Aua, mein Arm! Das tut weh!«

Jetzt erst sah Felix, dass mit dem Arm etwas nicht stimmte. Er baumelte seltsam leblos herab, so als ob sie ihn nicht bewegen könne. Die plötzliche Kraftanstrengung hatte das Mädchen zurückgeworfen. Sie hielt die Augen geschlossen, ihr Atem war kaum mehr zu hören. Felix verzichtete darauf, den verletzten Arm in den Pullover zu stecken. Stattdessen gelang es ihm, den Oberkörper des Mädchens so weit aufrecht zu bekommen, dass sie sitzen konnte. Er legte seine Decke um ihre Schultern und zog sie vorne zusammen. Es sah nicht so aus, als könnte sie mithelfen, aus ihrem Gefängnis nach oben zu klettern. Felix erinnerte sich an den Abstieg über die Felswand ins Höllental. Er knüpfte eine große Schleife, die aussah wie ein Lasso, und legte sie vorsichtig der Verletzten um. Dann griff er in den Rest des Seiles und begann, sich Stück für Stück hinaufzuhangeln.

Der Hund empfing ihn mit aufgeregtem Schwanzwedeln.

»Jetzt geht's los!«, beruhigte ihn Felix. »Wir beide schaffen das schon.«

An der Seite des Steintroges fand Felix einen kleinen Vorsprung, an dem er seine Füße abstützen konnte. Er schlang das Seil ein weiteres Mal um seinen Arm, warf einen kurzen Blick nach unten und zog vorsichtig an. Das Mädchen ließ ein leises Wimmern hören und schlug die Augen auf.

»Ganz ruhig«, keuchte Felix, der den vollen Zug am Seil spürte, »versuche dich nicht zu bewegen.«

Zum Glück war das Mädchen nicht schwer. Felix gelang es, sie so weit zu sich heraufzuziehen, dass er unter ihre Schultern fassen konnte. Noch einmal stöhnte sie auf, dann war es geschafft.

Der Hund war außer sich vor Freude. Er sprang abwechselnd hin und her und drängte sich an die Verletzte, um ihr mit der Zunge über das Gesicht zu lecken. Felix löste das Seil, band es von dem Trog los und rollte es über den Arm zusammen. Dann wandte er sich dem Mädchen zu.

»Hier können wir nicht bleiben.« Er wusste nicht, ob sie ihn verstehen konnte, doch er versuchte es trotzdem. »Du musst hinaus, ans Licht und in die Wärme.« Er bückte sich zu ihr nieder. »Jetzt kann es noch einmal wehtun.«

Seine Kraft reichte nicht, ihren Körper über seine Schultern zu ziehen. Er trat hinter sie, umfasste ihren Oberkörper und verschränkte seine Hände über ihren Brustkorb. Auf diese Weise zog er sie hinaus aus dem Kellerraum in den Gang und schließlich vor die Tür ins Freie.

So gut es ging, zog er den Pullover zurecht, hüllte sie in die Decke und bettete sie mit dem Rücken an die Hauswand. Noch einmal lief er zurück, um das Tuch, sein Seil und die beiden Fackeln zu holen. Dann erst gönnte er sich eine Verschnaufpause. Erschöpft ließ er sich neben dem Mädchen zu Boden gleiten und lehnte sich an die Mauer.

»Wasser …«

Sofort sprang Felix wieder auf. Wasser! Er schlug sich mit der Hand vor die Stirn. Natürlich. Sie mochte wer weiß wie lange dort unten ausgeharrt haben. Sie musste Durst haben. Und Hunger. Er holte den Becher aus dem Rucksack und lief ein paar Schritte den Zufahrtsweg entlang, von wo er gekommen war. Er hatte dort einen kleinen Wasserlauf gesehen, der von der Wiese oberhalb des Hofes den Hang herunterkam. Er trank zuerst selbst ein paar Schlucke, dann füllte er den Becher bis an den Rand. Die Lippen des Mädchens waren trocken und spröde. Felix streckte zwei Finger in das Wasser und fuhr ihr vorsichtig darüber. Als er sah, wie ihre kleine Zunge zum Vorschein kam, führte er ihr den Becher an den Mund und forderte sie auf zu trinken.

Beim Klang seiner Stimme schlug sie die Augen auf. Beim ersten Versuch verschluckte sie sich, doch dann trank sie gierig. Felix lief erneut los und füllte den Becher ein zweites Mal. Ich bräuchte eine Flasche oder eine Schüssel, dachte er. Felix sah zu dem Wohnhaus hinüber. Doch nach dem, was er bisher erlebt hatte, ahnte er, dass es viel Zeit kosten würde, hineinzugelangen und etwas Brauchbares zu finden. Wenn überhaupt. Lieber wollte er noch ein paarmal die wenigen Meter hin und her laufen.

Als das Mädchen zum dritten Mal alles ausgetrunken hatte, knüpfte Felix das Päckchen mit dem Weichkäse auf. Es war nicht mehr viel da, doch er wollte es versuchen. Er brach ein Stückchen ab und hielt es ihr vor den Mund.

»Was ist das?«, fragte sie unvermittelt. Ihre Stimme klang schwach.

»Bibbeliskäse.« Er freute sich über ihre Reaktion. »Schon ein bisschen eingetrocknet, schmeckt aber gut!«

Sie griff mit ihrer gesunden Hand zu und steckte sich das gelb-weiße Stückchen in den Mund. »Hast du noch mehr?«

Felix legte ihr das Päckchen auf den Schoß. »Hier, nimm und lass es dir schmecken.«

Er beeilte sich, seine ganzen Schätze vor ihr auszubreiten. »Es gibt noch anderen Käse. Und Brot, erst vor drei Tagen gebacken. Und etwas Süßes!«

Während sie ohne zu zögern zugriff und in einem erstaunlichen Tempo seine sorgsam gehüteten Vorräte Stück um Stück verschwinden ließ, nutzte Felix die Gelegenheit, sie von der Seite zu betrachten.

Das Mädchen mochte ein wenig jünger sein als er. Ihr Gesicht war braun gebrannt, so als ob sie sich viel im Freien aufhielt. Die lockigen schwarzen Haare hatte sie hinter dem Kopf zu einem Pferdeschwanz zusammengebunden. Nase und Mund waren schmal, fast zierlich. Ihre Wangenknochen traten leicht hervor. Am meisten erstaunten ihn ihre Augen. Ein paarmal sah sie wie beiläufig zu ihm herüber. Dabei ließ ihr Blick eine Tiefe erahnen, die weit über das hinausging, was er von den Mädchen in seinem Alter gewohnt war.

»Wie heißt du eigentlich?«, fragte sie plötzlich.

»Felix.«

»Felix. Der Glückliche.« Ein Lächeln huschte über ihr Gesicht. »Passt wunderbar. Heute ist ein Stück von deinem Glück auf mich übergegangen. Ich bin froh, dass du gekommen bist.«

»Der Hund hat mich hergeführt. Ist das deiner?«

»Der Hund ist eine Hündin und heißt Laika. Zu Ehren ihrer Namensvetterin. Sie war der erste Hund im Weltraum.«

Beide mussten lachen. Laika wedelte heftig mit dem Schwanz, als sie ihren Namen hörte. Das Mädchen brach eine Ecke Brot ab und streckte es ihr hin.

»Manchmal kommt sie mir wie eine Schwester vor. Wenn ich mit ihr spreche, versteht sie alles. Und umgekehrt. Sie mag dich.«

Felix wurde ein wenig verlegen. »Sie hat mich im Wald gefunden. Ich saß auf einem Hochsitz und habe nach einem Weg Ausschau gehalten. Und dabei hat sie ein paar komische Vögel verscheucht.«

»Komische Vögel?«

Felix musste lachen, als er daran dachte. »Wie eine Kreuzung aus Pfau und Truthahn. Und Geräusche haben die von sich gegeben wie eine Maschine, die kaputt ist. Wahrscheinlich haben ihre Eltern ein bisschen zu viel von der Strahlung damals abbekommen.«

Das Mädchen hielt mitten in der Bewegung inne. Felix schien es, als ob ein Schatten über ihr Gesicht fiel. Doch sie fing sich rasch.

»Das waren Auerhähne«, sagte sie knapp. »Die sehen so aus, und die sind so.«

Felix hatte plötzlich das Gefühl, etwas Falsches gesagt

zu haben. Er spürte, dass seine Bemerkung nicht gut angekommen war.

»Ich meine doch nur …«

»Du hast übrigens Glück gehabt, dass du sie überhaupt gesehen hast«, unterbrach sie ihn. Die Schärfe in ihrer Stimme war wieder verschwunden. »Auerhähne sind normalerweise scheu. Wahrscheinlich waren sie auf der Balz. Da sind die Hähne schon mal etwas übermütig.«

»Felix, der Glückliche.« Er versuchte ein Lächeln. »Scheint zu stimmen.«

Für eine Weile schwiegen beide. Felix beobachtete mit Sorge, wie sein Essensvorrat sich dem Ende zuneigte. Das Mädchen war inzwischen bei den Apfelringen angelangt.

»Dann hat dein Hund, ich meine Laika, mich zu diesem Hof geführt«, versuchte er das Gespräch wieder in Gang zu bringen. »Was ist eigentlich passiert?«

Ein weiteres Apfelstückchen verschwand in ihrem Mund. »Der Boden ist eingebrochen. Ich konnte nicht schnell genug reagieren und bin runtergefallen. Eigentlich gar nicht so schlimm. Aber ich bin so blöd gestürzt, dass ich mich verletzt habe.« Sie versuchte den Arm zu heben. »Ich kann ihn nicht mehr bewegen. Vielleicht ist er sogar gebrochen«, fuhr sie fort. »Und mit einem Arm bin ich nicht hochgekommen. Keine Chance.«

Felix nickte. »Wann war das? Wie lange hast du da gelegen?«

»Keine Ahnung. Ich konnte ja nicht sehen, ob es draußen hell oder dunkel war. Ich hatte eine Fackel dabei, aber die war irgendwann abgebrannt. Ein, zwei Tage vielleicht.«

»In der Kälte?«

Sie zuckte mit den Schultern. »In der Kälte. Was sollte ich machen? Ich habe mich bewegt, ich bin rumgehüpft, ich habe mich in meinen Sack gewickelt. Irgendwann war ich fertig.«

»Dann hast du Laika losgeschickt?«

»Nein. Das hätte sie nicht verstanden. Besser gesagt, sie hätte mich nie alleine gelassen.«

»Aber ...«

»Sie hat es gespürt.« Für einen Moment hielt sie inne. Ihr Blick wanderte in die Ferne. »Ich war auf dem Weg in die Anderwelt. Sie muss es gespürt haben.« Wieder unterbrach sie sich. Laika hatte es sich auf dem Boden bequem gemacht. Sie schien zu merken, dass von ihr gesprochen wurde. Ihr Kopf lag auf den Vorderbeinen, die Augen waren halb geschlossen. »Und sie hat gewusst, dass du in der Nähe bist«, fuhr das Mädchen langsam fort. »Es war kein Zufall, dass sie dich aufgestöbert hat.«

Wieder entstand eine Pause. Felix dämmerte allmählich, dass er ihr das Leben gerettet hatte. So wie sie sprach, hätte sie noch einen Tag in der Kälte wahrscheinlich nicht überlebt. Im Moment schien sie zwar erstaunlich erholt zu sein. Doch es war klar, dass die paar Schlucke Wasser und das wenige Essen nicht genügen würden. Er musste etwas unternehmen. Doch was konnte er tun? Woher kam sie überhaupt? Konnte es sein, dass sie mit Laika alleine irgendwo hier lebte? Oder gab es eine Familie wie die Riesles? Aber warum suchte sie dann keiner?

»Ich heiße Chiara«, sagte sie plötzlich.

»Chiara?« Felix hob überrascht den Kopf. »Ein schöner Name.«

»Finde ich auch. Er ist italienisch.«

»Chiara.« Felix sprach den Namen noch einmal vor sich hin, so als wolle er die Laute spüren. Ein seltsamer, geheimnisvoller Name. So wie das Mädchen selbst.

»Woher kommst du eigentlich? Und was hast du hier gesucht?«

»Das erzähle ich dir alles später.« Chiara steckte die letzten beiden getrockneten Apfelstücke zurück in Felix' Rucksack. »Ich will dir ja nicht alles wegessen«, lachte sie. Dann streckte sie ihm ihre Hand entgegen. »Hilf mir aufzustehen. Wir wollen los.«

Felix blickte besorgt. »Ich weiß nicht, ob das gut ist. Du bist doch noch ganz schwach. Ich finde, du solltest …«

»Sag mir nicht, was gut für mich ist«, fauchte sie ihn an. »Ich bin kein kleines Kind mehr. Zur Not schaffe ich es auch alleine!« Sie richtete sich auf und versuchte, sich mit ihrem gesunden Arm die Wand hinaufzustemmen.

»So war das nicht gemeint.« Felix trat hinzu und stützte sie.

»Wo hast du das Wasser her? Ich will mich waschen. Und du bleibst hier«, fügte sie hinzu, als er Anstalten machte, sie zu begleiten. »Gib mir lieber etwas Trockenes zum Abreiben mit.«

Felix spürte Ärger in sich hochsteigen. Ein bisschen mehr Dankbarkeit hatte er sich schon erhofft. Er blickte ihr nach, wie sie auf wackligen Beinen den Weg hinunterging. Von Weitem sah er zu, wie sie sich an dem Wasserlauf Gesicht, Hände und Arme wusch. Sie trocknete sich mit dem Hemd ab, das er ihr gegeben hatte, und zog es dann anstelle ihres Pullovers über. Ein paar Minuten später stand sie wieder neben ihm.

Überrascht sah Felix zu ihr auf. Die braunen Schmierstreifen und Dreckspritzer waren aus ihrem Gesicht verschwunden. Lediglich zwei dünne Wundkratzer und ein blauer Fleck am Unterkiefer unter ihrem rechten Ohr erinnerten an ihren Sturz. Sie hatte die Haare frisch zusammengebunden und sah ihn unternehmungslustig an.

»Jetzt geht's mir wieder besser«, sagte sie. »Nur noch der Arm, dann können wir los.«

»Losgehen? Wohin?«

»Nach Hause natürlich. Ich habe keine Lust, hier länger unnütz herumzulungern.« Sie griff nach ihrem Sack, der die ganze Zeit auf dem Boden gelegen hatte, und faltete ihn auseinander. Erst jetzt sah Felix, dass er ähnlich wie seine Schlafsackdecke aus zwei aneinandergenähten Stoffteilen bestand. An einem der Enden war eine dicke Kordel befestigt, an der man den Sack zuziehen konnte. Ein einfaches Hilfsmittel, um alles Mögliche zu transportieren.

»Jetzt darfst du mir gerne helfen.« Unter Chiaras Anleitung falteten sie eine Art Tragetuch, in dem sie ihren verletzten Arm ruhig vor dem Oberkörper halten konnte. Zuletzt verknotete Felix das Ganze mit der Kordel um ihren Hals und die Schulter.

»Tut's noch sehr weh?«, fragte er besorgt.

Chiara wollte bereits wieder zu einer schnippischen Antwort ansetzen. Doch zu Felix' Überraschung besann sie sich. »Es geht so. Ich muss es aushalten.« Sie wandte sich der Hofeinfahrt zu. »Und jetzt los. Wir wollen das schöne Wetter nutzen.« Der Hund sprang aufgeregt an ihrer Seite hoch. »Nach Hause, Laika!«

Felix packte rasch zusammen und schulterte den Rucksack. »Und der Hof? Was ist mit den anderen Häusern? Sollten wir nicht … Vielleicht finden wir etwas Brauchbares!«

Chiara schüttelte den Kopf. »War ich schon. Es lohnt sich nicht.« Mit dieser knappen Antwort lief sie los.

Nach etwa 300 Metern kamen sie an die Stelle, an der Felix über die Wiese den Hang heraufgekommen war. »Hier hat mich Laika heraufgeführt. Dort drüben am Wald waren die Auerhähne.« Er deutete zu den Bäumen. »Es gibt dort einen Weg vom Mathisleweiher her.«

»Vom Weiher her bist du gekommen?« Chiara klang überrascht. »Respekt. Also von Hinterzarten hoch. Dann hast du bestimmt den Schrat getroffen. Hat er dir Angst eingejagt?«

»Den Schrat? Wer ist das?«

»Ein einsamer Mensch, der dort lebt und herumstreift«, antwortete sie mit einem seltsamen Unterton.

Felix entging nicht, dass sie offenbar mehr wusste, als sie sagte. »Was weißt du über ihn?«

»Er ist seltsam. Aber nicht gefährlich. Meistens jedenfalls.« Sie wandte sich dem Weg zu. »Aber sag mir lieber, wie du den Weg gefunden hast. Die Gegend um den Weiher ist äußerst heikel. Er steht unter besonderem Schutz der Uralten.«

»Der Uralten? Wen meinst du damit?«

Chiara antwortete nicht. »Hast du etwa einen Wegweiser?«, fragte sie stattdessen.

»Zeige ihn niemandem«, schoss es Felix durch den Kopf. Lena hatte ihn eindringlich ermahnt. Doch Chiaras seltsamer Blick hielt ihn gefangen und verdrängte seine Zweifel. Er griff in seine Tasche und holte das Rindenstück hervor. Die Farben leuchteten ruhig und kräftig.

Chiara ließ sich ihre Überraschung kaum anmerken. »Das dachte ich mir. Keiner gelangt zum Mathisleweiher ohne Wegweiser. Und auch nicht wieder weg. Woher hast du ihn?«

Wieder zögerte er. »Das ist eine lange Geschichte. Ich weiß nicht …«

»Ob du mir trauen kannst? Ist das hier Beweis genug?«

Sie griff an die Schnur, die um ihren Hals hing, und brachte einen Anhänger hervor. Sie streifte ihn über den Kopf und hielt ihn Felix entgegen. Es war ein Stein, der etwa so groß war wie ein Taubenei. Seine Oberfläche war blank poliert. Er steckte in einem Säckchen mit großen Maschen, das aussah wie ein Fischernetz. Sofort erkannte Felix die vertrauten Farblinien. Im Gegensatz zu seinem Rindenstück liefen sie unter der Oberfläche. Sie entstanden und vergingen und schlüpften durch das Feste wie Fische durch das Wasser. Als Felix mit den Fingerkuppen die Oberfläche berührte, hinterließ er einen seltsam schillernden Abdruck.

»Und ist das auch ein Wegweiser?«, fragte er fasziniert. »So etwas habe ich noch nie gesehen!«

Chiara ließ ein perlendes Lachen hören. »So etwas habe ich noch nie gesehen!«, äffte sie ihn nach. »Wie lange bist du nun schon im Schwarzwald – zwei Wochen? Zwei Monate? Und du glaubst, du hast schon alles gesehen?« Wieder lachte sie.

»Woher weißt du …?«

»Ich habe es gewusst, seit ich dich zum ersten Mal gesehen habe. Deine Bewegungen, deine Worte, deine Augen. Vieles von dir ist noch außerhalb. An dem Ort, den du dein Zuhause nennst.« Ihre Augen blitzten. »Aber du scheinst auf einem guten Weg zu sein.«

Wieder meinte Felix, einen leicht spöttischen Unterton herauszuhören. »Ich bin nicht hier, weil ich gerne hier bin«, platzte es aus ihm heraus. »Ich suche meine Eltern. Und wenn sie noch leben, werde ich sie auch finden.« Er ballte die Fäuste. Gleichzeitig ärgerte er sich, weil er mehr von sich preisgegeben hatte, als er wollte.

»Das wirst du auch schaffen.« Chiara blieb ruhig. »Sonst wärst du erst gar nicht so weit gekommen.« Sie nahm die Kordel mit dem Stein zurück und streifte ihn wieder über ihren Kopf. »Hier werden wir unsere Helfer nicht brauchen.« Sie wies zu einem Metallpfosten, der aus dem hohen Gras hervorragte. »Ich kenne den Weg. Er ist sicher.«

Die Abzweigung, auf die Chiara deutete, war so zugewuchert, dass Felix sie nicht bemerkt hatte. Oben auf dem

Pfosten waren Schilder festgeschraubt. Unter der vertrauten Raute standen Namen.

»Sonnhaldehof, Raimartihof, Feldsee, Feldberg«, entzifferte Felix. »Feldberg!«, rief er aus. »Dort will ich hin! Ist das noch weit?«

»Gar nicht. Ein paar Kilometer. Du siehst ihn nur nicht, weil wir in einer Senke sind.« Sie sah ihn an. »Aber was willst du am Feldberg? Dort kann keiner hinauf. Hat man dir das nicht gesagt?«

»Doch, schon. Aber dort ist mein Ziel.« Felix entschloss sich, ihr alles anzuvertrauen. In knappen Worten fasste er zusammen, was ihn hierhergeführt hatte. Als er von Georgs Begegnung mit dem Mann erzählte, der sich Sepp nannte, leuchteten Chiaras Augen kurz auf. Am Ende zog er die Kette mit dem Silberschiffchen hervor. »Ich muss wissen, ob es der Anhänger ist, der meiner Mutter gehört hat. Und ich muss wissen, wo der Mann ihn herhat.«

Chiara ließ ihren Blick über das kleine Schmuckstück gleiten. »Du wirst nicht mehr lange suchen müssen«, sagte sie.

Felix fuhr herum. »Was heißt das?«, fragte er rasch. »Kennst du diesen Josef? Weißt du, wo ich ihn finde?«

Chiara lächelte. »Er ist mein Vater.«

Für einen Augenblick war Felix sprachlos. »Dein Vater?«, stieß er hervor.

»Ja. Und wenn alles gut verläuft, wirst du ihn demnächst selber fragen können.« Sie wandte sich zum Gehen. »Wir sollten jetzt weiter.« Sie folgte Laika, die bereits im hohen Gras verschwunden war.

Felix spürte, wie ihm das Blut in den Kopf schoss. Sein Herz klopfte bis zum Hals. Es drängte ihn, mehr zu erfahren, doch für den Moment hatte ihn die Freude völlig übermannt. Aufgeregt stapfte er los. Er hatte es tatsächlich geschafft!

Er war froh, dass er Chiara einfach nur hinterherlaufen konnte und nicht wie die ganze Zeit zuvor auf den Weg achten musste. Die Wiese um ihn herum leuchtete, als ob sie sich mitfreute. In dem Meer der Gräser, die in hundert Varianten ihre Rispen der Sonne entgegenstreckten, reckten sich erste Knospen der bevorstehenden Blüte. Weiße Margeriten standen in dichten Büschen, die goldgelben Blüten des Hahnenfußes nickten im zarten Wind, die durchsichtigen Kugeln des Löwenzahns waren bereit, Tausende Sternschirmchen auf die Reise zu schicken. Lichtnelken, Leimkraut, Huflattich, Lupinen und Augentrost blühten um die Wette. Von allen Seiten erfüllte das singende Zirpen der Grillen und Zikaden die Luft.

Chiara bewegte sich mit erstaunlicher Leichtigkeit. Obwohl sie von ihrer Gefangenschaft in dem Keller noch geschwächt war, hatte Felix Mühe, ihr hinterherzukommen. Es schien fast, als wichen Gräser und Blumen vor ihr zur Seite.

Am Fuße der Bergwiese verlangsamte sie plötzlich ihren Schritt. Felix sah, wie sie ihren Stein vom Hals herunternahm. Genau so, wie er es von Lena gelernt hatte, streckte jetzt auch Chiara den Wegweiser auf der offenen Hand aus und führte ihn in sanften Bewegungen nach allen Seiten.

»Was ist?«, fragte er. »Ist dir etwas aufgefallen?«

»Bis jetzt nicht. Als ich hier vorbeigekommen bin, war alles ruhig. Aber ich will vorsichtig sein. Der Waldrand ist unsicher und kann sich innerhalb kurzer Zeit ändern.«

Felix erschrak. »Die Spinne?« Rasch holte er nun ebenfalls seinen Wegweiser aus der Tasche. Auf den ersten Blick fiel ihm nichts Besonderes auf.

Chiara nickte. »Ich sehe, du kennst dich aus«, sagte sie. »Dann weißt du auch, dass wir kein Risiko eingehen dürfen. Jede falsche Entscheidung kann fatal sein.«

»Und Laika? Sie ist doch schon vorausgesprungen!« Wie auf Kommando tauchte der Kopf der Hündin aus dem Walddickicht auf.

»Laika ist etwas ganz Besonderes. Das wirst du schon noch sehen.« Chiara ließ sich nicht beirren. »Komm jetzt, dort hinüber!« Wenige Meter vor den ersten Bäumen verließ sie den Weg und wandte sich nach rechts. Sie führte Felix entlang mehrerer riesiger Schlehenbüsche, die bereits abgeblüht waren, bis sie zu einem kaum wahrnehmbaren Einschnitt kamen.

»Warte hier!« Sie kletterte ein paar Meter weit nach unten, dann kam sie zurück und schüttelte den Kopf. »Der Gesang hat begonnen. Ich weiß nicht, wie lange schon. Die Spinne kann jeden Moment zugreifen.«

»Der Gesang? Was heißt das?« Sofort wurden in Felix die Erinnerungen an die schrecklichen Ereignisse bei ihrem vergeblichen Aufstieg aus dem Hexenloch wach.

Chiara war bereits in die Richtung unterwegs, aus der sie gekommen waren. »Das heißt, dass wir keine Zeit mehr mit unnützen Fragen verplempern dürfen. Und das heißt, dass uns ein gehöriger Umweg bevorsteht. Der Weg ist uns versperrt.«

»Ein Umweg? Wie lange?«

»Mit etwas Glück schaffen wir es bis heute Abend.«

Obwohl es zunächst ein Stück den Hügel hinaufging, beschleunigte Chiara ihren Schritt. Nach ein paar Minuten bog sie unvermittelt schräg nach rechts ab, ohne dass Felix einen besonderen Hinweis erkennen konnte. Wieder ging es abwärts. Der Wiesenhang wurde nun rasch steiler. Das letzte Stück vor dem Wald musste Felix auf dem Hosenboden abwärtsrutschen, während Chiara sich geschickt wie eine Gämse bewegte. Dennoch bekam Felix allmählich den

Eindruck, dass die Stunden in dem eingestürzten Kellerloch doch nicht spurlos an ihr vorübergegangen waren.

Als er am Fuß des Hanges eine Verschnaufpause signalisierte, widersprach sie nicht. Felix sah, dass ihre Wangen gerötet und gleichzeitig die Haut um Augen und Nase bleich war.

»Ist dir nicht gut?«, fragte er.

»Geht schon.« Chiara bemühte sich, ihre Stimme ruhig klingen zu lassen. Doch Felix merkte deutlich, dass etwas nicht stimmte.

»Wie weit ist es noch?«

»Zuerst geht es ein gutes Stück durch den Wald nach unten, bis wir im Tal an den Seebach kommen. Dann dort immer entlang, noch drei, vier Kilometer.«

Felix sah zum Himmel. Die Sonne war längst über die Hügelkuppe gewandert. Die Bäume am Waldrand warfen erste Schatten.

»Es wird bald dunkel«, sagte er.

»Ja«, entgegnete sie knapp. »Weiter.« Sie erhob sich und schlüpfte zwischen zwei dick vermoosten Fichtenstämmen in den Wald. Felix beeilte sich hinterherzukommen. Es war offensichtlich, dass Chiara alle ihre restlichen Kräfte zusammennahm, um beizeiten nach Hause zu kommen.

Eine Viertelstunde später erreichten sie eine Felsenlandschaft, die sich in breiter Front über den Hang erstreckte. Die Steine waren feucht und rutschig. Felix sah, wie Chiara sich schwertat. Immer wieder griff sie sich an ihre Verletzung.

»Soll ich dir helfen?«

Chiara antwortete nicht, doch sie ergriff bereitwillig den Arm, den er ihr als Stütze anbot. Der Abstieg beanspruchte all ihre Aufmerksamkeit. Als das Labyrinth der Felsen unvermittelt in ein nur noch leicht abfallendes Gelände überging, atmete Felix auf. Jetzt erst nahm er wahr, dass es inzwischen merklich dunkler geworden war. Leichter Nebel kam auf. Die Bäume auf der gegenüberliegenden Seite des Talgrundes waren nur schemenhaft zu erkennen. Entlang des Baches, den Felix mehr hören als sehen konnte, zog sich ein breiter Streifen riesiger Farnbüsche, deren Wedel ihm bis zur Brust reichten. Zum Wasser hin wuchs Schilf, der Bachlauf selbst war gekennzeichnet durch eine fortlaufende Reihe von Pappeln, Weiden und Erlen. In dem schmalen Ausschnitt über ihnen blinkten am Himmel die ersten Sterne.

»Rechts oder links?«, fragte Felix, der ein Stück vorausgegangen war.

Hinter ihm blieb es still. Felix drehte sich um und erschrak, als er Chiara sah. Sie hatte ihren Kopf vornübergebeugt, so als ob sie sich jeden Moment übergeben müsste. Beim Näherkommen sah er erschrocken, dass ihr Gesicht bleich geworden war.

»Chiara! Was hast du?« Er lief rasch hinzu und stützte sie unter der Schulter.

»Lass nur«, sagte sie stockend, »ich …«

Sekunden später sackte sie zusammen. Felix ließ sie langsam zu Boden gleiten. Er zog seinen Rucksack herunter und bot ihn ihr als Stütze. Mit beiden Händen fächelte er ihr Luft zu.

Chiaras Atem ging stockend. »Bringst du mir etwas zu trinken?«, bat sie leise.

Felix nestelte seinen Becher heraus und kämpfte sich durch das dichte Grün bis zum Bachufer. Bis zu den Knöcheln sank er in den Schlamm ein. Doch er achtete nicht darauf. Rasch füllte er den Becher und ging zurück.

Chiara trank langsam in kleinen Schlucken. »Ich weiß auch nicht, auf einmal hat sich alles gedreht«, sagte sie. »Ich glaube, ich habe mich überschätzt. Zum Glück sind wir schon unten.«

Felix nickte. Er wollte sich gar nicht vorstellen, wenn das Ganze während des Abstiegs geschehen wäre. Vielleicht wären sie beide abgestürzt.

»Hast du noch Durst?«

Chiara schüttelte den Kopf. »Nein. Nur noch ein paar Minuten ausruhen.«

»Du willst so weitergehen? Aber das ist doch unvernünftig! Wir müssen bleiben, bis …«

»Dass ich unvernünftig bin, höre ich von meiner Mutter am Tag fünf Mal!« Chiara reagierte überraschend heftig. Sie rückte das Tragetuch mit dem verletzten Arm zurecht. »Soll ich dir mal etwas sagen? Mir ist kalt! Ich bin durchgefroren bis auf die Knochen. Ich weiß nicht, ob ich eine Nacht unter freiem Himmel überstehe.«

Felix erschrak. »Warte, ich habe noch ein paar Sachen! Ich gebe dir meinen Pullover, die Decke, die Jacke …«

Er begann hektisch sich auszuziehen, doch Chiara legte ihm die Hand auf den Arm. »Es ist gut, aber lass es. Du wirst es selber brauchen. Hilf mir lieber beim Gehen. Der Weg hier ist sicher, wir brauchen den Wegweiser nicht. Aber es ist alles ziemlich zugewachsen, seit ich das letzte Mal hier war.«

Felix musste einsehen, dass er mit gutem Zureden nichts erreichen würde. Er blickte sich kurz um, dann ging er langsam los. Nach dem, was er bisher erlebt hatte, war es nicht übermäßig schwierig voranzukommen. Zwar war auch hier alles dicht zugewachsen, doch unüberwindbare Hindernisse gab es keine mit Ausnahme eines Baches, der einige Hundert Meter weiter von der Seite her aus dem Wald floss. Eisige Kühle wehte vom Wasser herauf. Zum Glück gab es ein paar große Steine, über die sie hinweg auf die andere Seite balancieren konnten. Felix war erleichtert, dass Chiara nasse Füße erspart blieben.

Die Nacht kam nun rasch. Das Gezwitscher der Vögel in den Bäumen am Bach und im Wald erstarb, Stille breitete sich aus wie eine Federdecke. Nur noch das Gluckern des Seebachs war zu hören. Vereinzelt flatterten Schatten über sie hinweg. Ob es Vögel oder Fledermäuse waren, konnte Felix nicht erkennen.

Immer öfter musste er sich umdrehen und nach Chiara sehen. Es war offensichtlich, dass sie nicht mehr lange durchhalten würde. Ihr Schritt war langsam und unsicher, alle paar Meter blieb sie stehen.

»Felix, warte.« Sie hatte sich auf einen umgestürzten Weidenstamm gesetzt und atmete schwer, als er neben sie trat.

»Die Vernunft hat mich eingeholt.« Sie versuchte ein schwaches Lächeln. »Aber ich habe getan, was mir möglich war.« Es klang wie eine Rechtfertigung.

»Dann bleiben wir hier.« Sofort sah Felix sich um, ob er in dem wenigen Licht der Sterne einen Unterschlupf für sie beide finden konnte. Doch auf dem schmalen Streifen zwischen dem Bach und der dunklen Wand des Waldes entdeckte er nichts, was ihnen Schutz bieten würde.

»Nein!«

Felix hob verwirrt den Kopf. »Was – nein?«

»Wir bleiben nicht hier.«

Felix schüttelte ärgerlich den Kopf. »Jetzt ist es aber genug«, brauste er auf. »Du kannst keinen Schritt weiter! Ich dachte, du willst vernünftig sein?«

»Wir bleiben nicht hier, wir warten!«

»Warten? Bis es wieder hell wird, oder was? Was soll die Haarspalterei?«

»Du wirst schon sehen.« Chiara rief Laika zu sich, die die ganze Zeit nicht von ihrer Seite gewichen war. Sie beugte sich zu dem Tier hinunter und flüsterte leise ein paar Worte. Mit einem kräftigen »Wuff« sprang die Hündin auf und verschwand mit raschen Sprüngen in die Nacht.

Felix blickte ihr erstaunt hinterher. »Du hast Laika weggeschickt?«

»Wir sind nahe genug. Sie wird Hilfe holen.«

»Nahe genug? Was meinst du damit?«

»Ich hätte lieber …« Felix sah, dass ihr die Worte schwerfielen. »Ich wollte …« Ihr Kopf fiel zur Seite. Sofort sprang Felix hinzu und fing sie rechtzeitig auf, noch bevor sie umkippte. So gut es ging, bettete er sie mit dem Rücken an den Stamm. Dann holte er alles aus dem Rucksack, was irgendwie wärmen konnte, und drapierte es um ihre Schultern, Arme und Bauch. Als er zufrieden war, nahm er die restlichen Kienspäne und zündete sie an. Links und rechts steckte er einen in den weichen Boden. Einen weiteren klemmte er zwischen die Äste der Weide, die über ihnen herunterhingen.

Chiara hatte die Augen geschlossen und schien nicht wahrzunehmen, was um sie herum vorging. Felix war verzweifelt, dass er nicht mehr tun konnte. Es blieb ihm nur zu warten. Und zu hoffen, dass Chiara mit »nahe genug« nicht übertrieben hatte.

Das Licht der Fackeln lockte rasch ein paar Käfer und Mücken heran. Aus dem Wald hörte Felix ein Krächzen, irgendwo begann ein Frosch zu quaken. Seltsamerweise spürte Felix keine Angst. Obwohl Chiara scheinbar hilflos vor ihm saß, schien allein ihre Anwesenheit die dunklen Mächte fernzuhalten. Seit er sie zum ersten Mal gesehen hatte, hatte er gespürt, dass sich hinter der spitzen Zunge des Mädchens eine Welt verbarg, deren Tiefe er nur ahnen konnte. Langsam brannten die Fackeln herunter. Außer dem Knistern der Flamme war nur noch das Gluckern und Wellenschlagen des Baches zu hören. Felix merkte, wie müde er war. Durch sein Hemd kroch allmählich die Kühle der Nacht. Er setzte sich neben Chiara an den Weidenstamm und rückte ganz nah an sie heran. Sie stöhnte leise.

Felix sprach beruhigend auf sie ein, doch sie schien ihn nicht zu hören. Stattdessen warf sie den Kopf hin und her und stieß vereinzelte Worte aus, die für ihn keinen Sinn ergaben.

Allmählich wurde Felix bewusst, in welcher verzweifelten Lage sie sich befanden. Ob Laika es rechtzeitig schaffen würde, Hilfe zu holen? Was war, wenn sie niemanden antraf? Vielleicht suchte man längst nach Chiara, aber in einer gänzlich anderen Richtung?

Wenn Chiara nicht rasch Wärme bekam, war es vielleicht zu spät. Er musste versuchen, ein Feuer zu machen. Vorsichtig löste er seinen Arm und stand auf. Die drei Fackeln waren kurz vor dem Ausgehen, er musste sich beeilen. Fieberhaft raffte er alles zusammen, was er in dem schwach erleuchteten Umkreis fand – Aststücke, große und kleine Zweige, altes Holz, ein wenig Laub. Er schichtete alles zu einem Haufen zusammen und stieß die drei Kienspäne hinein. Es zischte und knackte, ein beißender Geruch breitete sich aus.

Felix' Hoffnung verflog rasch. Das Holz war nicht trocken genug. Statt einer prasselnden Flamme stiegen lediglich ein paar dünne Rauchfäden auf. Er musste einsehen, dass er keine Chance hatte. Es blieb ihm nichts anderes übrig, als zu warten und zu hoffen, dass Chiara irgendwie die Nacht überstand.

Wieder ließ er sich neben dem Mädchen nieder, legte den Arm um sie und bettete ihren Kopf an seine Schulter. Vom nahen Bach zog es merklich kühl herauf. Wilde Gedanken zogen durch seinen Kopf. In einem Bericht über eine Expedition im Himalaya, die vom Weg abgekommen war und sich verirrt hatte, hatte er gelesen, dass es das Wichtigste sei, in der Kälte nicht einzuschlafen. Er sprach daher immer wieder zu Chiara und tätschelte ihre Wangen. Gleichzeitig musste er gegen seine eigene Müdigkeit ankämpfen. Als ihm die Augen zum ersten Mal zufielen, riss er sie mit Gewalt wieder auf. Er zwickte sich in den Arm, bis es wehtat, schlug mit der Hand auf einen Aststumpf und kratzte mit den Fingernägeln seine Handoberfläche blutig.

Irgendwann rutschte er langsam nach unten. Der Stern, an dem sein Blick sich festgehalten hatte, begann zu zittern, dann brach er plötzlich in der Mitte auseinander. Die Teile tanzten um ihn herum, bewegten sich auf und ab und erloschen. Verzweifelt versuchte Felix, sich irgendwo festzuhalten, doch seine Finger rutschten ab, griffen ins Leere. Die Schwärze begann sich zu drehen, langsam, unerbittlich, kopfüber. Ein feuchtes Etwas fuhr ihm ins Gesicht und zerplatzte zu einem schmerzend weißen Licht.

Felix riss die Augen auf. Flammende Glut blendete ihn, zerfloss und formte sich im nächsten Moment zu einem Feuer umgrenzten Gesicht, bei dessen Anblick er erstarrte. Es war zu spät. Der Dämon der Hölle hatte ihn gefunden! Er wollte schreien und um sich schlagen, aber er war wie gelähmt. Das Gesicht verschwand, ein zweites erschien und tanzte in den Flammen. Er hörte Stimmen, die er nicht kannte, er spürte, wie er ergriffen und hochgezogen wurde. Felix spürte seine Schritte auf weicher Erde, feuchtes Gras streifte seine Beine und Arme. Er merkte, wie er vorwärtsgezogen wurde, Schritt für Schritt. Um ihn herum tanzten Lichter, ab und zu hörte er ein Knurren und ein paar Worte, die er nicht verstand.

Allmählich verstand er, was um ihn herum vor sich ging. Er merkte, dass er nicht alleine lief. Sein linker Arm war über die Schulter eines Mannes gelegt, in der rechten Hand hielt er einen Stock als Stütze. Willig ließ er sich führen. Der Dämon war verschwunden.

Ein kurzes Bellen an seiner Seite überraschte ihn. Erst jetzt bemerkte er, dass sie von einem Hund begleitet wurden. Er war genauso groß wie Laika und hatte ein hellgraues Fell.

»Ist gut, Boy«, hörte er den Mann sagen. »Joana und die anderen werden uns gehört haben.«

»Wo ist Chiara?«, stammelte Felix. Er hatte alle Mühe, die Frage laut auszusprechen.

»Sie ist zu Hause. Es geht ihr gut.« Die Stimme klang tief und ruhig. »Nur noch ein paar Schritte. Wir haben es gleich geschafft.«

Vor Felix' müdem Blick tauchten im Dunkel Lichter auf, die mit jedem Schritt größer wurden. Sie gehörten zu einem Gebäude, dessen Umrisse sich vor dem Sternenhimmel abzeichneten. Aus der Tür, die wie ein hell erleuchtetes schmales Rechteck aufschimmerte, trat ein Mann. Er nahm Felix den Stock aus der Hand und half, ihn ins Haus hinein zu begleiten. Wenige Augenblicke später lag Felix auf einer weichen, mit einem Tuch überzogenen Matratze.

»Jetzt ist alles gut«, sagte der Mann. »Du bist zu Hause.«

Noch einmal stemmte sich Felix auf. »Und Chiara? Wo ist sie?«

»Sie ist in ihrem Zimmer. Es geht ihr gut. Bestimmt schläft sie schon. Jetzt ruhe dich aus. Gleich bekommst du etwas Warmes.«

Mit einem Seufzer ließ sich Felix zurück auf die weiche Unterlage fallen. Chiara war in Sicherheit! Ein warmes Gefühl der Erleichterung stieg in ihm auf. Sekunden später übermannte ihn die Müdigkeit endgültig.

Felix nahm bereits nicht mehr wahr, wie sich wenige Minuten später die Tür öffnete. Eine Frau trat ein. Sie lächelte, als sie Felix schlafen sah. Sie stellte eine Schale mit warmer Suppe neben das Bett auf den Boden. Dann nahm sie eine Decke und zog sie über ihn bis zum Hals. Sanft streichelte sie ihm über das Haar.

Eine Weile blieb sie ruhig sitzen und betrachtete das Gesicht des Schlafenden. Endlich stand sie auf und ging leise hinaus.

*

Felix' Glieder waren schwer wie Blei. Eine lähmende Fessel hatte sich um seine Arme und Beine gelegt. Sein Kopf war vornübergebeugt, als ziehe ihn eine unsichtbare Kraft zu Boden. Der Raum um ihn war leer. Kein Licht fiel in die gestaltlose Schwärze. Aus dem Dunkel traten die Umrisse einer Öffnung hervor. Eine regelmäßige Form, die sich als quadratisches Fenster öffnete und ganz allmählich heller wurde. Das Bild von Chiara erschien – ihr Blick war ernst, die Augen in die Ferne gerichtet. Felix wollte rufen, als sich das Fenster bereits wieder schloss. Gleichzeitig erschien an einer anderen Stelle eine weitere Öffnung, in der Lena auftauchte. Auch bei ihr war es so, als schaue sie an ihm vorbei, ehe auch dieses Bild durch ein neues abgelöst wurde. Anna erschien, dann Georg, der Schrat, Wagner, Doktor Ignatius, Bruno, Wacker, Tante Veronika … Immer schneller blitzten neue Gesichter auf und verschwanden. Felix konnte nichts tun, als stumm zu beobachten. Seine Arme blieben unbeweglich, seine Stimme versagte. Als er glaubte, es sei zu Ende, veränderte sich das Schauspiel. Eine Tür wurde sichtbar, größer als alles andere, was er bisher gesehen hatte. Eine Gestalt erschien, die ihm den Rücken zuwandte – hell, strahlend, mit Licht gefüllt. Die Wärme, die von ihr ausging, floss in das Gefängnis, in dem Felix saß, berührte und umhüllte ihn. Ein erfrischender Duft breitete sich aus, überall begannen Farben zu leuchten.

Felix wusste sofort, wer die Frau war. Er versuchte aufzustehen, nach ihr zu greifen, sie zu rufen. Vergeblich. Endlich wandte sie sich zu ihm um, langsam – und das Bild verschwand.

Verwirrt sah Felix um sich. Er fand sich ausgestreckt in einem Bett wieder, halb in eine Decke gehüllt. Das Zimmer um ihn herum war sparsam möbliert. Zwei riesige Holzschränke, ein Regal mit Pappkisten in allen Größen, ein Bücherregal, ein einfaches Sofa. Auf dem Boden lag ein abgetretener Teppich, von der Zimmerdecke baumelten mehrere Kräuterbüschel wie Wäschestücke von der Leine. Durch das einzige Fenster fiel helles Licht herein.

Der Traum verblasste rasch. Felix schlug die Decke zur Seite, stand auf und ging zum Fenster. Das Zimmer war im oberen Stockwerk, direkt unter sich sah er einen großen Garten mit sorgsam bepflanzten Beeten. Eine Frau mit einem großen Strohhut auf dem Kopf bewegte sich langsam durch die Pflanzen, dabei hackte sie mit kurzen, raschen Bewegungen. Am hinteren Ende des Gartens floss Wasser aus einem Rohr in einen großen hölzernen Trog. An den Holzzaun, der die Beete von allen Seiten umgab, schloss sich ein großes Stück Wiese an, auf dem eine Herde Schafe weidete. Direkt dahinter begann der Wald.

Wo war er?

Das Letzte, woran sich Felix erinnern konnte, war Chiara, die sich unruhig an seiner Seite hin und her gewälzt hatte. Stimmen, Gesichter, Lichter – das Übrige verschwamm in der Tiefe seiner Erinnerung.

Neben dem Bett stand ein Stuhl. Über die Lehne war sorgfältig seine Jacke gehängt, sein Rucksack lag daneben auf dem Boden. Auf dem Stuhl stand ein großer Becher aus gebranntem Ton, gefüllt mit Wasser, daneben lag ein Apfel. Da bemerkte Felix, wie durstig er war. Er trank den Becher in wenigen Zügen leer, den Apfel ließ er liegen. Zuerst wollte er wissen, wer seine Gastgeber waren. Von dem Flur, der sich vor der Tür öffnete, zweigten mehrere weitere Zimmer ab. Dazwischen führte eine schmale Holztreppe nach unten. Der Eingang zum Hof stand weit offen. Aus dem Raum direkt dahinter klang eine Stimme, die eine einfache Melodie sang, begleitet vom Geklapper von Geschirr.

Felix trat ein. Eine untersetzte beleibte Frau hantierte am Herd. Sie musste gespürt haben, dass Felix kam. Als er in der Tür stand, drehte sie sich um. Ein breites Lächeln überzog ihr Gesicht.

»Aufgewacht? Wunderbar! Du kommst gerade recht zum Mittagessen!«

»Mittagessen?« Felix war verwirrt. »Wie spät ist es? Wie lange habe ich geschlafen? Wo bin ich überhaupt?«

Das Lächeln verstärkte sich. »Drei Fragen auf einmal! Und das mit nüchternem Magen.« Die Frau wies auf einen Stapel Teller. »Du kannst den Tisch decken. Drei Teller, drei Löffel, drei Gläser. Es dauert noch ein paar Minuten.« Sie drehte sich um zum Herd, nahm den Deckel von dem Topf, der darauf stand, und rührte ein paarmal. Ein verlockender Duft stieg auf.

Einigermaßen verdattert begann Felix, das Geschirr aufzulegen. »Darf ich wenigstens erfahren, wie Sie heißen?«

»Ich bin Rosalia. Und ›Sie‹ gibt es hier nicht.« Sie tauchte einen Löffel in den Topf, blies darüber und schlürfte einen Schluck. Dann nickte sie. »Wenn du fertig bist, kannst du das Brot aufschneiden, das Messer liegt daneben.«

Felix tat, wie ihm geheißen. Rosalias Stimme klang resolut, aber freundlich. Sie trug ein einfaches kurzärmeliges Kleid, darüber eine vom vielen Waschen ausgebleichte Schürze, deren Blumenmuster nur noch zu erahnen war. Die Haare hatte sie auf Großmutterart hinter dem Kopf zu einem Dutt zusammengesteckt.

»Für wen ist der dritte Teller?«

»Joana. Sie ist draußen im Garten.« Sie trat in die Tür, die am Ende der Küche nach draußen führte, und rief: »Essen ist gleich fertig! Bring noch etwas Schnittlauch und Liebstöckel mit!« Zu Felix gewandt sagte sie: »Jetzt noch das Getränk. Most oder Wasser? Oder gespritzt?«

Als Felix keine Antwort gab, stellt sie zwei Krüge zwischen die Teller auf den Tisch. »Eigener Apfelsaft. Zart angegoren.« Sie kicherte. »Hält jung! Wie alt schätzt du mich?«

Die Frage machte Felix verlegen. Das breite Gesicht der Frau war von unzähligen Falten durchzogen. Gleichzeitig strahlte es eine zeitlose Zufriedenheit aus.

»Ich … bin nicht so gut im Schätzen«, brachte Felix heraus. »Vielleicht – 60?«, meinte er höflich.

Rosalia kicherte erneut. »Ein wahrer Gentleman, das gefällt mir! Ich bin 68, habe Knieschmerzen und bin auf einem Auge so gut wie blind. Jetzt weißt du es.«

Im selben Moment sah Felix, wie die Frau, nach der Rosalia gerufen hatte, aus dem Garten hereinkam. Zuerst konnte er ihr Gesicht gegen das Licht nicht erkennen. Als sie jedoch näher kam, riss er entsetzt die Augen auf.

Der Dämon war zurückgekehrt!

Felix tastete hilflos nach einem Halt, doch das Antlitz der Frau zog seinen Blick magisch an. Das Gesicht war auf seltsame Weise der Länge nach zweigeteilt. Die Hässlichkeit war abstoßend und faszinierend zugleich. Es war, als habe eine teuflische Macht eine üble, alles zerfressende Flüssigkeit darübergeschüttet. Das Wenige, das von der Haut noch übrig war, war eine blaurot glänzende Masse, durch die vereinzelt bleiche Knochenstücke hindurchschimmerten. Die Ohrmuschel fehlte, an der Stelle des Auges klaffte ein blutunterlaufenes Loch. Lippen und Mund waren aufgelöst und hingen nach unten wie Moosbärte eines uralten Baumes.

Felix konnte den Anblick kaum aushalten. Er spürte einen Würgereiz im Hals, sein Magen wurde flau, als habe ihm jemand mit der Faust in den Bauch geschlagen.

»Schlimm, nicht wahr?« Die Stimme des merkwürdigen Geschöpfes klang mühsam und vernuschelt, so als sei das Innere ihres Mundes mit einer Mischung aus Leim und Schlamm verklebt.

Felix antwortete nicht. Dennoch geschah etwas Merkwürdiges. Kaum hatte sie zu sprechen begonnen, spürte Felix, dass ein menschliches Wesen vor ihm stand. Der Schrecken blieb, doch die Angst wich zurück.

»Du brauchst dich nicht zu schämen. Das geht jedem so.« Wieder brachte das Geschöpf die Worte nur mit größter Anstrengung hervor. Nun nahm Felix die andere Seite des Gesichtes wahr. Ein blaugraues Auge sah ihn mit klarem Blick an. Bis auf ein paar kleine Flecke war die Haut hell und rosig. Dichtes dunkelbraunes Haar fiel ihr über die Wangen bis zum Hals.

»Das … Ich wollte nicht …« Felix stammelte und suchte nach Worten.

»Natürlich nicht.« Die Stimme der Alten am Herd fuhr entschlossen dazwischen. »Immerhin bist du nicht schreiend davongelaufen!« Rosalia grinste und ließ einen Kranz winziger Lachfältchen um ihre Augenwinkel sehen. Aus dem Mund der entstellten Frau kamen Töne, die sich wie ein zustimmendes Lachen anhörten.

»Und jetzt wollen wir essen.« Rosalia stellte den Topf mitten auf den Tisch. Dann hob sie den Deckel, warf eine Handvoll der Kräuter hinein, die die Frau aus dem Garten mitgebracht hatte, und rührte zweimal kräftig um. Der Duft von gelben Rüben, Kartoffeln, Kohl und Sellerie stieg auf. Rosalia ließ es sich nicht nehmen, selbst auszuschöpfen. »Greift zu und lasst es euch schmecken!«

Felix konnte sich nicht erinnern, wann er das letzte Mal etwas Warmes gegessen hatte. Nachdem er seinen Schrecken einigermaßen überwunden hatte, gab er sich ganz dem aromatischen Geschmack hin. Das Brot war mit Gewürzen und Nüssen verfeinert und bildete die perfekte Ergänzung. Schon nach kurzer Zeit bat er um einen zweiten Teller.

»Junge, du bist ja völlig ausgehungert!« Rosalia schöpfte ihm nach, und Felix tauchte sofort wieder seinen Löffel in die Suppe ein. »Vergiss das Trinken nicht!«, mahnte sie ihn. »Vielleicht doch ein Schlückchen Most dazu?« Ohne eine Antwort abzuwarten, goss sie Wasser in seinen Becher und füllte ihn mit der gelblich trüben Flüssigkeit aus dem zweiten Krug auf.

Felix trank und verzog den Mund. »Das ist ja sauer!«, rief er.

»Sauer macht lustig und regt den Kreislauf an. Schließlich wollen wir dich ja wieder aufmöbeln. Stimmt's, Joana?«

Die Frau, die seit dem Beginn des Essens geschwiegen hatte, nickte. Sie aß sehr langsam. Felix bemerkte, dass ihr das Kauen und Schlucken Mühe bereitete.

»Außerdem sind wir neugierig. Ein kleines bisschen hat Chiara schon erzählt. Aber das genügt uns natürlich nicht. Wir sind hier ein wenig … na ja, abgeschieden vom Rest der Welt.« Wieder prangten die Lachfältchen über ihren Wangen.

»Was ist mit Chiara? Wie geht es ihr?«

Rosalia schüttelte den Kopf. »Schon wieder so viele Fragen. Na schön. Chiara liegt im Bett …«

»Ist sie gesund?«, fuhr Felix dazwischen und sprang auf. »Wo ist sie überhaupt? Ich will sie sehen!«

»Langsam, langsam. Alles zu seiner Zeit. Chiara schläft und ruht sich aus. Und du isst zuerst so viel du willst und solange es dir schmeckt. Danach sehen wir weiter.«

Felix setzte sich wieder, riss eine der Brotscheiben auseinander und tunkte sie in den Teller. »Entschuldigung. Aber ich muss wissen, ob es ihr gut geht.«

»Du kannst gerne später zu ihr, wenn sie aufgewacht ist. Sie wird sich bestimmt freuen, wenn sie dich sieht.«

»Wo ist eigentlich ihre Mutter? Ist sie bei ihr? Und die beiden Männer? Ich erinnere mich, dass mir jemand geholfen hat hierherzukommen. Und was ist mit Laika?«

Wie auf Kommando kam durch die Küchentür aus dem Flur ein Hund herein, lief zu Felix' Stuhl und schnupperte an seinem Hosenbein.

»Laika?« Felix ließ seinen Löffel sinken und griff dem Tier hinter das Ohr, um es zu streicheln. Der Hund hob den Kopf und wich zurück.

»Laika ist bei Chiara. Das ist Boy, ihr Sohn. Ein neugieriger Kerl. Aber auch vorsichtig. Ist gut, Boy!«, rief sie. Wie zur Bekräftigung ließ der Hund ein kurzes Bellen hören, dann legte er sich ein Stück hinter Felix auf den Boden.

»Er hat eben immer Hunger. Dabei gibt's nichts vom Tisch. Das müsste er längst wissen. Aber er gibt die Hoffnung nicht auf.« Rosalia schöpfte Joana, die inzwischen aufgegessen hatte, einen halben Teller nach, dann nahm sie einen Schluck aus dem Becher. »Die Männer sind draußen bei der Arbeit, die essen erst heute Abend. Und Chiaras Mutter sitzt neben dir.«

Felix sah überrascht auf. In seinem Gesicht spiegelte sich ein ungläubiges Staunen.

»Sie … Ich meine, du … du bist Chiaras Mutter?«

Joana nickte. Auch wenn es merkwürdig verzerrt aussah, sah Felix deutlich, wie ein Lächeln über ihr Gesicht zog. »Du hast sie gerettet, Felix«, sagte sie langsam. »Dafür danke ich dir.«

»Das war doch selbstverständlich«, bemühte sich Felix eifrig zu antworten. »Das hätte jeder getan!«

»Jeder?«, sagte Rosalia. »Du musst nicht bescheiden sein. Ohne dich wäre Chiara vielleicht nicht mehr am Leben.«

»Ist Chiara deine Enkeltochter?«

Rosalia schüttelte den Kopf. »Nein, das ist sie nicht. Obwohl sie mir jeden Tag so vorkommt.«

»Aber wie kommt es dann … Ich meine, Joana, Chiara, die beiden Männer …«

»Es ist eine lange Geschichte. Eine traurige und eine schöne. Heute Abend, wenn die beiden zurückkommen, haben wir Zeit. Aber zuerst bist du dran. Was macht ein junger Mann wie du ganz alleine im Schwarzwald? Wie bist du hierhergekommen?«

Felix antwortete nicht. Rosalias Worte schwirrten in seinem Kopf. »Wenn Josef Chiaras Vater ist und Joana seine Mutter, dann …«, sagte er langsam. »Ich …« Er zögerte, die Frage auszusprechen, die sich in ihm mit Macht empordrängte. »Joana, hast du …«

Er brach ab. Stattdessen streifte er die Kette mit dem Silberschiffchen herunter und legte sie auf den Tisch.

»Deswegen bin ich hier!«, sagte er entschlossen.

Neugierig beugten sich die beiden Frauen über den Tisch. »Eine Kette!«, rief Rosalia. »Mit einem Anhänger. Wie hübsch.« Sie griff danach, um besser sehen zu können. »Ist das nicht …?« Sie reichte das glänzende Schiffchen zu Joana. »Du hast doch auch so etwas Ähnliches?«

Joana griff danach und nickte. »Ja, das stimmt.«

»Du hast es schon einmal gesehen, nicht wahr?«, fragte Felix hoffnungsvoll.

Joana ließ den Anhänger zurück auf den Tisch gleiten. Sie schien einen Moment nachzudenken, dann streifte sie ihre Haare zurück und nestelte an ihrem Hals. Felix konnte seine Ungeduld kaum zähmen, bis sie den winzigen Verschluss geöffnet hatte.

Endlich lagen beide Anhänger nebeneinander auf dem Tisch. »Die sind ja gleich!«, rief Rosalia. »So ein Zufall!«

»Das ist kein Zufall!« Felix sprang auf und atmete schwer. »Ich bin am Ziel! Ich habe es geschafft!«, rief er übermütig.

»Was hast du geschafft? Welches Ziel meinst du?« Rosalia sah belustigt zu, wie Felix vor Freude von einem Fuß auf den anderen hüpfte. »Es war doch nur ein winziger Schluck Most!«

»Ich zeige es dir. Ein letzter Beweis fehlt noch.« Felix stürzte zum Tisch und drehte die beiden Anhänger um. »Hier ist es!«, rief er triumphierend. »Seht ihr die Buchstaben? N und B, V und B. Die beiden gehören zusammen!«

»V und B«, sagte Joana langsam. »Das sind also Buchstaben. Ich habe mich oft gefragt, was das ist. Ich hatte angenommen, es ist eine hübsche Verzierung.«

»Veronika und Nadja. B steht für Bühler«, erklärte Felix eifrig. »Die besten Freundinnen!«

Rosalia und Joana wechselten einen Blick. »Ich glaube,

du hast eine Geschichte zu erzählen«, sagte Rosalia. »Aber trink zuerst noch ein Schlückchen!«

Felix ließ sich zurück auf den Stuhl fallen. Ein paarmal drehte er die beiden Anhänger in den Händen. Immer wieder schüttelte er ungläubig den Kopf.

»Also, das war so …« Dann sprudelte es aus ihm heraus.

Als er eine Viertelstunde später geendet hatte, lehnte er sich erschöpft zurück. Für eine Weile machte sich bei den beiden Frauen Betroffenheit breit.

»Ein Wunder, dass du noch am Leben bist!«, brach Rosalia schließlich das Schweigen. »Das ist doch alles viel zu gefährlich für dich. Wer weiß, was alles noch passieren kann. Du solltest lieber wieder nach Hause. Deine Tante wird noch sterben vor Sorge.«

Felix wollte zu einer Antwort ansetzen, als Joana ihm die Hand auf den Arm legte. »Lass ihn«, sagte sie. »Statt zu zweifeln, sollten wir ihm helfen.« Sie wandte sich zu Felix. »Und was willst du jetzt tun?«, fragte sie.

»Ich muss wissen, wo dein Mann den Anhänger herhat. Vielleicht ergibt sich dann eine neue Spur.«

»Ich erinnere mich gut, als er von einer mehrtägigen Tour zurückkam, ich glaube, er wollte nach Hinterzarten. Ein paar nützliche Dinge konnte er auftreiben. Ein Buch über Biogarten, das weiß ich noch gut. Am Ende hat er diesen Anhänger herausgezogen und mir geschenkt.« Ihre Stimme wurde leise. »Damit du auch einmal etwas Schönes hast, hat er gemeint.« Sie schwieg einen Moment, als sie die Erinnerung in sich wachrief. »Er hat mir nie verraten, wo er ihn herhat«, fuhr sie fort. »Du musst warten, bis er zurückkommt, und ihn dann fragen.«

Rosalia begann, den Tisch abzuräumen. »Solange kannst du dich gerne nützlich machen«, meinte sie. »Geschirr abwaschen, die Küche sauber machen, Brennholz spalten, Eier einsammeln – es gibt genug zu tun.«

»Sie hat recht«, sagte Joana. »Die Suche nach Chiara hat uns ziemlich zurückgeworfen. Wenn Rosalia nichts dagegen hat, kannst du mir im Garten helfen.«

»Gerne«, rief Felix, der von der Aussicht auf Küchenarbeit nicht begeistert war.

»Dann los!« Joana stand auf und setzte wieder ihren Strohhut auf. »Ich zeige dir, was du tun kannst.«

*

»Mein Lieblingsplatz!«

Felix stand mit Joana vor der Küchentür und erblickte vor sich den Garten, den er von seinem Schlafzimmer aus gesehen hatte. Von einer breiten Terrasse aus führten Wege nach allen Seiten. Unmittelbar neben der Terrasse gab es einen großen hölzernen Bottich, in den über ein senkrechtes Rohr Wasser vom Dach heruntergeleitet wurde. Daneben standen ein paar Eimer und Gießkannen. Auf der anderen Seite lehnte ein Holzverschlag an der Wand, auf einem breiten Tisch lagen allerlei Büschel mit Grünzeug und ein paar Werkzeuge.

Joana drückte ihm ein Messer und eine Schere in die Hand. »Jetzt nimm dir noch einen der Körbe.«

»Wollen wir etwas ernten?«

Joana lachte. »So ungefähr. Komm, ich zeige es dir.« Sie nahm sich gleichfalls einen Korb, dann führte sie Felix auf den Weg, der mitten in den Garten hineinführte.

Felix staunte, als er alles aus der Nähe sah. Auf den ersten Blick kam ihm der Garten wie ein wildes Durcheinander vor. Große und kleine Pflanzen, Kräuter und Gemüse, Salat und Stauden wuchsen scheinbar wahllos. Dann bemerkte er jedoch, wie alles regelmäßig mit groben Brettern unterteilt war. Alle Beete waren durch schmale Trittpfade miteinander verbunden.

»Im Prinzip ist es ein traditioneller Bauerngarten«, meinte Joana, die seinen neugierigen Blick bemerkt hatte. »Die Bepflanzung erfolgt nach strengen Regeln. Allerdings zwingen mich die Umstände, das, was fehlt, durch Fantasie und Kreativität auszugleichen. Zum Beispiel die Buchsbaumhecken um die Beete. So etwas gibt es hier nicht. Oder hier zum Beispiel.« Sie deutete auf ein etwa drei Meter langes Beet, in dem sich unterschiedliche Pflanzen der Reihe nach abwechselten.

»Tomaten!«, rief Felix. »Die haben wir auch zu Hause im Garten.« Er erinnerte sich, wie er mit Tante Veronika in jedem Frühjahr die zarten Triebe sorgsam gepflegt hatte. Felix konnte es kaum erwarten, bis es so weit war. Oft genug stibitzte er eine der Früchte, noch bevor sie reif waren. »Aber das andere kenne ich nicht.«

»Direkt daneben steht Kohlrabi. Er ist noch etwas dünn. Und die etwas größeren Blätter, das ist Zucchini. Den habe ich ein Stückchen weiter weg gesetzt, weil er noch ziemlich groß wird. Die drei vertragen sich recht gut.«

Felix staunte. »Woher weißt du das? Und was heißt das: Sie vertragen sich?«

Joana lachte. »Licht, Luft, Wasser und Nährstoffe brauchen sie alle. Wenn keiner dem anderen etwas wegnimmt, wachsen alle zur Zufriedenheit. Wenn sie in Konkurrenz sind, schadet es ihnen.«

»Heißt das, dass sich auch manche nicht vertragen?«

»Oh ja. Kartoffeln zum Beispiel würden hier allen anderen die Kraft wegnehmen.«

Felix dachte einen Moment nach. »Das ist ja fast wie bei uns Menschen«, sagte er.

»So kann man das sehen. Wenn jeder zufrieden ist, gibt es keinen Grund für Streit. Leider ist es meist nicht so. Die Kunst liegt darin herauszufinden, was man braucht und was nicht.«

Nach ein paar Schritten waren sie auf einem kleinen runden Platz angelangt. Wie bei einem Stern zweigten von hier aus nach allen Seiten Wege ab. In der Mitte erhob sich ein dicht bepflanzter meterhoher Erdhügel.

»Das ist das Herz des Gartens. Hier läuft alles zusammen. Am liebsten hätte ich hier einen großen Rosenstock gepflanzt. Ich würde vieles darum geben, wenn ich einen hätte. Aber es ist eben nicht möglich. Drüben am Stall wächst eine wilde Heckenrose, die muss mir genügen.«

»Und was ist das hier?« Felix deutete auf den Hügel. »Sieht aus wie eine runde Treppe.«

»Eine Kräuterspirale. Unten wächst alles, was kräftige Erde braucht und schon mal ein wenig Schatten verträgt: Petersilie, Schnittlauch, Koriander, Borretsch, Oregano oder Basilikum. Weiter nach oben ist der Boden mit Sand durchmischt. Hier sind die Kräuter, die viel Sonne und Wärme brauchen, wie zum Beispiel Thymian, Salbei und Lavendel. Hier, riech mal.« Sie zupfte ein dunkelgrünes kräftiges Blatt ab und reichte es ihm. »Zwischen den Fingern zerreiben!«

Felix roch ein intensives Aroma. »Minze! Die kenne ich von zu Hause. Tante Veronika hat immer Tee daraus gekocht.«

»Tee oder als Gewürz. Ich habe sie am liebsten kleingehackt im Salat.«

Felix schnupperte noch einmal. »Das alles gibt es hier? Aber es hat doch keine Gärtnerei, wo du das kaufen kannst?«

Joana lachte. »Ich bin die Gärtnerei!«, sagte sie stolz. »Viele Pflanzen kommen jedes Jahr von alleine wieder, bei anderen mache ich Stecklinge oder ziehe die Samen.« Sie wandte sich einem der Wege zu, die in den hinteren Teil des Gartens führten. »Komm jetzt, wir wollen uns nützlich machen.«

Felix sah kein einziges Stück Erde, das nicht bepflanzt war. Ab und zu fielen ihm ein Beerenstrauch oder eine Gruppe Erdbeeren auf. Doch die meisten Gewächse kannte er nicht. Bis auf ein paar wenige bunte Blüten war alles grün.

»Wir sind hier etwas hinter der Zeit«, meinte Joana, als er sie neugierig danach fragte. »Du kannst das nicht mit der Ebene unten am Rhein vergleichen. Hier braucht alles zwei, drei Wochen länger. Bei einigen bin ich jedes Mal froh, wenn ich sie über den Winter bringe.« Sie blieb stehen und deutete auf eine Reihe Jungpflanzen, die kaum höher als eine Spanne waren. Dazwischen breiteten sich überall einfache zartgrüne Blätter über dem Boden aus. »So, jetzt bist du dran.«

»Die beiden vertragen sich?«, fragte Felix.

Joana lächelte. »Wie man's nimmt. Die schmalen mit den kleinen Blättern sollen einmal Sonnenblumen werden. Ich habe sie vorgezogen und erst vor ein paar Tagen ausgepflanzt. Der andere ist immer da. Überall. Und verträgt sich mit jedem und allem. Zu viel für meinen Geschmack.« Sie packte das Messer und stach die Blätter und Triebe bis zur Wurzel aus. »Giersch!«, erklärte sie. »Der besondere Freund jeder Gärtnerin. Ausdauernd, unermüdlich. Nicht kleinzukriegen. Ein kleines Reststückchen genügt und er treibt wieder aus. Na los, keine Scheu!«

Felix stellte seine Sachen ab und griff nun ebenfalls zu. Aus den Augenwinkeln beobachtete er, wie Joana einige Male zur Schere griff und ein paar der Blätter in den kleinen Korb legte.

»Sind die anders?«, fragte er.

»Jünger, zarter. Wir werden sie essen.«

Als die Körbe gefüllt waren, brachte sie Joana zu einem der Komposthaufen am Zaun. Die zarten Blätter im dritten Korb brachte Felix in die Küche und stellte sie auf den Tisch. Rosalia war nirgends zu sehen. Er goss sich ein Glas Wasser ein und ging zurück in den Garten.

Joana war bereits wieder am Rupfen und Schneiden. »Du willst dich doch nicht etwa schon ausruhen?«, fragte sie. »Wir sind noch lange nicht fertig. Zumindest einen Korb noch.«

Felix machte sich wieder an die Arbeit. Inzwischen tat ihm von der ungewohnten Haltung der Rücken weh. Allmählich keimte in ihm die Bewunderung für die Frau, die die Anstrengung scheinbar ohne Mühe bewältigte.

Joana lachte, als sie später zusammen auf der Bank saßen und er sie darauf ansprach. »Das ist nur ein kleiner Teil der Arbeit, die jeden Tag gemacht werden muss«, sagte sie. »Die Natur ist stark. Den Garten muss ich ihr abringen, Tag für Tag, Monat für Monat, Jahr für Jahr. Wenn ich aufhören würde, wäre innerhalb kurzer Zeit die Wildnis zurück.«

»Wirst du nie müde?« Felix merkte, dass seine Frage naiv klingen musste. »Ich meine, hast du nie daran gedacht, etwas anderes zu machen? Vielleicht – irgendwo andershin zu gehen?«

»Im Gegenteil. Ich habe mir das ausgesucht. Und ich mache es gerne.«

Felix konnte nicht anders, als weiterzufragen. »Was meinst du damit – du hast es dir ausgesucht? Rosalia hat so etwas angedeutet. Wie bist du auf diesen Hof gekommen?«

Joana hob die Augen. Ihr Blick suchte einen fernen Punkt hinter dem Garten. Für einen Moment schien es, als träume sie.

»Du weißt, was vor 16 Jahren geschehen ist«, begann sie. »Deine Geschichte hat dich hierhergeführt. Meine Geschichte ebenso.«

Felix sah erstaunt auf. »Du bist freiwillig hierhergekommen? Nach der Katastrophe? Ich dachte, es sei umgekehrt.«

»Das stimmt auch. Die allermeisten sind geflohen oder wurden evakuiert. Ich erinnere mich, was zu der Zeit in Freiburg und der Umgegend los war. Völliges Chaos. Aber inzwischen hast du selbst erlebt, dass einige geblieben sind.«

Felix nickte. »Stimmt. Die Riesles zum Beispiel.«

»Auch Rosalia und ihr Mann Franz sind geblieben. Sie und die Eltern von Franz wollten ihre Heimat nicht verlassen. Als sich dann herausstellte, dass die Gegend um den Hof nicht verstrahlt war, haben sie einfach ihr Leben fortgeführt, als ob sich nichts geändert hätte. Sie waren schon zuvor in großen Teilen Selbstversorger gewesen. Mit einigen Einschränkungen ging es dann weiter.«

»Und du?«, fragte Felix. »Hast du von dem Hof gewusst?«

»Meine Geschichte beginnt noch früher.« Sie stand auf. »Ich mache uns einen Kaffee, und dann erzähle ich dir. Wenn du magst.«

»Natürlich will ich! Aber Kaffee? Woher hast du hier Kaffee?«

»Das wirst du gleich sehen. Komm mit in die Küche.«

Im Schiff des uralten Herdes war reichlich heißes Wasser. Joana holte eine Dose aus dem Schrank, gab ein paar Löffel dunkelbraunes grobes Pulver in eine Kanne und goss das Ganze mit Wasser auf. Kurz darauf erschnupperte Felix einen seltsamen Duft im Raum.

»Was ist das?«, fragte er. »So etwas habe ich noch nie gerochen.«

»Rosalias Black Forest Spezialmischung. Eichelschalen, Gerstenkörner und Rübenschnitzel – gut getrocknet, geröstet und zerrieben. Das Ganze verfeinert mit ein paar geheimen Zutaten, die sie mir bis heute nicht verraten hat.«

»Das soll Kaffee sein?« Felix war skeptisch.

»Versuch erst einmal. In der Küche gilt das Gleiche wie im Garten. Das, was fehlt, wird mit Kreativität und Fantasie ergänzt.«

»Gar nicht so übel«, meinte Felix, als sie ein paar Minuten später auf der Bank hinterm Haus saßen und er die ersten Schlucke gekostet hatte. »Solange man es nicht mit Kaffee vergleicht. Aber bitte, Joana, erzähl doch weiter. Wie kam es, dass du hier gelandet bist?«

»Meine Eltern hatten einen Pferdehof in Norddeutschland. Ich bin mit Tieren groß geworden. Von meiner Mutter habe ich vieles über den Garten gelernt. Mein Vater wollte unbedingt, dass ich später einmal den Hof übernehme. Aber ich war neugierig. Ich wollte weg, etwas anderes sehen und erleben.« Joana sprach langsam. Felix hatte Mühe, alle Worte zu verstehen.

»Und dazu bist du in den Schwarzwald gegangen?«

»Nicht ganz. Damals habe ich mich hauptsächlich für Naturwissenschaften interessiert, Biologie und Chemie vor allem. Ich wollte studieren, musste alles ganz genau wissen. Und natürlich wollte ich möglichst weit weg von zu Hause. So bin ich in Freiburg gelandet. Dort habe ich Josef kennengelernt. Es war Liebe auf den ersten Blick.«

»Ihr seid euch an der Uni begegnet?«

Joana überlegte einen Moment. »Kann sein, dass wir uns dort einmal getroffen haben. Aber eigentlich war er an einer Fachhochschule und wollte Elektroingenieur werden. »Nein, kennengelernt haben wir uns auf der Rheinbrücke.«

»Auf einer Rheinbrücke?« Felix musste schmunzeln. »Wie romantisch.«

»Unser gemeinsames ökologisches Engagement hat uns zusammengeführt. Es gab damals regelmäßige Treffen und Demos von Leuten, die wollten, dass das Kernkraftwerk im Elsass abgeschaltet wird. Eines davon war auf der Brücke über den Rhein bei Hartheim.« Sie hielt inne, um einen Moment von der Anstrengung beim Sprechen zu verschnaufen. »Von da an haben wir uns immer öfter getroffen«, fuhr sie fort. »Schließlich sind wir zusammengezogen. Es war eine herrliche Zeit. Wir waren unzertrennlich. ›Jojo‹ nannten uns unsere Freunde.«

»Jojo?«

»Joana und Josef. Wir waren wie eines. Bis zu dem Tag …« Sie brach ab und führte langsam die Tasse zum Mund. Felix fiel auf, dass es ihr Mühe bereitete zu trinken. Ein paar Tropfen liefen an ihrem Mundwinkel herunter.

»Es ist seltsam, was das Schicksal auslöst. Und wie später alles wieder verbunden wird.« Joana sprach langsamer als zuvor. »Ich hatte mich schon früh auf die Auswirkungen radioaktiver Strahlung spezialisiert. Das Institut, an dem ich nach der Uni gearbeitet habe, gehörte zu denen, die als Erste eingeladen waren, den zerstörten Reaktor zu untersuchen. Dort ist es dann passiert. Ein Behälter mit hochgradig verstrahlter Flüssigkeit ist heruntergebrochen und hat mich erwischt. Es war mir sofort klar, was das bedeutete.«

Wieder hielt sie inne. Die Erinnerung schien sie zu schmerzen. »Monatelang war ich in Behandlung. Als ich mein Gesicht zum ersten Mal im Spiegel sah, war ich schockiert und völlig verzweifelt. Und das war noch nicht alles. Es stellte sich heraus, dass ich in der sechsten Woche schwanger war. Der Fötus war am Leben, aber niemand konnte voraussehen, wie stark die Schädigungen sein würden.«

»Aber das ist ja furchtbar!«, brach es aus Felix heraus, der die ganze Zeit atemlos zugehört hatte. »Und dann?«

»Ich wurde depressiv und wollte nicht mehr weiterleben. Ich begann, heimlich Tabletten zu sammeln, bis ich genug für eine ausreichend starke Dosis beisammenhatte.«

»Hast du …?«

»Die Liebe hat mich gerettet. Josef hat mich keine Minute aufgegeben. Er hat mich überzeugt, dass es sich lohnt, weiterzuleben. Und er wollte unser gemeinsames Kind.« Wieder nahm Joana die Tasse. Ihre Hand zitterte. Felix wollte ihr helfen, doch sie lehnte es ab.

»Bei einem seiner täglichen Besuche erzählte er mir, dass er jemanden kennengelernt hätte, der ihm eine unglaubliche Geschichte erzählt habe. Der Schwarzwald sei gar nicht so unzugänglich und lebensfeindlich, wie die Behörden es versuchten, den Menschen weiszumachen. Er habe sogar Leute getroffen, die in dem Gebiet waren und heil wieder zurückgekommen sind.«

»Die Wölfe!«

Joana sah ihn mit ihrem gesunden Auge überrascht an. »Du kennst sie?«

»Mein Onkel war einer von ihnen. Und seinem Freund habe ich es zu verdanken, dass ich die Suche nach meinen Eltern überhaupt starten konnte.«

»Dann weißt du, was ihnen möglich war. Josef und ich haben damals beschlossen, weit ab von allen Menschen neu anzufangen. Unser Kind sollte nicht als Freak aufwachsen, auf den die Leute mit den Fingern deuteten. Und ich …« Sie stockte. »Mein Gesicht. Ich habe mich unendlich geschämt. Ich konnte mir nicht vorstellen, zusammen mit anderen zu leben. Über Josefs Bekannten hörten wir dann von Rosalia und Franz, die mit ihren Eltern auf diesem Hof hier geblieben waren und für jede Hilfe dankbar waren. Wenig später haben wir alle Zelte abgebrochen und sind hierhergekommen.«

»Und das Kind? Was ist aus ihm geworden?«

»Chiara wurde völlig gesund geboren. Meine Sorgen und Zweifel waren rasch zerstreut. Inzwischen ist sie fast 15. Eine junge Frau.« Sie lächelte. »Natürlich hat sie ihre Eigenarten. Aber vor allem fehlen ihr die anderen Menschen. Und wenn sie älter wird …«

»Du meinst, sie will weggehen?«

»Ich weiß es nicht. Sie wird das selbst entscheiden müssen. Und sie wird das Richtige tun. Manchmal habe ich den Eindruck, sie sieht mehr von der Welt als Josef und ich. Es ist, als ob sie hinter die Dinge schauen kann.«

Felix erinnerte sich, als Chiara ihn zum ersten Mal mit ihren tiefgründigen Augen angesehen hatte. Dazu die Art, wie sie sich in der Wiese und im Wald bewegt hatte, ihre Verbundenheit mit Laika. Er nickte. »Ich hoffe, sie erholt sich bald wieder.«

»Hallo, ihr beiden Faulenzer!« Rosalias Stimme erklang über ihnen. Felix drehte sich um. Eines der Fenster im oberen Stock war geöffnet. Rosalia winkte ihnen zu. »Anstatt gemütlich zu quatschen, solltet ihr lieber Chiara einen Besuch abstatten. Sie ist jetzt wach.«

Sofort rutschte Joana von der Bank und bedeutete Felix mitzukommen. »Komm, wir machen nachher weiter.«

»Willst du nicht lieber zuerst alleine …?«

Doch Joana war schon auf dem Weg zur Treppe nach oben. Felix ging langsam hinterher. Die Tür zu Chiaras Zimmer stand offen.

»Sie ist schon wieder putzmunter«, empfing ihn Rosalia. Sie balancierte auf einem Tablett einen Topf und eine Essschüssel. »Viel zu munter für meinen Geschmack!« Felix entging nicht, dass aus ihren Augen der Schalk blitzte. »Sie isst schon wieder für zwei. Und jetzt will sie Nachtisch! Nein, dieses Kind!« Sie rauschte an Felix vorbei nach unten.

Als er eintrat, hörte er, wie Chiara seinen Namen rief. »Setz dich zu mir!«, sagte sie. Gleichzeitig erhob sich Laika von ihrem Platz vor dem Bett und lief schwanzwedelnd auf ihn zu.

Felix trat näher und nahm sich den Stuhl, der neben der Kommode stand. »Wie geht es dir? Hast du gut geschlafen?« Mehr als die beiden freundlichen Floskeln brachte er nicht heraus. Stattdessen staunte er, als er sie sah. Ein Kranz lockiger brauner Haare umrahmte ihr Gesicht. Ihre Wangen hatten wieder an Farbe gewonnen, die Lippen glänzten rosig. Wieder hielten ihn ihre Augen mit festem Blick gefangen. Es war, als sei ihr Inneres von den Anstrengungen der letzten Tage völlig unberührt geblieben.

Sie fasste seine Hand. »Siehst du, ich habe recht gehabt. Laika hat es geschafft.«

Felix lächelte. »So ist es. Laika und noch ein paar andere.«

»Und du natürlich.« Sie führte seine Hand zu ihrer Wange. »Er hat mich gewärmt«, sagte sie an Joana gewandt. »Das war schön.«

Felix wurde verlegen und wusste nicht, was er sagen sollte. »Ich sehe, du bist wieder fit«, brachte er schließlich heraus.

»Oh ja. Ich wäre schon längst aufgestanden. Aber Rosalia lässt mich nicht.« Sie zog eine Schnute.

»Und das ist auch richtig so«, warf Joana ein. »Du musst vernünftig sein. Wenigstens einmal.«

Chiara sah zu Felix und verdrehte die Augen. »Habe ich es dir nicht gesagt? Das höre ich ständig.«

»Ist es denn vernünftig, so lange von zu Hause wegzubleiben? Und dann woanders hinzugehen, als es ausgemacht war?« Joana klang streng. »Ohne Felix hätten wir dich vielleicht nie gefunden.«

»Ich wollte nur mal nachsehen, was in der alten Scheune ist. Irgendetwas findet man immer«, erwiderte Chiara trotzig.

Felix merkte sehr rasch, dass er für den Moment fehl am Platz war. Die besorgte Mutter und die eigensinnige Tochter – hier störte er nur. »Ich lass euch dann mal alleine«, sagte er und stand auf. »Ich gehe runter in die Küche. Vielleicht hat Rosalia etwas für mich.«

*

Obwohl der Nachmittag schon deutlich fortgeschritten war, verging Felix die Zeit viel zu langsam. Er konnte es kaum erwarten, dass Josef zurückkehrte, damit er ihn endlich nach dem Anhänger fragen konnte. Um sich abzulenken, half er Joana und Rosalia bei kleinen Arbeiten im Haus und im Stall. Wie bei den Riesles staunte er auch hier, wie die kleine Gemeinschaft ohne Elektrizität zurechtkam.

»Der Preis ist harte Arbeit, jeden Tag«, sagte Joana, als sie später zu dritt in der Küche das Essen vorbereiteten. Schon seit einer geraumen Weile rührte sie in einer Teigschüssel. »Es gibt hier keine Knöpfe, die man drücken kann, keine Schalter zum Umlegen, keine Motoren zum Anwerfen. Kein schnelles Einkaufen, wenn man Lust auf etwas bekommt oder merkt, dass etwas fehlt, nicht wahr, Rosalia?«

»Nichts geschieht, wenn wir es nicht tun! Wie wäre es mit Kartoffeln schälen?« Sie drückte Felix ein Messer in die Hand und wies auf einen Korb, der auf dem Boden an der Wand stand. »Chiara bekommt Brei, für uns dürften 20, 25 genügen.«

Felix bekam große Augen. »So viele?«

»Die Männer werden einen großen Appetit mitbringen«, lachte Joana. »Ich helfe dir.«

»Warum warst du so streng mit Chiara?«, fragte Felix Joana, während er sich mühte, die Knollen zu dünn wie möglich zu schälen.

»Es kann immer etwas passieren. Auf dem Hof sind wir sicher. Doch außen herum haben wir noch lange nicht alles erforscht. Außerdem weißt du inzwischen, dass sich etwas unverhofft ändern kann.«

»Die Spinne?«

Joana nickte. »Die Spinne ist am gefährlichsten. Aber es gibt auch anderes. Tiere, mit denen nicht zu spaßen ist. Ein plötzlicher Wetterumsturz. Eine Verletzung. Wann immer es geht, geht keiner von uns alleine weg. Zumindest einer der Hunde ist immer dabei.« Sie warf eine fertig geschälte Kartoffel in einen großen Topf mit Wasser, der neben ihnen auf dem Tisch stand. »Und es ist wichtig zu wissen, wo der andere hingeht.«

»Deswegen warst du so sauer?«

»Sie sagte, sie wolle ein Stück die Berge im Norden hochsteigen. Die allermeisten sind versperrt. Jeder begehbare Weg, den wir finden, ist wertvoll für uns.« Sie griff sich eine neue Kartoffel. »Als sie am Abend nicht zurückkam, haben wir natürlich zuerst dort gesucht. Und am zweiten Tag noch einmal. Spätestens dann ahnten wir, dass etwas passiert sein musste. Ich war ziemlich verzweifelt, weil wir nicht wussten, wo wir sie suchen sollten. Bis dann endlich Laika kam. Den Rest kennst du. Chiara hat großes Glück gehabt.«

In diesem Moment erklang von draußen lautes Gebell. Sekunden später stürzten zwei große Hunde in die Küche und stürmten als Erstes auf Felix zu. Erschrocken wich er zurück.

»Aus, Lucky! Aus, Leo!« Beim Klang von Rosalias Stimme hielten beide sofort Abstand. »Keine Sorge«, lachte sie. »Sie wollen wissen, was du für einer bist. Anscheinend hast du die Prüfung bestanden!«

Felix erkannte am Schwanzwedeln, dass er keine Angst haben musste. Die beiden schnupperten noch ein wenig, dann sprangen sie zu Rosalia an den Herd. »Gleich, ihr Guten. Eines nach dem anderen.«

Vor der Eingangstür hörte Felix Stimmen. Im nächsten Moment erschienen zwei Männer. Beide waren ähnlich gekleidet. Sie trugen kräftige Wollhemden, feste Hosen mit Hosenträgern und derbe Schuhe. Der jüngere der beiden war groß gewachsen und hatte helles, langes Haar, das hinter dem Kopf zu einem Pferdeschwanz zusammengebunden war. Sein Gesicht war braun gebrannt und sah freundlich aus. Der andere Mann war etwas kleiner und deutlich älter.

Der jüngere ging direkt an den Herd und hob den Deckel eines der Töpfe. Rosalia stieß ihm mit dem Ellbogen in die Seite. »Eines nach dem anderen. Das gilt auch für dich!«, sagte sie streng. »Außerdem haben wir einen Gast. Wollt ihr beide nicht Felix begrüßen?«

Der Alte hatte inzwischen seine Schuhe ausgezogen und reichte Felix die Hand. »Bist du wieder auf? Sehr schön.« Er nickte Joana und Rosalia zu. »Ich gehe mich waschen.«

»In Ordnung, Franz. Und du, Sepp, gehst am besten gleich mit! Keine Dreckfinger am Esstisch, das weißt du.«

Sepp zuckte die Schultern und lächelte Felix zu. Im Vorbeigehen drückte er Joana einen Kuss auf die Stirn, dann folgte er dem anderen hinaus in den Garten. Felix musste verstohlen grinsen. Inzwischen war endgültig klar, wer in diesem Haus die Hosen anhatte.

Eine halbe Stunde später saßen sie zu fünft am Tisch. Josef und Franz berichteten zunächst knapp von ihrer Arbeit. Sie hatten den ganzen Tag über Holz geschlagen und waren ziemlich erschöpft. »Das Gras steht gut«, meinte Franz zum Abschluss. »Wir können bald mit der ersten Mahd beginnen.«

Felix konnte es kaum erwarten, nach dem Anhänger zu fragen. Doch er wollte nicht sofort mit der Tür ins Haus fallen. Außerdem bestand Josef darauf, zuerst seine Geschichte zu hören. Anders als am späten Morgen mit den beiden Frauen holte Felix dieses Mal weiter aus. Er begann damit, wie es dazu kam, dass er von zu Hause weggegangen und wie es ihm gelungen war, die bewachte Grenze zu überwinden. Seine Begegnung mit Lena und Bruno, der Weg durch das Simonswälder Tal und ihr vergeblicher Aufstieg nach Sankt Märgen, der Überfall durch Wagners Bande und seine Rettung vor den Wölfen, sein Aufenthalt bei den Riesles, schließlich die Nachricht von dem Anhänger.

»Ich erinnere mich ganz genau«, meinte Josef, als Felix von Georg erzählte. »Er war genauso erstaunt wie ich, als wir uns getroffen haben. Zum Mathisleweiher traut sich normalerweise niemand. Und dort bist du verfolgt worden, sagst du?«

»Ja, es kam mir zumindest so vor. Aber ich weiß immer noch nicht, was der Mann von mir wollte. Er hätte mehr als eine Gelegenheit gehabt, mich zu überfallen und auszurauben. Aber es schien, als würde ihn etwas zurückhalten. Am Ende ist er vor meinem Wegweiser davongelaufen.«

Josef und Joana wechselten einen raschen Blick.

»Er hatte Angst vor dir.« Joana sprach noch langsamer als zuvor.

»Vor mir?«, entgegnete Felix verblüfft. »Kennst du ihn?«

»Ja und nein. Aber ich weiß, dass er niemandem etwas zuleide tun kann.«

»Woher willst du das wissen?«

»Er ist mein Bruder.«

Felix war sprachlos. Das Gespräch nahm eine Wendung, mit der er nicht gerechnet hatte. »Dein Bruder?«, fragte er ungläubig.

»Mein Bruder Frieder. Erzähle du es ihm, Josef.«

»Joana hat recht. Zu der Zeit, als die Katastrophe passierte, ging es auch Frieder nicht gut«, begann Joanas Mann. »Er hat damals Joana ein paarmal im Krankenhaus besucht. Als er später davon hörte, dass wir alles aufgeben wollten, um in den Schwarzwald zu gehen, fragte er, ob er mitkommen könnte. Anfangs waren wir beide skeptisch, doch es erwies sich als Segen, dass er dabei war und uns auf dem Hof helfen konnte.«

»Er hat hier gewohnt?« Felix' Erstaunen wuchs immer mehr.

»Ungefähr zwei Jahre lang ging alles gut. Wir halfen Franz und Rosalia, die Felder zu bestellen und die Tiere zu versorgen. Wann immer es die Zeit erlaubte, waren wir aber auch unterwegs, um das Ausmaß des Unglücks zu erforschen. Bei einer dieser Touren ist es dann passiert.« Josefs Stimme wurde stockend, als die Erinnerung zurückkehrte.

Felix ahnte, was geschehen war. »Die Spinne?«

»Es war mehr als das. Es war unsere erste Begegnung mit dem Großen Singen. Mit Glück sind wir mit dem Leben davongekommen. Aber Frieder …«

»Ein Stück von ihm ist in der Anderwelt geblieben. Von dem Tag an war er nie wieder wie zuvor«, sagte Joana.

»Ein paar Wochen hat er es noch bei uns ausgehalten. Dann ist er verschwunden. Seither lebt er irgendwo in der Gegend, durch die du gekommen bist. Keiner von uns weiß genau, wo. Ab und zu bringen wir ihm etwas zu essen oder zum Anziehen zum Mathisleweiher. Er lässt sich nicht sehen, sondern wartet, bis wir wieder verschwunden sind.«

Felix schüttelte langsam den Kopf. »Und man kann ihm nicht helfen?«

»Es gibt keine Medizin. Kein Mittel. Kein Überreden.« Es war zum ersten Mal, dass Franz etwas sagte. »Die Macht der Uralten ist zu groß.«

Felix spürte, wie sein Herzschlag für einen Moment stockte. Hier war wieder das seltsame Wort, das er von Chiara zum ersten Mal gehört hatte. »Die Uralten?«, fragte er zögernd.

Franz antwortete nicht. Die Übrigen hielten die Augen gesenkt und aßen schweigend. Im Ofen knisterte das Holz.

»Wir wollen jetzt nicht darüber sprechen.« Rosalia ergriff als Erste wieder das Wort. »Franz, gib mir deinen Teller. Ich will dir nachschöpfen. Und du, Felix, nimm dir noch etwas Brot.«

Felix drängte es, mehr zu erfahren. Doch er musste einsehen, dass jetzt nicht der richtige Zeitpunkt war. Er nahm sich eine Scheibe aus dem Brotkorb und aß weiter. Vielleicht konnte er Chiara fragen.

Josef wollte unbedingt mehr über das seltsame Verhalten des Wegweisers wissen. »Erzähle es mir noch einmal ganz genau, was bei dem Wasserfall am Berg passiert ist. Wann hast du zum ersten Mal bemerkt, dass etwas anders ist?«

Felix versuchte, sich das Ganze so gut es ging in Erinnerung zu rufen. »Ich wusste nicht, was ich tun sollte«, sagte er, nachdem er die merkwürdigen Veränderungen der Farben genau geschildert hatte. »Ich hatte das ganz starke Gefühl, einfach wegzumüssen, so schnell wie möglich.«

Josef verfolgte seine Worte sehr aufmerksam. Nachdem Felix geendet hatte, wirkte er überaus nachdenklich. Dann nickte er. »Es passt alles zusammen. Du hast richtig gehandelt. Sei froh, dass du nicht gezögert hast. Du kannst nur hoffen, dass es noch nicht zu spät war.«

»Zu spät?«

»Ich weiß nicht, wie ich es dir erklären soll. Hat sich seither an deinem Körper und an deiner Gesundheit etwas Auffälliges gezeigt? Eine Rötung vielleicht? Oder ist es dir schlecht geworden?«

Felix schüttelte den Kopf. »Nein. Der Tag gestern war anstrengend, und ich bin ziemlich k. o. Aber sonst …«

»Willst du ihm nicht endlich sagen, warum du alles so genau wissen willst? Du machst ihm ja Angst!« Joana hatte inzwischen fertig gegessen und streichelte einen der Hunde, der nahe bei ihrem Stuhl auf dem Boden lag.

Felix sah Josef besorgt an. »Die Kraft? Hat es damit etwas zu tun? Bin ich der Spinne zu nahe gekommen?«

Josef antwortete nicht. »Willst du mir deinen Wegweiser zeigen?«, bat er stattdessen.

Felix nahm das Rindenstück aus seiner Jackentasche und legte es auf den Tisch. Die Farben leuchteten kräftig und pulsierten, als seien sie lebendig. »Stimmt etwas nicht damit? Für mich sieht er aus wie immer.«

»Du brauchst keine Sorge zu haben. Bei allem, was ich weiß, schadet es nicht, wenn die Farben mit den Strahlen in Berührung gekommen sind.«

»Welche Strahlen?«

»Radioaktivität.« Josef nahm den Wegweiser in die Hand und betrachtete ihn sorgfältig von allen Seiten. »Es sind Reste der Wolke, die vor 16 Jahren über den Schwarzwald gezogen ist. Die eigentliche Verstrahlung war bei Weitem nicht so schlimm, wie es die Regierung den Menschen heute noch weismacht. Sonst könnten wir hier nicht leben. Trotzdem gibt es immer noch Stellen, die man besser meiden sollte. Es ist eine schwierige Sache mit der Strahlung. Das genaue Ausmaß ließe sich nur mit Messinstrumenten feststellen.«

»Geigerzähler«,warf Felix ein.

»Zum Beispiel. Aber es gibt noch andere. Nur sind sie hier alle völlig nutzlos, wie du dir denken kannst. Ohne Strom geht nichts. Per Zufall hat man entdeckt, dass manche der leuchtenden Flechten darauf reagieren.«

»Manche?«

»Ja, nicht alle. Deiner scheint dazuzugehören.«

Erstaunt betrachtete Felix das Rindenstück. Ob Lukas und die anderen davon wussten, was sie ihm als Geschenk mitgegeben hatten?

»Es ist ein überaus wertvoller Helfer. Bewahre ihn gut.« Josef legte den Wegweiser wieder auf den Tisch. Dann stand er auf und trug seinen Teller zur Spüle. »Komm mit, ich will dir etwas zeigen!«

Felix folgte ihm in einen der Räume im oberen Stock. Als er eintrat, staunte er. Sämtliche Wände verschwanden hinter großen, hölzernen Regalen, dazwischen standen mehrere Schränke in allen Größen. In den Regalen drängten sich Bücher, Ordner und Stapel mit Zeitungen und Zeitschriften. Das Einzige, was zu einer Bibliothek fehlte, waren Computer und Leselampen. Stattdessen bemerkte Felix hölzerne Karteikästen und eine Menge Laternen, die überall standen und sogar von der Decke herunterhingen. Die einzig freie Stelle war direkt gegenüber des Fensters. Dort hing an der Wand eine Karte.

Felix staunte. »Woher hast du das alles?«

»Die Kellers hatten viele Bücher und Zeitschriften. Lesen war früher ihre Lieblingsbeschäftigung, vor allem an den langen Winterabenden. Statt wie die meisten anderen vor dem

Fernseher zu hocken, ließen sie ihre Fantasie in der Welt der Bücher umherschweifen. Das war der Grundstock der Sammlung, als wir hier ankamen. Joana und ich hatten ebenfalls jede Menge mitgebracht, vor allem wissenschaftliche Abhandlungen. Aber auch ein paar Schmöker.«

»Und die Zeitschriften? Und das andere?« Felix deutete auf eine Illustrierte mit der Aufschrift »Wald und Mensch«, die auf dem großen Tisch in der Mitte des Raumes lag. »Die hier ist noch kein Jahr alt!«

»Es gibt Mittel und Wege. Immer wenn ich einen Händler treffe, bekommt er einen Auftrag von mir. Manchmal dauert es Wochen und Monate, aber irgendwann habe ich das, was ich will.« Er zündete eine der Lampen an. Der Geruch von verbranntem Öl stieg auf.

Josef führte Felix zu der Karte. »Bei Tageslicht sieht man natürlich besser. Morgen kommen wir noch einmal her. Aber für einen ersten Eindruck soll es genügen.« Er hob die Laterne in die Höhe. Das gelbliche Licht flackerte über das Papier.

Erst jetzt erkannte Felix, dass die Karte mit der Hand gezeichnet und aus mehreren Teilen unterschiedlicher Größe zusammengesetzt war.

»Mein ganzer Stolz«, sagte Josef. »Kurz nachdem wir hier hochgekommen sind, habe ich damit angefangen. Es war mir rasch klar, dass es nicht genügen würde, auf dem Hof zu leben und zu arbeiten. Man muss wissen, womit man es zu tun hat.«

Felix hatte Mühe, einen Überblick zu gewinnen. Die markanten Orte wie Hinterzarten, den Titisee und den Feldberg hatte er rasch entdeckt. Dazwischen gab es jedoch unzählige Eintragungen – Worte, Namen, große und kleine Buchstaben, Pfeile, Frage- und Ausrufezeichen, Linien, Kreise und

Vierecke. Sogar astronomische Symbole konnte er erkennen. Dazu gab es einige schraffierte Flächen in allen Größen und Farben. Das Ganze erinnerte Felix an die Karte, die er im Nachlass seines Onkels Thomas gefunden hatte.

Doch diese Karte war wesentlich ausführlicher. »Siehst du die rot umrandeten Gebiete?«, fragte Josef.

Felix nickte. Auch wenn er sich in dem schwachen Licht anstrengen musste, konnte er doch sehen, wie an verschiedensten Stellen eine Markierung eingetragen war. »Was bedeutet das? Und all das andere?«

»Dir das alles zu erklären, würde einen Tag dauern. Aber die roten Gebiete, das sind alles Orte, von denen ich weiß, dass es Reste von Radioaktivität gibt. Strahleninseln nenne ich sie. Die Stelle am Berg, die du gefunden hast, habe ich noch nicht gekannt. Komm, wir setzen uns.« Josef drehte den Docht der Lampe herunter und stellte sie mitten auf den Tisch. Das Licht im Raum war nur noch gedämpft, auch vom Fenster kam nur wenig Helligkeit herein.

»Ich will das gerne noch einmal mit dir ausführlich besprechen. Aber heute ist es zu spät. Morgen ist ein anstrengender Tag mit viel Arbeit. Wir haben uns angewöhnt, beim Dunkelwerden ins Bett zu gehen. Unsere Uhr ist die Sonne. Das genügt. Aber eines bin ich dir heute noch schuldig.«

Felix sah ihn erstaunt an. »Was meinst du?«

»Die Kette mit dem Anhänger. Das silberne Schiffchen. Chiara hat es mir gesagt. Du willst wissen, woher ich es habe.« Er kratzte sich am Kinn. »Ich hätte es dir längst sagen sollen. Aber du musst verstehen. Auch wenn es nicht so aussieht: Wir leben hier gefährlich. Genau genommen bewegen wir uns ständig an der Grenze zwischen Leben und Überleben. Man kann nicht vorsichtig genug sein. Vor allem bei den Menschen.«

»Es sind die gleichen Anhänger!«, rief Felix aufgeregt. »An den Buchstaben habe ich es erkannt. Die Initialen meiner Mutter und meiner Tante! Wo hast du es her?«

»Von einem Händler. Ich hatte es zufällig gesehen, als er einen seiner Säcke öffnete. Eigentlich gehört Schmuck zu den Dingen, die man am wenigsten braucht. Ebenso wie Geld. Hier hat anderes seinen Wert. Als wir unseren übrigen Handel abgeschlossen hatten, fragte ich ihn danach. Er breitete ein paar Stücke auf dem Boden aus, Ringe, Broschen, Armreife, Halsketten. ›Es gibt immer wieder welche, die mir die Sachen anbieten, weil sie sonst nichts Besseres haben. Wenn ich sie nehme, tue ich den Leuten mehr einen Gefallen als mir selbst‹, sagte er damals. Ich dachte sofort an Joana, und ich wusste, dass dies die Gelegenheit war, ihr einmal eine besondere Freude zu machen. Mit etwas Schönem und Unnötigem. Einfach so.« Felix sah, wie er lächelte. »Das silberne Schiffchen würde ihr gefallen, dachte ich. Ich habe es gegen einen Beutel mit Sonnenblumenkernen eingetauscht. Es ist wohl nicht viel wert. Das Silber ist nicht echt.«

»Und wo war das? Woher kam der Händler?«

»Ich hatte ihn zufällig getroffen. Ich war nach einer Erkundungstour auf dem Rückweg nach Hause. Er kam mir unterwegs entgegen. Ich weiß es sogar noch ziemlich genau. Es war zwischen Titisee und Hinterzarten, am Rande des großen Moors auf einem der sicheren Wege.«

»Und Georg und Lukas?«

»Ich habe mich dann entschieden, von dort aus einen Abstecher über den Mathisleweiher zu machen. Dort habe ich die beiden Männer getroffen. Sie waren mir auf Anhieb sympathisch, und ich musste ihnen unbedingt den Anhänger zeigen. Ich habe mir nichts weiter dabei gedacht.«

Felix spürte, wie die Spannung in ihm stieg. Die nächste

Frage war entscheidend. »Hast du den Händler gefragt, von wem er das silberne Schiffchen hatte?«

Josef überlegte einen Moment. »Vielleicht habe ich ihn gefragt, vielleicht auch nicht«, sagte er schließlich. »Ich kann mich nicht erinnern.«

»Aber es ist wichtig!« Felix sprang auf. »Hatte er es von einer Frau? Von einem anderen Händler?«

Josef schüttelte den Kopf. »Tut mir leid, ich weiß es nicht. Ich kann dir nicht helfen.«

Felix sank auf den Stuhl zurück. Josef stand auf und legte ihm die Hand auf die Schulter. »Lass den Kopf nicht hängen. Frag ihn doch einfach selbst.«

Felix konnte seine Enttäuschung nicht verbergen. »Wie soll das gehen?«

»Ganz einfach: Du suchst ihn. Er wird es wissen.«

»Du machst dich lustig über mich. Wie soll ich den Mann finden?«

»Es gibt in dieser Gegend nicht viele Händler«, sagte Josef. »Es ist ein gefährlicher Beruf. Ich hatte mich schon gewundert, dass der Mann alleine unterwegs war. Das ist unüblich. Die meisten, die ich kenne, haben sich zu einer Gemeinschaft zusammengeschlossen. Eine Art Händlerzunft. Man tauscht sich aus, man informiert sich, man gibt sich Schutz. Sie nennen sich Streuner. Ich bin ziemlich sicher, dass er zu denen gehört.«

»Streuner? Das hört sich ziemlich wild an.«

»Sie sind mal hier, mal da, vielleicht kommt der Name daher. Zum ersten Mal habe ich vor sieben Jahren einen von ihnen getroffen. Es war reiner Zufall. Sie nutzen mit Vorliebe Wege, die keiner kennt. Das gibt ihnen Sicherheit. Vor allem, seit auf die Neustädter kein Verlass mehr ist. Man sagt, es haben sich Banden gebildet, die nur auf ihren eigenen Vorteil aus sind.«

Sofort kam Felix das Bild der Trümmer der ehemaligen Kalten Herberge in den Sinn. Ein allein umherziehender Händler hätte gegen Leute wie Wagner und Jerry keine Chance.

»Aber was ist mit der Spinne? Wie finden sie ihre Wege?«

»Die Streuner kommen viel herum und erfahren vieles, was andere nicht wissen«, meinte Josef geheimnisvoll.

»Und warum erzählst du mir das alles? Willst du damit sagen, ich soll versuchen, einen dieser Streuner zu finden?«

»Warum nicht? Am besten du gehst direkt dorthin, wo sie ihren Unterschlupf haben.«

Felix horchte auf. »Unterschlupf? Wo soll das sein?«

»Das ist kein Geheimnis. Die Streuner leben am Schluchsee. Von dort aus ziehen sie überall hin, dorthin kehren sie immer wieder zurück. Ich selbst war noch nie dort. Aber ich habe gehört, sie haben eine Art Dorf errichtet, mit Wohngebäuden und Lagern. Komm, ich zeige es dir.« Er drehte den Docht der Lampe wieder höher und stand auf. Der Lichtkegel fiel über die Karte an der Wand. »Feldberg – Hinterzarten – Titisee.« Josef deutete mit dem Finger auf verschiedene Punkte. »Hier sind wir, da ist der Schluchsee.«

»Aber das ist ja gar nicht weit von hier!«, rief Felix. Der Hoffnungsfunke begann wieder zu glimmen. »Da könnte ich morgen schon sein!«

Josef lachte. »Nicht ganz. Die meisten Wege zum Schluchsee sind versperrt, die anderen sind lange und beschwerlich. Und der direkte Weg ist …« Er brach ab. Trotz des spärlichen Lichtes bemerkte Felix, wie Josef plötzlich ernst wurde.

»Ich denke, es ist genug für heute«, sagte er unvermittelt. »Morgen kann ich dir bei Licht alles genau zeigen. Vielleicht fällt mir dann auch der Name des Händlers wieder ein.«

»Du kennst seinen Namen?«, fragte Felix überrascht.

»Tusch oder Fusch, oder so ähnlich. Sein richtiger Name war es sicher nicht.« Er ging zur Tür, Felix lief ihm hinterher.

»Versprich mir, dass du mich weckst morgen früh, ehe du aus dem Haus gehst. Ich muss es wissen!«

»Versprochen. Aber heute ist der Tag für mich zu Ende. Schlaf gut.«

An diesem Abend holte Felix zum ersten Mal sein Notizbuch hervor. Es fiel ihm schwer, die Achterbahn der Gefühle zum Stillstand zu bringen. Zuerst die bewegende Geschichte von Joana und ihrem Bruder. Und jetzt die Aussicht auf ein neues, konkretes Ziel. Eine Händlersiedlung am Schluchsee! Wenn er Glück hatte, traf er dort den Mann, den er suchte und von dem alles abhing. Vielleicht erfuhr er morgen sogar seinen Namen.

Rosalia hatte sein Bett frisch gemacht und ihm eine der Laternen samt Streichhölzern danebengestellt. Beim flackernden Schein des Lichtes saß Felix auf dem Bett. Die Decke hatte er um sich gehüllt, das riesige Kopfkissen hinter den Rücken gesteckt. Vor dem Fenster war es inzwischen stockdunkel. Das ganze Haus war still.

Felix schlug das Heft auf und las noch einmal die Zeilen, die Anna ihm aufgeschrieben hatte. »Es sollte helfen in Zeiten, in denen du dir wünschst, jemanden zu haben, mit dem du sprechen kannst.« Obwohl er von Chiaras Familie freundlich empfangen worden war, kam er sich verlassen vor. Ob ihn überhaupt jemand verstehen würde? Die Menschen hatten ihr eigenes Schicksal, mit dem sie zurechtkommen mussten. Wer konnte nachempfinden, was bei der Suche nach seinen Eltern in ihm vorging?

Felix blätterte um. Eine neue weiße Seite lag vor ihm. Obwohl eine Fülle von Eindrücken in seinem Kopf hin und her raste, fühlte er sich außerstande, einen der Gedanken zu fassen und zu formulieren. Wie sollte er mit einem Notizheft reden können? Oder hatte Anna etwa sich selbst gemeint?

Er setzte an. »Liebe Anna …«

Weiter kam er nicht. Es ging nicht. Er ließ den Stift sinken. Seine Gedanken schweiften ab.

Die Streuner. Ein seltsames Wort, das er von zu Hause in ganz anderem Zusammenhang kannte. Streunende Katzen gab es, manchmal auch Hunde oder ein Fuchs. Aber Menschen?

Felix setzte erneut den Stift auf und schrieb.

Streuner. Einen Moment überlegte er, dann setzte er »Schluchsee« in die Zeile darunter. Das Wort erinnerte ihn an den Landeskundeunterricht in der Schule. Zu dem Artikel hatte es ein Bild gegeben. Ein Stausee mit Segelbooten, dazu Häuser am Ufer, Berge und Wald dahinter. Nichts Besonderes. Er hatte es rasch wieder vergessen.

Er merkte, wie sein Stift fast von selbst zu schreiben begann.

Anderwelt.

Die Uralten.

Es war, als habe seine Hand den Stift ohne sein Zutun geführt. Woher kamen diese Worte? Chiara hatte davon gesprochen, später Franz, der alte Bauer. Wie beiläufig. Und doch wollte keiner von ihnen darüber reden.

Türen, die sich nicht öffnen ließen.

Türen, hinter denen sich etwas verbarg.

Er würde es herausfinden. Mit unruhigen, wirren Bildern vor Augen schlief er ein.

*

Der Morgen erfüllte das Zimmer mit sanftem Licht. Von draußen kam Vogelgezwitscher. Irgendwo bellte ein Hund.

Felix öffnete die Augen. Obwohl er schlecht geschlafen hatte, sprang er sofort aus dem Bett. Er stieß einen Fluch aus. Josef hatte ihn nicht geweckt! Jetzt würde er bis zum Abend warten müssen, ehe er Genaueres über den Händler und den Weg zum Schluchsee erfahren könnte.

Er zog sich an und ging zum Fenster. In den Baumwipfeln des Waldes hinter der Wiese funkelten die ersten Sonnenstrahlen. Der Garten unter ihm lag noch im Schatten. Niemand war zu sehen.

War er etwa zu früh dran? Konnte es sein, dass alle im Haus noch schliefen? Felix ging hinaus in den Flur und leise die Treppe hinunter. Aus der Küche hörte er Stimmen.

»Es geht nicht. Er würde durchdrehen.«

»Das glaube ich nicht. Auf mich wirkt er sehr reif. Wenn es stimmt, was er alles schon mitgemacht hat, wird er auch das verkraften.«

»Das ist etwas ganz anderes. Das kannst du nicht vergleichen.«

Felix hörte, wie Josef und Joana miteinander redeten. Es ging um ihn, so viel war klar. Doch über was sprachen sie? Er blieb am Fuß der Treppe stehen und lauschte.

»Es ist der Schrecken. Er wird es sehen, und es wird ihn überwältigen«, hörte er Josef sagen. »Erinnere dich daran, wie es uns ging, als wir zum ersten Mal dort waren.«

»Wie könnte ich das vergessen! Ich konnte tagelang nicht schlafen. Noch heute sind die Bilder in mir.«

»Siehst du! Und er ist erst 16.«

»Aber überlege doch einmal: Über Bärental könnte er mehrere Tage einsparen! Ich bin überzeugt, dass seine guten Absichten ihm über alles hinweghelfen. Außerdem glaube ich, dass in der Zwischenzeit so gut wie nichts mehr übrig sein wird. Wir waren schon fast drei Jahren nicht mehr dort. Eine lange Zeit.«

Für eine Weile hörte Felix nichts mehr. Sein Herz klopfte. Was er hörte, klang aufregend.

»Dennoch. Selbst wenn«, begann Josef erneut. »Dann gibt es auch noch den alten Fenris. Gegen ihn hat er keine Chance.«

»Bist du sicher, dass er noch lebt?«

»Nichts ist sicher.«

Felix hörte, wie ein Stuhl gerückt wurde. Rasch hüpfte er wieder die Treppe hinauf. Er wollte nicht beim Lauschen überrascht werden. Worüber hatten die beiden gesprochen? Was gab es so Schreckliches, das er nicht sehen durfte? Und wer war der Fenris? Noch ein unberechenbarer Einsiedler?

Felix entschloss sich, das Gehörte vorläufig für sich zu behalten. Er ging ein zweites Mal die Treppe hinunter. Ehe er eintrat, räusperte er sich. Josef saß am Tisch, Joana hantierte am Ofen.

»Guten Morgen«, sagte er schläfrig. »Habe ich verpennt?«

»Nein.« Josef sah ihm freundlich entgegen. »Ich wollte dich eben wecken.«

»Nimm dir Teller und Löffel«, sagte Joana, »der Brei ist noch warm.«

Felix setzte sich zu Josef an den Tisch. »Aber du wolltest mir doch noch alles zeigen, ehe du gehst!«

»Das mache ich auch. Versprochen ist versprochen.«

»Willst du uns wirklich schon wieder verlassen?« Joana nahm Felix' Teller und schöpfte ihm zwei große Löffel ein. »In dem kleinen Topf ist Honig, wenn du willst«, fügte sie hinzu.

»Ich muss an den Schluchsee. So schnell es geht. Ich muss den Händler finden, von dem Josef den Anhänger bekommen hat.« Er tauchte seinen Löffel ein und begann zu essen. »Ist dir der Name eingefallen?«

Josef nickte. »Fusch. Er nannte sich Fusch.«

»Fusch? Aber das ist doch kein Name?«

»Sein richtiger Name ist das sicher nicht. Aber das war mir in dem Moment auch nicht wichtig.«

Joana wischte ihre Hände ab und setzte sich mit an den Tisch. »Ich finde es schade, wenn du schon wieder gehen willst. Eigentlich kommt es doch auf ein paar Tage nicht an. Es war schön, mit dir zusammen im Garten zu arbeiten. Ich könnte dir noch unsere Tiere zeigen. Und du kannst uns vieles erzählen.«

Felix zögerte mit der Antwort. Was Joana sagte, klang verlockend. Ehe er weiteraß, rührte er einen Löffel Honig in den Brei. Dann schüttelte er den Kopf. »Ich muss gehen. Ich muss diesen Händler finden. Er ist meine einzige Hoffnung.«

»Dann bleibe wenigstens noch einen Tag. Chiara würde sich sicher freuen. Rosalia wird dir helfen, deine Kleider zu waschen, wenn du willst. Außerdem kann Josef dir sicher einige wichtige Ratschläge geben. Und du brauchst etwas zu essen! Natürlich bekommst du ein paar gute Sachen mit auf den Weg.«

»Natürlich bleibt er hier!« Von der Küchentür klang Chiaras Stimme. »Ich habe mich noch gar nicht richtig bedankt.«

»Chiara!«, riefen Josef und Joana fast gleichzeitig. »Du solltest doch im Bett bleiben! Sei doch wenigstens …«

»… einmal vernünftig! Jaja. Ich weiß, ich weiß. Felix, da siehst du, was ich jeden Tag erdulden muss. Und immer dieser Brei morgens!« Sie nahm sich einen Teller. »Am besten, ich gehe mit dir mit. Nur weg aus diesem Gefängnis!«

Wie schon am Tag zuvor war Felix überrascht, als er das Mädchen sah. Die Strapazen der letzten Tage sah man ihr nicht mehr an. Ihre Stimme klang hell und kräftig. Die Haare hatte sie zu einem Zopf zusammengeflochten. Sie trug ein blau-rot gestreiftes Hemd und eine Jeans, die längst ihre ursprüngliche Farbe verloren hatte und an mehreren Stellen geflickt war.

»Hallo!«, sagte Felix. »Gut geschlafen?«

Chiara antwortete nicht. Sie zog eine Schnute und stocherte lustlos in ihrem Brei herum. »Da kommt einmal ein netter Junge in dieses Haus, und ihr schickt ihn wieder weg. Rabeneltern!«

Felix zog es vor sich zurückzuhalten. Er musste schmunzeln. Er war von Birte einiges gewohnt. Seine Freundin in Freiburg hatte gerne zu Gefühlsausbrüchen geneigt, die er schwer einschätzen konnte. Er erinnerte sich, dass alles, was er sagte, falsch war und am Ende sich manchmal sogar gegen ihn wandte.

»Nachdem das nun wieder einmal geklärt ist, darf ich vielleicht einen Vorschlag machen?«, grinste Josef. »Wir lassen unsere Tochter in Ruhe frühstücken, damit sie uns nicht ertragen muss. Felix, wir beide gehen nach oben, ich will dir noch einiges zeigen.«

Während sie die Treppe hinaufstiegen, fragte Felix: »Es sieht so aus, als habe Chiara Glück im Unglück gehabt. Selbst ihr Arm scheint schon wieder in Ordnung zu sein.«

»Du hast recht. Der Arm war doch nicht gebrochen, wie wir befürchtet hatten. In ein, zwei Tagen wird sie ihn wieder ganz gebrauchen können.« Er öffnete die Tür zu seinem Zimmer und bat Felix herein. »Außerdem ist sie zäh. Ich kann mich nicht erinnern, dass sie jemals ernsthaft krank war. Sie heilt sich selbst.«

»Was meinst du damit?«

»Sie ist ein Kind des Waldes. Ich habe oft das Gefühl, dass

sie ihre Kraft aus allem schöpft, was sie umgibt. Als ob sie Zugang hätte zu einer Welt, von der wir nichts wissen, die wir nur ahnen können.«

Felix hob den Kopf. »Die Anderwelt?«

Josef hielt einen Moment inne. »Franz und Rosalia nennen das manchmal so. Ich weiß nicht, woher sie das Wort haben und was genau sie damit meinen. Wahrscheinlich alles, was irgendwie mit der Natur zusammenhängt. Ihre Vorfahren haben jahrhundertelang im Schwarzwald gelebt. Wer weiß, was ihre Großeltern ihnen an den langen Winterabenden alles erzählt haben. Es ist noch nicht so lange her, dass die Menschen an Geister, Spuk und Hexen geglaubt haben.« Er ging zum Fenster und öffnete beide Flügel weit. Frische Morgenluft strömte herein. »Ich denke, Chiara gefällt der Ausdruck. Deswegen benutzt sie ihn. Und wenn es nur dazu ist, ihre Eltern zu ärgern. Aber jetzt wollen wir zu den wichtigen Dingen kommen.«

Felix folgte ihm zu der Karte. Jetzt erst, bei Tageslicht, konnte er das ganze Ausmaß erkennen. Neben dem, was er bereits gestern gesehen hatte, fiel ihm auf, dass an vielen Stellen einzelne Worte und Sätze standen.

»Diese Karte ist mein Lebenswerk. Zumindest, was die letzten zehn Jahre betrifft«, meinte Josef, als Felix ihn danach fragte. »Ich habe rasch gemerkt, wie wichtig es ist zu wissen, was um uns herum vorgeht. Natürlich habe ich auch ein paar normale Landkarten, die ich damals mitgebracht habe. Aber diese Karte ist anders. Ein Tagebuch, das dauernd aktualisiert wird. Eine Landkarte des Überlebens. Natürlich genügt das nicht«, fuhr er fort und ging zu einem der Schränke. »Das, was sich verändert, ist schwer festzuhalten. Aber es hilft.«

»Die geheimnisvolle Kraft! Die Spinne!«

»Zum Beispiel.« Josef nickte. »Ich kann nur wenig dagegen

tun. Aber beschreiben kann ich es.« Er öffnete die Schranktür. Im Innern sah Felix etliche mit Brettern abgeteilte Fächer, in denen Stapel von Papier lagen. Josef zog einen Spiralblock heraus, so wie Felix ihn manchmal in der Schule benutzt hatte.

»Hier zum Beispiel.« Er schlug das Heft auf. »12. Oktober 2014. Der westliche Zugang Mathisleweiher ist seit dem letzten Mal enger geworden. Wegweiserbreite. Hintereinander gehen!« Er blätterte weiter. »Oder dieser hier: sechs Wölfe im vorderen Seebachtal. Sie bewegen sich Richtung Lenzkirch.« Er klappte das Heft wieder zu und legte es zurück.

»Und das findest du alles wieder?« Felix war beeindruckt. »Das macht doch heutzutage kein Mensch mehr so. Dafür gibt es doch …«

»… Computer! Ich weiß.« Josef lachte. Felix merkte zu spät, dass sein Kommentar an diesem Ort unsinnig war. Doch Josefs gute Laune war unerschütterlich. »Das stimmt. Aber es ist, wie es ist. Und außerdem gibt es noch das hier.« Er tippte mit den Fingern an seinen Kopf. »Meine Suchmaschine. Funktioniert wunderbar!«

Felix konnte sich kaum vorstellen, dass es heutzutage noch jemanden gab, der auf diese Weise arbeiten konnte. An seiner Schule gab es einige Nerds, die wahrscheinlich nicht einmal wussten, was eine Karteikarte war. Geschweige denn, wie man sie benutzte.

»Es gibt ein paar Möglichkeiten, von hier aus an den Schluchsee zu gelangen.« Josef ging zurück zu der Karte. »Aber wie ich es sehe, kommt für dich nur eine infrage. Nach meiner Schätzung wirst du etwa drei Tage brauchen. Wenn alles gut geht.«

»So lange?« Felix war enttäuscht. »Und was ist mit den anderen?«

»Zu unsicher. Zu gefährlich. Oder ich weiß nichts Aktuelles darüber. Zum Beispiel gibt es einen Weg unterhalb des Feldbergs. Doch der ist viel zu nahe an … Oder hier.« Josef fuhr mit dem Finger ein Stück die Karte entlang. »Von hier aus durch den Wald hoch nach Neuglashütten. Dieser wäre möglich. Aber es gibt einen steilen Aufstieg dazwischen, der dich mehr Zeit und Anstrengung kostet als der andere. Nein, für dich ist es das Beste, du gehst ein Stück zurück …«

»Zurück?«, fuhr Felix dazwischen. »Ich gehe nicht zurück. Auf keinen Fall!«

»Lass mich zuerst einmal ausreden. Manchmal führt ein Umweg schneller zum Ziel. Der direkte Weg ist nicht immer der beste.« Er bewegte den Finger entlang einer schmalen blauen Linie. »Siehst du den Bach? Von hier aus gehst du zuerst wieder am Wasser entlang, bis zu der Stelle, wo wir dich und Chiara gefunden haben. Nach etwa zwei Stunden kommst du dann auf eine ehemalige Forststraße. Dort wird der Weg besser. Du hältst dich immer im Seebachtal, unterhalb von Bärental bis fast zum Titisee.«

Felix entging nicht, dass Josef einen winzigen Moment in seiner Stimme schwankte, als er von Bärental sprach. Das war der Ort, den er am Morgen erwähnt hatte, als er sich mit Joana unterhalten hatte. Doch er sagte nichts und hörte weiter zu.

»Hier kommst du besser den Hang hinauf. Dann auf der alten Bundesstraße ein Stück weiter bis zur Abzweigung nach Lenzkirch. Ein Stück weiter oben hast du die Wahl, je nachdem, wie es dort gerade aussieht. Entweder weiter auf der Straße oder die Haslach entlang. Vor Lenzkirch wendest du dich dann nach Süden, dann siehst du schon den Schluchsee von Weitem.«

Der Weg, den Josef ihm erklärt hatte, beschrieb einen großen Bogen und war mit blauen Pfeilen gekennzeichnet. Felix sah sofort, dass die Entfernung über Bärental und später über

Altglashütten deutlich kürzer war. Es musste einen Grund geben, warum er diese Möglichkeit nicht erwähnt hatte.

Doch er verzichtete darauf, Josef darauf anzusprechen. Stattdessen versuchte Felix, auf der Karte bei Bärental etwas Besonderes zu erkennen. Eine lange gepunktete Linie führte vom Titisee her, machte im Ort einen Knick und führte nach Süden weiter. Er nahm an, dass dies die Bahnlinie war. Direkt an der Kurve war ein »B« eingezeichnet, das wahrscheinlich für »Bahnhof« stand. Daneben ein liegendes Kreuz mit einem Kreis darüber. Sieht fast aus wie eine Piratenflagge, dachte Felix. Zu gerne hätte er mehr darüber gewusst. Ob das Zeichen mit dem Gespräch zu tun hatte, das er zuvor mitverfolgt hatte?

»Und wo am Schluchsee finde ich die Streuner?«, fragte er stattdessen.

»Genaues weiß ich nicht, wie gesagt, ich war noch nie dort. Ich habe außerdem gehört, dass sie nicht gerne Besucher sehen. Sie sind sehr auf ihre Sicherheit bedacht. Aber du wirst das schon finden. Der See ist nicht allzu groß.«

»Kannst du mir den Weg aufzeichnen? Ich weiß nicht, ob ich mir das alles merken kann.«

»Klar.« Josef holte Papier und Bleistift aus einer Schublade und setzte sich an den Tisch.

»Habt ihr eigentlich manchmal Besucher?«, fragte Felix, während Josef die ersten Striche aufskizzierte.

Josef schüttelte den Kopf. »Um ehrlich zu sein, du bist der Erste seit vier Jahren. Franz fand damals am Feldberghang eine Frau, die sich verirrt hatte. Sie war erschöpft und verletzt, wir mussten sie mitnehmen, sonst wäre sie umgekommen.«

»Eine Frau? Ganz alleine unterwegs?« Sofort kam ihm der Gedanke an Lena. »Hieß sie vielleicht Lena?«

»Nein, sie nannte sich Regula. Sie gehörte zu den Streunern. Von ihr weiß ich alles, was ich dir gestern Abend erzählt habe.«

»Vier Jahre«, wunderte sich Felix. »Das verstehe ich nicht so ganz. Es ist doch gar nicht so schwer, euch zu finden? Oder mögt ihr keine Gäste?« Er dachte an Joana und ihre Geschichte. »Okay, ich verstehe, dass ihr unter euch bleiben wollt. Aber was ist mit Chiara? Ob ihr das auf die Dauer reicht?«

Josef hatte die Wegzeichnung abgeschlossen und fügte nun ein paar Zeichen und Notizen hinzu. »Du bist ein guter Beobachter, Felix. Bisher ist sie zufrieden. Aber was tatsächlich in ihr vorgeht, wissen wir nicht.«

»Habt ihr eigentlich gar keine Angst? Vor einem Überfall zum Beispiel? Du hast doch gesagt, in letzter Zeit habe sich einiges verändert.«

»Ja, das stimmt. Trotzdem sind es eher die anderen, die Angst haben.«

»Vor euch? Wie meinst du das?«

»Nicht vor uns. Aber der Hauptgrund, warum niemand zu uns findet, ist dieser Ort hier.« Josef breitete die Hände aus. »Jeder im Schwarzwald weiß, dass die Große Kraft am stärksten auf den Bergen wirkt. Der Schauinsland, das Herzogenhorn und all die anderen Gipfel sind abgeschottet. Todeszonen. Keiner traut sich dorthin. Wozu auch? Außerdem kann sich niemand vorstellen, dass so nahe am Feldberg überhaupt jemand wohnt. Ihre Angst ist unser bester Schutz.« Er überlegte einen Moment und fügte einen weiteren Satz in die Skizze ein. »Und dann gibt es noch unsere Hunde.«

»Laika und Boy?«

»Es sind nicht die Einzigen, die bei uns wohnen. Im Ganzen sind es sieben.«

»Sieben Hunde? Ich dachte, die Haustiere sind im Schwarzwald alle umgekommen? Ich habe mich schon gewundert, als ich Laika zum ersten Mal gesehen habe.«

»Im Prinzip stimmt das auch. Aber als Joana, ihr Bruder und ich herkamen, brachten wir Maxi mit, Joanas stolze und verschmuste Retrieverhündin. Sie hätte es nicht übers Herz gebracht, sie zurückzulassen. Auf dem Hof von Franz und Rosalia empfing uns Wolli, ein bestens erzogener Schäfer-Labrador-Mischling. Es war Liebe auf den ersten Blick. Leider sind beide inzwischen gestorben. Aber es gibt Kinder und Enkel.«

»Aber wo sind die denn alle? Bisher habe ich erst vier gesehen.«

»Das glaubst du nur. Die sehen sich ziemlich ähnlich. Ich nehme an, dass dich inzwischen alle bereits erschnuppert haben.« Josef lachte. »Wir haben rasch gemerkt, dass Maxi und Wolli unsere große Chance waren. Wir haben ihre Kinder zu größter Selbstständigkeit erzogen. Gleichzeitig gehorchen sie aufs Wort. Vor allem Chiara hat ein großes Geschick.«

Felix erinnerte sich, wie er Chiara und Laika miteinander erlebt hatte. »Sie sprechen miteinander, als ob sie Geschwister seien.«

»Ja, ein bisschen ist es auch so.« Josef stand auf. »So, fertig.« Er reichte Felix die Skizze, die inzwischen zu einer ausführlichen Karte geworden war. »Mehr wirst du nicht brauchen. Bis hinauf zur Lenzkircher Höhe kenne ich alles aus eigenem Erleben. Von dort aus ist es einfach. Jetzt muss ich aber los. Franz ist schon längst vorausgegangen. Ich lasse ihn nicht gerne allein.«

Felix bedankte sich. »Soll ich nicht mitkommen? Ich kann euch helfen.«

»Nein, lass nur. Ruhe dich aus und genieße deinen letzten Tag. Morgen wirst du all deine Kräfte brauchen. Außerdem wird sich Chiara freuen.«

In der Küche wurden sie bereits ungeduldig erwartet. »Und da heißt es immer, Frauen tratschen!« Rosalia empfing sie mit gespielter Empörung. »Und ich muss die ganze Arbeit alleine machen.«

»Du bist die Allerärmste!« Josef legte ihr die Arme um die Hüfte und gab ihr einen Kuss. »Ich bedauere dich.«

Rosalia kicherte. »Dass du heute Abend auch pünktlich zurückkommst! Und nimm dir was zu essen mit.«

Josef gab ihr einen zweiten Kuss. »Zu Befehl, Frau Chefin. Kümmert ihr euch so lange um Felix? Morgen früh will er los.«

»Ich habe mich entschieden«, bestätigte Felix. »Es geht nicht anders.«

»Schade«, meinte Joana. »Aber das habe ich fast erwartet.«

»Reisende soll man nicht aufhalten«, sagte Rosalia in ihrer nüchternen Art. Trotzdem schwang in ihrer Stimme Bedauern mit. »Aber morgen ist besser als heute. Dann habe ich noch Zeit, alles vorzubereiten. Schließlich brauchst du etwas Ordentliches zum Essen für unterwegs.«

»Wo ist eigentlich Chiara?«, fragte Felix.

»Auf ihrem Zimmer, sie wird gleich da sein«, sagte Joana. »Sie hat eine Überraschung für dich.«

Im selben Moment kam das Mädchen zur Tür herein. Sie trug ein einfarbig grünes Hemd und ein paar weit geschnittene Hosen, die über den Fußknöcheln mit zwei Bändern zusammengebunden waren. Sie war barfuß.

Ohne zu zögern, griff sie Felix an der Hand und zog ihn zur Tür. »Wir sind dann mal weg.«

»Chiara?« Trotz ihres verunstalteten Gesichts sah Felix, dass Joana ihrer Tochter einen strengen Blick zuwarf.

»Okay«, sagte Chiara gedehnt. »Zum See und zu meinem Platz.« Sie wandte sich rasch um und lief hinaus.

Felix folgte ihr. »Was war das?«

»Immer sagen, wo ich hingehe. Als ob ich ein kleines Kind wäre.«

»Aber ich denke, das ist bei allen so ausgemacht? Erinnere dich an deinen Sturz in den Keller …«

»Ist ja gut. Fang du nicht auch noch damit an.« Für Chiara war das Thema damit erledigt. »Komm, wir gehen dort rüber.«

Sie führte Felix zu einem Beet mit Johannisbeersträuchern, die eben die ersten Früchte ansetzten. Direkt dahinter gab es eine Tür im Zaun, die mit einem einfachen Holzriegel gesichert war. Der Garten grenzte an dieser Stelle an ein Waldstück, das leicht nach oben anstieg.

Aus dem Unterholz tauchte ein Hund auf. »Laika hat schon auf uns gewartet«, sagte Chiara. »Sie ahnt schon, wo es hingeht.« Sie wandte sich zu einem schmalen Pfad, der oberhalb der Hofhäuser am Waldrand entlangführte. Nach einer Viertelstunde teilte sich der Weg. An einem der Bäume hing ein stark verwittertes Schild.

»Zum Raimartihof«, las Felix. »Eure Nachbarn?«, fragte er scherzhaft.

»Schön wär's! Aber dort lebt niemand. Dabei war es früher anscheinend einmal ein beliebter Ausflugsort. Vielleicht gehen wir später noch dort vorbei. Aber wir müssen jetzt hier hinüber.«

Nach weiteren zehn Minuten öffnete sich der Wald. Vor ihnen lag eine dicht bewachsene Wiese, die sich leicht abschüssig zu einer Talsenke neigte. Dahinter erhob sich zu Felix' Überraschung eine breite, fast senkrecht aufsteigende Felswand. Nach links ging sie in eine bewaldete Bergkette über, auf der rechten Seite trat sie nach hinten zurück und gab den Blick in die Ferne frei.

»Der Feldberg!« Chiaras Stimme klang ehrfürchtig. »Der höchste Berg der Welt. Meiner Welt. Siehst du die Kiefern dort oben? Das ist nur der Rand dieses Talkessels. Dahinter geht es noch weiter. Und noch höher hinauf.«

Die Bäume am oberen Rand wirkten aus der Entfernung winzig klein. Felix versuchte eine Ahnung zu bekommen, wie hoch der Berg sein musste. »Der ist ja riesig!«, staunte er. »Es muss herrlich sein, von dort oben hinunterzuschauen.«

Selbst Chiara schien ergriffen von dem majestätischen Anblick, obwohl sie schon viele Male hier gewesen sein musste. »Das denke ich jedes Mal, wenn ich hier bin. Doch das muss ein Traum bleiben. Niemand kann dort hinauf.«

Eine Weile blieben sie noch stehen. Dann wandte sich das Mädchen um und ging weiter. Laika stürmte in großen Sprüngen voraus. Am Saum des Hügels traten sie urplötzlich vom strahlenden Sonnenschein in den Schatten. Felix sah auf. Das Bergmassiv schob sich an dieser Stelle vor die Sonne. Sofort wurde es kühler. Vor ihnen standen ein paar wenige Ebereschen, dahinter ein dunkler Saum alter Schwarzerlen.

»Hier weiter!«

Der Pfad, den Chiara einschlug, war im Unterholz kaum zu sehen. Der Boden wurde sumpfig. Schon nach ein paar Schritten streifte Felix die Schuhe ab. Die Erde war feucht und kühl, doch es gelang ihm, auf diese Weise besser Tritt zu fassen.

Mit einem Mal lichteten sich die Bäume. Vor ihnen lag ein See. Mächtige Felswände und steile Aufstiege rahmten das Wasser von drei Seiten ein. Überall reichte der Saum der Bäume bis ans Ufer. Nur an wenigen Stellen war ein schmaler Rand zu sehen. Die Oberfläche des Sees lag vollkommen ruhig wie poliertes Glas.

»Das Auge der Uralten«, sagte Chiara leise, als scheue sie sich, das Bild zu zerstören. »Eigentlich heißt er Feldsee. Aber ich habe ihm einen neuen Namen gegeben.«

»Das Auge der Uralten«, wiederholte Felix langsam. »Das ist schön. Wie kommst du darauf?«

»Gehen wir noch ein Stück weiter. Dann wirst du verstehen warum.« Sie deutete auf die gegenüberliegende Seite. Die Sonne erreichte eben den Bergkamm im Westen und ließ die oberen Kanten der Felsen aufleuchten. Von dort herab ergoss sich das Licht den Abhang herunter wie ein goldener Wasserfall.

»Ich möchte dort hinüber!«

»Sollen wir schwimmen?«, schlug Felix vor. Er trat nahe an das Wasser heran und schaute zur anderen Seite. Es schien nicht weit zu sein.

Chiara lachte. »Versuche es!« Felix streckte den Fuß hinein und zuckte sofort zurück. Das Wasser war eiskalt. »Vielleicht bin ich wirklich etwas unvernünftig, wie Rosalia immer sagt. Aber so verrückt bin ich dann doch nicht. Wir laufen!«

Felix brauchte kein weiteres Argument. Mit einem Schuh in jeder Hand stakste er Chiara hinterher. »Das ist ja kalt wie Eis«, keuchte er. »Wird das überhaupt wärmer bis zum Sommer?«

»Nur wenig.« Chiara hüpfte geschickt von Stein zu Stein, während Felix immer wieder stolperte und Mühe hatte, ihr zu folgen. »Außerdem würde es ihnen nicht gefallen.«

»Ihnen? Deinen Eltern?«

Chiara antwortete nicht. Stattdessen blieb sie auf einem umgestürzten Baumstamm stehen, der vom Ufer aus ein paar

Meter über die Wasseroberfläche in den See hineinragte. Sie wartete, bis Felix ihr nachgeklettert war.

»Schau, das Sonnentor öffnet sich!«

Das Licht hatte inzwischen das Ufer erreicht. Der Rand des Wasserspiegels leuchtete auf, der Strom flüssigen Goldes ergoss sich über den See.

»Unglaublich!«, rief Felix aus. »Es sieht tatsächlich aus, als habe jemand ein Tor geöffnet. Als könne man über den See direkt zur Sonne laufen. Gewaltig!«

Felix konnte sich von dem Anblick kaum losreißen, doch Chiara war schon wieder unterwegs. Felix musste sich beeilen und gleichzeitig auf den Weg konzentrieren. Direkt nach dem umgestürzten Baumstamm traten die Bäume bis direkt an den Rand des Wassers heran. Hohes Gras mit scharfen langen Blättern machte es schwer, voranzukommen. Von einem Pfad war nichts mehr zu sehen. Ein paarmal musste Felix die Zähne zusammenbeißen, damit er nicht laut aufschrie, wenn die Haut an seinen Füßen vor Kälte schmerzte.

»Es ist nur noch ein kleines Stück!«, rief Chiara ihm zu. Auch sie bewegte sich deutlich langsamer. »Komm hier hoch!« Sie war auf einen meterhohen Findling geklettert, dessen Fuß ins Wasser hineinragte, und reichte ihm die Hand.

»Siehst du, von dort sind wir gekommen!« Chiara wies auf die gegenüberliegende Seite des Sees. Die Bäume dort funkelten inzwischen in der Sonne. »Jetzt nur noch ein paar Schritte.«

Hinter ein paar Felsbrocken, die an dieser Stelle die Steilwand heruntergebrochen waren, breitete sich ein flacher Ufersaum aus. Am Rande wuchsen ein paar Wollgrasbüschel neben feinkörnigem hellgrauem Kies. Wenige Schritte weiter unterbrach ein kleiner Bach ihren Weg. Chiara sah den Hang hinauf. »Das Wasser für den See kommt hier aus dem Fels. Ein Geschenk des Höchsten.« Sie lächelte, als sie Felix' fragenden Blick sah. »Nein, keine Sorge. Das ist nichts Geheimnisvolles. Hat auch nichts mit Religion zu tun. Franz hat erzählt, dass die Menschen früher den Feldberg so genannt haben. Wahrscheinlich um Touristen anzulocken«, lachte sie.

»Touristen?«

»Urlauber, Wanderer, Sportler – es müssen jedes Jahr Tausende gewesen sein. Da waren Autos, Hotels, Restaurants und Lifte. Sogar hier bis an den See sind sie heruntergeklettert.«

Felix schüttelte den Kopf. »Schwer vorzustellen. Glaubst du, dass es dort oben anders aussieht?«

»Ich denke schon. Die Natur ist stark. Sie wird sich zurückgeholt haben, was ihr die Menschen genommen haben.« Sie setzte sich auf einen der Steine.

Felix beugte sich nieder, um ein paar Schluck Wasser zu schöpfen. »Es ist so wunderschön hier. Kommst du oft hierher?«

»Eigentlich dürfte ich gar nicht. Meine Eltern sehen es nicht gern.«

»Warum nicht? Was soll hier schon passieren?«

»Es sei zu nahe am Berg, sagen sie.« Chiara fuhr sich mit der Hand durch die Haare. »Vor allem mein Vater hat Angst um mich. Er sagt, wenn die Spinne erwacht, käme ich hier nicht mehr weg. Und Rosalia mahnt immer, man solle die Uralten nicht unnötig reizen.«

»Wer sind die Uralten?«

Chiara zögerte. »Ich habe schon gedacht, du fragst überhaupt nicht«, sagte sie langsam. »Wenn du es wirklich wissen willst, werde ich sie dir zeigen.« Sie stand auf. »Jetzt!«

Felix glaubte, seinen Ohren nicht zu trauen. »Du willst sie mir zeigen? Ich dachte …«

Chiara lachte. »Du bist immer noch viel zu sehr zu Hause. Wenn du den Schwarzwald kennenlernen willst, wie er wirklich ist, solltest du nicht so viel denken.«

»Was heißt hier wirklich?« Felix verstand nicht, was sie meinte.

»Dein Kopf produziert andauernd Gedanken. Gedanken versuchen ständig, alles zu erklären. Gleichzeitig werden sie zu Schleiern, die sich über die wirkliche Welt legen. Und alles, was du nicht verstehst, kommt dir ›geheim‹ vor.«

Felix sah sie erstaunt an. »Aber …«

»Dabei ist nichts geheim. Alles ist da. Zu jeder Zeit. Es gibt kein Dahinter. Aber statt durch den Schleier zu gehen, machst du dir Gedanken, was dahinter sein könnte.«

Felix staunte. Die Worte, die er hörte, verwirrten ihn. »Aber ich muss doch über die Dinge nachdenken! Wie sonst soll ich sie verstehen? Wie sonst soll ich wissen, was ich tun soll?«

»So hat man es dir beigebracht. Doch das, was du meinst, ist nur ein Weg. Der Weg, den fast alle nehmen, weil alle ihn nehmen. Doch es gibt mehr. Du wirst es erfahren.«

»Das sagst du! Für mich klingt das ziemlich gesponnen. Verrückt. Jeder Mensch muss denken. Je genauer, desto besser.«

»Verrückt? In deinen Augen vielleicht schon. Aber manchmal ist es notwendig, die Dinge ein Stück zu verrücken, um zu sehen, was ist. Hast du noch nie erlebt, dass dich das Nachdenken zur Verzweiflung bringen kann? Wenn du zufrieden bist, ist es gut. Für den Moment. Aber wenn es dir nicht gelingt, eine Erklärung zu finden, kehren sich die Gedanken um und verwandeln sich.«

»Wie meinst du das?«

»Es entsteht das Gegenteil von dem, was du eigentlich willst.«

»Was – ist das?«

»Angst.«

»Ich habe keine Angst!«, brauste Felix auf. Zorn stieg in ihm hoch. »Das ist doch alles Unsinn. Du versuchst mir etwas einzureden. Vielleicht solltest du es selber mal mit Nachdenken versuchen! Du hast dich mit deinen Leuten weit ab von der Zivilisation im Urwald versteckt, ihr lebt auf der Stufe des 19. Jahrhunderts unter ständiger Bedrohung einer Gefahr, die ihr nicht kennt – und du willst mir etwas von Angst erzählen?«

Chiara blieb ruhig. »Siehst du, das habe ich gemeint.« Sie ging langsam ein paar Schritte am Ufer weiter, dann blieb sie stehen. »Dein Verstand wehrt sich. Du solltest anfangen zu sehen.«

Felix war verblüfft. Er hatte eine heftige Antwort erwartet. Stattdessen kam er sich vor wie ein Boxer, der in ein aufgespanntes Fischernetz einschlug. Doch er gab noch nicht auf. »Was soll denn das nun wieder heißen? Natürlich kann ich sehen. Sehr gut sogar«, knurrte er.

Chiara antwortete nicht. Stattdessen drehte sie sich um und lief langsam weiter. Felix zögerte. Hatte er sie zu heftig angegangen? Warum stritt er sich eigentlich hier herum? »Ich will … Ich wollte dich nicht …«, rief er Chiara hinterher.

Er sah, wie sie auf einen großen Felsen zusteuerte, der direkt am Rande des Sees lag. An seiner Seite hatte ein Baum mit dunklen, halbrunden Blättern Wurzeln geschlagen, die bis in das Wasser hineinragten. Chiara kletterte auf den Stein und setzte sich. Ihr Blick war über das Wasser in die Ferne gerichtet.

»Ich wollte dich nicht beleidigen!«, keuchte Felix, als er

kurz darauf unterhalb des Felsens am Ufer stand. »Aber du kannst nicht schlecht austeilen, ich musste doch …«

»Vergiss es. Komm her.« Mit einer knappen Kopfbewegung bedeutete sie ihm, heraufzukommen und sich neben sie zu setzen.

»Ich wollte nicht …«, versuchte Felix noch einmal sich zu entschuldigen.

Chiara hob die Hand und sah ihn an. Seine Worte versickerten, noch ehe er sie aussprechen konnte. Ihre Augen hielten ihn gefangen. Es war eine andere Chiara, die jetzt zu ihm sprach. Ohne Worte.

Eine tiefe Ruhe ging auf ihn über. Stück für Stück löste sich seine Anspannung. Gleichzeitig begann sich etwas in ihm zu regen. Eine Kraft stieg in ihm auf, die er noch nie gespürt hatte. Wie eine Wolke legte sie sich um seine Gedanken, ließ sie aufleuchten und gleichzeitig durchsichtig werden. Mit einem sanften Ruck löste sich das Gespinst und flog über den See davon.

»Was machst du mit mir?«, hörte Felix sich sagen. Es war das letzte Aufbäumen seines Verstandes. Nein, er wollte es nicht wissen. Nichts war mehr wichtig. Es gab nur noch diese Augen.

»Du wolltest sehen. Also sieh!«

Ruhe.

Tiefe.

Chiara lenkte seinen Blick nach vorn über den See. Der Talkessel glänzte in rotem Gold. In die Stille mischte sich die Wärme des Tages, die überall aufstieg und ihn umhüllte wie eine weiche Samtdecke. Felix spürte, wie das Blut tief in ihm antwortete. Sein Herzschlag erfüllte ihn bis in die letzten feinsten Verästelungen seines Körpers, wurde größer und nahm ihn mit, bis sein Echo an den Talwänden zurückpulsierte. Das Hin und Zurück formte sich zu einem Zweiklang, zu einem Akkord und schließlich zu einem einzigen tiefen Ton, der aus allen Tönen der Welt zusammengesetzt war. Er breitete sich aus, langsam, unwiderstehlich. Die Erde antwortete, begann zu vibrieren, fügte neue Klänge hinzu, die sich mit den anderen mischten und wiederum neue Klänge hervorbrachten. Ein Brausen erhob sich wie von einem Herbststurm, es fuhr hinein, wirbelte umeinander, trieb ihn vor sich her, weit und hoch über alle Grenzen hinaus. Der Gesang hob Felix empor, nahm ihn mit sich, schickte ihn in einer Sekunde zu allen Sternen des Universums und wieder zurück.

»Sieh hin!«

Aus den unzähligen Melodien und Tonfolgen löste sich Chiaras Stimme. Ihr Klang führte ihn zurück auf die Erde, über die Berge, in den Talkessel, auf den Fels, zu ihren Augen, die mit dem Auge des Sees verschmolzen.

Das gläserne Wasser fiel über ihm zusammen, der Gesang verblasste, wurde dumpf und bleich. Das Licht glänzte nur noch matt von der Oberfläche. Schemengleich huschte es an ihm vorbei, gelb und grün und grau, rasche Bewegungen, denen er nicht zu folgen vermochte.

»Er sieht uns, und er sieht uns nicht«, tönte es um ihn herum.

»Er will uns greifen, und er greift uns nicht«, kam die Antwort von der anderen Seite.

»Er will uns verstehen, und er versteht uns nicht«, mischte sich eine dritte Stimme ein.

Felix trieb hilflos umher, streckte seine Arme aus, strampelte mit den Beinen. Winzige Luftblasen stiegen auf, tanzten um ihn herum und an ihm vorbei, ehe sie in kleine Wolken zerplatzten.

»Wer seid ihr?«, hörte Felix sich sagen. Seine Stimme war nicht mehr als ein dumpfes Tönen in einem stählernen Rohr.

»Er will uns rufen, und er ruft uns nicht.« Silbrige Fischchen hüllten ihn in einen Schwarm aus Tausenden von Leibern, zupften an ihm, leckten und saugten. Es gab kein Oben mehr, kein Links und Rechts.

Nur noch Unten.

Ein tiefes, gestaltloses Unten, in das er hineingezogen wurde wie ein Wassertropfen im Abflussstrahl eines Lochs in der Erde. Er drehte sich, langsam erst, dann schneller, eine Spirale, die ihn hilflos taumelnd mitnahm in bodenlose Schwärze …

Das Geschöpf saß an einem einfach gezimmerten Holztisch. Eine Kerze auf einer dunkelgrünen Flasche spendete karges Licht. Die Wände waren feucht und dunkel, von der Decke tropfte es. Im Näherkommen sah Felix eine Gestalt, die an einen riesigen Fisch erinnerte. Der schuppige Leib glänzte grün, türkis und silbern, er lief in einen Schwanz über, dessen Ende in eine aufrecht stehende rosa Flosse mündete. Der Oberkörper trug ein Paar kräftiger Arme, mit denen sich das Wesen auf dem Tisch abstützte.

Als das Geschöpf Felix erblickte, warf es die Kapuze zurück, die seinen Kopf bedeckt hatte. Darunter erhob sich das Haupt eines alterslosen Mannes. Sein Gesicht umrahmte ein riesiger Bart, die langen Haare hingen algengleich bis über die Schultern. Die Augen …

Die Augen.

»Du bist …« Felix überfiel ein Zittern, als er die Augen sah. Es konnte nicht sein! Es durfte nicht sein!

»Sprich nicht weiter!« Obwohl der Fischmann seinen Mund nicht bewegte, dröhnte dennoch seine Stimme in Felix' Kopf. »Sage nicht, was du denkst. Sage, was du willst!«

Felix spürte, wie sich der Boden bewegte, wie Wände und Decke hin und her schwankten. Er tastete nach einem Halt, doch seine Hände waren verschwunden. Mit größter Mühe zwang er sich, Worte zu formen.

»Wer – sind – die – Uralten?«

Aus der Tiefe des Raumes dröhnte die Stimme des Geschöpfes. »Du wirst sie hier nicht finden!« Die Worte stiegen empor wie wässrige Blasen, umkreisten ihn und verwandelten sich in blubberndes Gelächter. Die Arme des Fischmenschen verformten sich. Die Hände verschwanden in den Fingern, wurden lang und schmal wie Tentakel, die von allen Seiten auf Felix zukringelten. Felix war unfähig sich zu rühren. Starr vor Schreck sah er, wie die Augen vor ihm in der Mitte der Stirn verschwanden. Die Öffnung verbreiterte sich rasch, die Fangarme ergriffen ihn, saugten an ihm, zogen ihn unwiderstehlich an. Zentimeter für Zentimeter näherte er sich dem Abgrund, der sich vor ihm auftat. Zu einem Sturz ohne Wiederkehr …

»Nein!«

Der Schrei rang sich aus seinem tiefsten Inneren. Er schüttelte verzweifelt den Kopf und warf sich hin und her.

»Ich will nicht!«

Das Saugen ließ von ihm ab und verschwand in einem höhnischen Lachen. Sein Körper kam zu ihm zurück. Felix riss die Augen auf. Über ihm schien ein Gesicht – warm und weich, voller Leben.

»Alles ist gut.« Chiara legte ihre Hand auf seine Stirn. Ein Strom von Licht und Wärme ging von ihr aus und breitete sich über seinen Leib. Er spürte, dass er auf dem Rücken lag, den Kopf in ihren Schoß gebettet.

Die Sonne hatte sich hinter grauen Wolken verkrochen, der Geruch von Regen lag in der Luft. »Was ist passiert?«, fragte er.

»Nicht fragen jetzt.« Chiara strich sanft über seine Schläfen. »Du musst zuerst wieder ankommen. Alles ist gut.«

Mit einem Seufzer ließ Felix sich zurücksinken. Er spürte die Härte des Steins, auf dem er lag ebenso wie den weichen Schoß, der seinen Kopf wie ein Kissen umschmiegte.

Chiara begann leise zu summen. Felix lauschte der einfachen Melodie, die sich am Ende jedes Mal wiederholte. Wieder und wieder. Ganz allmählich löste sich der bleierne Mantel, der sich um ihn gelegt hatte.

War das die andere Welt? Nie hatte er einen Traum erlebt, der so real gewesen war. Die Euphorie, die ihn hinaufgeschleudert hatte bis zu den Sternen ebenso wie die Angst, die ihn zu dem Abgrund …

Felix stöhnte auf und schlug die Hände vor das Gesicht. Nein, er wollte nicht daran denken, er wollte die Erinnerung nicht noch einmal in sich hochkommen lassen. Er kroch zurück in Chiaras Melodie, die Ton um Ton alle Schatten verschwinden ließ. Er begann zu ahnen, dass er die Bilder fortan in sich tragen würde, dass sie ihn begleiten würden, ob er es wollte oder nicht.

Felix spürte einen Tropfen auf seinem Gesicht, dann noch einen. Es begann zu regnen. Ein paar Atemzüge später war sein Gesicht nass. Der Regen war warm und sanft.

Chiara machte keine Anstalten aufzustehen. »Das Wasser wäscht die dunklen Gedanken weg.« Sie sprach leise und eindringlich. »Hast du eine Antwort bekommen?«

»Welche Antwort?«

»Du wolltest wissen, wer die Uralten sind.«

»Die Uralten?« Felix versuchte seine Gedanken zu ordnen. In seinem Kopf brauste es immer noch. »Ich … weiß nicht. Da war so vieles. Schönes. Schreckliches. Aber eine Antwort …«

»Alles war Antwort. Alles, was du gesehen und erlebt hast, waren sie. Und doch nicht. Sie werden immer das sein, was du dir darunter vorstellst.«

»Das verstehe ich nicht. Das heißt – es gibt sie gar nicht?«

»Es gibt sie. So wie dich und mich. Vielleicht sogar noch mehr. Sie sind überall. Sie sind alles. Sie sind ewig.«

Felix schwieg. Chiara kam ihm immer seltsamer vor. Sie war anders als alle Menschen, die er kannte. Zu Hause hätten seine Kumpels sie wahrscheinlich als komplett verrückt abgetan. Doch das war sie nicht. Sie bewegte sich mit größter Vertrautheit inmitten aller Gefahren. Ihre Augen hatten ihm eine Tür in Welten gezeigt, die er vorher nicht einmal geahnt hatte.

Vielleicht war er selbst auf dem Weg, verrückt zu werden. »Woher weißt du das alles?«

Chiara lachte. »Du stellst Fragen! Woher ich das weiß? Keine Ahnung. Ich sehe es eben. Manchmal mehr, manchmal weniger. Aber ob ich tatsächlich mehr weiß als du?« Sie streichelte über seine Haare, die inzwischen in nassen Strähnen über seine Stirn hingen. »Vielleicht erlaube ich meinen Augen das zu sehen, was ist. Nicht nur das, was alle glauben.«

Sie richtete sich ein wenig auf. »Und jetzt gehen wir nach Hause.

*

Ziemlich einsilbig saß Felix am frühen Abend mit den anderen am Tisch. Rosalia hatte eigens zum Abschied ein besonderes Essen vorbereitet. Da es im Garten noch nicht allzu viel zu ernten gab, hatte sie die Vorräte der Familie geplündert. Es gab Kartoffeln, gekocht und gebraten, dazu Gemüse und eingelegten Kürbis. Alles war mit frischen Kräutern verfeinert und schmeckte ausgezeichnet.

Josef und Franz berichteten ausführlich von den Fortschritten beim Holzschlagen und über ihre Pläne, den Sommer über zum ersten Mal einen Meiler für Holzkohle aufsetzen zu wollen. Joana erzählte von den Fortschritten bei den tragenden Ziegen, und Rosalia gab einige Anekdoten aus der guten alten Zeit zum Besten.

»Als die Kinder noch auf ihre Eltern gehört haben!«, konnte sie sich einen Seitenhieb auf Chiara nicht verkneifen. Das Mädchen hatte wieder ihr Schmollgesicht aufgesetzt und trug lediglich ein paar bissige Kommentare bei. Dazwischen ging ihr Blick immer wieder zu Felix.

Den anderen war es keineswegs entgangen, dass der Junge sich kaum an der Unterhaltung beteiligte und etwas bedrückt schien. Nachdem das Geschirr abgetragen war, setzte sich Joana neben ihn.

»Du machst dir Gedanken. Ist es wegen morgen?«

Felix sah sie an. Es war merkwürdig, wie rasch das entstellte Gesicht der Frau ihm zur Selbstverständlichkeit geworden war. Die verätzte Haut, die Narben, die kranke Farbe – all das war nicht Joana. Es saß über ihr wie eine Maske, die sie vergessen hatte abzuziehen.

»Ein bisschen.« Felix zwang sich, seine Gedanken von der Anderwelt zu lösen. Das Erlebnis am See hatte ihn verwirrt und ratlos zurückgelassen. Es war Zeit, dass er sich wieder seinem Ziel zuwandte.

»Es fällt mir schwer, von euch wegzugehen.«

»Du kannst bleiben, solange du willst. Das weißt du.«

Felix schüttelte langsam den Kopf. »Ich kann nicht. Jeder Tag, den ich säume, bedrückt mich. Ich darf nicht zu spät kommen.«

»Zu spät? Du weißt doch gar nicht, was dich erwartet. Wie kannst du dann Sorge haben, dass du etwas verpasst?«

»Das ist es ja eben! Ich weiß es nicht. Ich weiß immer noch nicht, was mit meiner Mutter ist. Ob sie überhaupt noch lebt. Und was ist mit Vater? Ist er bei ihr? Wie geht es ihm? Der Gedanke, ich könnte zu spät kommen, lässt mich nicht los. Ich kann nichts dagegen tun.«

Joana legte die Hand auf seinen Arm. »Ich weiß nicht, ob ich es verstehe. Aber ich weiß, dass du alles tun wirst, was du tun kannst.«

»Ein alemannischer Sturschädel. Wie mein Vater selig«, brummte Rosalia dazwischen. Sie hatte in der Küche gewerkelt und mit halbem Ohr das Gespräch verfolgt. »Das sehe ich. Und ein großes Herz wie meine Mutter. Das spüre ich. Ich bin sicher, du schaffst es. Und wir werden dafür sorgen, dass du gut ausgestattet bist! Ich habe schon alles gerichtet.«

Sie holte aus einem der Küchenschränke einen Stoffsack heraus, der genauso aussah wie der, den Chiara bei ihrem ersten Treffen bei sich gehabt hatte. Rosalia legte ihn auf den Tisch. »Ein bisschen was zu essen. Josef hat gemeint, dass du mindestens drei Tage unterwegs sein wirst. Deine Kleider sind auch so weit. Sie liegen oben auf deinem Zimmer.«

Felix bedankte sich. »Du bist ... ihr seid alle so ...«, druckste er. »Ich weiß gar nicht, was ich sagen soll.«

»Dann sage lieber nichts.« Rosalias Gesicht überzog sich mit einer feinen Röte. Felix hatte den Eindruck, dass sie unter ihrer rauen Schale genauso verlegen war wie er selbst. »Außerdem muss ich mich um Franz kümmern. Er hat sich einen Spreißel in den Finger gerissen. Und jetzt traut sich der starke Mann nicht, ihn herauszuziehen.« Sie warf ihre Schürze über einen Stuhl und verschwand durch die Tür hinaus in den Flur.

»Ich glaube, du erinnerst sie an ihren Sohn«, meinte Joana, nachdem sie wieder alleine waren.

»Sie hat einen Sohn?«

»Ja, Roman. Ich habe ihn noch kennengelernt. Er war etwa in deinem Alter, als wir hierherkamen.«

»Was ist mit ihm? Ist er gestorben?«

»In gewisser Weise schon. Rosalia wollte es nie wahrhaben, dass er sich unwohl fühlte. Roman hat sich oft mit Josef und mir unterhalten. Er hat viele Fragen gestellt, wollte alles wissen über das große Unglück, über die Verstrahlung, aber auch von Freiburg und vom Leben in der Stadt. Etwa ein halbes Jahr später war er über Nacht verschwunden. Er hat nichts zurückgelassen außer einem Zettel auf dem Küchentisch.«

»Brutal. Rosalia muss völlig fertig gewesen sein.«

»Das war sie. Sie hätte ihn nie gehen lassen. Sie hat lange gebraucht, bis sie sich von dem Schmerz erholt hat. Wenn überhaupt.«

Felix schluckte. Er dachte an Tante Veronika. Wie sie wohl reagiert hatte, als sie am Morgen seinen Abschiedsbrief in der Hand hielt? »Und sie hat nie wieder von ihm gehört?«

»Bisher nicht. Sie weiß nicht einmal, ob er es geschafft hat, aus der Sperrzone herauszukommen.«

»Und warum versucht sie nicht, ihn zu finden?«

»Du meinst, dass sie selbst …? Nein. Sie sagt, sie gehöre hierher. Außerdem ist ihr Franz nicht mehr der Jüngste. Sie will ihn nicht alleine lassen.«

Felix dachte immer noch an Veronika. »Glaubst du, sie hofft, dass er eines Tages wiederkommt?«

»Ein bisschen vielleicht, um vor sich selbst nicht als kaltherzig dazustehen. Aber ich glaube, sie hat sich inzwischen damit abgefunden. Es ging ihr nicht schlecht in den letzten zwei, drei Jahren. Erst als du gekommen bist, ist vieles wieder aufgebrochen.«

»Vielleicht ist es dann gerade gut, dass ich bald wieder weg bin.«

»Vielleicht.«

Als Felix wenig später auf sein Zimmer ging, fand er alles so vor, wie Rosalia es gesagt hatte. Der Rucksack stand auf dem Boden, daneben seine Schuhe, die Decke und das Seil. Seine Kleider waren gewaschen und verströmten einen zarten Duft nach Rosen und Lavendel. Die Risse in seiner Hose waren ebenso geflickt wie der Hemdsärmel, der bei der Rettung Chiaras halb abgerissen war.

Zu seinem Erstaunen fand Felix zwischen dem Stapel ein Hemd, das ihm nicht gehörte. Es sah aus, als sei es bisher kaum getragen worden. In der Brusttasche steckte ein Zettel. »Ich habe es all die Jahre aufgehoben. Jetzt sollst du es haben. R.«

Felix spürte, wie sein Herz klopfte. Für einen Moment überlegte er, nach unten zu laufen und sich zu bedanken. Doch dann verzichtete er darauf. Rosalia musste ihre Gründe haben, warum sie es ihm nicht persönlich gegeben hatte. Es war mehr als ein Geschenk. Und es war besser, wenn er es dabei beließ.

Felix entschied sich, erst am nächsten Morgen alles zu packen. Dieses Mal wollte er sich etwas mehr Zeit lassen als beim Abstieg ins Höllental, als Lena ihn schon vor Sonnenaufgang geweckt hatte. Stattdessen kramte er das Notizheft und den Stift heraus und warf sich aufs Bett. Seine Gedanken kehrten zurück zu dem See, zu dem Felsen, zu Chiara.

Wie konnte es sein, dass sie ihn derart verzaubern konnte? Er hatte in ihre Augen gesehen und war hineingestürzt in eine Welt – ja, was war das eigentlich? Hatte sie ihn hypnotisiert? Oder war er in der Mittagshitze eingeschlafen und hatte geträumt? Seit ihm in jener Nacht zu Hause in seinem Zimmer in Freiburg das Bild seiner Mutter erschienen war, waren seine Träume nicht mehr wie zuvor. Alles war so real gewesen, dass es ihn in seinem tiefsten Innern berührt und erschüttert hatte.

So wie dieses Mal. Eine Welt hinter der, die er kannte und die ihm vertraut war. Eine Welt, die völlig fremd und dennoch mit ihm verbunden war.

Die Anderwelt.

Sein Stift umkreiste das Wort, das er am Abend zuvor geschrieben hatte. Zweimal, dreimal, immer wieder.

War es das, wovon er Chiara und die anderen hatte sprechen hören? Woher wussten sie davon? Und was hatte das Ganze mit den Uralten zu tun?

»Du wirst sie hier nicht finden!« Der Satz brannte ihm immer noch auf der Seele. Wer war dieses seltsame Geschöpf, halb Fisch, halb Mensch? Felix versuchte, seine Gedanken greifbar zu machen. Doch es war vergebens. Die Worte, die er wählte, waren nur ein hilfloser dünner Abklatsch dessen, was in ihm lebte.

Sein Stift bewegte sich wie von selbst. Linien und Zeichen entstanden auf dem Blatt, Kreise wechselten mit kantigen Figuren, Spiralen wanden sich empor und wuchsen zu wuchernden Girlanden, dazwischen blitzten Funken auf, die Sternen gleich über ferne Höhenzüge wanderten. Felix gab sich einen Ruck und warf den Stift zur Seite. Er spürte, dass er sich erneut verlor in der Welt, die anziehend und erschreckend zugleich war. Er sollte besser versuchen zu schlafen. Felix steckte das Heft und den Stift in die Innentasche des Rucksacks. Dann zog er sich aus, löschte das Licht und hüllte sich in die Decke. Er drehte sich zur Seite und versuchte, die Gedanken auf das zu lenken, was vor ihm lag. Drei Tage, wenn nichts dazwischenkam. Zu lange für seine Ungeduld. Warum sollte er nicht doch den direkten Weg nehmen? Er versuchte, sich an das Gespräch zu erinnern, das er unfreiwillig belauscht hatte. Irgendetwas hatte Joana einen Schrecken eingejagt. Was konnte das sein? Eine Begegnung mit der Spinne vielleicht? Oder hatten die beiden einen Unfall, bei dem sie nur mit Mühe davongekommen waren? Ein wildes Tier? Ein Überfall?

Seit drei Jahren waren sie nicht mehr dort gewesen. In drei Jahren konnte vieles passieren. Vielleicht war der Weg inzwischen einfacher und weniger gefährlich geworden. Warum sollte er es nicht versuchen? Wenn er Glück hatte, konnte er schon morgen Abend am Schluchsee sein, und dann …

Ein leises Kratzen kam von der Tür. Felix drehte sich auf den Rücken, um besser hören zu können. Was war das? Mäuse? Einer der Hunde vielleicht? Das spärliche Licht, das vom Fenster hereinfiel, reichte kaum, um etwas zu erkennen. Felix hörte, wie die Tür geöffnet wurde. Schnelle, nackte Füße huschten über den Holzboden. Im nächsten Moment wurde die Decke zurückgeschlagen und Chiara lag neben ihm.

»Was …?« Felix war derart verblüfft, dass er kaum ein Wort herausbrachte.

»Du glaubst, du kannst dich morgen einfach so davonschleichen?« Der Klang ihrer Stimme erinnerte wieder an die schnippische 15-Jährige.

Was sie sagte, verwirrte Felix noch mehr. »Ich schleiche mich nicht davon«, versuchte er dagegenzuhalten.

Chiara rückte an ihn heran. Er spürte die Wärme, die von ihrem Körper ausging. Sein Herz klopfte. Instinktiv wollte er von ihr abrücken, doch es gelang ihm nicht.

Chiaras Hand berührte seine Wange. »Du bist der erste Junge, der zu uns auf den Hof gekommen ist. Ich weiß, dass Männer und Frauen sich küssen.« Sie drehte sich auf den Rücken. »Also küss mich!«

Felix spürte, wie sein Blut zu brausen begann. Dennoch blieb er liegen.

»Was ist? Willst du nicht? Ich muss wissen, wie das ist. Vorher darfst du nicht gehen!«

»Wir könnten …« Felix kämpfte mit sich. »Morgen zum Abschied …«

»Das geht nicht. Da sind alle anderen dabei. Dann ist es nicht richtig. Mama und Papa küssen sich manchmal, wenn wir dabei sind. Aber nicht richtig. Das machen sie nur in ihrem Zimmer.«

»Was meinst du mit richtig?«

»Ich habe es gesehen. Sie haben sich umarmt dabei, und sie hatten nichts an. Und es hat ihnen gefallen, das habe ich deutlich gehört.«

»Du hast deine Eltern im Schlafzimmer belauscht?«

»Ja und? Hier gibt es keine Geheimnisse. Na ja, fast keine. Nur mit ihrem Schlafzimmer tun die beiden immer so komisch. Rosalia und Franz übrigens auch. Und jetzt komm.« Chiara zog seinen Kopf zu sich. Im Dunkel spürte er ihre Lippen. Sie zitterten leicht.

»Es kitzelt«, kicherte Chiara.

Felix war völlig durcheinander. Was sollte er tun? Chiara schien völlig ahnungslos zu sein. Und genau genommen war er es auch. Küssen, Streicheln, viel mehr war mit Birte auch nicht gewesen. Sie waren sich einig, dass sie die Gelegenheit abwarten wollten, bis alles zusammenpasste. In diesem Sommer sollte es geschehen – romantisch, ungestört, mit viel Zeit. Doch dann war der schnelle Abschied gekommen, und jetzt …

»Noch mal!«

Felix spürte, wie sein Widerstand schmolz. Jetzt war er es, der die Hand an ihre Wange legte. Dieses Mal blieb sein Mund länger auf ihren Lippen liegen. Er öffnete ihn leicht und schob seine Zunge heraus. Zu seinem Erstaunen zuckte Chiara nicht zurück. Stattdessen kam sie ihm entgegen. Sie schlang ihre Arme um ihn und drückte ihn fest an sich. Ihr Geschmack war süß und leicht. Sie roch nach Rauch, Erde und Kräutern.

Felix wusste nicht, wie lange es dauerte, bis sie wieder voneinander abließen. Sie blieben eng umschlungen liegen. Chiara hielt seine Hand, ihre Finger verschränkten sich.

»Küssen ist schön!«, sagte sie. »Und aufregend. Irgendwie – wie verschluckte Brennnesseln. Nur süß. Jetzt weiß ich, warum Mama und Papa das so gefällt.« Sie wandte sein Gesicht zu ihm. »Du hast es gut. Du hast bestimmt viele Mädchen, mit denen du küssen kannst.«

»Na ja.« Wieder wusste Felix nicht, was er entgegnen sollte. Chiaras Offenheit verwirrte ihn.

»Ich habe hier niemanden. Nur Opa und Papa. Und die Hunde. Deshalb kannst du nicht gehen, ehe …« Sie setzte sich auf. »Ich ziehe mich jetzt aus. Und du musst das auch tun. Dann ist es wie bei Mama und Papa im Schlafzimmer.«

Felix hörte das Rascheln des Stoffes, als sie sich das Nachthemd über den Kopf zog. Dann spürte er sie neben sich. »Es ist frisch heute Nacht«, sagte sie. »Du sollst mich wärmen.«

Dieses Mal folgte Felix der Aufforderung ohne nachzudenken. Wie benommen streifte er Hemd und Hose ab. Als sich ihre Körper berührten, durchfuhr es ihn wie ein Blitz. Chiara drängte sich ihm entgegen, sie klammerten sich aneinander und umschlangen sich, als ob sie sich nie wieder trennen wollten.

Und als sie schließlich irgendwann ganz zueinanderfanden, wusste er, dass dies genau der richtige Ort und genau die richtige Zeit waren.

*

Am nächsten Tag weckte ihn die Morgenkühle aus tiefem, traumlosem Schlaf. Sein Hals und seine Schultern froren. Erst jetzt merkte er, dass er keine Kleider anhatte. Sofort fiel ihm ein, was am Abend geschehen war. Chiara!

Der Platz im Bett neben ihm war leer. Er tastete über das Laken, doch es war kalt. Sie musste schon eine Weile zuvor aufgestanden sein. Oder sie war noch in der Nacht gegangen.

Felix drehte sich auf den Rücken und starrte auf die Kräuterbüschel, die überall von der Decke hingen. Hoffentlich habe ich sie nicht zu sehr erschreckt, dachte er. Doch dann stieg die Erinnerung auf und mit ihr das Gefühl, dass das stärkste und schönste war, das er jemals erlebt hatte. Der gestrige Abend kam ihm wie ein Traum vor. Eine solche Nähe hatte er noch nie erlebt und gespürt. Chiaras bedingungslose Hingabe, das aufsteigende Verlangen, dem anderen ganz nahe zu sein, die Lust, von der er sich wünschte, dass sie niemals enden würde …

Felix spürte, dass er keine Worte finden würde, um irgendjemandem davon zu erzählen. Nicht einmal sich selber. Doch er wusste, dass dies nicht nötig war. Und er wusste, dass in seinem Leben nichts mehr so sein würde, wie es war.

Chiaras Duft lag immer noch auf seiner Haut. Was wäre, wenn er nun doch hierbliebe? Wenigstens noch ein paar Tage? Und ein paar Nächte? Schon der Gedanke versetzte ihn in Hochstimmung. Ihre Umarmungen müssten nicht aufhören, würden ewig dauern …

Eine Weile gab er sich noch den Erinnerungen hin, dann stand er auf und suchte seine Kleider zusammen. Beim Anziehen fing sich sein Blick in einem schmalen Wandspiegel. Es war noch kaum hell im Zimmer, dennoch sah er genug, um überrascht zu sein. Seit er von Freiburg weggegangen war, hatte er nicht mehr in einen richtigen Spiegel geschaut. Seine Haare waren deutlich gewachsen, auf den Wangen, am Kinn und auf der Oberlippe sprießten in unregelmäßigen Flecken zarte blonde Barthaare. Seine Haut war braun gebrannt, die Linien seines Gesichts traten deutlicher hervor, als er es in Erinnerung hatte. Seine Augen …

Er versuchte, sich selbst in die Augen zu sehen. Seltsamerweise gelang es ihm nicht. Die runde schwarze Pupille wirkte verschlossen und abweisend. Es war, als wiche er vor sich selbst zurück. Der Mensch Felix, als der er sich fühlte, war nirgends zu sehen.

Wenn er es selbst nicht schaffte, wie sollten dann die anderen sein Inneres sehen – seine Freude, seine Sorgen, seine Träume, seine Empfindungen? Seine Angst? In dieser Nacht hatte er zum ersten Mal die Schranke durchbrochen. Sie hatten sich ihr Innerstes offenbart, es hatte keine Fragen gegeben, keine Vorstellungen.

Die ersten Lichtstrahlen fielen durch das Fenster herein und fingen sich im polierten Rahmen des Spiegels. Sein Blick wurde auf die Kette gelenkt, die er um den Hals trug. Bisher hatte er sich noch kein einziges Mal vorgestellt, wie es sein würde, wenn er seinen Eltern leibhaftig gegenüberstehen würde. Würden sie sich überhaupt erkennen?

Das Bild der Mutter war lebendig in ihm, seit er es in seinem Traum zum ersten Mal gesehen hatte. Er hatte gewusst, wer sie war, noch bevor ihm Tante Veronika am Tag später zum ersten Mal die Fotos gezeigt hatte. Aber sie hatte ihn noch nie gesehen, wie er jetzt war. Sie kannte ihn nur als wenige Monate altes Kind. Würde sie den jungen Mann erkennen, wenn er vor ihr stand?

Felix atmete einmal tief ein und aus. Er konnte nicht hierbleiben. Keinen Tag länger als nötig. Nicht eine Stunde. Der stürmische Drang, seine Eltern zu finden, war zu einem Versprechen geworden, das er sich selbst einlösen musste. Ehe er nicht seiner Mutter gegenüberstand, ehe er nicht die Antwort auf diese eine Frage bekommen hatte, gab es nichts, was wichtiger war.

Felix zog sich langsam an. Unterwäsche, Strümpfe, Hose, ein Hemd, einen der Pullover. Alles andere packte er der Reihe nach in seinen Rucksack. Das Notizheft steckte er zurück an seinen Platz im Innern. Streichhölzer, Messer, Kerzen und die übrigen Kleinigkeiten verteilte er auf die Seitentaschen. Am Schluss rollte er das Seil neu zusammen, faltete die Decke so kompakt wie möglich und band alles fest. Er hob den Rucksack an. Trotz der zusätzlichen Sachen von Rosalia war er kaum schwerer geworden. Allerdings wartete unten in der Küche auf ihn noch der Beutel mit den Vorräten. Er würde also einiges zu tragen haben.

Plötzlich kam ihm eine Idee. Schon eine Weile hatte sich Felix überlegt, wie er sich für die Hilfe und die Gastfreundschaft auf dem Hof bedanken konnte. Er löste noch einmal den Verschluss einer der Seitentaschen und zog die beiden Schweizermesser hervor, die er zusammen mit den Scheren in dem Souvenirladen im Höllental mitgenommen hatte. Er betrachtete das Allzweckwerkzeug, das wunderbar neu glänzte. Schon zu Hause in Freiburg hatte er ein ähnliches bei jeder Gelegenheit dabeigehabt. Seit dem Überfall von Wagners Bande war es verschwunden. Jetzt zeigte es sich, dass es gut war, dass er zwei davon eingesteckt hatte. Es würde ein gutes Geschenk sein. Er legte eine der Scheren dazu und steckte das andere wieder ein.

Ehe Felix nach unten ging, fiel sein Blick noch einmal auf das Bett, das ihm im Nachhinein wie das Tor zu einem neuen Leben vorkam. Noch eine andere Welt, von der er bisher nichts gewusst hatte, schoss es ihm durch den Kopf. Ob er jemals hierher zurückkommen würde? Ob er jemals mit Chiara …

Er riss sich los, packte den Rucksack und stieg die Treppe hinunter. Rosalia empfing ihn mit einem freudigen »Guten Morgen! Hast du Hunger?«

Felix ließ sich nicht zweimal fragen. Er setzte sich an den Tisch, und im nächsten Moment stand eine Schüssel mit Brei vor ihm.

»Wo sind die anderen?«, fragte er, nachdem er den ersten Löffel gekostet hatte. Es schmeckte, wie die Tage zuvor, ausgezeichnet.

»Du bist der Gast, du darfst dich ausruhen. Aber wir anderen können es uns nicht erlauben, auf der faulen Haut zu liegen. Josef repariert den Gartenzaun und Franz ist in der Werkstatt. Die Männer gehen heute später in den Wald, sie wollen dich unbedingt noch verabschieden.«

»Und Chiara?«

»Sie ist mit ihrer Mutter bei den Hunden drüben im Schopf.«

»Hat sie etwas gesagt? Wegen mir?« Felix hätte gerne gewusst, wie es ihr ging, doch er fand nicht die richtigen Worte. »Ich wollte sagen, ist sie wieder ganz gesund?«

»Keine Sorge«, lachte Rosalia. »Chiara war gestern schon fit, das hast du doch gesehen. Ein bisschen verschlafen hat sie ausgesehen heute Morgen. Normalerweise kommt sie immer hellwach aus dem Bett.«

Felix wurde verlegen. »Der Brei schmeckt toll!« Er versuchte, das Thema nicht zu vertiefen.

Rosalia freute sich über das Lob. »Willst du noch einen Teller voll? Oder lieber etwas anderes?«

Der Duft frisch gebackenen Brotes stieg Felix verführerisch in die Nase. Er nickte. Rosalia schnitt fünf große Scheiben von dem Laib herunter. Felix hob erschrocken die Hände. »Nicht so viel!«

Rosalia lachte. »Nein, nicht, was du denkst! Eine ist für jetzt, die anderen nimmst du mit. Süß oder salzig?«

»Beides.« Felix griff nach dem Honigtopf, während Rosalia die anderen Scheiben mit Butter bestrich. »Magst du Schinken?«

»Das habt ihr hier?«, fragte Felix erstaunt.

»Früher gab es das öfter, als wir noch Schweine hatten. Heute sind wir darauf angewiesen, dass Josef immer mal wieder etwas mitbringt. Ich will gar nicht wissen, wie viel er dafür eingetauscht hat.« Sie griff in den Schrank, nahm eine Schwarte vom Haken und schnitt ein paar Scheiben herunter. »Dein Vesper für heute!« Sie legte die Scheiben aufeinander, wickelte zwei große grüne Blätter darum und legte das Ganze auf den Tisch. »Und hier habe ich noch etwas gefunden!« Sie griff in ihre Schürze und legte zwei Äpfel daneben. »Schrumpelig und fleckig. Nicht vom Supermarkt aus Neuseeland. Der Rest unserer eigenen Ernte vom letzten September.«

Felix wollte sich bedanken, doch Rosalia wehrte ab. »Teile dir alles gut ein und pass auf dich auf. Dann ist genug gedankt. Ich rufe jetzt die anderen.«

Wenige Minuten später waren alle in der Küche versammelt. Als Felix Chiara sah, warf er ihr einen vorsichtigen Blick zu. Gerne hätte er zuvor kurz mit ihr alleine gesprochen. Er war sich nicht sicher, wie sie heute Morgen reagieren würde. Doch seine Sorge zerstreute sich rasch, als er sah, wie sie ihm zulächelte.

Joana ergriff das Wort. »Lieber Felix, du weißt, dass wir dich gerne noch eine Weile bei uns gehabt hätten. Du hast Chiara gerettet, dafür werden wir dir immer dankbar sein. Doch wir wissen alle, wie sehr es dich danach drängt, endlich dein Ziel zu erreichen. Es bleibt uns nichts anderes übrig, als dir viel Glück zu wünschen!«

»Ich bin sicher, du schaffst es!« Josef trat neben ihn und klopfte ihm auf die Schulter. »Denke an das, was ich dir gesagt habe. Folge dem Plan, und alles wird gut.«

Franz schloss sich an und drückte ihm die Hand. »Wenn du irgendwann mal wiederkommst, musst du alles erzählen!«

Rosalia wischte eine Träne aus dem Auge. »Stur und mit einem großen Herzen. Mach es gut, mein Junge.«

Einzig Chiara hielt sich zurück. »Jetzt verabschiede dich schon«, forderte Josef sie auf. »Schmollen kannst du später noch.« Er stieß sie mit dem Ellbogen an. »Sie ist sauer, wieder mal. Und nur, weil sie nicht mit dir mitdarf. Aber das kommt natürlich überhaupt nicht infrage!«

Da Chiara sich nicht rührte, trat Felix neben sie. Er traute sich nicht, sie vor aller Augen in den Arm zu nehmen. Stattdessen reichte er ihr stumm die Hand. Sein Herz wurde seltsam schwer, als er realisierte, dass dies der Abschied und das Ende waren. Ihr Blick glitt über sein Gesicht. Für einen Moment öffnete sich in ihren Augen das Fenster in die Tiefe, das ihn seit dem ersten Augenblick an ihr fasziniert hatte. Doch der Moment verflog rasch, und Felix spürte, dass er jetzt etwas sagen musste.

»Danke für alles«, krächzte er. »Ihr wart alle sehr lieb zu mir.« Er zog Messer und Schere aus der Tasche und reichte es Josef, der ihn überrascht ansah. »Vielleicht könnt ihr das gebrauchen.« Er brach ab. In diesem Moment kam ihm die Idee falsch und beschämend vor. Er hätte die Sachen einfach auf dem Bett zurücklassen sollen.

Joana schien seine Verlegenheit zu spüren. Sie legte den Arm um ihn. »Natürlich können wir das. Vielen Dank. Es wird uns an dich erinnern, nicht wahr?«

Felix sah, wie Rosalia heftig nickte und Franz zustimmend lächelte. »Also, dann werde ich mal …«

»Einen Moment noch!« Josef hob die Hand. »Jeder von uns würde dich gerne auf deinem Weg begleiten. Aber da das nicht geht, haben wir beschlossen, dass du trotzdem nicht alleine gehen musst.« Er deutete zur Tür. »Gehen wir in den Hof! Nimm deine Sachen mit.«

Felix schulterte seinen Rucksack und warf sich den Essensbeutel über. Ein letzter Blick in die Küche, dann folgte er den anderen. Er war gespannt, was Josef meinte. Ob ihn vielleicht doch jemand begleiten würde, zumindest bis zum Abend? War Chiara deshalb so reserviert geblieben? Draußen stieß Josef einen kurzen Pfiff aus. Im nächsten Augenblick kam ein Hund um die Hausecke gesprungen, kurz darauf ein zweiter und ein dritter. Innerhalb einer Minute drängten sich sieben Hunde um Josef.

Felix staunte. Es waren wunderschöne Tiere. Ihr Fell glänzte, die Augen blickten wach und aufmerksam. Alle ähnelten Laika und unterschieden sich lediglich in der Farbe und der Länge ihrer Fellhaare. Josef sprach ein paar leise Worte, die Felix nicht verstand. Sofort legten sich alle Tiere auf den Boden, ihre Köpfe blieben jedoch aufrecht. Aufmerksam blickten sie zu Josef hinauf.

»Laika, Leo, Lucky, Pablo, Fiona, Janni, Boy. Einer von ihnen wird mit dir gehen.«

Felix brauchte einen Moment, ehe er verstand, was Josef gerade gesagt hatte. Er glaubte, nicht richtig zu hören.

»Du meinst … Aber das …« Er brachte kein gescheites Wort heraus. Damit hatte er nicht gerechnet. »Das kann ich nicht annehmen! Es sind doch eure Tiere. Und ich weiß, was sie euch bedeuten.«

»Eben deshalb. Momentan haben wir sieben. Einen von ihnen können wir entbehren. Der nächste Nachwuchs kommt bestimmt. Auf diese Weise ist dann doch jemand von uns bei dir.«

Felix spürte, wie sein Herz klopfte. Mit einem Hund an seiner Seite würde er sich sofort sicherer fühlen. Und er wäre nicht ganz allein. »Ein königliches Geschenk«, stieß er hervor. »Aber welchen soll ich mir aussuchen?«

»Es ist kein Geschenk.« Joana, die bisher geschwiegen hatte, breitete die Arme aus. »Diese Geschöpfe gehören niemandem. Sie sind bei uns, weil sie es wollen. Deshalb können wir sie auch nicht verschenken. Und deshalb musst du dir auch keinen auswählen. Das ginge gar nicht. Die Tiere werden selbst entscheiden. Tritt ein paar Schritte zurück. Du musst nur rufen.«

Felix hörte ungläubig zu. Er ging ein Stück weiter in die Hofeinfahrt, dann drehte er sich um. 14 Hundeaugen folgten aufmerksam seinen Bewegungen. Chiara und die anderen beobachteten gespannt, was geschehen würde.

Felix wusste nicht, was er tun sollte. Außer Laika kannte er keinen einzigen Namen. Wie sollte er dann rufen?

»Komm!«, sagte er nach einigem Zögern. Nichts rührte sich.

»Komm her. Hierher!«

Zwei der Hunde blickten fragend zu Josef auf, die anderen regten sich nicht.

Felix erinnerte sich an seine Zeit als Hundesitter. Bisher hatten die einfachen Befehle immer geklappt. »Komm, brav!«

Keine Reaktion. Felix hob resignierend die Hände, doch Josef machte keine Anstalten einzugreifen. Felix' Blick suchte Chiara. Sie stand unbewegt, ein leises Lächeln spielte um ihre Lippen.

»Du denkst zu viel. Sieh hin, was ist.« Ihre Stimme klang in seinem Inneren.

Felix wusste, dass sie recht hatte. Doch was konnte er tun? Er richtete den Blick auf die Meute. Wunderbare Tiere, kraftvoll, stolz, willensstark, gut erzogen. Die Gedanken flatterten an ihm vorbei wie Werbezettel, die von einer Brücke geworfen wurden.

»Sieh hin, was ist.«

Gab es nicht einen der Hunde, der seinen Blick öfter als die anderen ihm zuwandte? Er hielt das Maul leicht geöffnet, seine Nase saugte die Witterung auf.

»Komm!« Felix wandte nun seine Aufmerksamkeit ganz dem Tier zu. »Komm, wenn du willst!«, hörte er sich sagen.

Ein paar Sekunden vergingen. Dann erhob sich der Hund und sah kurz zu Josef, der immer noch ruhig und scheinbar unbeteiligt in der Mitte der Meute stand. Ein kaum merkliches Nicken, dann trottete das Tier langsam auf Felix zu.

Der Hund blieb wenige Schritte vor ihm stehen, schaute, schnupperte. Dann trat er vor und stieß seine feuchte Schnauze in Felix' Kniekehle.

»Wuff!«

Im selben Moment brachen alle Zuschauer in ein befreites Lachen aus. »Jetzt bin ich erst recht sicher, dass es eine gute Entscheidung war«, meinte Josef. »Für einen Moment hatte ich befürchtet, du seist zu weit weg. Aber du hast es geschafft. Leo hat dich gefunden!«

Felix beugte sich hinunter zu dem Hund, der immer noch an seiner Seite verharrte. Seine Hand suchte die Stelle hinter dem Kopf und streichelte sie sanft. Leo senkte die Augenlider und hob die Schnauze.

»Leo.« Felix sprach leise. »Leo. Ein schöner Name!«

»Er ist eines von Laikas Kindern«, erklärte Joana. »Vor zwei Jahren wurde er geboren.«

Felix war noch immer vollkommen überwältigt. »Und er wird tatsächlich mit mir mitkommen?«

Josef nickte. »Das wird er. Solange du ihn gut behandelst, wird er bei dir bleiben.«

»Aber – wo kriege ich denn das Futter für ihn her? Ich weiß noch nicht einmal, was er frisst!«

»Da musst du dir keine Sorgen machen. Wenn du nichts hast, wird Leo für sich selber sorgen. Rosalia hat dir in deinen Vorratssack einen Beutel mit Keksen dazugepackt. Davon kannst du ihm ab und zu einen geben. Nicht für den Hunger, sondern als Anerkennung.«

»Selbst gebacken!«, bekräftigte Rosalia, die freudestrahlend das Geschehen beobachtet hatte. »Da sind lauter feine Sachen drin. Sei sparsam damit. Einen am Tag!«

»Ich weiß nicht, wie ich euch danken soll«, stammelte Felix.

»Du dankst uns, indem du dein Ziel erreichst«, meinte Joana. »Viel Glück und sei vorsichtig!«

»Und vor allem geh jetzt endlich. Wir haben noch mehr zu tun«, brummte Rosalia, deren Augen verdächtig glitzerten.

Felix' Herz wurde schwer. Am liebsten hätte er alle umarmt und nicht mehr losgelassen. Doch er spürte, dass dies der Zeitpunkt war zu gehen. »Dann also …« Er bemühte sich, seine Stimme kräftig klingen zu lassen. »Auf Wiedersehen! Und alles Gute für euch.«

Er gab sich einen Ruck und ging los. Kurz vor der Hausecke drehte er sich noch einmal um und winkte. Dann schlug er den Pfad ein, der sich vom Hof ein Stück den Hang hinunter zum Bach schlängelte. Schon nach wenigen Schritten waren das Haus und die Stallgebäude hinter einer Waldzunge verschwunden. Gerade als Felix auf den schmalen Weg einbog, der gut sichtbar am Rande des Seebachs entlangführte, blieb Leo stehen und hob den Kopf. Es knackte im Gebüsch, und im nächsten Moment fiel ihm Chiara um den Hals.

»Du hast doch nicht geglaubt, dass ich dich so einfach gehen lasse!« Sie schlang ihre Arme fest um seinen Hals. Dann suchte sie seine Lippen.

Er erwiderte den Kuss und drückte sie fest an sich. Eine heiße Flut durchströmte ihn. »Chiara!«, stieß er hervor, als sie sich wieder lösten. »Du bist gekommen!«

»Ich bin nicht die Einzige, die sich richtig verabschieden will«, sagte Chiara. »Schau!«

Jetzt bemerkte Felix, dass Chiara nicht alleine war. Laika hatte sie begleitet. Die beiden Hunde drängten sich eng aneinander. Immer wieder stießen sie sich mit ihren Schnauzen an. Chiara und Felix mussten beide laut lachen.

»Ein Hund ist eben auch nur ein Mensch«, meinte Felix. »Blöder Spruch, ich weiß.«

»Passt aber«, grinste Chiara und suchte ein weiteres Mal seine Lippen. Lange standen sie eng umschlungen beieinander.

»Wolltest du wirklich mit mir gehen?«, fragte Felix nach einer Weile.

»Klar! Wenn ich mir vorstelle, was für tolle Sachen du erleben wirst! Aber meine Eltern erlauben es nicht. Ich sei zu jung. Es sei zu riskant. Ha!«

»Nur deswegen?« Felix strich ihr mit den Fingern über die Schläfen.

»Dummkopf!«, brummte Chiara, ehe Felix ihr erneut den Mund mit seinen Lippen verschloss. Eng umschlungen sanken sie zu Boden.

Felix konnte nicht sagen, ob es Minuten oder Stunden waren. Irgendwann gab er sich einen Ruck und stand auf. »Es hilft alles nichts. So komme ich nie zum Schluchsee!«

Chiara nickte. »Ich weiß, es muss sein. Ich kann dich nicht aufhalten. Und ich werde das auch nicht«, gab sie sich entschlossen. Sie legte die Hände auf seine Schultern und sah ihn an. »Kommst du wieder?«

In ihrem Blick lag ein Ausdruck, den Felix bisher noch nie an ihr gesehen hatte. Ein kleiner goldener Funke glimmte auf und bohrte sich in sein Herz.

»Ich weiß nicht«, antwortete er leise. »Ich kann es nicht versprechen. Aber ich will.«

Chiara küsste ihn auf die Stirn. »Ich werde warten.« Sie atmete einmal tief durch. »Jetzt musst du aber wirklich los, wenn du heute noch zum Seepark kommen willst.«

»Seepark? Was ist das?«

»Ein ehemaliger Campingplatz am Titisee. Dort findest du bestimmt eine Möglichkeit, für die Nacht unterzukommen.«

»Wie weit ist das von hier?«

»So weit wie nötig.«

»Tolle Antwort!«

»Tolle Frage. Du weißt, was unterwegs alles passieren kann.«

»Aber dein Vater hat mir den Weg genau aufgezeichnet. Er sei so sicher, dass es sich lohne, dafür sogar einen großen Umweg zu gehen.«

»Nichts ist sicher. Außer dass der Tag immer weiter voranschreitet. Und dass es in spätestens zwei Stunden regnet.«

Felix sah nach oben. Über ihnen wölbte sich der Himmel in lichtem Hellblau. Keine Wolke war zu sehen, kein Lüftchen regte sich. »Im Ernst? Wie willst du das wissen? Es ist das schönste Wetter!«

»Ich weiß es eben.« Sie steckte sich zwei Finger in den Mund und stieß einen kurzen Pfiff aus. Wenige Augenblicke später schossen Laika und Leo aus dem Unterholz. »Das wirst du auch lernen müssen. Manchmal wird Leo weit weg sein.«

»Durch die Finger pfeifen?« Felix fiel sein früherer Sportlehrer ein, der bei den Ausflügen die Klasse auf diese Weise zusammengeholt hatte. Er hatte ein paarmal vergeblich versucht, ihn nachzumachen. »Das lerne ich nie!«

»Du wirst Zeit genug haben. Lässt du mir etwas da? Etwas von dir?«, fragte sie unvermittelt.

Felix zuckte mit den Schultern. »Würde ich gerne. Aber ich habe nichts. Nur nützliche Dinge.« Er dachte einen Moment nach. »Das heißt …«

Er nestelte an einer der Laschen an seinem Rucksack, dann reichte er ihr den kleinen Anstecker, den er in Hinterzarten mitgenommen hatte. »Mehr habe ich nicht.«

Chiara betrachtete die winzigen roten Steine, die in der Sonne funkelten. »Das ist schön«, sagte sie leise. Dann heftete sie den stilisierten Hut an ihr Hemd. »Alles andere ist hier drinnen.« Sie klopfte sich mit der Hand auf die Brust. »Sei vorsichtig.«

Noch einmal küsste sie Felix auf den Mund, dann riss sie sich los. »Komm, Laika, wir gehen nach Hause.« Der Hund wedelte aufgeregt mit dem Schwanz. Chiaras Augen blitzten auf, dann wandte sie sich um und ging rasch davon, ohne sich umzusehen. Nach wenigen Augenblicken war sie im Gebüsch verschwunden.

5. KAPITEL

Felix' Herz war schwer. Ob er sie jemals wiedersehen würde? Eine Weile blickte Felix ihr hinterher. Erst ein energischer Stupser in seiner Kniekehle riss ihn aus seinen Gedanken und erinnerte ihn daran, dass er nicht alleine war. Leo sah ihn erwartungsvoll an. Felix strich ihm mit der Hand über den Kopf. »Ist schon recht. Es muss weitergehen. Ich freue mich, dass du bei mir bist!«

Leo bellte kurz auf, dann sprang er davon. Noch einmal sah Felix nach oben. Der Himmel war unverändert wolkenlos, doch er wollte keine Zeit mehr verstreichen lassen. Er nahm sein Gepäck auf und stapfte hinterher. Der Bach schlängelte sich vor ihm in unregelmäßigen Windungen durch den Wald. Am Rande des Wassers wechselten sich niedrige Schwarzerlen ab mit Weiden, deren überhängende Zweige wie gelbgrüne Schnüre herunterhingen. In einigem Abstand dahinter folgte der Saum des Waldes, der sich sanft ansteigend zu beiden Seiten nach oben zog. Schon nach kurzer Zeit wurde Felix deutlich, welch große Hilfe ihm sein Begleiter war. Vor allem an Stellen, an denen Felix im dichten Grün keine Anzeichen eines Pfades erkennen konnte, führte ihn Leo mit erstaunlicher Sicherheit auf den richtigen Weg. Kein einziges Mal geriet er in sumpfiges Gelände.

Nach etwa einer Stunde kam Felix an die Stelle, an der ihn Josef und Joana gefunden hatten. Obwohl es hell war und das Gras sich längst aufgerichtet hatte, erkannte er den umgestürzten Weidenbaum sofort. In dem Ast darüber steckte noch der Rest des niedergebrannten Kienspans. Wie zum allerletzten Abschied legte Felix kurz seine Hand auf die faltige Rinde, an der sie gesessen hatten. »Ich will«, flüsterte er. Dann riss er sich los und ging weiter.

Vor dem Bach, der aus dem Wald von der Seite hereinfloss, blieb Leo stehen und lief dann suchend rasch nach links und rechts. »Dieses Mal ist meine Erinnerung besser als deine Nase«, lachte Felix, als er über die Steine auf die andere Seite balancierte. Leo folgte ihm in großen Sprüngen. Das Wasser, das er abbekam, schien ihm wenig zu gefallen. Auf der anderen Seite schüttelte er sich ausgiebig und leckte seine Pfoten.

»Wasserscheu?«, grinste Felix, obgleich er wusste, dass Leo nichts anderes tat als alle übrigen Hunde der Welt auch. »Na komm!«

Hinter einem Gehölz junger Tannen öffnete sich das Tal. Zur Linken trat der Wald nun deutlich zurück, während der Bach unter den Bäumen auf der rechten Seite weiterfloss. Felix hielt sich weiter an die Richtung, die der Bach vorgab. So wie es Josef vorausgesagt hatte, stieß er ein paar Hundert Meter weiter auf einen befestigten Weg. Obwohl der Wald sich das meiste schon zurückgeholt hatte, waren die ehemals ausgefahrenen Reifenspuren noch gut zu erkennen. Ein verwittertes Hinweisschild an einer Abzweigung nur wenige Schritte weiter gab Felix Auskunft. »Raimartihof«, las er. Zum Titisee ging es in die entgegengesetzte Richtung. Die Abzweigung wies nach Bärental. Felix durchzuckte es für einen Moment, als er den Namen las. Er musste vorsichtig sein.

Felix nahm den Rucksack herunter und holte das Blatt mit Josefs Skizze heraus. Die gestrichelte Linie, der er folgen sollte, führte zu seiner Beruhigung deutlich an Bärental vorbei. Ein Stück weiter auf der Zeichnung wies ein Pfeil auf das Wort »Straße«. Er nickte. Bis zum Titisee war es noch ein gutes Stück. Doch wenn er es richtig las, musste er von hier aus einfach geradeaus weitergehen. Der Waldweg war zu anderen Zeiten anscheinend viel benutzt worden. Er war zu großen Teilen geschottert, sodass sich der Bewuchs in Grenzen hielt und Felix gut vorwärtskam. Nach etwa einer halben Stunde stieß Felix auf eine Schranke. Sie stand offen, der Anstrich war abgeblättert, dicke Roststellen hatten sich ausgebreitet.

»Kein Durchgang«, las Felix auf dem Schild, das an der Seite herunterbaumelte. »Nur für Wald- und Forstarbeiten und Pensionsgäste des Raimartihofes.« Direkt dahinter öffnete sich eine größere Lichtung, auf der etliche junge Fichten und Birken wucherten. Unter dem Schild »Waldparkplatz« stand ein Auto.

Seit er in dem Sperrgebiet unterwegs war, hatte er nur ganz selten ein Auto gesehen. Anscheinend war damals in der Kürze der Zeit jedes verfügbare Fahrzeug zu Flucht und Evakuierung genutzt worden. Felix trat neugierig näher. Die Scheiben waren beschlagen und mit Moos und Flechten bewachsen. Das Innere war leer. Vielleicht hatten es die Besitzer dieses Wagens nicht mehr geschafft und waren irgendwo im Wald zurückgeblieben.

Felix lief ein Schauer über den Rücken. Auch seine Eltern waren damals auf einer Wandertour unterwegs gewesen. Er tastete unwillkürlich zu dem Silberschiffchen, das an seinem Hals hing. Noch immer wusste er nicht, woher der Händler den Anhänger hatte. Ob er ihn irgendwo in einem verlassenen Auto gefunden hatte? Am Hals einer jungen Frau, die es nicht mehr rechtzeitig geschafft hatte, dem Verderben zu entkommen? Felix wischte energisch die Vorstellung zur Seite. Er durfte sich gar nicht erst den düsteren Gedanken hingeben. Stattdessen schritt er entschlossen weiter. Ein Auto war gleichbedeutend mit einer nahen Straße. Und auf die musste er bald stoßen.

Schon bald darauf sah sich Felix in seiner Vermutung bestätigt. Am Ende eines kleinen Anstiegs öffnete sich der Wald, und er stand am Rand einer Straße. Sie wand sich in einer engen Kurve aus dem Tal herauf, führte nach rechts weiter den Berg hoch und verlor sich dann aus seinem Blickfeld. Zur Talseite war sie mit Leitplanken befestigt. Von der Einmündung aus, in der Felix stand, sah er von Weitem ein paar vereinzelt stehende Häuser. Doch er sah noch etwas anderes. Er erschrak, als er das Ortsschild las: »Bärental – Gemeinde Feldberg«.

Er musste sich beherrschen, nicht sofort in die andere Richtung zu laufen. Wie konnte das sein? Er musste sich irgendwo unterwegs verlaufen haben.

»Noch heute sind die Bilder in mir …« Joanas Stimme klang in seinen Ohren. Wenn er nur wüsste, was dort oben war! Gespannt sah sich Felix um und lauschte. Ein paar Krähen flogen über ihn hinweg, aus dem Wald hinter ihnen krächzte ein Eichelhäher. Nichts Außergewöhnliches. Trotzdem blieb er vorsichtig. Am Himmel waren inzwischen Wolken aufgezogen. Es sah so aus, als habe Chiara mit ihrer Vorhersage recht gehabt. Felix war klar, dass er hier nicht bleiben konnte. Er war viel zu nahe an dem Ort, den er unbedingt vermeiden wollte. Und es würde bald regnen. Sollte er zurück in den Wald gehen und die verpasste Abzweigung suchen? Er wusste noch nicht einmal, wo diese gewesen sein könnte. Die Straße entlang aus dem Ort hinaus? Felix kramte erneut die Skizze heraus. Der Weg, den Josef ihm vorgegeben hatte, führte ein gutes Stück an Bärental vorbei in Richtung Titisee. Von einer Straße hatte er nichts gesagt, sondern ihm lediglich den Rat gegeben, wann immer es ging, sich am Rande des Seebachs zu halten. Ein plötzlich aufziehender Windstoß drängte ihn zur Entscheidung. Er steckte die Karte wieder ein, holte stattdessen sein Rindenstück heraus und wandte sich nach links. Nur weg von diesem Ort. Er wollte sehen, in welche Richtung die Straße weiterführte. Die Farben in seiner Hand leuchteten ruhig und kräftig. Leo sprang bereits voraus, als wisse er, wohin es weiterging. Nach einer Rechtskurve führte die Straße an einer Reihe Hinweisschilder für Ferienwohnungen vorbei. Auf der gegenüberliegenden Seite stand ein altes Gasthaus mit einem großen goldenen Schild über verschlossenen Fensterläden.

Nach einem kurzen Waldstück und einer Lichtung mit ein paar weiteren Häusern fand sich Felix am Ende eines schmalen Tales wieder. Die Straße hielt sich an der linken Seite, direkt dahinter begann der Wald. Auf der gegenüberliegenden Talseite trat der Bach hervor, der Felix zu Beginn seines Weges begleitet hatte. Ein dunkles Band von Bäumen und Büschen zeichnete seine Windungen im hellen Grün des Talbodens nach. Der Hang dahinter war deutlich steiler als auf Felix' Seite. Er erinnerte sich, wie mühsam es gewesen war, als er nach seinem Abstieg im Höllental versuchte, dem Bachlauf zu folgen. Daher entschloss er sich, auf der Straße zu bleiben, solange sein Wegweiser keine besonderen Auffälligkeiten zeigte. Dennoch kam er nur langsam voran. Große Teile der früheren Asphaltdecke waren von Erde, Steinen und Schlamm überdeckt. An anderen Stellen war der Belag vom Frost aufgebrochen. Junge Bäume, Büsche und das allgegenwärtige Gras hatten sich überall breitgemacht. Von den Bäumen am Waldrand waren Äste abgebrochen und lagen im Weg. An manchen Stellen musste sich Felix an der Leitplanke orientieren, um überhaupt die Richtung beibehalten zu können und sich nicht in dem sumpfigen Talgrund zu verlieren.

Ein paarmal kam Felix an großen, einzeln stehenden Gasthäusern vorbei, die früher die Ausflügler vom Titisee in das idyllische Tal gelockt hatten. Sie standen der Natur besonders schutzlos gegenüber. Zufahrtswege und Parkplätze waren allesamt zugewuchert, auf den Terrassen wuchsen riesige Brombeerbüsche, die Fassaden bröckelten oder waren unter üppig wucherndem Efeu verschwunden.

»Ein Riesenteller Pommes und eine kalte Apfelsaftschorle, das wäre doch jetzt etwas, findest du nicht, Leo?« Der Hund sprang heran, als er seinen Namen hörte. Ihm schien der mühsame Weg nur wenig auszumachen. Er tollte herum, spielte mit Schmetterlingen und steckte seine Nase in jedes Loch, das er fand.

»Warte, wenigstens du sollst etwas Feines haben.« Felix holte den Beutel mit den Keksen aus dem Essenssack. Er nahm einen davon heraus und roch daran. »Riecht wie Weihnachtsgebäck. Hier, nimm, bevor ich ihn selber esse!«

Leo nahm ihm den Leckerbissen vorsichtig aus der Hand und schlang ihn in einem Stück hinunter. Gleich danach sah er Felix mit großen Augen an.

»Dein Blick ist unwiderstehlich«, seufzte Felix. »Aber nur eines am Tag! Sonst bekomme ich Ärger mit Rosalia.« Er lachte und steckte den Beutel weg. Leo verstand, dass es nichts mehr zu holen gab, und sprang im nächsten Moment mit großen Sätzen davon. »Suche dir eine Maus zum Nachtisch oder sonst etwas Feines!«, rief Felix ihm hinterher.

In der Zwischenzeit hatte es leicht zu regnen begonnen. Kleine, feine Tropfen füllten die Luft. Noch war es nicht genug, dass Felix sich schützen musste, doch es war Zeit, dass er sich einen Ort für die Nacht suchte. Von Weitem konnte er den See erkennen. Hinter einer dichten Baumreihe, die das Ende des Seebachtales markierte, schimmerte eine große silbriggraue Fläche in der Abenddämmerung. Nach der Beschreibung von Josef konnte es nicht mehr weit sein. Wenige Meter nach einer Straßeneinmündung, deren Schilder Richtung »Hinterzarten« und ein »Skimuseum« zeigten, standen die ersten Häuser des Ortes. Kurz darauf las Felix am Straßenrand den Hinweis, den er gesucht hatte. »Zu den Campingplätzen«. Eine schmale Straße ging von hier aus nach rechts ab und führte steil den Hang hinunter. Felix streckte prüfend die Hand mit dem Wegweiser aus, dann nickte er zufrieden. Schon nach wenigen Metern gelangte er zu einer Art Pförtnerhaus mit einer Schranke davor. Im Dach des Häuschens waren Löcher, die Tür stand offen. Direkt dahinter erstreckten sich mehrere Terrassen über den Hang. Zwischen heruntergebrochenen Ästen lagen überall verstreut Reste von Zeltplanen auf dem Boden. Es sah aus, als sei ein mehrtägiges Unwetter über das Gelände gefegt. Felix sah sofort, dass Chiara diesen Platz nicht gemeint haben konnte. Er ging zurück auf die Straße und lief weiter, bis er zu einem breiten Sumpfstreifen gelangte. Der Übergang vom Bach zum See war kaum noch zu erkennen. Der Boden war nass und matschig, ein breiter Streifen Schilf verdeckte die Sicht auf das Wasser.

Felix zog seine Schuhe aus und tastete sich vorwärts, bis er wieder auf festen Boden kam. Kurz vor dem Gegenhang teilte sich der Weg. Direkt rechts anschließend gab es einen weiteren Campingplatz, der ebenfalls nicht sonderlich vielversprechend aussah. Auch hier lagen überall Reste von Zelten, dazwischen standen schmutzige Wohnwägen und verrostete Fahrräder. Felix wandte sich nach links. Ein paar Schritte weiter begrüßte ihn vor einer weiteren Schranke das Schild »Camping Seepark«, der Platz, von dem Chiara gesprochen hatte. Auf den ersten Blick sah es so aus, als habe dieses Gelände von allen am wenigsten gelitten. Auf den weinbergartig angelegten Terrassen standen ausschließlich Wohnmobile und fest verankerte große Wohnwagen. Zwar

war vieles zugewachsen, aber Schotter und Asphalt hatten genug Widerstand dagegengesetzt, sodass die ursprünglichen Parzellen noch gut erkennbar waren. Zudem gab es zum Hang hin eine intakte Stützmauer, die nur an einer Stelle einem schmalen Erdrutsch nachgegeben hatte.

Felix deutete nach oben. »Siehst du, Leo, hier werden wir morgen unser Glück versuchen. Wenn ich Josef richtig verstanden habe, wird der Aufstieg zur Straße nicht so schwierig sein.«

Leo begann sofort, aufgeregt zu schnuppern, doch Felix beruhigte ihn. »Morgen. Statt irgendwo im Wald zu frieren, werden wir uns für heute ein schönes Plätzchen suchen. Außerdem wird es allmählich ungemütlich.«

Das Tröpfeln war inzwischen zu einem gleichmäßig fallenden Frühlingsregen geworden. Felix zog die Kapuze über. Er staunte nicht schlecht, als er die Reihe der Stellplätze entlanglief. Die Wohnmobile glichen Häusern auf Rädern. Viele von ihnen waren so groß, dass sie bereits als kleine Einfamilienhäuser durchgehen konnten. Manche ihrer Besitzer hatten entsprechend um den Wagen herum einen Vorgarten angelegt. Ein kleiner Holzzaun oder eine niedrige Steinmauer begrenzten die Parzelle, einige hatten sogar einen Briefkasten angebracht. Leo schnupperte an ausgebleichten Gartenzwergen, die wie kleine hellgraue Gespenster aus dem Gras hervorragten. Reste von Gartenstühlen, Sonnenliegen und Bierbänken lagen über das Gelände verstreut. Überall waren Satellitenschüsseln auf die Dächer montiert.

Felix hatte Glück. Schon nach wenigen Versuchen fand er einen stattlichen Wohnwagen, dessen Eingangstür nicht verriegelt war. Im Innern sah es aus, als hätten ihn die Bewohner eben erst verlassen. Auf dem Tisch standen noch Teller und Gläser, die Betten waren bezogen, in der Ecke lag ein

Stapel mit Zeitschriften. Alles war überzogen von einer feinen Staubschicht. Felix war klar, dass er nichts Essbares finden würde. Kein Wohnwagen konnte so dicht abgeschlossen sein, dass nicht Ameisen, Käfer, Fliegen oder sogar Mäuse einen Weg gefunden hätten. Trotzdem durchstöberte er die Küche. Wie befürchtet, war in den verschlossenen Einbauschränken und Kunststoffbehältern der Inhalt längst verrottet und nur noch als undefinierbare graue Masse zu erkennen. In einem Unterschrank fand er dennoch ein paar Dosen. Zwei von ihnen waren verdächtig ausgebeult. Er wusste, dass der Inhalt verdorben war, und stellte sie sofort zurück. Die anderen hebelte er der Reihe nach mit einem Dosenöffner auf, den er im Schrank gefunden hatte. Vorsichtig roch er daran. Die Ravioli waren nicht mehr genießbar, ebenso wenig wie die Obstkonserven. Die letzte Dose trug die Aufschrift »Bohnen«. Felix musste grinsen, als er sie öffnete und feststellte, dass sie noch gut brauchbar waren. »Hallo, Lena! Unser Lieblingsessen!« Er erinnerte sich an ihren Einstieg in den Supermarkt im Simonswälder Tal. Auch dort waren die Bohnen das Einzige gewesen, das sie noch gebrauchen konnten. Felix betrachtete den Herd, der es ohne Weiteres mit dem in der Küche seiner Tante in Freiburg hätte aufnehmen können. Über einem großzügigen Backofen gab es vier Herdplatten, im Regal daneben stand eine Mikrowelle, darüber eine Dunstabzugshaube. Auf einem weiteren Herd daneben sah er zwei Brennstellen für Gas.

War es möglich, dass das noch funktionierte? In dem Schränkchen darunter stand eine 11-Liter-Gasflasche, von der aus ein Schlauch nach oben führte. Felix griff nach den herumliegenden Streichhölzern, drehte das Ventil auf und hielt die Flamme an den Metallkranz. Doch nichts passierte. Noch nicht einmal der typische Gasgeruch strömte aus.

»Das wäre auch zu schön gewesen«, sagte er vor sich hin. »Ein Abendessen fast wie zu Hause!« Er legte alles wieder zurück und suchte nach einem passenden Topf, in dem er die Bohnen erhitzen konnte. »Leo, es bleibt uns nichts anderes übrig, als draußen ein Feuer zu machen.«

Leo hatte seine Schnauze inzwischen in jeden Winkel des Wohnwagens gesteckt, jetzt saß er an Felix' Seite und sah ihn erwartungsvoll an. Felix schüttete den Inhalt der Dose in den Topf, stellte ihn auf den Tisch und sah sich nach Gewürzen um. Er fand einen Salzstreuer, der noch zur Hälfte gefüllt war, und stellte ihn daneben. »Wir wollen erst einmal sehen, wie es draußen ist.«

Der Regen hatte etwas nachgelassen. Felix sah sich um, ob er nicht etwas finden konnte, um es sich gemütlich zu machen. Das Wohnmobil besaß eine Markise, die sich jedoch trotz aller Bemühungen nicht bewegen ließ. Dafür fand Felix unter dem Wagen einen zusammengeklappten Sonnenschirm, daneben einen schweren Ständer. Er zog beides hervor, steckte die Stange des Schirmes in das Metallrohr und klappte das Dach auf. Tisch und Stuhl fand er beim Nachbarn, beides noch gut intakt. Mit dem Holz war es schwieriger. Dennoch sammelte Felix in kurzer Zeit unter den Fahrzeugen genügend Zweige, die trocken genug waren, um damit ein Feuer machen zu können. Er stellte die Dose mit den Bohnen hinein. In der Zwischenzeit deckte er den Tisch. Er rieb einen Teller sauber, legte einen Löffel daneben, dazu ein Glas.

Im Wohnwagen fand er einen leeren Wasserkanister. Während die Bohnen vor sich hin köchelten, lief er über ein paar Treppen hinunter zum See. Dort gab es einen Kiosk und eine kleine Anlegestelle, an der ein paar Boote vertäut auf dem Wasser schaukelten. Felix kletterte auf einer Leiter hinunter, schwenkte ein paarmal den Kanister aus und füllte ihn dann bis zum Rand. Leo hatte ein paar Enten im Schilf entdeckt und lief aufgeregt auf dem Steg hin und her.

»Vergiss es!«, lachte Felix. »Die sind zu schlau für dich.« Er stieg hinauf und ging zum Wagen zurück. Die Bohnen waren in der Zwischenzeit heiß geworden. Felix nahm vorsichtig einen halben Löffel voll. Es schmeckte nach gar nichts. Er schüttete großzügig Salz dazu, rührte ein paarmal um und nahm dann vorsichtig den Topf aus dem Feuer. Ehe er sich zum Essen hinsetzte, füllte er eine Schüssel mit Wasser und stellte sie für Leo neben den Tisch. Während die Bohnen etwas abkühlten, holte Felix das Brot aus dem Beutel, klappte es auseinander und schnitt es in vier große Stücke. Eines davon warf er Leo zu, der es begeistert aufschnappte, die anderen aß er zu den Bohnen.

Nach dem Essen legte Felix Holz nach. Dann stellte er einen weiteren Stuhl auf und hängte sein Hemd zum Trocknen über die Lehne. Es war ein milder Abend, sodass er kaum fror. Die Sonne war inzwischen hinter den Bergketten verschwunden. Trotzdem war es hell genug. Felix holte das Notizheft aus dem Rucksack und begann zu schreiben. Dieses Mal geriet er nicht ins Nachdenken, stattdessen schrieb er Wort um Wort, Zeile um Zeile. Seine Erinnerungen waren frisch, sodass er sich entschloss, die Tage auf dem Hof zusammenzufassen.

Er merkte rasch, dass er für das Wichtigste keine Worte finden würde. Sein Herz begann zu klopfen, als er an das Erlebnis am See zurückdachte. War das alles seiner eigenen Vorstellung entsprungen? War er es überhaupt, der dies alles erlebt hatte? Dieser Gesang – nie hatte er etwas Schöneres gehört. Er hätte sich verlieren können, ohne zurückzuschauen. Und dennoch trug das Schöne einen Abgrund in sich, dessen Schrecken ihn immer noch erzittern ließ. Er war zu schwach gewesen, dem Geschöpf Widerstand zu leisten. Warum hatte der Fischmensch keine Antwort gegeben? War er der Uralte?

Die Fragen brannten in seiner Seele. Felix ahnte, dass er ihn trotz aller Schrecken noch einmal würde suchen müssen. Doch wie sollte ihm das gelingen? Chiaras Augen hatten ihn auf den Weg geführt. Doch künftig würde er auf sich alleine gestellt sein. Dabei wusste er noch nicht einmal, wo das Tor zu der anderen Welt war.

»Chiara.« Er sprach ihren Namen leise vor sich hin. Leo hob den Kopf. Wie hätte er beschreiben können, wie die Nacht mit ihr gewesen war? Immer noch spürte er ihre zarte Haut, ihren süßen Geruch, ihre sanfte Stimme. Auf eine neue Seite malte er ein großes Herz. Er fuhr es nach, mehrere Male, schmückte es aus mit Linien und Sternchen. Felix und Chiara. Es hörte sich gut an. Und ohne jegliche Hoffnung. Die Erinnerung war alles, was ihm bleiben würde.

Felix beschloss, noch eine Weile im Freien sitzen zu bleiben. Aus dem Wohnmobil holte er eine der Decken aus der Schlafkoje, dazu ein Kopfkissen. Den Stuhl, auf dem er saß, konnte man so verstellen, dass daraus eine bequeme Liege entstand. Felix kippte die Rückenlehne in die niedrigste Position. Er legte noch einmal Holz nach, dann machte er es sich bequem. Von seinem Platz aus hatte er einen herrlichen Blick. Direkt unter ihm lag der Titisee. Winzige Wellen kräuselten die Wasseroberfläche, die im Abendlicht silbrig und hellgrau glänzte. Auf der entfernten Uferseite fing sich das letzte Licht des Tages in den Häusern, die nahe am Wasser standen. Die Landschaft dahinter war bereits in der Dämmerung verborgen. Von Weitem zogen dunkle Wolken heran. Der Regen nahm wieder zu. Felix wickelte die Decke fest um sich. Auch Leo hatte seine Erkundungen beendet und lag zusammengerollt zu seinen Füßen nahe am Feuer. Die Flammen waren in der Zwischenzeit fast erstorben, dennoch strahlte das glimmende Holz eine angenehme Wärme ab. Das gleichmäßige Tropfen des Regens auf dem Schirm machte Felix schläfrig. Noch ehe es endgültig dunkel wurde, war er eingenickt.

*

Felix wurde von einem leisen Knurren geweckt. Er öffnete die Augen. Über dem See lagen graue Morgennebel. Ringsum begannen sich die ersten Konturen des neuen Tages abzuzeichnen. Wieder knurrte Leo. Er stand direkt an Felix' Liegestuhl und hob seine Schnauze schnuppernd in die Luft. Felix stemmte sich hoch. Er spürte das unbequeme Nachtlager im Rücken, an den Schultern und am Hals. »Warum weckst du mich?« Er wusste nicht, ob er sich freuen oder ärgern sollte.

Leo stieß seine Schnauze in Felix' Seite. Gleichzeitig ließ er ein leises Winseln hören. Felix wurde aufmerksam. »Was ist mit dir? Ist etwas passiert?« Er stand auf und streckte sich. Dabei sah er sich nach allen Seiten um. Der Morgen war grau und kühl, ein paar wenige Vogelstimmen klangen aus der Ferne. Das Feuer war vollständig niedergebrannt, nur graue Asche war übrig geblieben.

Leo sprang nun aufgeregt an seiner Seite vor und zurück. Jetzt erst dämmerte Felix, was er ihm sagen wollte. »Du willst mir etwas zeigen, stimmt's? Ich hoffe, es ist nicht nur ein Mäusenest!«

Felix schlüpfte in sein Hemd und zog die Schuhe an. Leo knurrte und winselte an seiner Seite. Es erstaunte Felix, dass der Hund nicht bellte. Irgendetwas Besonderes musste er aufgespürt haben. Leo führte ihn zum Eingang mit der Schranke und von dort den Weg entlang. Etwa auf halber Höhe zu der Abzweigung hörte Felix plötzlich das Geräusch von Schritten. Sofort blieb er stehen und lauschte. Vereinzelte Worte und Satzfetzen drangen an sein Ohr.

»Da vorne ist jemand auf dem anderen Platz. Gut gemacht, Leo!« Er legte den Finger auf die Lippen, worauf der Hund sofort verstummte. Es war noch so dämmrig, dass sich Felix im Schatten der Büsche ungesehen vorarbeiten konnte. Am Rande des Platzes vor dem zentralen Gebäude kauerte er sich nieder. Leo blieb an seiner Seite.

Es mochten etwa zehn Männer sein, die von der Straße her herangeschlurft kamen. Alle trugen grobe Kleidung, die meisten hatten einen Bart. Zwei von ihnen machten sich eben daran, ein Feuer anzuzünden. Felix konnte deutlich hören, was sie sagten.

»Verdammt früh. Musste das sein?«

»Der Chef hat es befohlen. Alles andere muss uns nicht kümmern.«

»Aber doch nicht mitten in der Nacht! Ich bin hundemüde.«

»Müde?« Der andere lachte hämisch. »Brummschädel. Sag es doch gleich. Du verträgst eben nichts!«

»Halt dein dummes Maul! Sonst …«

»Sonst was?«

Die beiden stritten noch eine Weile hin und her, ehe Felix eine weitere Stimme hörte. Ihr Klang machte ihn sofort hellwach.

»Macht kein Theater, ihr beiden. Ihr sollt Feuer machen!«

Der Mann hatte eine Kapuze halb über das Gesicht gezogen, sodass Felix ihn nicht sah. Doch er kannte diese Stimme. Felix erstarrte. Das war Bruno!

»In einer halben Stunde Treffen der ganzen Gruppe. Bis dahin muss alles fertig sein, verstanden?«

Die beiden Männer brummten etwas Unverständliches. Felix sah, wie sich der Mann wieder entfernte. Es gab keinen Zweifel. Bruno! Sein ehemaliger Begleiter. Der Mann, der ihn im Güterwaggon durch die Sperren bis Waldkirch begleitet hatte und der ihn zum Titisee führen sollte. Der Mann, der unterwegs sein wahres Gesicht gezeigt und sich an Lena herangemacht hatte. Der Mann, der sie auf der Gutachbrücke niedergeschlagen und Lenas Wegweiser gestohlen hatte. Felix hatte nicht geglaubt, ihn jemals wiederzusehen. Was wollte er hier? Und was waren das für Männer, mit denen er zusammen war? Die Art, wie er gesprochen hatte, hörte sich so an, als habe er eine besondere Stellung unter ihnen.

Leo hatte sich die ganze Zeit ruhig verhalten und kein einziges Mal geknurrt. Dennoch sah Felix ihm an, wie aufgeregt er war. Er hielt sich dicht an seiner Seite, strich an seinen Beinen hin und her und ließ andauernd ein heiseres Atmen hören. Felix umschloss seine Schnauze mit der Hand. »Ruhig, ruhig. So ist es gut. Wir müssen versuchen, näher heranzukommen, solange es noch nicht hell ist. Ich muss wissen, was die vorhaben.«

Über die Zufahrtsstraße zu dem Campingplatz kamen immer mehr Männer und versammelten sich um die Feuerstelle. Außer dem einen großen Gebäude am Rande des freien Platzes gab es zwei weitere an der Seite. Eines davon hatte eine Terrasse und sah aus wie ein ehemaliges Restaurant. Das andere schienen die sanitären Anlagen gewesen zu sein. Wenn Felix das flache Gebäude erreichen konnte, wäre er so nahe, dass er besser hören könnte, was gesprochen wurde. Vorsichtig zwängte er sich durch das dichte Gebüsch entlang des Hanges, der den Platz nach hinten begrenzte. Nach wenigen Schritten hatte er sein Ziel erreicht. Durch eine Hintertür drang er in das Gebäude ein. Er hatte richtig vermutet. Im Innern gab es Waschbecken, Duschen und Toiletten. An einer Wand standen mehrere Waschmaschinen und Trockner. Staub und Dreck hatten sich überall breitgemacht. Auf dem Boden lagen Scherben von Kacheln, die der Frost aus den Wänden herausgebrochen hatte. Durch einen langen Flur gelangte Felix von innen zum vorderen Eingang. Er war durch eine doppelte Schwingtür geschlossen, die sich jedoch leicht aufdrücken ließ. Davor gab es eine überdachte Terrasse, auf der Tische, Bänke und mehrere leere Plastikkisten herumstanden. Felix spähte durch den Schlitz der Schwingtür. Bis zu dem Feuer, das inzwischen in Gang gekommen war, waren es kaum 20 Meter. Der Beobachtungsplatz war gut, dennoch entschied sich Felix, nicht hierzubleiben. Vorsichtig drückte er die Tür neben dem Eingang auf. Der Raum schien eine Art Arztzimmer gewesen zu sein. Es gab einen Schreibtisch mit einem Stuhl dahinter, mehrere weiße Wandschränke, auf denen ein rotes Kreuz gemalt war. Hinter dem Schreibtisch öffnete sich ein Fenster zur Rückseite des Hauses, nach vorne gab es unter der Decke eine Reihe Oberlichter. Felix schob einen der Tische an die Wand, stellte einen Stuhl darauf und kletterte hinauf. Von hier aus konnte er den ganzen Platz gut überblicken. Um das Feuer hatten sich inzwischen zwölf Leute versammelt. So wie Felix es erkennen konnte, waren es ausnahmslos Männer. Die meisten hatten Rucksäcke verschiedenster Art, aber auch Umhängetaschen, Tornister und Seesäcke. Die beiden, die für das Feuer zuständig waren, saßen auf zwei Campingstühlen nur wenige Meter von Felix entfernt. Der eine hatte einen Vollbart, der ihm bis über die Brust reichte, der andere hatte seine Haare mit einem Stirnband zusammengebunden. Es hörte sich an, als hätten sie sich immer noch nicht beruhigt.

»Bis dahin muss alles fertig sein!« Der Mann mit dem Stirnband äffte Brunos Stimme nach. »Arroganter Affe! Manchmal könnte ich ihn …« Er brach ab und legte ein Stück Holz auf den Feuerstapel.

»Sei vorsichtig, was du sagst«, raunte der andere unter seinem Bart hervor. »Mit dem Typen ist nicht zu spaßen. Max hat erzählt, er habe einen der Männer ausgepeitscht, nur weil er bei der letzten Aktion ein bisschen von der Beute für sich abgezweigt hatte.«

»Die Zeiten haben sich geändert. Allmählich macht mir das Ganze keinen Spaß mehr. Da kann ich gleich nach draußen gehen.«

»Nach draußen? Das würde dir kaum gelingen. Die Soldaten machen kurzen Prozess, wenn sie dich erwischen. Entweder sie knallen dich ab, oder noch schlimmer, sie schaffen dich in eines der Camps. Und ich will gar nicht wissen, was sie dort mit dir machen.«

»Kann schon sein. Aber dieser Bruno … Seit ihn der Chef zum Unterführer gemacht hat, denkt er, er könne sich alles erlauben. Wie kommt er eigentlich dazu? Was hat er denn bisher geleistet?«

Der Mann mit dem Hut wandte sein Gesicht zur Seite und senkte die Stimme. »Die Männer erzählen sich, er habe eines dieser Dinger, du weißt schon, mit denen man den Weg findet. Dem Chef gefällt das natürlich.«

»Weißt du, wo er das herhat? Bestimmt geklaut!«

»Ich würde mich nicht wundern, wenn da noch mehr dahintersteckt. Vielleicht …« Er unterbrach sich und wies auf die beiden Männer, die zu den anderen ans Feuer traten. Auch die übrigen, die um sie herum saßen, unterbrachen ihre Gespräche.

Felix hielt unwillkürlich den Atem an, als er Bruno sah. Seit ihrer letzten Begegnung hatte er die Haare kurz geschnitten, seine Wangen waren rasiert, um den Hals war ein Tuch geknüpft. Im Flackern der Flammen wirkte sein Blick noch düsterer und abweisender, als ihn Felix in Erinnerung hatte.

Bruno ließ sich mit seinem Begleiter auf zwei Stühlen nieder, die direkt am Feuer standen. Bruno ließ seinen Blick in die Runde schweifen. »Wo sind Hermann und Winnie?«

»Wahrscheinlich kommen sie später«, gab einer der Männer zur Antwort. »Sie haben einen weiten Weg.«

»Darüber sprechen wir noch!«, zischte Bruno. »Ich dulde keine Ausreden.« Er wechselte leise ein paar Sätze mit dem Mann neben ihm. Dann wandte er sich zu den anderen. »Die Sache drängt. Benno wird euch sagen, um was es geht. Merkt es euch gut. Er wird es kein zweites Mal sagen.«

Benno zog ein Papier aus der Tasche und hob es in die Höhe. »Eine neue Aktion. Und ich sage gleich dazu, dieses Mal wird es eine große Sache.«

»Das will ich hoffen!«, rief einer der Männer dazwischen. »Eine Pleite wie beim letzten Mal will ich nicht noch einmal erleben.«

»Halt dein Maul!«, sagte Bruno scharf. »Du weißt genau, dass wir gegen die Spinne keine Chance hatten! Aber in der Zwischenzeit hat sich einiges geändert.«

»Das stimmt«, fuhr Benno fort. »Wir haben unsere Möglichkeiten deutlich verbessert.«

Die Männer wurden unruhig und begannen zu tuscheln.

»Jetzt mach es nicht so spannend!«, hörte Felix eine der Stimmen. »Ja, sag endlich, warum wir uns ausgerechnet hier treffen! Und vor allem: Was springt dabei heraus?«

Benno antwortete nicht sofort, sondern wartete, bis sich die Unruhe gelegt hatte. »Keine Sorge, es wird sich lohnen. Für jeden. Ihr kennt doch alle die Händlersiedlung am Schluchsee?«

Sofort erhob sich ein neuer Tumult. »Die Streuner? Bist du verrückt? An die kommt keiner ran! Ihr Dorf ist bestens abgesichert. Keine Chance! Ich bin doch nicht lebensmüde!« Die meisten Männer waren aufgesprungen. Die Kommentare flogen wild durcheinander.

Wieder wartete Benno. Er wechselte ein paar Worte mit Bruno, der sich die ganze Zeit zurückgehalten hatte. Endlich wurde es ruhig. Die Neugier siegte. Die Männer sahen ein, dass ihr Geschrei keinen Sinn machte.

»Der Chef hat den Plan bis ins Detail ausgearbeitet«, fuhr Benno fort. »Für die Einzelheiten ist es zu früh. Wichtig für uns ist, dass wir uns zunächst mit den anderen treffen.«

»Welche anderen?«

»Der Chef setzt alles auf eine Karte. Alle Trupps werden zusammengezogen. Wir werden mindestens 50 Mann sein. Sobald Hermann und Winnie da sind, brechen wir auf. Wir stoßen über Falkau vor, dann über den Berg. In Fischbach warten wir auf Wagners Trupp aus Neustadt. Sie kommen von Lenzkirch herunter. Die Übrigen kommen aus Bonndorf herüber. Es ist geplant, dass spätestens in zwei Tagen alle beieinander sind. Dann geht es los.«

»Falkau?« Der Mann, der bereits zuvor dazwischengefragt hatte, erhob erneut seine Stimme. »Ich denke, Falkau ist zu? Seit Jahren ist dort niemand mehr entlanggegangen. Die Spinne …«

»Wir werden der Spinne nicht in die Arme laufen. Ich sagte doch, dass sich in der Zwischenzeit einiges geändert hat!«

Wieder begannen die Männer untereinander zu tuscheln. Unmutsäußerungen wurden laut. »Ich habe keine Lust, als lebende Leiche zu enden. Die Anführer sollen einen Wegweiser haben. Zeigt ihn uns! Eher gehe ich keinen Schritt dorthin!«

»Ja, zeigt uns, was ihr habt!« Weitere Stimmen wurden laut.

Bruno stand auf und hob die Hand. »Also schön«, sagte er ruhig. »Ich werde euch beweisen, dass Benno recht hat.« Er griff an seinen Hals und zog ein Lederband hervor. Sofort erkannte Felix, was Bruno den Männern zeigte. Es war das Rindenstück, das Lena gehörte und das er ihr mit Gewalt geraubt hatte.

Bruno hielt den Wegweiser vor sich in die Höhe. Selbst von Weitem waren die bunten Linien zu erkennen. Die Farben leuchteten und bewegten sich wie lebendige Wesen.

Die Männer staunten. »Ein Wegweiser! Woher hast du ihn?«

»Das braucht euch nicht zu kümmern«, antwortete Bruno. »Ich habe ihn, und er funktioniert. Mit ihm werden wir ohne Schwierigkeiten der Spinne aus dem Weg gehen.« Er verbarg das Rindenstück wieder unter seinem Hemd. »Ich denke, dass nun jeder Bescheid weiß. Für jetzt soll es reichen. Haltet euch zum Abmarsch bereit. Bis wir vollzählig sind, schaut euch noch ein wenig um. Vielleicht findet ihr etwas Brauchbares.« Er stand auf und ging mit Benno zum Eingang des Hauptgebäudes. Dort setzten sie sich auf eine Bank und sprachen leise miteinander.

Offenbar hatten manche der Männer noch nie zuvor einen Wegweiser gesehen und tuschelten aufgeregt. Es dauerte eine

Weile, bis sich die Spannung löste. Ein paar kauerten sich am Feuer nieder, andere kramten in ihrem Gepäck. Schließlich standen einige von ihnen auf, um die Gebäude zu untersuchen.

Felix erschrak, als er zwei Männer auf den Eingang seines Unterschlupfs zukommen sah. Es war Zeit zu verschwinden. Vorsichtig kletterte er von seinem Horchposten herunter und ging zurück auf den Gang. Leo witterte aufgeregt in Richtung Schwingtür, doch blieb er leise und folgte Felix, der gerade rechtzeitig durch die Hintertür ins Freie schlüpfte.

Inzwischen war das Dunkel der Morgendämmerung gewichen. Zum Glück bot das Gebüsch genügend Deckung, dass Felix ungesehen den Weg zurückschleichen konnte. Es war klar, dass er keinen Moment länger hierbleiben durfte. Falls die Männer auch zu seinem Campingplatz kamen, würde er ihnen kaum entfliehen können. Um alle seine Spuren zu verwischen, hatte er keine Zeit mehr. Trotzdem klappte er zumindest den Schirm ein und warf ihn zusammen mit dem Klappstuhl und dem Geschirr vom Vortag zurück unter das Wohnmobil. Mit einem Ast zerstreute er die Reste des Feuers. Dann schulterte er seinen Rucksack und warf den Essensbeutel über.

Rasch fand er die Stelle, an der er den Hang nach oben klettern konnte. Über ein paar herausgebrochene Steine der Stützmauer gelangte er in ein schmales Waldstück, durch das er schon von Ferne die Bahntrasse erkennen konnte. Die Straße schloss sich direkt darüber an. Jetzt erst gestattete sich Felix, einen Moment zu verschnaufen. Was er belauscht hatte, warf seine ganzen Pläne über den Haufen. Ein Überfall auf das Händlerlager! Wenn er seinen geplanten Weg über die Höhe bei Lenzkirch weiterging, würde er direkt einem der Trupps in die Arme laufen. Selbst wenn es ihm gelingen würde, unbemerkt zu bleiben, bliebe ihm nichts anderes übrig, als aus der Ferne dem Kampf zuzusehen.

Merkwürdigerweise hatte Josef den Weg über Falkau nicht erwähnt. Nachdem, was er gehört hatte, war jedoch ein Durchkommen mit einem Wegweiser möglich. Felix überlegte. Brunos Männer waren noch nicht aufgebrochen. Wenn er sich beeilte, konnte er vor den Männern am Schluchsee sein. Doch sie würden ihm dicht auf den Fersen bleiben. In jedem Fall wäre die Zeit zu knapp, die Streuner zu warnen.

Bärental.

Felix atmete tief durch. Wenn er eine Chance haben wollte, musste er alles auf eine Karte setzen. Von dem Ort aus waren es nur ein paar Stunden. Wertvolle Zeit, die den Händlern helfen würde, sich auf den Überfall vorzubereiten.

Felix warf einen Blick zurück über den Campingplatz. Im Osten wurde es hell, spätestens in einer Stunde würde die Sonne über den Bergkämmen aufgehen.

»Leo, komm!« Entschlossen lief er los.

Die Straße führte sanft ansteigend den Hang entlang aufwärts. Felix kam gut voran. Bereits nach wenigen Minuten erreichte er eine Abzweigung, die nach links steil den Berg hochführte und nach der nächsten Kurve im Wald verschwand. »Lenzkirch und Falkau«, las er auf dem Straßenschild. Dies war die Stelle, die Josef ihm angegeben hatte. Hier hätte er nach oben weitergehen sollen. Hier würden später Bruno und seine Männer entlanggehen. Felix ging geradeaus die Bundesstraße weiter. Unwillkürlich schlug er eine schnellere Gangart ein. Von jetzt an war jede Minute kostbar. Leo war begeistert. Er lief abwechselnd rasch voraus, dann drehte er wieder um und kam ein Stück zurück. Doch bereits nach wenigen Kurven wurde Felix aufgehalten. Schon von Weitem sah er den Erdrutsch, der die

Straße schon seit Langem unter sich begraben hatte. Wie ein Wall versperrte der überall bewachsene Erdhügel den Weg. Felix konnte weder nach links noch nach rechts ausweichen. Mühsam kletterte er durch ein Gewirr aus Steinen und jungem Holz hinauf. Direkt dahinter sah die Straße nicht viel besser aus. An vielen Stellen war die Hangwand heruntergebrochen. Umgestürzte Bäume blockierten den Weg.

Felix entschied sich rasch, stattdessen zu der parallel verlaufenden Bahntrasse hinunterzuklettern. Soweit er den Schienenstrang einsehen konnte, würde er dort besser vorwärtskommen. Tatsächlich waren die Gleise bis auf wenige kleine Hindernisse weitgehend frei. Der steile Hang auf der linken Seite und die dicht stehenden Fichten zum See hinunter nahmen ihm zwar jede Sicht, dennoch hatte er keine Sorge. Er wusste von der großen Karte, die in Josefs Zimmer hing, dass die Bahnlinie direkt nach Bärental führen würde.

Er war etwa eine halbe Stunde gegangen, als sich die Bahntrasse verbreiterte. Von Weitem sah er den Bahnhof. Felix verlangsamte seinen Schritt. Er wusste nicht, was ihn erwarten würde. Er musste vorsichtig sein. Falls hier irgendwo eine Gefahr drohte, wollte er rasch reagieren können.

Das Bahnhofsgebäude war gut erhalten. Mit seinem großen, tief heruntergezogenen Dach erinnerte es an einen alten Schwarzwaldhof. Eine Reihe Gauben und ein Glockentürmchen mit einer Metallfahne erinnerten daran, dass hier einst reger Betrieb geherrscht haben musste. Felix kam näher. Unter der überdachten Plattform standen Wartebänke. Dahinter waren etliche Fahrräder angekettet. Auf der Rückseite gab es einen geschotterten Parkplatz, auf dem einige wenige Autos standen. Neben der Tür zum Schalterbereich hing ein Schild, das das Besondere des Bahnhofs hervorhob.

»Feldberg Bärental. 967 M.ü.d.M. Höchstgelegener Bahnhof Deutschlands«.

Zu beiden Seiten der Gleise ragten Laternenmasten in die Höhe. Die Bahnhofsuhr über dem Bahnsteig zeigte genau 12 Uhr.

Auf dem Gleis in Richtung Freiburg stand ein Zug.

Felix wunderte sich. Weder am Bahnhof in Waldkirch noch auf der Strecke vom Höllental nach Hinterzarten hatte Felix einen Personenzug gesehen. Er hatte gehört, dass bei der Evakuierung außer Bussen, Lastwagen und privaten PKWs sämtliche Eisenbahnen benutzt worden waren, um rasch so viele Menschen wie möglich aus der Gefahrenzone zu schaffen. Er blieb eine Weile stehen und betrachtete den Zug. Er gehörte zu dem Typ, den die Bahn immer noch verwendete. Doppelstöckig, roter Anstrich, weißer Streifen, vier Wagen der zweiten Klasse, ein Wagen der ersten Klasse. Er hatte selbst schon viele Male in einem solchen Zug gesessen. Irgendetwas war anders. Felix brauchte einen Moment, bis er realisierte, was es war. Sämtliche Fensterscheiben waren blind. Kein Licht spiegelte sich im Glas. Felix stieg über die Gleise, bis er zu dem zweiten Bahnsteig kam. Aus der Nähe sah er, dass die Scheiben bis zur Unkenntlichkeit zerkratzt waren. Zudem hatte sich eine undefinierbare graue Schicht darüber gelegt, die den Blick ins Innere verwehrte. Zu gerne hätte er gewusst, was sich dahinter verbarg. Langsam ging er die Reihe der Wagen entlang. Die Türen waren fest verschlossen und ließen sich nicht öffnen. Lediglich eines der Seitenfenster der Lok stand offen. Felix überlegte, ob er hineinklettern sollte, um von dort aus in den Innenraum zu gelangen. Doch er erinnerte sich daran, dass er sich nicht zu lange aufhalten durfte. Er ging um die Lok herum und lief auf der anderen Seite zurück.

Eines der Fenster des hinteren Wagens erregte seine Aufmerksamkeit. Es hatte mehrere große Risse, zudem war die Scheibe an einer Stelle eingeschlagen. Neugierig reckte er sich empor. Im nächsten Moment wusste er, dass er diesen Anblick nie vergessen würde.

Was er sah, war der Tod.

Um ein Haar wäre er nach hinten hinuntergestürzt. Er zitterte am ganzen Leib. Schwindel überfiel ihn. Sein Herz klopfte laut, der Schweiß brach ihm aus allen Poren. Nie in seinem Leben hatte er Schrecklicheres gesehen.

Felix ließ sich langsam heruntergleiten und sank auf das Gleisbett. Jetzt wusste er, warum dieser Zug noch hier stand. Die Menschen, die mit ihm flüchten wollten, hatten bis zum Schluss gehofft, dass sie davonkommen würden.

Sie hatten es nicht geschafft.

Der eine Blick hatte genügt, um alles klar zu sehen. Er verstand Joanas Angst, die sie noch nach Jahren begleitete. Er verstand, warum Josef seinen Fragen ausgewichen war und ihm zu dem langen Weg geraten hatte. Und er verstand das Zeichen, das er auf Josefs Wandkarte neben dem Bahnhof entdeckt hatte. Er hatte richtig vermutet. Ein Kreuz und ein Kreis. Die Totenkopfflagge. Felix stand auf und ging mit weichen Knien über die Gleise zurück zum Bahnhofsgebäude. Benommen stapfte er vorwärts. Er wusste nicht, wohin. Nur weg. Weg von dem Grauen. Nach ein paar Schritten fand er sich auf einer Dorfstraße wieder. Zimmer zu vermieten, Schnapsmuseum, eine Pizzeria, ein Supermarkt, eine Straßenkreuzung. Wie in Trance zogen die Bilder an ihm vorüber. Nichts war mehr wichtig. Nichts gab Hoffnung.

Vor einem der Gasthäuser kam Felix an eine Bushaltestelle mit einem Wartehäuschen. Er streifte seinen Rucksack ab und ließ sich auf die Bank niederfallen. Selbst Leo schien zu ahnen, dass etwas nicht stimmte. Er setzte sich vor der Bank nieder und legte den Kopf auf seine Vorderpfoten. Wie betäubt saß Felix da. Alle Kraft war aus seinem Leib gewichen. Er fühlte sich leer. Jeder Gedanke, jedes Abwägen, jede Erklärung zerstoben im Nichts. Ein Grab für Hunderte. Fünf riesige Särge aus Metall und Plastik. Kein Entkommen. Keine Hoffnung. Erst allmählich kehrten die Gedanken zurück. Warum war der Zug nicht losgefahren? Hatte die Gewalt der Explosion die tödliche Strahlung bis hierher geschleudert? Oder hatte der Große Gesang alle in einem wirbelnden Veitstanz mit sich genommen und zum Wahnsinn getrieben?

Felix spürte, wie eine schreckliche Ahnung in ihm aufstieg.

Seine Eltern. Sie waren ins Zastlertal gefahren, von dort sollte ihre Tour zum Gipfel des Feldbergs führen. Was war, wenn es ihnen gelungen war? Was war, wenn sie auf der anderen Seite zur Bundesstraße abgestiegen waren? Was war, wenn sie zu denen gehört hatten, die es bis nach Bärental geschafft hatten?

Was war, wenn …

Felix stöhnte auf. Das konnte nicht das Ende seiner Reise sein. Es durfte nicht sein!

Seine Finger tasteten die dünne Kette entlang, die er um den Hals trug. Das kleine silberne Schiffchen, das ihm die Tante zum Abschied gegeben hatte. Das Gegenstück zu dem, das jetzt bei Joana war. War der Händler irgendwann später hier gewesen? Hatte er eine Möglichkeit gefunden, in den Zug einzudringen? Hatte er an sich genommen, was ihm wertvoll und nützlich schien?

Vielleicht sollte er zurückgehen und versuchen, einen der Wagen zu öffnen. Aber wie konnte er seine Eltern erkennen? Das, was er durch das Loch gesehen hatte, hatte nichts mehr mit Menschen zu tun. Es gab keinen Einzelnen mehr. Ein Massengrab, in dem jeder mit dem anderen zu einem großen Tod vereint war. Kein Namensschild zur Erinnerung, niemand, der jemals an ihrem Grab trauern würde. Es gab keine Gewissheit, nicht jetzt. Am Ende aller Fragen blieb der Händler übrig. Ihn musste er finden, so oder so.

Felix hob müde den Kopf. Sein Blick fiel auf ein paar Ginsterbüsche, die sich am Straßenrand hinter dem Wartehäuschen ausbreiteten. Das Grün ihrer sperrigen Zweige wirkte frisch, die leuchtend gelben kleinen Blüten hatten sich geöffnet. Es waren die ersten Blumen, die er seit dem Abschied von Chiara sah. Es war, als kehre mit ihnen ein Stück Zuversicht zurück. Gleichzeitig spürte er eine Aufforderung, sich von dem, was er gesehen hatte, würdevoll zu verabschieden.

Felix stand auf und zog den Dolch von seinem Gürtel. Ein kaum wahrnehmbarer Duft ging von den Blüten aus. Sorgfältig wählte er drei der schönsten Zweige aus und schnitt sie dicht über dem Boden ab. Noch einmal ging er zu dem kleinen Bahnhof zurück. Auf dem Bahnsteig blieb er stehen und verbeugte sich vor dem Zug. Dann legte er die Blüten auf eine der Bänke. Ein paar Minuten blieb er so stehen, dann wandte er sich ab und ging zurück auf die Straße. Er musste sich zwingen, an die Zukunft zu denken.

Auf der überdachten Terrasse der Pizzeria standen ein paar Tische und Stühle. Felix setzte sich und zog die Karte heraus. Die Skizze, die Josef aufgezeichnet hatte, war wenig aufschlussreich. Zwischen Bärental und dem Schluchsee waren lediglich zwei dünne Linien eingezeichnet, dazu ein paar Buchstaben. Felix erinnerte sich, dass die Linien die Straße und die Bahnlinie kennzeichneten. Die Schilder an der Kreuzung halfen ihm, die Abkürzungen zu entziffern.

Das große »A.« stand für Altglashütten, das »F.« für Falkau. Zum Schluchsee waren es auf der B 500 von hier aus sieben Kilometer.

Felix überlegte. Wenn die Straße einigermaßen gut zu begehen war, konnte er es in zwei Stunden schaffen. Es würde einige Zeit dauern, bis er die Händlersiedlung gefunden hatte. Doch er musste es versuchen. Obwohl er seit dem Aufstehen kaum etwas gegessen hatte und sein Magen knurrte, hatte Felix keinen Appetit. Er begnügte sich mit einem halben Apfel, dazu trank er etwas Wasser. Nachdem er alles verpackt hatte, stand er auf und schlug den Weg in Richtung Schluchsee ein. Direkt hinter dem Ortsausgang führte die Straße in den Wald. Sie war gut ausgebaut, mit Leitplanken zu beiden Seiten, unter den Bäumen waren die Reste eines ehemaligen Radwegs erkennbar. Die Sonne hielt sich noch hinter den hohen Fichtenstämmen verborgen, Morgenfrische hing in der Luft.

In Gedanken schickte Felix einen Gruß an Chiara. Dann fiel ihm wieder ein, was Josef und Joana über Bärental gesagt hatten. Warum hatten sie ihm den Grund verheimlicht, warum er Bärental meiden sollte? Er hätte dann immer noch selbst entscheiden können, was er auf sich nahm. Konnte es sein, dass sie doch mehr über seine Eltern wussten, als sie sagten? Natürlich hatte Josef nichts von dem geplanten Angriff auf die Händlersiedlung ahnen können. Er war davon ausgegangen, dass Felix genügend Zeit hatte. Also doch Sorge um sein Seelenheil?

Felix erinnerte sich dunkel, dass da noch etwas anderes war. Ein Name, den er vergessen hatte. Er versuchte sich zu erinnern. Der alte Feris. Oder Fennis. Es fiel ihm nicht mehr ein. Ein Mensch? Ein Tier? Die Spinne? Eine Gefahr, gegen die er keine Chance hätte.

Felix sah sich um. Der Wald stand stumm, Bärental lag hinter ihm, der Wegweiser zeigte sich unverändert. Vielleicht war inzwischen alles Vergangenheit. Seine Gedanken wanderten zurück zu Chiara. Er malte sich aus, wie es wäre, wenn sie tatsächlich mit ihm mitgekommen wäre. Der Abend am See gestern war trotz Regen überaus romantisch. Mit Chiara an seiner Seite wäre das Ganze nicht zu toppen gewesen. Andererseits – wäre sie mutig genug gewesen, mit ihm die Banditen zu belauschen? Hätte sie den Anblick am Bärentaler Bahnhof ertragen? Vielleicht war es besser, wenn er sich ganz um sich alleine kümmern konnte. Die Sorge um Chiara hätte ihn mehr belastet als alles andere.

An einem Straßenschild zur Geschwindigkeitsbegrenzung waren die Überreste einer Hinweistafel zu sehen. »Original Schwarzwälder Spezialitäten, 100 Meter links«. Tatsächlich stand wenige Meter weiter in einer Haltebucht ein alter Wohnwagen. Davor lagen einige vom Wind umgestürzte Biertische; Glasscherben und Dosen waren überall verstreut.

»Leo, pass auf!«, mahnte Felix, der Sorge wegen der scharfen Scherben hatte. Doch der Hund bewegte sich äußerst geschickt. Rasch hatte er erschnüffelt, dass es nichts zu holen gab, und war schon nach kurzer Zeit zurück auf der Straße. Felix hielt sich ebenfalls nicht lange auf. Vom Scheitel einer Kurve aus sah er, wie sich der Wald vor ihm lichtete. Nach seiner Schätzung musste er sich kurz vor Altglashütten befinden. Er war gespannt. Nachdem er Bärental überstürzt hinter sich gelassen hatte, konnte er in dem Ort vielleicht etwas finden, was ihm weiterhelfen würde. Solange er auf der Straße lief, hatte sich Felix kaum um Leo gekümmert. Der Hund war überall herumgesprungen, war im Wald verschwunden oder weit vorausgelaufen. Jetzt fiel Felix auf, dass etwas nicht stimmte. Schon von Weitem sah er, wie Leo unruhig mit kleinen Schritten hin und her lief. Abwechselnd schnupperte er am Boden und hob seine Schnauze hoch in die Luft, als ob er etwas witterte.

Leo wartete, bis Felix zu ihm herangekommen war. Auch das war außergewöhnlich. Felix sprach ein paar Worte zur Beruhigung und kraulte ihn an seiner Lieblingsstelle hinter dem Kopf. Trotzdem blieb der Hund unruhig. Als Felix sich anschickte weiterzugehen, begann er zu winseln, ehe er schließlich ein paarmal laut bellte. Felix sah sich aufmerksam um, doch er konnte nichts Auffälliges entdecken. Die Bäume zu beiden Seiten der Straßen standen dicht an dicht, keine Vögel waren zu hören. Nur wenige Hundert Meter vor ihm öffnete sich der Wald, und es wurde hell.

Wieder bellte Leo. Er war nicht dazu zu bewegen weiterzugehen. Langsam schritt Felix vorwärts, als er es plötzlich hörte. Kaum wahrnehmbar, ein leises Brausen wie Wind, der über ein Weizenfeld strich. Felix blieb sofort stehen. Seit er unterwegs war, hatte er nun schon einige Male erlebt, was das bedeutete. Der Blick auf den Wegweiser bestätigte seine Wahrnehmung. Über die leuchtenden Farben hatte sich ein Schatten gelegt. Das lebendige Hin und Her war erlahmt. Das zarte Brausen formte sich zu einem tiefen Ton, der näher kam und in Felix den Widerhall suchte. Er durfte keinen Moment länger zögern. Rasch drehte er sich um und lief zurück zu Leo, der sich in der Zwischenzeit wie toll gebärdete.

»Gratuliere zu deiner Nase!«, keuchte Felix. »Das nächste Mal werde ich besser auf dich hören.« Zur Sicherheit liefen sie ein Stück die Straße zurück. Erst bei dem Wohnwagen hielt Felix inne.

Zum Glück hatte ihn Leo rechtzeitig gewarnt. Er nahm sich fest vor, in Zukunft genauer hinzusehen. Bei allen Spekulationen über Josefs Warnungen hatte er nicht damit gerechnet, dass ihn die Spinne aufhalten würde. Natürlich wusste er, was das bedeutete. Der Weg nach Altglashütten war versperrt. Felix wog die Möglichkeiten gegeneinander ab. In einer knappen Stunde konnte er wieder in Bärental sein. Doch dann? Die Straße in Richtung Feldberg kam nicht infrage. Josef hatte zwar angedeutet, dass es unterhalb des Aufstiegs einen Weg gäbe, doch die Gefahr durch die unheimliche Kraft war zu groß. Selbst wenn er Glück hatte und unbeschadet durchkäme, konnte es Tage dauern, bis er in die Nähe des Schluchsees kam.

Sollte er zurück zu der Abzweigung nach Lenzkirch gehen und von dort aus den ursprünglich geplanten Weg nehmen? Er wusste, wie lange das dauern würde. Für eine Warnung der Händlersiedlung war es dann wahrscheinlich längst zu spät. Wenn er nicht sogar vorher einem der Trupps in die Hände lief. Blieb noch der Weg über Falkau, den Bruno seiner Gruppe vorgegeben hatte. Doch wahrscheinlich waren die Männer längst unterwegs, und Felix würde nichts anderes übrig bleiben, als hinter ihnen herzulaufen und sie im Auge zu behalten.

Felix betrachtete das Rindenstück in seiner Hand. Der Schleier hatte sich wieder gehoben, die Farben liefen lebendig über die Borke. Er musste versuchen, einen eigenen Weg zu finden. Wenn es ihn gab. Vor allem galt es, rasch zu handeln. Felix ging zurück bis zu der Stelle, an der Leo stehen geblieben war. Rechts der Straße schloss sich ein Hang an, der ziemlich steil nach oben führte. Dies war die Richtung zum Feldberg, die Felix unbedingt vermeiden wollte. Das Gelände zur linken Seite senkte sich dagegen leicht ab. Hinter den dicht stehenden Baumreihen meinte Felix, einen hellen Schimmer zu erkennen.

»Hier werden wir es versuchen!« Er kletterte über die Leitplanke und schlug sich ins Unterholz. Wie er es schon öfter getan hatte, hielt er den Wegweiser vor sich gestreckt und bewegte den Arm langsam und gleichmäßig abwechselnd nach allen Seiten. Gleichzeitig behielt er Leo im Auge. Der Hund hatte sich sofort an die Spitze gesetzt. Er schnüffelte unentwegt, schien jedoch keine Gefahren zu wittern. Trotzdem blieb Felix vorsichtig. Nach etwa zehn Minuten erreichte er den Schienenstrang, der von Bärental herführte. Auch wenn es verlockend erschien, den Weg bequem über die Schwellen fortzusetzen, ging Felix rasch weiter. Der Gedanke, dass auf denselben Gleisen nur wenige Kilometer entfernt der Tod stand, war unerträglich. Er kletterte die Böschung hoch und setzte den Weg durch den Wald fort.

Nachdem er einen kleinen Bach überquert hatte, kam er an den Waldrand. Zur rechten Seite sah er in einiger Entfernung die Häuser von Altglashütten, dahinter die Hänge, die zum Feldberg hochreichten. Direkt vor ihm führte eine Straße aus dem Wald heraus. Felix nahm an, dass dies der Weg von Falkau her war. Er hielt sich einen Moment verborgen und lauschte. Doch es blieb still. Von Bruno und seinen Männern war nichts zu sehen und zu hören. Wenn sie sich nur mithilfe des Wegweisers fortbewegen konnten, würde es noch eine Weile dauern, bis sie hier waren.

Ein Stück weiter stieß Felix auf eine kleine Bahnstation. »Haltepunkt Altglashütten-Falkau«, las er. Vor dem Gebäude standen und lagen ein paar Fahrräder, an einer Birke lehnte ein Moped. Ein beschilderter Wanderweg führte ein Stück den Hang hinauf in Richtung des Ortes. Das Gelände um den Bahnhof schien feucht zu sein. Es war dicht mit Binsen und dunklem Gras bewachsen, dazwischen leuchteten ein paar wenige Blumen. Trotz seiner Neugier musste sich Felix eingestehen, dass er nicht sonderlich darauf erpicht war, den Ort zu erkunden. Er wollte sich gar nicht vorstellen, in welchen Situationen die Menschen in ihrem Alltag überrascht worden waren. Von Westen her hatte der Wind die radioaktiven Wolken herangetrieben. Unverhofft und in kürzester Zeit war innerhalb weniger Stunden der Strom ausgefallen, und die unheimliche lähmende Kraft hatte zu wirken begonnen. Langsam begann er zu verstehen, warum die staatlichen Stellen das Gebiet vollständig abgeschottet hielten. Zumal selbst die wenigen Überlebenden bis heute nicht zu wissen schienen, womit sie es zu tun hatten.

Felix entschloss sich, von hier aus auf den Schienen weiterzugehen. Die Bahnstrecke lief direkt zum Schluchsee, vielleicht konnte er auf diese Weise die verlorene Zeit einigermaßen aufholen. Wenn ihm nicht wieder die Spinne in die Quere kam. Doch es sah gut aus. Der Wegweiser blieb unverändert, und Leo sprang bereits in großen Sätzen die Trasse entlang. Etwa einen halben Kilometer hinter dem Bahnhof tauchten die Gleise wieder in den Wald ein. Obwohl anscheinend nichts mehr zu befürchten war, behielt Felix seinen langsamen Gang bei und blieb, so gut es ging, auf den Schwellen. Zu seiner Überraschung führte die Bahnstrecke an den Rand eines Sees. Er war auf den ersten Blick größer als der Feldsee und überall bis zum Rand dicht mit Bäumen umstanden. Am größten Teil des Ufers breitete sich ein großer Schilfteppich aus, vor dem ein paar Enten schwammen. Zwischen den Gleisen und dem Wasser führte eine Straße durch den Wald. Am Rande eines kleinen Parkplatzes stand ein Haus mit einer Terrasse davor. Ein Schild mit dem Logo einer Brauerei deutete darauf hin, dass dies einst ein Ausflugslokal gewesen sein musste. Felix wollte eben zurück auf die Gleise klettern, als er ein seltsames Geräusch hörte. Es klang wie das Stöhnen eines Tieres. Er drehte sich um und ging vorsichtig auf das Haus zu. Auf dem Boden am Rande des Parkplatzes sah er zu seinem Erstaunen einen Esel. Das Tier lag auf der Seite, die Beine waren angewinkelt und zitterten. Zwischen Hals und Brust klaffte eine spannenlange Wunde, aus der Blut hervorquoll.

»Bleib!«, befahl Felix Leo, der das Blut roch und aufgeregt hin und her sprang. Der Esel hob leicht den Kopf und stieß einen kehligen Schmerzenslaut aus, der in ein kraftloses Röcheln überging. Felix kniete neben dem Tier nieder, doch er sah, dass jede Hilfe zu spät kam. Unter dem Kopf hatte sich bereits eine große dunkelrote Lache gebildet. Es war deutlich, dass das Leben von Minute zu Minute mehr den Körper verließ.

»Armes Tier!« Felix lockerte den ledernen Tragegurt, der um die Mitte des Leibes gespannt war. An der Seite hingen noch die Reste eines Strohkorbes, den der Esel transportiert hatte. Der Inhalt lag ringsum verstreut auf dem Boden. Felix sah eine Reihe verschnürter Päckchen, Flaschen in mehreren Größen und ein paar eingedrückte Holzkistchen. Felix nahm seine Wasserflasche heraus und goss dem Tier vorsichtig ein paar Tropfen über das offen stehende Maul. Der Esel versuchte vergebens, den Kopf mit den großen, schwarz glänzenden Augen zu heben. Doch Felix spürte, wie der Atem deutlich flacher wurde. Im nächsten Moment hörte Felix einen lauten Schrei, der vom Haus herüberkam. Dieses Mal wusste er sofort, was es war. Der Angstschrei eines Menschen! Er sprang auf und lief so rasch er konnte zu der Terrasse.

»Hier oben! Hier bin ich!«

Mit einem Blick erfasste Felix die Situation. Am vorderen Rand der Überdachung, die vom oberen Stockwerk des

Hauses über die Bänke und Tische reichte, hatte sich ein Mann festgeklammert. Seine Arme hielten einen der wackligen Holzbalken umschlungen, seine Beine strampelten in der Luft. Direkt darunter kauerte ein Wolf, der eben zum Sprung ansetzte. Mit einem mächtigen Satz schnellte er in die Höhe. Der Mann zog verzweifelt die Beine an, sodass die mächtigen Kiefer ins Leere schnappten. Mit einem Aufheulen kam das Tier zu Boden. Im nächsten Moment drehte es sich zu Felix um.

Der Wolf war riesig. Sein gewaltiger grauer Leib schien fast so groß wie der des Esels, in dem massigen Schädel blitzten zwei funkelnde Augen. Tier und Mensch standen vollkommen erstarrt. Felix brach der Schweiß aus. Es schien, als sei der Wolf genauso überrascht wie er. Der Mann an der Dachtraufe bewegte sich und versuchte, ein Bein nach oben zu ziehen. Der Wolf wandte sich um, nur um im nächsten Augenblick den Blick auf Felix zu richten.

Aus den Augenwinkeln sah Felix, wie Leo in großen Sätzen herbeisprang. Er bellte wie wahnsinnig. Felix erschrak. Er war sicher, dass Leo sich ohne zu zögern auf den Gegner stürzen würde. Ebenso sicher war, dass er gegen den Wolf keine Chance hatte.

»Bleib!«, schrie er, so laut und so heftig er konnte.

Leo gehorchte aufs Wort. Er bremste im Lauf ab und blieb an Felix' Seite. Gleichzeitig bellte er unaufhörlich weiter. Das plötzliche Erscheinen des Hundes schien den Wolf zu verwirren. Statt mit einem hatte er es nun mit drei Gegnern zu tun. Ein tiefes Grollen drängte aus seinem halb geöffneten Maul. Es war, als könne er sich nicht entscheiden, auf wen er sich zuerst stürzen sollte. Felix begann zu zittern. Er wollte davonlaufen, doch er stand wie festgenagelt. Heiserer Atem schlug ihm entgegen. Im nächsten Augenblick würde er die gelben Zähne an seinem Hals spüren, der Schmerz würde ihn überwältigen, ihn zu sich hinunterziehen …

»Sieh, was ist!« In seinem hilflosen Taumel tauchte plötzlich ein winziger heller Funke auf. Chiaras Stimme.

Die Angst zerrte und zog. Felix versuchte sich festzuhalten und griff nach dem Licht. Sofort spürte er die Wärme zwischen seinen Händen.

»Siehe, was ist!«

Die Stimme wurde klarer, stellte sich dem Gespinst aus Angst und Entsetzen entgegen, ließ es erzittern und schwächer werden. Mit jedem Stück, das sich auflöste, trat das Bild des Wolfes deutlicher hervor. Das matte struppige Grau des Fells begann zu schimmern, die Läufe entspannten sich, die Lefzen senkten sich über die Zähne, die Nase glänzte feucht.

»Es ist gut!«, hörte Felix sich sagen. »Hab keine Angst. Niemand will dir etwas Böses!«

Der Wolf schaute ihn unverwandt an. Hinter der Schärfe seines Blickes tauchte ein weiteres Bild auf. In einem Gefängnis aus Furcht, Misstrauen und Ablehnung sah Felix die verborgene Einsamkeit der geschundenen Seele. Felix sah und begann zu verstehen. Die Furcht wich, und er spürte, wie ein tiefes Gefühl von Mitleid in ihm aufstieg. Langsam hob er den Arm und streckte dem Tier seine offene Hand entgegen. Es drängte ihn, das zottige Fell zu berühren, dem lebendigen Wesen nahe zu sein, ein Stück neue Hoffnung in die unzähligen Narben an Körper und Seele strömen zu lassen. Für einen winzigen Moment ließ der Wolf es geschehen. Dann stieß er ein Brummen aus und wich zurück.

»Geh jetzt«, sagte Felix leise.

Noch ein paar Augenblicke blieb der Wolf stehen. Dann wandte er sich ab und trabte davon. Sekunden später war er im Dickicht hinter dem Ausflugslokal untergetaucht. Eine Weile starrte Felix auf die Stelle, an der der Wolf verschwunden war. Der Zauber der Begegnung hinterließ eine Benommenheit, die erst allmählich abklang. Leo drängte sich an seine Seite, stieß ihn mit der Schnauze an und winselte leise.

»Ist er weg?«

Die Stimme des Mannes über ihm riss Felix aus seinen Gedanken. Er hielt sich immer noch an dem schmalen Vorsprung festgeklammert. Erst jetzt bemerkte Felix, dass sein linkes Hosenbein zerrissen war, aus einer Wunde tropfte Blut.

Felix streckte die Arme aus, um ihm zu helfen. »Bist du verletzt?«

»Das Bein. Er hat mich erwischt!«

»Ich helfe dir. Lass los.«

Der Mann kletterte herunter. Als er aufkam, sank er mit schmerzverzerrtem Gesicht zu Boden. Gleichzeitig sah er ängstlich in alle Richtungen. »Ist er weg?«, fragte er noch einmal.

»Du hast nichts mehr zu befürchten. Was ist passiert?«

»Ich muss zuerst wissen, was mit dem Esel ist. Hast du ihn gesehen? Wo ist er?«

Felix wandte seinen Kopf und zeigte über seine Schulter. »Er liegt dort drüben, am Rande des Parkplatzes. Er ist tot.«

Der Mann sah ihn entsetzt an. »Tot? Das darf nicht sein!« Er stemmte sich hoch und humpelte in die Richtung, in die Felix gewiesen hatte.

Felix blickte noch einmal zu der Stelle, an der der Wolf im Wald verschwunden war. Dann folgte er dem Fremden. Es war ein noch junger Mann, den Felix um die 30 schätzte. Er war groß und schlank und hatte lange lockige Haare. Trotz des warmen Wetters trug er eine Art Anorak, dazu einen

Pulli und Jeans. Der Mann kniete neben dem Esel nieder und bettete dessen Kopf in seinen Schoß. Dann brach er in Tränen aus.

»Seine erste Tour«, schluchzte er. »Duro war noch so jung und unerfahren. Gegen den Fenris hatte er keine Chance.«

»Fenris?« Felix sah auf. Das war der Name, von dem Josef gesprochen hatte! Fenris war ein Wolf! Josef und Joana hatten vermeiden wollen, dass Felix ihm begegnete.

»Ein Einsiedlerwolf. Niemand weiß, wie alt er ist. Er war schon hier, bevor wir kamen.« Ein Schluchzen schüttelte ihn. »Ich bin schuld. Ich hätte den weiteren Weg nehmen sollen. Duro hat ihn erschreckt. Er ist sofort auf ihn los.«

»Du hast gewusst, dass der Wolf hier lebt?«

»Jeder von uns weiß das. Normalerweise ist das auch kein Problem. Der Fenris geht den Menschen aus dem Weg. Und wir achten darauf, dass ihn keiner stört. Aber wenn er erst einmal wütend ist …« Er stockte, dann sah er Felix an. »Wieso ist er eigentlich verschwunden? Was ist passiert?«

Felix zögerte. Der Mann wirkte auf ihn aufgeschlossen und ohne Hintergedanken. Doch er blieb vorsichtig. Zudem war er selbst noch völlig fassungslos über das, was gerade geschehen war. »Ich weiß es selbst nicht genau«, sagte er. »Dein Rufen hat mich hergeführt. Ich war völlig erschrocken, als ich den Wolf sah. Ich habe auf ihn eingesprochen, und irgendwie muss es mir gelungen sein, ihn zu beruhigen. Dann ist er auf einmal davon.«

»Unglaublich!« Der Mann schüttelte den Kopf. »Wenn ich das zu Hause erzähle …«

»Du bist einer der Streuner, stimmt's?«, unterbrach ihn Felix.

Jetzt war es der Mann, der spürbar mit der Antwort zögerte. »Woher weißt du das?«

»Na ja. Ein Mann mit Esel, der sagt, er sei auf Tour? Der Tragekorb mit den vielen Sachen?« Und der ganz in der Nähe des Schluchsees unterwegs ist, wollte Felix dazu sagen, doch er bremste sich. Noch wusste er nicht, wie empfindlich der andere reagieren würde.

Der Mann sah ihn prüfend an. Dann zog ein Lächeln über sein Gesicht. »Du hast recht. Natürlich bin ich Händler. Dank deiner Hilfe werde ich es auch in Zukunft sein können.« Er reichte Felix die Hand. »Carlo. Ich heiße Carlo.«

»Und ich bin Felix. Was brauchst du?« Felix erinnert sich an die Begegnung mit Jerry und Wagner bei der Kalten Herberge. Lena hatte damals die im Schwarzwald übliche Begrüßungsfloskel gebraucht.

Carlo sah ihn überrascht an. »Oho! Da weiß jemand, was sich gehört! Hört man in letzter Zeit immer weniger. Willst du mir auch noch sagen, woher du kommst? Man trifft in dieser Gegend außer den Streunern kaum jemand anderen.«

Felix überwand seine Bedenken. Es war Zufall und Glück zugleich, dass er einen der Leute getroffen hatte, zu denen er sowieso wollte. »Von Bärental. Und vorher vom Titisee. Und ich muss zum Schluchsee, so schnell wie möglich!«

»Zum Schluchsee? Was willst du dort?« Er sah auf Felix' Rucksack und seine Tasche. »Hast du etwas zu tauschen?«

Felix schüttelte den Kopf. »Josef hat mich gewarnt, dass ihr Besucher nicht gerne seht. Aber ich will nicht handeln. Ich suche jemanden.«

»Du suchst jemanden?« Carlo runzelte die Stirn. »Wen denn?«

Felix entschied sich, ganz offen zu antworten. »Einen Händler. Er heißt Fusch.«

»Und was willst du von ihm?« Carlos Blick wurde misstrauisch.

»Ich muss ihn finden und etwas fragen. Es ist wichtig für mich!«

»Und deswegen nimmst du den gefährlichen Weg auf dich? Woher kommst du eigentlich?«

»Aus Freiburg. Ich suche meine Eltern. Und Fusch kann mir dabei helfen.«

Carlo schwieg und sah ihn lange an. In seinem Blick wechselten Bewunderung, Erstaunen und Misstrauen.

»Erzähle mir davon.«

Felix schwankte. Es war wichtig, Carlos Vertrauen zu gewinnen. Doch gleichzeitig ließ ihn das Bild von Bruno und den Männern nicht los. Die Zeit drängte.

»Gerne, aber zuvor musst du noch etwas anderes hören. Es gibt noch einen Grund, warum ich in das Händlerlager will. Ich muss die Streuner warnen.«

»Warnen? Wovor denn?«

»Die Streuner sind in Gefahr!«

Während Felix erzählte, versuchte er, sich an möglichst viele Details dessen zu erinnern, was er belauscht hatte. Carlo unterbrach ihn nicht ein einziges Mal. Sein Blick wurde immer ernster. Als Felix geendet hatte, kratzte er sich nachdenklich am Bart.

»Und du bist direkt vom Campingplatz am Titisee hierhergekommen?«

Felix nickte. »Heute bin ich früh am Morgen los. Seither habe ich niemanden mehr gesehen. Die Männer wollten noch auf zwei andere warten und dann den Weg über Falkau nehmen.«

»Über Falkau? Das würde bestätigen, dass sie einen Wegweiser haben. Das macht die Sache umso gefährlicher. Unsere ganze Sicherheit ist darauf aufgebaut, dass keiner den Weg zu uns findet. Bisher hat uns die Spinne immer geschützt.«

Felix sah ihn erstaunt an. »Die Spinne hat euch geschützt?«

»Das erkläre ich dir später. Wir haben einen kleinen Vorsprung. Aber wir dürfen keine Zeit mehr verlieren.« Carlo befreite sich vorsichtig von dem Esel und stand auf. »Meine Sachen hole ich ein andermal. Es ist zu viel zum Tragen, selbst für uns beide. Wir bringen sie so lange in dem Haus unter.«

Die beiden begannen, die umherliegenden Waren einzusammeln. Einige der Päckchen waren aufgeplatzt und mussten neu verschnürt werden. Nach kurzem Suchen entdeckte Carlo einen geeigneten Raum im Keller. »Wenn ich Glück habe, gibt es hier keine Ratten«, sagte er und zog die Tür hinter sich zu. »Die finden immer einen Zugang.«

»Wollen wir nicht zuerst nach deiner Verletzung sehen, ehe wir aufbrechen?«

Carlo schüttelte den Kopf. »Das geht schon. Jetzt gibt es Wichtigeres. Trotzdem muss ich noch etwas erledigen.« Er bat Felix, noch einmal mit ihm zu dem Esel zu gehen. Wieder schossen ihm die Tränen in die Augen, als er neben seinem toten Lasttier stand.

»Am liebsten würde ich ihn begraben. Aber das geht nicht. Selbst wenn wir beide eine Schaufel hätten, würde es zu lange dauern. Aber ich will ihn nicht einfach so liegen lassen.«

»Wir könnten ihnen hinüber in das Haus ziehen. Oder zum See. Zu zweit müssten wir das schaffen.«

Wieder schüttelte Carlo den Kopf. »Auch das dauert zu lange. Und es wirkt irgendwie – würdelos. Nein, ich weiß, was wir tun.« Er breitete die Decke auseinander, die Duro auf dem Rücken hatte, schüttelte sie aus und legte sie dem Esel über den Kopf. Dann begann er, umherliegende Äste und Zweige zusammenzusuchen. »Wir sollten ihn zudecken. Ich will nicht, dass er einfach … so da liegen bleiben muss.«

Sofort tat Felix es ihm gleich. Es lag genügend abgebrochenes Holz auf dem ehemaligen Parkplatz, sodass der Leib des toten Esels in kurzer Zeit bedeckt war. Am Ende brach Carlo ein paar frische Zweige ab und legte sie obenauf.

»Ich weiß, was du denkst. Natürlich nützt das auch nichts gegen die Tiere. Natur ist Natur. Wahrscheinlich ist schon in ein paar Tagen nichts mehr übrig«, meinte Carlo, als sie am Ende zufrieden auf ihre Arbeit schauten. »Ein Feuer, das wäre gut. Aber wir dürfen nicht riskieren, dass die Banditen uns aufspüren. Vielleicht sind sie schon ganz in der Nähe.« Einen Moment blieb er ruhig stehen, dann verbeugte er sich leicht und murmelte etwas, das Felix nicht verstand.

»Unser Abschied. Duro war ein gutes Tier.« Carlo riss sich los und wandte sich zur Straße. »Und jetzt los. Vorsichtig und leise. Ich will nichts mehr riskieren.«

Felix nahm seinen Rucksack und den Essensbeutel auf und folgte ihm mit Leo an seiner Seite. Der Hund schien glücklich darüber zu sein, dass es wieder weiterging. Trotz seiner Verletzung schlug Carlo ein forsches Tempo an. Felix überließ sich völlig seiner Führung. Schon nach kurzer Zeit war deutlich, dass der Streuner sich bestens auskannte. Die meiste Zeit folgten sie der Straße, die in den Waldstücken mit Bruchholz übersät war. Nur einmal bog Carlo unvermittelt ab, schlug einen Bogen durch den Wald, ehe sie eine Viertelstunde später zurück auf die Straße gelangten. Falls der Händler einen Wegweiser hatte, brauchte er ihn offensichtlich nicht. Während sie nebeneinander liefen, erzählte Felix seine Geschichte. Er begann mit dem Abend seines Geburtstages, an dem er erfahren musste, dass seine Mutter in Wahrheit seine Tante war. Seine Eltern waren am Tag des Atomunfalls auf einer Schwarzwaldtour gewesen und seither verschollen. Seine einzige Spur war der silberne Anhänger mit dem kleinen Schiffchen, von dem Fusch das Gegenstück besessen hatte.

»Du bist ein mutiger junger Mann«, meinte Carlo, als Felix in groben Zügen seinen Weg durch den Schwarzwald geschildert hatte. »Ich werde dir helfen, so gut ich kann. Aber du wirst dich gedulden müssen. Fusch ist derzeit unterwegs, und ich kann dir nicht sagen, wann er zurückkommt.«

»Unterwegs? Woher weißt du das?«

Carlo lächelte. »Wir sind nicht so viele, wie du vielleicht glaubst. Eigentlich eher eine große Familie. Und da weiß so ziemlich jeder über den anderen Bescheid. Es gibt bestimmt jemanden im Lager, der mehr weiß.«

Am späten Nachmittag erreichten sie den See. Die Sonne stand bereits tief in ihrem Rücken, die Fichten und Tannen warfen lange Schatten. Kurz nachdem sie aus dem Wald herausgetreten waren, teilte sich die Straße. Das Schild nach rechts wies nach Menzenschwand, geradeaus den See entlang ging es zum Ort Schluchsee weiter. Gleich nach der Kreuzung auf der linken Seite stand ein überdimensionaler Hotelkomplex aus mehreren Häusern. Am Ufer gegenüber führte ein asphaltierter Weg zu einem kleinen Bootshafen.

Carlos führte Felix auf die Terrasse des Hotels. Sie lag etwas erhöht, und Felix hatte eine gute Sicht auf den See. Ein leichter Wind wehte, winzige Schaumkronen huschten über die Wasseroberfläche.

»Der ist ja riesig!«, staunte Felix. »Ich hätte nicht gedacht, dass es im Schwarzwald einen so großen See gibt.«

»Gibt es auch nicht. Dies ist ein Stausee«, erklärte Carlo. »Von hier kam früher ein Großteil der Stromversorgung für den Südschwarzwald. Der ursprüngliche See war viel kleiner.«

Felix ließ seinen Blick über das Ufer wandern. Der See war von beiden Seiten dicht von mit Wald bewachsenen niedrigen Bergen eingerahmt. Über dem entfernten Seeende lag ein feiner Dunstschleier.

»Wo gehen wir hin?«, fragte er.

Carlos wies auf eine entfernte Landzunge auf der gegenüberliegenden Seeseite. Dort war der Wald ein Stück zurückgetreten, undeutlich erkannte Felix ein paar Häuser. »Siehst du das dort drüben? Dort müssen wir hin. Es ist schon spät, wir sollten gleich weitergehen.«

Sie gingen zurück zur Straße. Felix war erstaunt, dass Carlos sich nach links wandte. »Aber warum gehst du hier entlang? Wir bräuchten doch nur um die Bucht herumlaufen, ein Stück durch den Wald und wir wären dort.«

»Der kürzere Weg ist nicht immer der bessere. Es gibt zwei Möglichkeiten. Die Straße führt von hier aus zusammen mit der Bahnlinie immer am See entlang bis zur Staumauer am anderen Ende. Dort ist der Eingang zu unserem Lager. Wenn wir uns beeilen, müssten wir in etwa zwei, drei Stunden dort sein.«

»Und der andere Weg? Das sieht doch deutlich kürzer aus!«

»Du hast recht. Eine Dreiviertelstunde, kaum länger. Aber dieser Weg ist zu gefährlich. Wenn überhaupt, kommt man dort nur mit einem Wegweiser durch. Die Spinne ist überall, und sie ändert sich ständig. Wir kämen höchstens im Schneckentempo weiter.« Er deutete auf die Straße. »Aber das können wir uns nicht leisten. Ich will so schnell wie möglich den anderen Bescheid geben. Los jetzt, vielleicht schaffen wir es noch, bevor es dunkel wird.«

Carlos führte sie ein kurzes Stück die Straße entlang, dann bog er zur Seite ab. An einer Schranke vorbei kamen sie über das Gelände eines Segelklubs. Ein gut befestigter Weg führte in beide Richtungen am Ufer entlang.

»Der ehemalige Seerundweg«, erklärte Carlo. »Von hier aus können wir bis ins Dorf laufen.«

Der Pfad lief etwa zwei Meter oberhalb des Wassers und war die meiste Zeit von Kiefern in allen Größen gesäumt. Der würzige Nadelduft macht Felix hungrig. Gerne hätte er eine Essenspause eingelegt, doch Carlo machte keine Anstalten zu einer Rast. Leo war begeistert. Die Vögel in den Büschen spornten seinen Jagdtrieb ebenso an wie die Enten, die in Ufernähe geruhsam vor sich hin paddelten. Ein Kaninchen konnte sich mit knapper Not in eines der Löcher im Uferdamm retten.

Nach etwa 20 Minuten erreichten sie die Stelle, die genau gegenüber des Händlerlagers lag. Felix sah deutlich eine Reihe Holzhäuser und Schuppen, am Ufer stand ein Turm mit einer Leiter, der an einen Jägersitz erinnerte, aber mindestens doppelt so hoch war. Das ganze Gelände war von einem Holzzaun eingefriedet, der sich in einem Halbkreis zum Berg hin um das Lager zog.

Felix fiel auf, dass Carlo deutlich langsamer wurde und den Fuß mit der Wunde ein wenig hinter sich herzog. Immer wieder wischte er sich den Schweiß aus der Stirn. Auf dem Hosenbein glänzte frisches Blut.

»Sollen wir nicht doch einmal nach deiner Verletzung sehen?«

Carlo schüttelte den Kopf. »Es ist nicht mehr weit bis zur Staumauer. Es geht schon.«

»Das glaube ich dir nicht. Ich sehe doch, dass du Schmerzen hast.«

»Na und?«, gab Carlo unwirsch zurück. »Dann gehe ich eben mit Schmerzen! Ich sagte doch, wir müssen …«

Beide Männer hielten im selben Moment inne. Von Weitem hörten sie ein Geräusch. Leo stand regungslos in der Mitte des Weges. Er hatte die Schnauze gehoben und witterte.

»Bleib, Leo!« Felix fasste den Hund am Hals. »Was war das? Ein Tier?«

Wieder drangen leise Töne herüber. »Menschen!« Carlo lauschte gespannt. »Das sind eindeutig menschliche Stimmen!«

»Das ist ja wunderbar! Deine Leute kommen, um dich zu empfangen!«

»Unsinn! Ich bin erst heute Morgen aufgebrochen. Woher sollen sie wissen, dass ich hier bin? Nein, das ist jemand anderes.«

»Was sollen wir tun?«

»Ich muss wissen, wer das ist. Vielleicht sind es andere Streuner, von denen ich nichts weiß. Vielleicht jemand, der sich wie du hierher verirrt hat. Oder …« Er sprach den Satz nicht zu Ende. Felix ahnte, was er meinte. Wenn sie Pech hatten, waren sie auf einen der Trupps gestoßen, die sich für den Überfall sammeln wollten. Sie bewegten sich nur noch langsam vorwärts. Im Schutz der Bäume schlichen sie weiter, bis der Weg plötzlich nach links abknickte. Vorsichtig spähten sie um die Ecke. Vor sich sah Felix einen Bootsschuppen, dahinter ein Haus. Zur linken Seite standen Wohnmobile. Ein Stück weiter ragten wie graue Schatten die ersten Häuser des Ortes auf. Auf einem Platz, der durch eine Baumreihe vom Seeufer getrennt war, saßen ein paar Männer in einer Gruppe zusammen. Sie waren in Decken gehüllt. Hinter ihnen lag Gepäck auf dem Boden.

»Irgendetwas stimmt nicht«, sagte Carlo leise. »Seltsam, dass sie kein Feuer anhaben.«

»Die erinnern mich an die Kerle vom Titisee«, raunte Felix. »Kann es sein, dass sie uns auf einem anderen Weg überholt haben?«

»Das glaube ich nicht«, flüsterte Carlo zurück. »So lange waren wir nicht mit Duro beschäftigt. Außerdem kenne ich nur einen Weg, der von Falkau hierher führt. Wir hätten sie sehen müssen.« Er beugte sich ein Stück nach vorn, um besser sehen zu können. »Nein, ich glaube eher, das ist der zweite Trupp, von dem du erzählt hast.«

»Ich kann Wagner nirgends erkennen. Außerdem müssten es viel mehr sein! Bruno sprach von mindestens 30 Mann.«

»Ich glaube, das ist eine Art Vorauskommando. Die anderen kommen noch. Und Feuer haben sie deswegen nicht gemacht, weil man es von unserer Siedlung aus sofort sehen würde. Sie wollen nicht, dass sie bemerkt werden.«

Beide lauschten angestrengt, doch die Männer vor ihnen sprachen kaum etwas. Die wenigen Sätze waren so leise, dass Felix nichts verstehen konnte.

»Was machen wir?«, flüsterte er. »Gehen wir weiter?«

»Das wird nicht klappen. Der Weg wird so schmal, dass wir es kaum schaffen würden, unentdeckt an ihnen vorbeizukommen.«

»Dann gehen wir zurück und schlagen einen großen Bogen.«

Felix sah, wie Carlo nachdenklich den Kopf schüttelte. »Das hält uns zu lange auf. Und es ist gefährlich. Wer weiß, ob es im Dorf nicht doch noch ein paar mehr von den Kerlen gibt.« Er drehte sich um und winkte Felix, ihm zu folgen. »Ich habe eine bessere Idee.«

Leise huschten sie zurück zu dem Uferpfad und schlichen von dort aus weiter, bis sie außer Hörweite waren.

»Willst du uns doch den anderen Weg führen?«, schlug Felix vor. »Ich habe auch einen Wegweiser, zu zweit geht es vielleicht besser!«

Carlo antwortete nicht auf seine Frage. »Noch ein kleines Stück, wir sind gleich da«, sagte er stattdessen. Felix blieb nichts anderes übrig, als hinter ihm herzulaufen. Er war gespannt, was Carlo vorhatte.

Der Händler bewegte sich nur noch humpelnd voran. Felix sah ihm an, dass ihm das Gehen immer mehr Schwierigkeiten bereitete. Alle paar Schritte musste er stehen bleiben.

»Willst du mir nicht endlich sagen, was du vorhast?«

Carlo deutete zu einer riesigen Eiche, die sich wenige Meter vor ihnen inmitten der Kiefern und Hecken erhob. »Dort ist es!«

Als sie vor dem Stamm standen, sah Felix einen Bach, der unter einer Brücke von der Straße her zum See floss. Es war nicht mehr als ein Rinnsal, das Felix auf dem Hinweg übersehen hatte. Carlo verließ den Uferweg und kletterte über das enge Bachbett nach unten zum Seeufer. Dort begann er sofort, die Zweige und Ranken der Büsche auseinanderzuziehen.

Felix war überrascht, als er sah, was darunter zum Vorschein kam. »Ein Boot! Jetzt verstehe ich.«

Gemeinsam entfernten sie die restlichen Äste. Der Kahn war keine drei Meter lang und vollkommen leer, außer einer Wasserpfütze, die auf dem Boden schwappte. Die Sitzbank war gerade so breit, dass ein einzelner Ruderer darauf Platz hatte. Das hintere Ende war mit einer Kette am Ufer festgebunden.

Carlo stieg ins Wasser, das ihm an dieser Stelle bis zum Knie reichte, und watete um das Boot herum auf die andere Seite. Er verschwand im Gebüsch und kam nach wenigen Augenblicken mit einem Paar Paddel zurück. Er warf sie ins Boot, dann setzte er sich neben den Bach ins Gras.

»Für den Notfall. Wenn es keine andere Möglichkeit gibt.«

»Tolle Sache!«, staunte Felix. »Aber warum haben wir das nicht gleich benutzt, als wir hier vorbeigekommen sind? Wir könnten schon drüben sein!« Er wies auf die Landzunge mit dem Händlerlager, das schräg gegenüber auf der anderen Seeseite gut zu sehen war.

»Ich sagte doch, für den Notfall«, sagte Carlo. »Du siehst eine der Vorsichtsmaßnahmen, die wir gerne für uns behalten. Rund um den See haben wir ein paar Boote versteckt. Sie sind alle klein und wendig und einzig dafür gedacht, sich schnell fortzubewegen. Aber ein Boot auf dem See fällt sofort auf. Deshalb schien es mir besser, den Fußweg zu nehmen. Nach dem, was du erzählt hast, konnte ich nicht sicher sein, dass der See beobachtet wird. Und genau deswegen warten wir, bis es dunkel ist.«

Felix schaute einigermaßen skeptisch. Die Erklärung überzeugte ihn nicht. Er wunderte sich über die Umsicht, mit der die Streuner sich und ihr Lager vor unliebsamem Besuch schützten. Doch ob sie auf einen Überfall einer zu allem entschlossenen Bande vorbereitet waren? Das Lager der Händler war sowieso sichtbar. Ein einsamer Ruderer auf dem Wasser hätte kein großes Geheimnis verraten. Doch Carlo schien zu wissen, was er tat.

»Willst du mich wenigstens nach deiner Verletzung sehen lassen?«

Carlo nickte. Er zog den Schuh aus und krempelte das Hosenbein hoch. An einer Stelle war die Haut aufgerissen und blutete. Deutlich waren an der Wade die Abdrücke der Wolfszähne zu sehen. Carlo streckte das Bein ins Wasser und säuberte die Stelle mit den Fingern. Felix sah, wie er heftig atmete. »Tut es sehr weh?«

»Das Wasser kühlt ein wenig. Ich wollte ihn von dem

Esel ablenken, doch ich war nicht schnell genug. Ich konnte gerade noch auf das Dach flüchten. Ein paar Sekunden später und es wäre anders ausgegangen. Du bist gerade rechtzeitig gekommen.«

Carlo zog ein Tuch aus der Tasche und trocknete damit sein Bein ab. Dann drehte er es zusammen und band es mit schmerzverzerrtem Gesicht fest über die Wunde. »Das muss reichen, die Blutung zu stoppen. Zumindest, bis wir drüben sind.«

»Habt ihr einen Arzt?«

»Das wird schon.« Carlo zog seinen Schuh wieder an. »Eine halbe Stunde noch«, meinte er mit einem Blick über den See. »Es wird rasch dunkel.«

Felix sah, wie weit draußen auf dem See die Strahlen der Abendsonne in den Wellen funkelten. Der rotgoldene Schimmer verblasste zusehends. Über ihnen zogen sich große Wolken zusammen. Irgendwo am Ufer begann ein Frosch zu quaken, ein zweiter und dritter antworteten ihm.

Carlo hielt sein gesundes Bein mit den Armen umschlungen und starrte auf den See hinaus.

»Du machst dir Sorgen, nicht wahr?« Felix spürte deutlich, dass der Streuner mit seinen Gedanken woanders war. Die Wunde schien ihn kaum zu kümmern.

Carlo zögerte mit der Antwort. Dann nickte er langsam. »Ein paar von uns haben es kommen sehen. Vor allem der alte Gottlieb. Lupus est homo homini. Der Mensch ist des Menschen Wolf, hat er immer gesagt. Es wird nicht lange gut gehen.«

Felix sah erstaunt auf. Einen solchen Spruch hatte er nicht erwartet. »Was meinst du damit?«

»Am Anfang ging es im Schwarzwald für die Zurückgebliebenen nur ums Überleben. Und die ersten Jahre ging auch alles gut. Jeder hat gesehen, wo er bleibt. Und jeder hat dem anderen geholfen, so gut er konnte. Aus der Zeit stammt auch der Begrüßungsspruch.«

»Was brauchst du?«

»Was brauchst du! Es war ein ungeschriebenes Gesetz, dass man etwas austauschte, wenn man sich traf. Aber leider haben es nicht alle geschafft, sich etwas aufzubauen. Irgendwann wurde für manche das Überleben zum Kampf. Bis die ersten auf die Idee kamen, sich einfach zu nehmen, was sie brauchten.«

Felix erinnerte sich, was er bei seinem Aufenthalt bei den Riesles gehört hatte. »Die Bande in Neustadt!«

»Wir hätten schon aufmerksam sein müssen, als sie sich die Supermärkte nahmen und sich von da an das Lebensnotwendigste teuer bezahlen ließen. Es gab ein paar, die dafür plädierten, die Kerle festzusetzen und in eines der Soldatenlager am Sperrzaun zu bringen. Aber die meisten ließen sich einschüchtern und fügten sich. Der Handel ging trotzdem weiter, wenn auch unter anderen Vorzeichen. Aber seither sind wir vorsichtig geworden. Trotzdem haben wir nicht geglaubt, dass es so weit kommen würde.«

Felix dachte daran, was Lisa erzählt hatte. Die Bande ließ sich alles teuer bezahlen. Nicht nur mit Tauschwaren und Wertgegenständen. Und er dachte an die verkohlte Ruine an der B 500 auf dem Berg. »Ich habe die ›Kalte Herberge‹ gesehen«, nickte er. »Schrecklich.«

»Das ganze Zusammenleben der Menschen hat sich geändert. Und nicht nur das. Die Natur reagiert. So wie damals, als alles angefangen hat.«

Aus dem Gebüsch tauchte plötzlich Leo auf. Er stupste Felix mit der Schnauze an, wie er es tat, wenn er ihn auf etwas aufmerksam machen wollte.

Felix sprang sofort auf, doch es war nichts zu hören. Leos heftiges Schwanzwedeln zeigte ihm, dass es dieses Mal nicht um eine Warnung ging. Felix griff in sein Gepäck und zog den Beutel mit den Hundekeksen heraus. »Leo hat ein besseres Gedächtnis als ich«, lachte er, als er ihm eines der Leckerli reichte. »Tut mir leid für die Verspätung«, sagte er zu dem Hund, der ihn mit hoffnungsvollen großen Augen ansah. »Soll nicht wieder vorkommen. Aber du weißt: eines am Tag!« Er steckte den Beutel weg. »Ich bin gespannt, ob er das jemals lernen wird. Dabei ist er ansonsten äußerst verständig.«

»Er ist schlau«, meinte Carlo, der das Ganze beobachtet hatte. »Und er setzt seinen Charme ein! Da hast du keine Chance.«

»Du kennst dich aus mit Hunden?«

»Ich habe selber einen. Er heißt Lux. Normalerweise begleitet er mich auch. Dieses Mal musste er zu Hause bleiben. Er hatte sich einen Dorn in den Lauf getreten.« Carlo senkte die Stimme. »Zum Glück. Er hätte mich verteidigt bis zum Letzten. Aber die Begegnung mit dem Fenris hätte er nicht überlebt.«

Er stand auf. »Wir reden später weiter. Es ist Zeit zu gehen.« Er löste die Kette und versteckte sie im Gebüsch. Dann kletterte er in das Boot und nahm eines der Paddel. »Kannst du uns anschieben?«

Felix nickte. Er warf Rucksack und Essensbeutel in das Boot, Leo sprang mit einem großen Satz hinterher. Felix stemmte seine Füße ins Ufer und schob mit beiden Armen, so fest er konnte. Mit einem sanften Ruck löste sich der Kahn und begann frei zu schwimmen. Felix schwang ein Bein über die Bootkante, kletterte an Bord und packte das zweite Paddel.

»Zuerst am Ufer entlang«, befahl Carlo. Er hatte sich auf der Sitzbank niedergelassen und stieß kräftig das Paddel ins Wasser. »Mach es so wie ich, immer abwechselnd links und rechts, so können wir am besten die Richtung halten.«

Felix mühte sich. Es war nicht so einfach, wie er dachte. Seine Erfahrungen auf dem Wasser hatten sich bisher auf ein paar Tretbootfahrten mit Birte auf dem Flückigersee in Freiburg beschränkt. Er versuchte so gut es ging mitzuhalten. Doch die ungewohnte Armhaltung ließ ihn rasch verkrampfen. Immer wieder schlugen ihm die überhängenden Zweige der Weiden ins Gesicht. Und es platschte, als fielen große Steine ins Wasser.

»Nicht so laut!«, mahnte Carlo, der rasch merkte, dass Felix Schwierigkeiten hatte. »Du musst das Paddel nicht so stark festhalten. Rechte Hand oben an den Knauf, mit der linken durchziehen. Auf der anderen Seite umgekehrt.« Carlo lenkte das Boot vom Ufer weg und hielt direkt auf die Händlersiedlung zu.

Auf dem offenen Wasser fiel es Felix leichter, seine Kraft richtig einzusetzen und den Rhythmus zu finden. Sofort kamen sie schneller voran. »Gut so!«, ermunterte ihn Carlo. »Nur nicht so sehr mit dem Oberkörper wackeln!«

Nach ein paar Minuten löste sich Felix aus seiner angespannten Haltung. Es gelang ihm, den Blick von der Wasseroberfläche zu heben. Er hatte keine Ahnung, wie weit sie schon waren. Es war schwer, die Entfernungen abzuschätzen. Das gegenüberliegende Ufer hob sich wie ein dunkler Schatten vom blauen Nachthimmel ab. Vereinzelte Wolken zogen vorüber, über der Bergkette blinkte der erste Stern.

»Sind wir bald da?«, keuchte er.

Carlo lachte leise. »Wir haben noch nicht einmal die

Hälfte. Aber wir können gerne eine kleine Pause machen.« Er legte das Paddel vor sich auf die Knie, Felix tat es ihm gleich. Das Boot trudelte langsam aus.

Leo hatte sich die ganze Zeit völlig ruhig verhalten. Jetzt stand er von seinem Platz im Vorderteil auf, schnupperte, drehte sich um und machte einen Satz auf Felix zu. Sofort begann das Boot heftig zu schwanken. Es gluckerte bedrohlich.

Felix fuhr der Schreck in die Glieder. »Sitz, Leo! Du bringst uns noch zum Kentern!« Sofort ließ sich Leo auf den Holzplanken nieder und schob seinen Kopf zwischen Felix' Knie. »Wie tief ist es hier eigentlich?« Obwohl er versuchte es zu vermeiden, klang seine Stimme kläglich.

»20 Meter, vielleicht 30 oder 50 – das weiß ich nicht. Da musst du Gottlieb fragen. Zum Ertrinken reicht es allemal. Du kannst doch schwimmen, oder?«

»Schon«, brummte Felix. Der Gedanke an die schwarze Tiefe unter ihm ließ ihn erschauern. »Gibt es Fische?«

»Jede Menge. Ohne die Fische im See könnten wir gar nicht leben. Vielleicht sind heute Nacht sogar Angler unterwegs. Wenn du irgendwo über dem Wasser eine kleine Laterne siehst …«

Felix sah aufmerksam in alle Richtungen, konnte jedoch nichts entdecken. Stattdessen erschienen der Reihe nach am Himmel weitere Sterne. Im Westen kündete ein schwacher Schimmer den Aufgang des Mondes an. Allmählich wurde es frisch.

Carlo nahm sein Paddel und stieß es ins Wasser. »Wir sollten aber weiter. Der Abend ist noch lang.«

Sie fuhren etwas langsamer, sodass Felix mit dem regelmäßigen Auf und Ab deutlich besser zurechtkam. Ruhig und fast geräuschlos glitt das Boot durch das Wasser. Felix wusste nicht, wie lange sie unterwegs waren, als Leo sich plötzlich aufrichtete. Gleichzeitig spürte er, wie das Boot langsamer wurde.

»Wir sind da.«

Direkt vor ihnen tauchte ein Fels auf. Carlo ließ das Fahrzeug in eine schmale Ausbuchtung gleiten, wo noch zwei weitere Boote dümpelten.

»Wer kommt?«, klang eine Männerstimme von oben.

»Wenn der weiße Flieder wieder blüht!«

»Ah, Carlo! Und wen hast du bei dir?«

Felix bemühte sich vergeblich, den Sprecher zu entdecken. Der kleine Hafen war mit Steinen und Felsen eingefriedet, darüber glaubte er, einen Zaun zu erkennen.

»Einen guten Freund!«

»Und der Hund?«

»Beide aus bestem Haus.«

Eine Gestalt erschien über dem Zaun, eine Tür wurde geöffnet. Carlo band das Boot neben den beiden anderen fest und stieg an Land, Leo mit einem großen Satz hinterher. Felix hatte kaum Zeit, sich über die seltsame Begrüßung zu wundern. So rasch es ihm mit dem verletzten Bein möglich war, stieg Carlo die grob in die Felsen gehauenen Stufen empor. Felix nahm sein Gepäck und folgte ihm.

Die beiden Männer umarmten sich zur Begrüßung. »Carlo, wir haben dich noch nicht so früh zurückerwartet. Was ist los?«

»Ich kann dir nicht alles erklären, Mischa. Rufe den Rat zusammen!«

»Den Rat? Jetzt?«

»Ja, jetzt. Was ich zu sagen habe, geht alle an.«

Ohne weiter nachzufragen, verschwand Mischa in der Nacht. Felix hatte Mühe, etwas zu erkennen. Alles um ihn herum lag im Dunkel. Vor dem Sternenlicht hoben sich Silhouetten von Dächern ab. Nur an wenigen Stellen schimmerte schwaches, milchiges Licht.

»Die meisten schlafen schon«, erklärte Carlo »Wir leben ganz nach dem Rhythmus der Tageszeiten. Wenn es dunkel wird, gehen wir schlafen, wenn es hell wird, stehen wir auf.«

So einfach ist das, dachte Felix. Unvorstellbar in der Welt, aus der er kam, wo für viele jetzt erst die Aktivitäten begannen.

In diesem Moment hörte Felix den Klang von Metallstäben, die aneinandergeschlagen wurden.

»Dong, dong, dong-dong. Dong, dong, dong-dong.« Es war ein kurzer, aber markanter Rhythmus, der sich ein paarmal wiederholte. Fast gleichzeitig begann es um Felix herum lebendig zu werden. Er hörte das Geräusch schneller Schritte, Gemurmel, Rufen, ein paar unterdrückte Flüche.

Carlo hielt auf ein Gebäude zu, aus dessen Eingang Licht kam. Als sie eintraten, sah Felix, dass in der Mitte eben ein Feuer entzündet wurde. Ein Junge in seinem Alter kniete daneben und fütterte die Flammen mit Stroh und Holzstückchen. Carlo ließ sich auf einem auf dem Boden liegenden Kissen nieder und bedeutete Felix, sich neben ihn zu setzen. Leo drehte sich zweimal um die eigene Achse, dann rollte er sich dicht neben Felix' Beinen zusammen.

Der Raum füllte sich rasch. Schon nach wenigen Minuten war der Kreis um das Feuer geschlossen, ebenso die Reihe dahinter. Die anderen saßen auf Stühlen oder blieben stehen. Der Junge in der Mitte arbeitete erstaunlich rasch und geschickt. Noch ehe die letzten zum Eingang hereinkamen, brannte das Feuer groß und gleichmäßig. Um sich herum sah Felix in erwartungsvolle Gesichter. Er schätzte, dass etwa 30 Menschen beisammen waren, Männer, Frauen, aber auch

Kinder, die aussahen, als seien sie gerade erst im Schulalter. Aufgeregtes Gemurmel zog durch den Raum.

Der Mann, der auf dem Platz neben Carlo saß, musste Gottlieb sein. Felix konnte sein Alter schwer einschätzen. Sein glatt rasiertes Gesicht hatte eine helle Haut, die von winzigen Äderchen durchzogen war. Seine Lippen waren dünn, die Augenbrauen grau und buschig. Seine hohe Stirn glänzte im Schein des Feuers, eine mächtige schneeweiße Mähne fiel ihm in den Nacken. Felix sah, wie er aufmerksam jeden einzelnen Ankömmling beobachtete. Schließlich richtete er sich auf und hob die Hand. Sofort wurde es still. Nur noch das Knistern des Feuers war zu hören.

»Carlo hat den Rat eingefordert. Der Rat beginnt.«

Carlo erhob sich. »Danke, Gottlieb. Ich will mich kurzfassen. Wir müssen mit einem Angriff rechnen.«

Sofort wurde es unruhig. Von allen Seiten erhoben sich aufgeregte Stimmen. Carlo hob die Hände. »Ruhig, Leute! Wir dürfen keine Zeit vergeuden. Hört lieber, was unser Gast uns zu sagen hat!«

Das Gemurmel ebbte ab. Alle Blicke richteten sich erwartungsvoll auf Felix. Carlo bat ihn aufzustehen. Felix war völlig überrumpelt, als er plötzlich im Mittelpunkt stand. Sein Blick fiel zur Seite auf den Alten mit dem weißen Haar, der ihm aufmunternd zunickte.

»Also, da waren diese Männer …«, begann er. Seine ersten Sätze waren holprig, dann erzählte er so gut es ging von dem, was er auf dem Campingplatz belauscht hatte. Obwohl er sah, dass alle um ihn herum gespannt zuhörten, wurde er kein einziges Mal unterbrochen.

»Ich dachte, ich muss euch alle warnen«, schloss er seinen Bericht. »Und dann habe ich Carlo getroffen.« Rasch setzte er sich wieder.

»Sagt er so einfach!« Carlo ergriff das Wort. »Er hat mir das Leben gerettet. Der alte Fenris hing mir schon fast an der Kehle. Leider hat es Duro erwischt.« Von allen Seiten kamen ungläubige Blicke, Stirnrunzeln, Staunen. »Aber das ist eine andere Geschichte. Nicht für heute, nicht für jetzt. Ihr fragt euch sicher, warum ich mit dem Boot gekommen bin.« Carlo ergänzte Felix' Bericht durch das, was sie am Rande von Schluchsee gesehen hatten. »Für mich ist das Ganze eindeutig. Ich schlage vor, dass wir sofort handeln.«

Zu Felix' Erstaunen blieb der Aufruhr, den er erwartet hatte, dieses Mal aus. Stattdessen erhob sich überall Gemurmel und Getuschel, fragende und ängstliche Blicke wurden ausgetauscht. Einige starrten stumm vor sich hin.

»Worauf warten wir dann noch?« Eine Frau, die sich bisher im Hintergrund gehalten hatte, drängte sich nach vorn. »Noch haben wir eine Chance. Die wissen nicht, dass wir es wissen. Wir werden sie empfangen, aber richtig!« Sie warf einen glühenden Blick in die Runde. »Zeigt, dass ihr mehr seid als bloße Krämerseelen!«

Noch ehe sie eine Antwort bekam, hob der Weißhaarige seine Hand. »Es hat keinen Sinn, Angst zu verbreiten, Sonja! Das weißt du, und das wissen wir alle. Nur so haben wir all die Jahre überlebt. Auch dieses Mal werden wir vorgehen wie immer, wenn alle betroffen sind.« Er stand auf und erhob seine Stimme. »Der Rat ist beendet. Die Fünf Weisen bleiben hier, alle anderen gehen nach Hause.«

Felix staunte über die Autorität, die der Alte ausstrahlte. Ohne Widerspruch standen alle auf und gingen zum Ausgang. »Du kommst mit mir«, sagte Carlo. »Du kannst heute Nacht bei uns schlafen.«

»Wer sind die Fünf Weisen?«, fragte Felix, als er die frische Nachtluft um sich spürte. »Gehörst du nicht dazu?«

»Heute nicht. Wir wechseln uns ab. Nur Gottlieb und Luise gehören immer dazu.«

»Gottlieb – das ist der Alte, nicht wahr? Der, von dem du auf dem Boot erzählt hast?«

»Auf ihn hören alle. Wenn es hart auf hart kommt, hat er die letzte Stimme. Und Luise – du wirst sie noch kennenlernen.«

Felix folgte Carlo auf dem Weg, der in einigen Windungen leicht bergan führte. Inzwischen hatten sich seine Augen einigermaßen an die Dunkelheit gewöhnt. Nach und nach sah er, dass nicht alle Gebäude um ihn herum gleich waren. Es gab Hütten in verschiedenen Größen und mit unterschiedlichen Dächern, manche flach, andere steil aufragend. Dazwischen standen einfache Schuppen. Das Haus, auf das sie zuhielten, stand am Rande eines Getreidefeldes, dessen junge Halme im Mondlicht schimmerten. Die Tür stand offen, aus einem der Fenster schimmerte Licht.

»Tritt ein, sei mein Gast!«

Der Eingang führte direkt in eine Stube, die von einer Feuerstelle hell erleuchtet war. Im nächsten Moment stürzten sich drei Kinder auf Carlo und fielen ihm um den Hals. »Papa ist wieder da! Papa ist wieder da!«

Gleichzeitig ertönte ein warnendes Knurren, gefolgt von lautem Gebell. Vor Leo stand plötzlich ein Hund. Er war etwa halb so groß, hatte hell leuchtende Augen und ein gelbbraunes kurzes Fell. Offensichtlich war er hell empört über die unangekündigten Eindringlinge.

»Ist gut, Lux! Sei nicht so unhöflich!« Die Frau, die am Tisch gesessen hatte, stand auf und legte dem Tier ihre Hand über die Schnauze. Leo war nur kurz zurückgesprungen, ehe er wieder den Platz an Felix' Seite suchte.

Carlo hatte den kleinsten der drei zu sich emporgehoben. Mit dem freien Arm fasste er seine Frau um die Taille und küsste sie auf den Mund. »Du bist schon wieder schöner geworden!«, lächelte er.

Erst jetzt sah Felix, dass der Bauch der Frau deutlich gerundet war. Schon bald würde Carlo ein weiteres Mal Vater werden. Felix durchzuckte ein beunruhigender Gedanke. Was war, wenn der Angriff der Bande erfolgreich sein würde? Was würde mit den Unterlegenen geschehen? Würden sich Wagner und die anderen damit zufriedengeben, die Siedlung bis zum Letzten auszuplündern?

»Wer bist du?« Eine zarte helle Stimme verscheuchte Felix' düstere Gedanken. »Bist du ein Wilder?« Felix sah in ein paar große runde Augen. Der mittlere der Jungen war etwa vier oder fünf Jahre alt. Er trug eine einfarbige Kutte, die seinen ganzen Körper bedeckte und nur ein paar nackte dünne Arme zum Vorschein kommen ließ. Seine schwarzen Haare fielen ihm in wilden Locken herunter bis auf die Schultern.

Carlo kam Felix zu Hilfe. »Nein, ein Wilder ist er nicht. Das ist Felix, mein Freund! Er ist von weit her und wird uns ein paar Tage besuchen.«

»Kommst du aus Amerika?« Der Kleine ließ nicht locker. Es war augenscheinlich, dass er in dem Alter war, in dem er begann, sein Weltbild zusammenzubauen.

»Nicht ganz, aber aus der Richtung«, lachte Carlo. Er drehte sich zu seiner Frau um, die milde lächelnd danebenstand. »Elsa, da siehst du, was du anrichtest, wenn du den Kindern immer solche Geschichten am Abend erzählst.«

»Oh ja! Eine Geschichte! Erzählst du uns eine Geschichte?«, riefen die Kinder dazwischen.

»Später vielleicht«, sagte Elsa. »Jetzt wollen wir es zuerst unserem Gast gemütlich machen. Du wirst Hunger haben?«, fragte sie Felix. »Ich habe noch etwas vom Abendessen übrig.«

»Ich könnte auch noch etwas vertragen«, meinte Carlo. »Aber dann gleich. Ich muss noch einmal weg. Es gibt einiges vorzubereiten.«

»Heute Nacht noch?« Elsa klang besorgt. »Hat es damit zu tun, dass du so früh zurückgekommen bist? Außerdem sehe ich, dass du verletzt bist!«

»Nicht schlimm. Ich erzähle dir alles später, wenn die Kinder schlafen.«

Nach dem Essen, einer einfachen, aber kräftigen Suppe mit reichlich Gemüseeinlage, stand Carlo auf und verabschiedete sich. Felix war enttäuscht, dass er nicht zum Mitgehen aufgefordert wurde. Schließlich hatten die Streuner es ihm zu verdanken, dass sie gewarnt wurden. Anstatt ihn mitzunehmen, ließ Carlo ihn stattdessen bei den Kindern zurück. Insgeheim war er froh, dass der Tag für ihn zu Ende ging. Kurz nachdem Carlo gegangen war, machte sich eine wohlige Müdigkeit in ihm breit. Schon als er Elsa beim Aufräumen half, wurden seine Augen schwer. Die Frau merkte, dass er sich nur noch mit Mühe wach hielt. »Komm, ich zeige dir deine Schlafstelle.« Sie nahm ein Kissen von den Stühlen und holte aus einer der Truhen eine Decke. »Der Rest ist rasch aufgeräumt. Schau, dein Leo hat auch genug für heute. Es sieht so aus, als habe er einen neuen Freund gewonnen.« Sie zeigte auf die beiden Hunde, die einträchtig nebeneinander nahe der Feuerstelle lagen. Die Flammen waren zur Glut heruntergebrannt.

Die Kinder waren inzwischen eines nach dem anderen auf die niedrige Bettstatt geklettert und hatten sich unter einer Decke zusammengerollt. Mit großen Augen beobachteten sie ihre Mutter und den fremden Gast.

»Sie warten auf die Gutenachtgeschichte, oder?«

Elsa nickte und stieß einen Kienspan in die Glut. »Ja. Aber heute nur noch kurz. Es war schon genug Aufregung.« Sie deutete auf einen verknautschten Sack auf dem Boden vor der Wand. »Hier kannst du es dir gemütlich machen. Der Sack ist mit frischem Stroh gefüllt.«

Felix bedankte sich. Er zog seine Schuhe aus, streckte sich aus und drehte sich – in die Decke gehüllt – auf die Seite. Die Matratze roch ein wenig muffig, doch aus dem Kissen strömte ein angenehmer Duft nach frischem Heu. Doch er konnte nicht einschlafen. Seine Aufregung war fast so groß wie die Müdigkeit. Er erinnerte sich an den Überfall von Wagners Bande im Wald, bei dem Lisa entführt und er für tot gehalten worden war. Die Vorstellung, dass die Banditen über das Dorf herfallen würden, ängstigte ihn. Diese Leute waren rücksichtslos und zu allem fähig. Ob die Händler auch kämpfen und sich verteidigen konnten? Reichte die kurze Zeit, um sich vorzubereiten? Felix wälzte sich zur anderen Seite. Seltsamerweise spürte er keine Angst um sich. Doch was war mit dem Händler, den er suchte? Bisher hatte sich noch keine Gelegenheit ergeben, nach ihm zu fragen. Befand er sich überhaupt im Lager oder war er noch irgendwo unterwegs? Was war, wenn er umkam, noch ehe Felix ihn nach dem Anhänger gefragt hatte?

Felix beobachtete unter halb geschlossenen Lidern, wie Elsa die letzten Handgriffe in der Küche abschloss. Dann setzte sie sich zu ihren Kindern auf das Bett.

»Die wilden Kerle waren an diesem Tag besonders aufgeregt …«, begann sie. Ihre Stimme klang leise und angenehm. Zwischendurch hörte Felix immer wieder das Knistern des Kienspans. Stück für Stück fielen die restlichen Holzstückchen in der Glut zusammen. Von Ferne drang ein leises Rauschen der Bäume bis in die Hütte.

Der Wind geht. Es wird Regen geben. Es waren Felix' letzte Gedanken, ehe er einschlief.

*

Auf. Ab. Auf. Ab.

Den Rhythmus halten. Nicht nachlassen.

Das Blut in seinen Schläfen pocht. Seine Armmuskeln glühen, die Knie scheuern auf dem harten Plankenboden.

Auf und ab und auf und ab und auf und ab.

Schwarzes Wasser. Kein Ufer. Das Boot schrumpft unter ihm mit jedem Paddelschlag.

20 Meter, vielleicht 30 oder 50 – zum Ertrinken reicht es allemal.

Auf. Ab. Auf. Ab.

Wasser spritzt auf, kalt. Wellen schlagen über den Bootsrand. Der Kahn ist offen, wird schwerer, stockt, neigt sich, kippt. Arme schlagen, Beine strampeln, Ringen nach Luft.

Ein Auge im dunklen Licht. Fisch und Mensch.

Das Loch im Auge weitet sich, gurgelnder Strom. Kein Halt. Der Sog erbarmungslos.

»Du wirst sie hier nicht finden!«

Hinab, hinab …

Die Traumbilder verblassten. Als Felix die Augen öffnete, drang durch die offene Tür helles Sonnenlicht herein. Der Tisch, die Stühle, die Truhen an der Wand, die Bettstatt, die Feuerstelle in der Mitte – Stück für Stück setzte sich die Erinnerung zusammen. Er hatte bei Carlo und seiner Familie geschlafen. Felix setzte sich auf und streckte sich, dann ging er zur Tür. »Der wilde Kerl ist aufgewacht! Der wilde Kerl ist aufgewacht!« Carlos Jungs stürzten sich auf ihn. Auch Leo kam sofort angesprungen.

Er rieb seine Schnauze an seinem Bein und wedelte vor Freude mit dem Schwanz.

»Du musst uns von dem Wolf erzählen!«

»Langsam, langsam.« Elsa saß auf der Bank vor dem Haus in der Sonne. Vor sich hatte sie ein Spinnrad stehen, durch das sie einen dünnen Wollfaden laufen ließ. »Du hast lange geschlafen! Ich glaube, es hat dir gutgetan.«

Felix sah zum Himmel. Die Sonne stand bereits über dem Bergkamm. Es war warm. »Wo ist Carlo?«

»Er ist bereits weg. Es gibt Dringendes zu besprechen und vorzubereiten. Aber das braucht dich im Moment nicht zu kümmern. Du wirst sicher Hunger haben. Und vielleicht möchtest du dich vorher waschen.«

»Ich zeige dir, wo der Brunnen ist!« Der Älteste der drei schob sich nach vorn.

»Gute Idee, Hannes.« Elsa legte die Spindel zur Seite und stand auf. »Andreas, du hilfst mir, das Frühstück zu richten. Matthias darf solange den Rest der Wolle aufwickeln.«

Hannes führte Felix um das Haus auf die Rückseite. Dort plätscherte Wasser aus einem hölzernen Rohr in einen ausgehöhlten Baumstamm. »Es kommt von dort oben aus dem Wald!«, sagte Hannes eifrig, während Felix sich das eiskalte Wasser ins Gesicht spritzte. »Dort darf man aber nicht hingehen! Dort sind die Wächter!«

Felix zog Jacke und Hemd aus und wusch sich Arme und Oberkörper. »Die Wächter? Sind das Männer aus dem Dorf?«

Hannes schüttelte energisch den Kopf. »Nein, nein! Keine Männer. Die Wächter kann man nicht sehen. Sie sind stark. Sie beschützen uns.«

Felix stutzte. Hatte nicht Carlo erwähnt, dass das Gebiet um einen Großteil des Händlerlagers von der geheimnisvollen Kraft beherrscht wurde? Felix sah hinauf zum Wald, dessen Rand die Wiese deutlich sichtbar abgrenzte. Er konnte nichts Besonderes entdecken. Es gab weder eine Mauer noch einen Zaun. Er würde ihn fragen.

Er trank ein paar Schlucke, dann zog er sich wieder an. »Willst du mir nachher euer Lager zeigen?«

»Au ja! Ich habe eine Ziege. Und einen Fußball. Und …«

»Später!«, lachte Felix. »Wir wollen deine Mutter nicht länger warten lassen.«

Elsa und die Kinder hatten in der Zwischenzeit auf dem Tisch vor dem Haus Brot, Butter und einen kleinen Krug Milch gerichtet. Während Felix hungrig zugriff, beobachteten drei Augenpaare neugierig jede seiner Bewegungen.

»Mach dir nichts draus«, sagte Elsa. »In unser Lager kommt nur selten jemand. Andreas und Matthias haben noch nie einen Fremden gesehen.«

»Das ist schon in Ordnung«, lächelte Felix und biss in sein Butterbrot. »Für mich ist auch vieles neu. Lebt ihr schon lange hier?«

Elsa deutete in Richtung See. Auf halbem Weg stand ein großes Schwarzwaldhaus inmitten mehrerer kleiner Hütten und Schuppen. »Siehst du das große Haus dort? Das ist der Unterkrummenhof. Das war lange Jahre ein beliebtes Ausflugsziel für Touristen. Es gab sogar eine Bootsanlegestelle für Schiffe, die von Schluchsee herüberkamen. Die damaligen Besitzer wollten ihr Haus nicht aufgeben. Als die Soldaten kamen, hielten sie sich im Wald versteckt. Mit ihren Vorräten konnten sie sich lange Zeit über Wasser halten. Später kam eine Familie aus Menzenschwand dazu, die eine Bleibe suchte.«

»Menzenschwand?« Felix horchte auf. »Sagtest du Menzenschwand?«

»Kennst du das?« Elsa spürte, dass Felix plötzlich unruhig wurde.

»Das ist …« Felix stockte. »Ich erzähle es dir nachher. Wann kamen dann die Händler? Und wie viele seid ihr heute?«

»Irgendwann kam Gottlieb, der alte Mann mit den weißen Haaren. Er hatte die Idee, aus dem Gelände eine Siedlung zu machen. Es sollte eine Mischung werden aus Dorf, Handelsplatz und Lager. Bisher klappt alles gut, ich denke vor allem deshalb, weil nie alle gleichzeitig zu Hause sind. Nur die Händler mit Familie leben auf Dauer hier.«

Während Elsa erzählte, waren der Reihe nach ein paar weitere Kinder dazugekommen. Sie saßen auf dem Boden und beobachteten Felix neugierig.

»Und warum nennt ihr euch ›Streuner‹?« Felix nahm einen Schluck von der Milch. Sie schmeckte würzig und etwas streng. »Nimm es mir nicht krumm, aber für mich klingt das ein bisschen nach herrenlosen Hunden und Katzen.«

Elsa lachte. »Ich finde das nicht schlimm. Im Gegenteil. Alle, die hier zusammengekommen sind, sind unabhängig und niemandem Gehorsam schuldig. Es gibt nur zwei Regeln: Nichts darf der Gemeinschaft schaden. Und alles, was wir tun, ist freiwillig. Was nicht heißt«, fügte sie hinzu, »dass wir uns nicht auch unterordnen. Die Fünf Weisen haben gestern einen Vorschlag ausgearbeitet, wie wir der Bedrohung begegnen können.«

»Hat Carlo noch etwas erzählt, als er nach Hause kam?«

»Das kannst du ihn selber fragen. Dort kommt er!«

Im selben Moment hörte Felix ganz in der Nähe das Alarmzeichen, das gestern Abend die Ratsversammlung zusammengerufen hatte.

»Dong, dong, dong-dong. Dong, dong, dong-dong.« Der dumpfe Klang der Metallstäbe verhieß nichts Gutes.

Carlo war außer Atem. »Elsa, du musst mitkommen. Wir treffen uns alle, jetzt gleich. Eine Entscheidung steht an.« Er wandte sich zu Felix. »Wir haben uns beide verschätzt. Die Banditen sind schon da. Und sie machen ernst.«

»Wo sind sie? Haben sie angegriffen?«

»Noch nicht. Aber vor einer halben Stunde kamen drei von ihnen als Unterhändler zu unserer Wache an der Staumauer.«

»Als Unterhändler?«, sagte Elsa erschrocken. »Was wollten sie?«

»Sie wollen, dass wir ihnen das gesamte Lager übergeben. Dann würden sie auf einen Angriff verzichten und uns freien Abzug gewähren. Keinem von uns soll ein Leid geschehen.«

»Das glaube ich nie im Leben. Denen traue ich nicht!« Elsas Stimme zitterte. »Sie werden uns alles nehmen. Und sie werden uns nicht verschonen.«

»Was haben eure Leute geantwortet?« Auch Felix war zutiefst erschrocken. »Ihr werdet doch nicht etwa zustimmen?«

»Natürlich nicht. Wenn es zum Äußersten kommt, wird sich jeder von uns verteidigen. Aber wir müssen an alle denken. Auch an die, die zu schwach sind. Und vor allem an die Familien. Deshalb wollen wir zuerst alle hören. Dann wird der Rat entscheiden, was wir tun.«

Wieder klangen die Metallstäbe. »Wir müssen los, Elsa. Felix, ich hoffe du verstehst, dass du dieses Mal nicht mitgehen kannst. Dies ist unsere Sache, und ich will nicht, dass du hineingezogen wirst. Du bist frei, du kannst dich entscheiden, wie du willst. Noch hast du Zeit zu gehen.«

»Ich habe mich schon entschieden. Natürlich bleibe ich! Ich werde euch helfen!«

Carlo nickte. »Das höre ich gerne. Wir werden jeden

Mann brauchen. Aber du kannst es dir noch überlegen. Im Moment hilfst du uns, wenn du für die nächste halbe Stunde nach den Kindern siehst.«

»Aber ich will kämpfen!«, rief Felix empört. »Ich bin ein Mann!«

»Nach dem Rat werden wir mehr wissen«, meinte Elsa. »Bitte tue uns den Gefallen!«

Felix kickte wütend einen Stein durch die Luft. »Macht doch, was ihr wollt! Ist mir doch egal!« Wütend sah er den beiden hinterher, als sie in Richtung Versammlungshaus davoneilten. Dann warf er sich auf die Bank und streckte die Beine aus.

Die Kinder schienen die lauten Worte nicht weiter zu kümmern. Matthias und Andreas begannen, mit bunten Glaskugeln zu spielen, Hannes kam und setzte sich neben ihn. »Bist du zornig? Vielleicht bist du doch ein wilder Kerl?«

Der Junge fragte derart treuherzig, dass Felix lachen musste. »Vielleicht bin ich das! Ich weiß es manchmal selber nicht. Wolltest du mir nicht deine Ziege zeigen?«

Hannes strahlte. »Ja, gerne. Sie heißt Rikki-Tikki. Das war der mutigste Mungo der Welt. Das steht in einem Buch. Carlo hat es vorgelesen. Rikki-Tikki ist stark. Sie kann jeden niederboxen!«

»Das glaube ich dir«, meinte Felix. Er erinnerte sich an die Geschichte aus dem Dschungelbuch. Es war eines der vielen Bücher, die er verschlungen hatte, nachdem er lesen gelernt hatte. Der Kampf des Mungos mit der Schlange im indischen Urwald hatte ihn sehr beeindruckt. »Dann mal los!«

Eine Dreiviertelstunde später kamen Carlo und Elsa zurück. Schon von Ferne fiel Felix Carlos entschlossener Blick auf.

»Es ist, wie ich es gedacht habe. Der Beschluss war einstimmig. Niemand traut den Worten der Banditen. Wir werden kämpfen! Für uns und für unsere Kinder!«

»Was werdet ihr tun?«, fragte Felix gespannt.

»Die Banditen werden versuchen, über die Staumauer zu gelangen. Dort werden wir sie erwarten. Ich bin nur noch einmal zurückgekommen, um ein paar Sachen zu holen.«

»Ich komme mit!«, rief Felix.

»Du willst nicht weggehen? Noch gäbe es die Gelegenheit. Von den Angreifern ist noch nichts zu sehen. Du könntest mit Leo über die Staumauer gehen und auf der anderen Seite im Wald untertauchen.«

Felix schüttelte energisch den Kopf. »Das kommt überhaupt nicht infrage. Ich bin kein Feigling, ich will mitkämpfen!«

Carlo wechselte einen Blick mit seiner Frau. Dann nickte er. »Eine unserer beiden Regeln: Alles, was wir tun, ist freiwillig. Ich freue mich, wenn du uns hilfst. Willkommen bei den Streunern!«

Er drehte sich um und rief seinen Ältesten zu sich. »Hannes, du holst aus dem Stall die Heugabeln und die beiden Dreschflegel. Elsa, ich brauche meine festen Stiefel und die Lederjacke. Und die Handschuhe! Und bringe etwas für Felix mit!«, rief er ihr hinterher, ehe sie im Haus verschwand.

Felix folgte Carlo in einen kleinen Anbau an der Seite. Der Raum war bis hoch zur Decke mit Regalen und Schränken zugestellt. Überall gab es Schubladen und Türen. »Meine Schatzkammer!«, erklärte Carlo. »Hier bewahre ich alles auf, was ich an Besonderem im Laufe der Jahre eingehandelt habe. Alles, was sich im Laufe der Zeit einmal als nützlich erweisen könnte.« Er öffnete eine der Schubladen und brachte ein Fernrohr zum Vorschein. Er zog es auseinander und reichte es Felix. Das Messing glänzte, als sei es eben frisch poliert worden. »Das habe ich von einem Mann in Bonndorf, der dort ein Museum geleitet hatte und im Laufe der Jahre der Reihe nach alles verhökerte. Schau mal durch!«

Felix trat vor die Tür und richtete das Fernrohr auf den früheren Gasthof. Das Bild trat so nahe an ihn, dass er die Schnitzereien über dem Türeingang gut erkennen konnte. »Unterkrummenhof – erbaut 1788«, las Felix. »Das ist gut! Besser als ein Feldstecher.«

»Ja, wir werden es brauchen können. Jetzt aber zu Elsa, es wird höchste Zeit!« Er schloss die Tür, und sie gingen zurück zum Haus. Elsa hatte die Sachen inzwischen herausgelegt. Auch für Felix war etwas dabei. Er schlüpfte in ein paar ausgetretene Springerstiefel und zog sich eine dicke Lederweste über. Hannes schleppte die Heugabeln und einen Dreschflegel herbei. »Den anderen habe ich nicht mehr tragen können«, keuchte er.

»Ist schon gut, den holst du nachher.« Carlo fuhr seinem Sohn mit der Hand über den Haarschopf. »Wir nehmen ihn beim nächsten Mal mit.«

»Geht ihr kämpfen? Ich will auch mit!«

»Auch mit!«, echote Andreas.

»Jetzt nicht«, antwortete Carlo. »Ihr müsst eurer Mutter helfen. Felix und ich werden großen Hunger haben, wenn wir zurückkommen.« Er umarmte seine Frau und gab ihr einen Kuss. »Es wird alles gut werden.«

Ehe sie aufbrachen, steckte sich Carlo noch ein Messer in den Gürtel. »Wie ich sehe, hast du auch eines«, sagte er zu Felix. »Das ist gut. Trotzdem hoffe ich, dass wir es nicht brauchen.«

Felix ahnte, was er damit meinte. Ein Messer brauchte man beim Kampf Mann gegen Mann. Im Stillen hoffte er inständig, dass es nicht dazu kommen würde.

»Dein Hund bleibt da.« Carlo zeigte auf Leo, der merkte, dass etwas Neues bevorstand, und eifrig mit dem Schwanz wedelte. »Es ist zu gefährlich für ihn. Außerdem kann er uns nicht helfen.«

Felix wollte protestieren, doch er sah ein, dass Carlo recht hatte. Er streichelte Leo hinter dem Kopf. »Bleib hier bei Lux. Pass gut auf Elsa und die Kinder auf.« Leo stieß ein kurzes Bellen aus, dann trollte er sich zu seinem neuen Freund.

Carlo führte Felix über einen gewundenen Trampelpfad hinunter zum Seeufer. Um sie herum schien die ganze Siedlung unterwegs zu sein. Felix sah nicht nur Männer, auch Frauen und größere Kinder waren auf dem Weg. Es war seltsam anzusehen, was die Händler als Waffen dabeihatten. Ein paar hatten Heugabeln und Dreschflegel wie Carlo. Dazu gab es Sensen, Hacken, Messer mit langen und kurzen Klingen, Mistforken, Stangen mit Haken oder Metallspitzen, Äxte und Beile, Vorschlaghammer. Dazwischen sah Felix sogar vereinzelt große Langbogen mit Pfeilen im Köcher. Ein paar wenige trugen schwere, geschnitzte Keulen. Felix glaubte sich ins Mittelalter zurückversetzt. So oder ähnlich musste es bei den Bauernkriegen ausgesehen haben, über die er in der Schule gehört hatte. Seltsamerweise sah er nicht eine einzige moderne Waffe. Bei seinen bisherigen Begegnungen hatte er sich nicht viele Gedanken darüber gemacht. Doch hier schien es ihm seltsam.

»Was macht ihr, wenn die Angreifer schießen? Dann werden diese Waffen nicht genügen. Habt ihr eigentlich keine Gewehre? Oder Pistolen?«

»Die anderen werden nicht schießen. Kein Mensch im Schwarzwald, der einigermaßen bei Verstand ist, würde ein Gewehr oder einen Revolver abfeuern.«

»Aber … Das verstehe ich nicht! Mit einer Schusswaffe ist doch jeder klar überlegen!«

»Als damals das große Unglück über alle hereinbrach, hat sich vieles verändert. Und es tut es immer noch. Zum Glück war die Verstrahlung nicht so schlimm wie befürchtet. Aber immer noch weiß keiner genau, warum die Elektrizität ausgefallen ist. Keiner weiß, woher die tödliche Kraft kommt, die jeglichen Willen lähmt.« Carlo blieb einen Moment stehen, um zu verschnaufen. »Bei den modernen Schusswaffen war es besonders merkwürdig. Im Laufe der Wochen begannen die ersten unerwarteten Reaktionen. Schüsse lösten sich nicht mehr, blieben stecken oder verpufften wie nasse Streichhölzer. Im schlimmsten Fall explodierte die Ladung. Irgendwann traute sich keiner mehr, eine Waffe zu benutzen.«

»Und was ist mit Sprengstoff? Dynamit?«

»Noch schlimmer. Meistens funktioniert es überhaupt nicht. Es gab aber auch Fälle, bei denen sich die Ladung vervielfachte und entsetzliche Schäden anrichtete. Es wurde unmöglich, das Ganze zielgerichtet anzuwenden.«

Felix erinnerte sich an seine Begegnung mit den Soldaten in Waldkirch. Alle waren bewaffnet gewesen, dennoch waren sie äußerst zögerlich, ihre Gewehre zu benutzen. Mehr als ein, zwei Schüsse hatte er damals nicht gehört. »Und wenn es die Banditen trotzdem tun? Es sieht nicht so aus, als hätten ihre Anführer Skrupel wegen ihrer Leute.«

»Das Risiko müssen wir eingehen«, meinte Carlo.

Sie waren inzwischen am Fuße des Hügels angelangt, über den sich die Siedlung erstreckte. Felix sah nun, dass entlang des Seeufers ein durchgehender Zaun aufgerichtet war. Er bestand aus massiven dicken Holzstämmen, die dicht aneinandergefügt und fest in den Boden gerammt waren. Oben liefen sie spitz zu.

»Wie ein Fort im Wilden Westen«, staunte Felix.

»Ja, das stimmt. Nur Schießscharten gibt es keine. Um Ausschau zu halten, steigen wir auf eine Leiter. Oder wir gehen hier hoch!« Inzwischen waren sie am Fuße des Turmes angelangt, den Felix gestern schon gesehen hatte. »Komm, ich zeige es dir!« Carlo legte seine Waffen ab und stieg die hölzerne Leiter hinauf. Felix folgte dicht dahinter. Die erste Leiter führte zu einer kleinen Plattform, von der aus man über die Palisaden sehen konnte. Nach oben schlossen sich zwei weitere Leitern an. Felix bekam weiche Knie, als er Meter um Meter nach oben kletterte. Es gab keinen Balken um ihn herum, an dem er sich festhalten oder abstützen konnte. Er zwang sich, nicht nach unten zu schauen, und war froh, als er endlich oben angelangt war. Er war überrascht, dass sie nicht alleine waren.

»Etwas Besonderes, Winnie?«, fragte Carlo den Jungen, der auf einer schmalen Bank saß. Er war kaum älter als Hannes und sah Felix neugierig entgegen. »Alles wie immer. Kein Schiff zu sehen. Nichts bewegt sich drüben, nur ein paar Leute an der Eisenbahnbrücke.«

»Gut. Pass weiter auf. Und gib sofort Meldung, wenn dir etwas auffällt!«

Zu Felix' Erleichterung gab es rund um die Plattform eine brusthohe Verkleidung ähnlich der auf dem Hochsitz, von dem aus er die Auerhähne beobachtet hatte. Er hielt sich mit beiden Händen an dem Fahnenmast fest, der in der Mitte aufragte. Ob es die Holzkonstruktion war, die schwankte, oder ob seine Knie immer noch zitterten, konnte er kaum unterscheiden. Dafür war der Ausblick atemberaubend. Von dieser Seite aus sah der See noch größer aus als vom Uferweg, den sie am gestrigen Abend gegangen waren.

Carlo wies mit dem Arm nach Westen. »Siehst du das Hotel? Von dort sind wir hergekommen. Und dort drüben ist der Ort Schluchsee.« Er reichte Felix das Fernrohr, doch dieser schüttelte den Kopf.

»Ich halte mich lieber fest«, antwortete er. Seine Stimme klang dünn. »Ich sehe auch so alles gut.« Felix folgte Carlos ausgestrecktem Arm mit seinem Blick. Schräg rechts vor sich sah er eine winzige vorspringende Landzunge mit einem Gebäude, das ihn an einen Pavillon im Freiburger Seepark erinnerte. Direkt dahinter schloss sich eine Bucht an, über die eine Brücke führte. Die meisten Häuser waren von Bäumen verdeckt, aber dennoch gut sichtbar. An manchen Stellen war der Blick frei auf die Bahnlinie und die Bundesstraße. Das östliche Ende des Sees mit der Staumauer verschwand hinter einer dicht bewaldeten Landzunge.

»Dort vor der Bucht haben wir gestern Abend die Männer gesehen«, sagte Carlo. »Du siehst, wir hätten einen großen Bogen machen müssen.« Er schob das Fernrohr wieder zusammen und begann, die Leiter hinunterzusteigen. Für Felix war es noch schlimmer als beim Hochklettern. Verbissen klammerte er sich an den Sprossen fest und setzte vorsichtig Schritt für Schritt.

»Ein Bergsteiger werde ich in diesem Leben keiner mehr«, keuchte er schwer atmend, als er endlich am Fuße der unteren Leiter stand. »Ich würde einiges dafür geben, wenn ich nicht immer solchen Schiss hätte.«

»Du denkst zu viel«, meinte Carlo knapp. »Du stellst dir andauernd vor, was passieren könnte. Anstatt das zu sehen, was ist.«

Felix antwortete nicht. In den Worten seines Begleiters klang einiges von dem, was Chiara ihm gesagt hatte. Doch es war nicht die Zeit für tiefsinnige Betrachtungen, zumal Carlo sich sofort aufmachte. Sie liefen einige Hundert Meter die Palisade entlang, bis sie zu einem Tor kamen. Es hatte zwei große schwere Flügel und war mit mehreren dicken Balken gesichert. Darüber führte ein Holzsteg von der einen Seite zur anderen. In einem der Flügel gab es eine Tür, die sich gesondert öffnen ließ.

»Ich weiß, was du denkst«, meinte Carlo. »Alles sieht so aus wie bei den Siedlern im Wilden Westen abgeschaut. Aber wie so oft im Leben sind die einfachsten Lösungen die besten. Mit dem Zaun und dem gesicherten Tor können wir das Lager bestens verteidigen.«

»Heißt das, ihr habt schon immer damit gerechnet, eines Tages überfallen zu werden?«

Carlo wiegte den Kopf. »Irgendwie schon. Anfangs gab es nur eine leichte Befestigung. Hauptsächlich, um die Tiere fernzuhalten.«

»Wölfe?« Felix beschlich ein mulmiges Gefühl.

»Nicht nur. Wölfe, Luchse, Wildkatzen – es gibt alles. Aber auch eine Rotte Wildschweine kann gewaltigen Schaden anrichten. Der Zaun hat lange genügt. Aber seit sich die Dinge geändert haben, sind wir vorsichtiger geworden. Es war eine Menge Arbeit, aber jetzt sind wir zufrieden.«

Von außen sah Felix deutlich, wie die hölzerne Palisade die Siedlung umschloss. Sie zog sich vom Ufer über ein Wiesenstück bis hin zu ein paar Felsen, die am Waldrand aus dem dichten Grün herausragten. Vom Tor aus führte ein gut erhaltener Weg den See entlang. Obwohl er nicht befestigt war, konnte Felix sehen, dass er viel benutzt wurde. Zwischen den beiden ausgefahrenen Spurrinnen war der Boden festgetreten, Gras wuchs nur wenig.

»Wie ein Feldweg, auf dem Fuhrwerke oder Traktoren fahren!«, staunte Felix. »Habt ihr denn auch Wagen?«

»Ein paar. Aber wir nutzen sie selten. Du hast gute Augen! Auf diesem Weg sind wir oft unterwegs.«

Kurz bevor der Weg in einer Kurve in den Wald einbog, drehte Felix sich noch einmal um und sah zurück. Der Platz für das Lager war optimal gewählt. Schon gestern hatte er von Weitem gesehen, dass die Siedlung auf einer halbkreisförmigen Landzunge lag. Auch auf dieser Seite bot eine breite Einbuchtung zusätzlichen natürlichen Schutz.

»Was macht ihr eigentlich, wenn die mit Booten kommen? Der See ist so groß, das könnt ihr doch nicht alles unter ständiger Kontrolle halten?«

»Du hast recht. Dann wären wir mit nichts anderem mehr beschäftigt. Aber wir haben vorgesorgt.« Carlo ging etwas langsamer. Felix sah, dass ihm das verletzte Bein noch Schmerzen bereiten musste. »In der Zeit, als wir die Palisade bauten, haben wir gleichzeitig das ganze Seeufer gegenüber abgesucht. Die meisten Boote waren im Lauf der Jahre verrostet, hatten Lecks oder waren auf andere Weise unbrauchbar geworden. Die motorgetriebenen Schiffe waren sowieso nicht mehr zu benutzen. Nur wenige Ruder- und Segelboote waren noch intakt. Ein paar haben wir für unsere Zwecke genommen, bei den anderen haben wir ein wenig nachgeholfen – zum Beispiel Segel, Ruder und Paddel zerstört oder versteckt.«

Felix staunte. Die Streuner hatten an alles gedacht. »Man könnte ein Floß bauen!«, meinte er. »Ein Floß ist leicht gebaut, man kann alles darauf transportieren, nicht nur Menschen.«

»Du hast gesehen, wie breit der See ist. Ein Floß ist sehr langsam. Wir würden es sofort sehen. Außerdem ist es nicht ungefährlich. Draußen auf dem Wasser können die Wellen ganz schön hoch schlagen.«

An einer Wegkreuzung hielt sich Carlo nach links. »Ein paar Minuten noch, dann sind wir da. Ich schätze, dass die zwei Stunden Bedenkzeit demnächst um sind.« Eben wurden sie von zwei Jungen eingeholt, die etwa in Felix' Alter waren. Sie trugen beide jeweils einen hölzernen Bogen mit einem Köcher voller Pfeile auf dem Rücken. »Hallo, Carlo, hallo, Felix!«, rief der größere der beiden. »Endlich gibt es hier einmal etwas zu erleben! Die werden sich wundern! Wir haben gut geübt in den letzten Wochen, stimmt's, Puck?«

»Auf jeden Fall, Ronny. Ihr beide werdet die Heugabeln nicht brauchen!« Sie sprangen an Carlo und Felix vorbei und waren rasch ein Stück voraus.

»Bogenschützen!«, staunte Felix. »Können die das?«

Carlo wirkte nicht erfreut. »Schießen können sie, das weiß ich. Puck holt eine Wildtaube vom Baum herunter. Aber ich hoffe, dass sie nicht leichtsinnig sind. Ronny ist erst 15 und sein Bruder Puck noch jünger. Sie glauben, sie seien die Größten!«

Felix beschlich ein merkwürdiges Gefühl, als er Carlo so sprechen hörte. Da war sie wieder, die Stimme der Erwachsenen, die glaubten, alles zu wissen und alles regeln zu müssen. Warum hatten sie ihm nicht gestattet, bei der Entscheidung im Rat mitzuwirken? Weil er nicht dazugehörte? Oder weil er noch zu jung war? Dabei war es allein ihm zu verdanken, dass sie nicht überrascht worden waren und sich vorbereiten konnten. War es etwa Leichtsinn, dass er seit Wochen im Schwarzwald alleine unterwegs war? Hatte er bisher nicht alle Gefahren schadlos überstanden? War es so wichtig, immer vernünftig zu sein, so wie es Chiara von ihren Eltern ständig zu hören bekam? Felix schluckte seinen Ärger hinunter, als er unvermittelt hinter einer Kurve die Staumauer sah. Er hatte noch nie so etwas gesehen und war daher völlig überrascht. Die Mauer war aus Beton und ragte zum See hin hoch über die Wasseroberfläche hinaus. Über die gesamte

Länge der Mauerkrone entlang führte eine schmale Straße zum anderen Ufer. Zum Tal hin wurde sie von einer brusthohen Mauer begrenzt, zur Seeseite gab es ein Metallgeländer. Am Zugang zu der Straße hatte sich bereits eine große Gruppe eingefunden. Alle waren bewaffnet. Am Ende der Staumauer auf der gegenüberliegenden Seite konnte Felix ein paar wenige Gestalten erkennen, die hin und her liefen.

»Komm, ich zeige dir, wie wir uns verteidigen!« Carlo stieg ein Stück den Hang hinauf, der hinter dem Weg nach oben in den Wald überging. Felix konnte nun den Staudamm in seiner ganzen Größe sehen.

»Das ist ja riesig!«, entfuhr es ihm. Die Mauer war zum See hin leicht gewölbt, auf der Außenseite fiel sie nahezu senkrecht in eine enge Schlucht ab. Der Anblick machte ihn schwindlig. »Die ist ja so groß wie ein Hochhaus!«

»40, 50 Meter werden es schon sein«, sagte Carlo. »Hier kommt niemand hoch. Siehst du die dicken Rohre? Als das Ganze noch in Betrieb war, stürzte dort das Wasser hinunter und trieb die Turbinen an.«

»Was ist weiter unten im Tal?«, fragte Felix. »Was ist, wenn die Banditen weiter unten über den Bach klettern?«

»Das würde ich ihnen nicht raten. Von hier aus nach Süden ist alles die reinste Wildnis. Dort kommt kaum einer durch. Die Wächter sind unberechenbar und können überall sein. Nein, wenn sie uns angreifen wollen, müssen sie über die Staumauer. Und das werden wir ihnen schwermachen.« Er deutete zur Straße. »Siehst du die graue Wand in der Mitte? Dort haben wir vor einem Jahr über die ganze Breite eine Sperre gemauert. Die Tür ist aus massiven Holzbalken. Ein Stück dahinter liegen ein paar Rollen NATO-Draht, mit denen wir in wenigen Sekunden den Weg versperren können.«

»NATO-Draht? Was ist das?«

»Eine Art Stacheldraht. Ein Blechband mit messerscharfen kleinen Klingen. Haben wir vor ein paar Jahren drüben in Schluchsee gefunden und hergeschafft. Das Zeug ist ekelhaft scharf, schlitzt alles auf. Ganz am Ende der Mauer, dort wo unsere Leute alle stehen, gibt es noch einmal eine Mauer mit einer Tür. Dazwischen liegen an den Seiten noch ein paar Baumstämme in allen Größen, die rasch als Barrikade verwendet werden können.«

Felix staunte. »Da kommt wirklich keiner durch!«

»Eigentlich nicht. Die Anführer machen sich auch keine übermäßigen Sorgen. Aber man weiß nie. Vielleicht haben die Banditen etwas im Hintergrund, von dem wir nichts wissen. Wir müssen erst einmal abwarten, was geschieht. Du kannst hierbleiben, ich gehe zu den anderen und höre mich um, was geplant ist. Ich lasse dir das Fernrohr. Wenn du etwas Besonderes siehst, gib Bescheid!«

Carlo stand auf und rutschte den Hang hinab. Felix sah, wie er sich mit Gottlieb und ein paar anderen Männern unterhielt. Die Gruppe war inzwischen auf etwa 25 Streuner angewachsen. Vom Uferweg her kamen weitere dazu. Felix war gespannt, was die Banditen vorhatten. Er schob das Fernrohr auseinander und richtete seinen Blick hinüber zur gegenüberliegenden Seite. Ein Mann mit einer weißen Fahne betrat in diesem Moment den Damm. Hinter ihm liefen zwei Begleiter, die übrigen blieben auf der Straße zurück. Die drei näherten sich der Mauer mit dem Tor. Die Tür war geschlossen. Felix beobachtete, wie einer der Händler von innen auf einer Leiter zur Mauerkrone emporkletterte. Über eine zweite Leiter folgte ein Bogenschütze, der seine Waffe schussbereit vor sich hielt. Zu gerne hätte Felix gewusst, was in diesem Moment gesprochen wurde. Wie würden die Banditen auf die Ablehnung ihrer Forderung reagieren? Die Antwort kam schneller als gedacht. Die beiden Begleiter des Unterhändlers ließen wie auf Kommando ihre Umhänge fallen. Jeder von ihnen brachte einen Bogen hervor. Noch ehe die beiden Männer auf der Mauer reagieren konnten, flogen ihnen in rascher Folge Pfeile entgegen. Felix sah, wie einer von ihnen an der Schulter getroffen wurde und nach hinten hinunterstürzte. Der andere kletterte rasch herunter und suchte Deckung. Dann ging alles sehr schnell. Von der Straße her stürmten die Angreifer nach vorn. Am Rande der Deichstraße postierten sich links und rechts weitere Bogenschützen. Die Männer in der Mitte schleppten einen kräftigen Baumstamm, an dem in kurzen Abständen Tragegriffe angebracht waren. Kaum hatten sie das Tor erreicht, begannen sie sofort, den Stamm rhythmisch vor- und zurückzuschwingen. Mit jedem Mal krachte das Holz mit Wucht auf die verschlossene Tür.

»Ein Rammbock!«, entfuhr es Felix. »Sie wollen das Tor einschlagen!«

Die Verteidiger hinter der Mauer versuchten zu reagieren. Zwei Männer kletterten die Leiter hoch, doch sie mussten rasch einsehen, dass dies sinnlos war. Kaum zeigte sich einer der Streuner auf der Mauerkrone, wurde er sofort mit einem Pfeilhagel empfangen. Zwei ihrer Bogenschützen versuchten ihrerseits, über die Mauer zu schießen, doch ein Zielen war unmöglich.

Es dauerte keine Minute, ehe das massive Holztor unter den Schlägen des Rammbocks heftig zu zittern begann. Felix sah, wie die übrigen Angreifer von der Straße am Gegenhang auf den Damm strömten. Mit einem plötzlichen Krachen stürzte das Tor ein. Die Männer an der Ramme wurden von der Wucht vorwärtsgeschleudert und stürzten auf den Boden. Durch das offene Tor wurden die Angreifer mit

Pfeilen und Steinen empfangen. Dennoch war rasch klar, dass die Verteidiger es nicht auf einen Nahkampf ankommen lassen wollten. Noch ehe die übrigen Angreifer nachdrängen konnten, wichen die Streuner zurück. Sobald der letzte in Sicherheit war, zogen ein paar von ihnen an kräftigen Seilen die Gestelle mit dem Stacheldraht vom Rand her quer über die Straße. Von links und rechts schoben sich die Drahtrollen ineinander, sodass innerhalb weniger Sekunden der Weg versperrt war. Unter den Angreifern entstand sofort Verwirrung. Während von hinten die letzten durch das Tor drängten, wurden die vordersten vom Schwung des Angriffs in die scharfen Klingen getrieben. Laute Schmerzensschreie klangen bis zu Felix herüber. Ein paar der Männer verhedderten sich derart, dass sie hilflos wie Fliegen im Netz zappelten. Gleichzeitig hatten die Verteidiger Unterstützung von den am Ufer Wartenden bekommen und sich hinter der Sperre neu formiert. Von Ferne sah Felix, dass auch Ronny und Puck dabei waren. Zusammen mit weiteren Bogenschützen hinter dem Drahtverhau schossen sie Pfeil um Pfeil auf die Angreifer. Die übrigen warfen Steine oder zielten mit Handschleudern auf ihre Gegner. Das unerwartete Hindernis und die heftige Gegenwehr brachten den Angriff der Banditen zum Stillstand. Ein paar von ihnen versuchten ihrerseits, gezielte Treffer anzubringen, doch sie gaben rasch auf. In wilder Eile drängten sie durch das Tor zurück hinter den Schutz der Mauer.

Die Streuner auf dem Damm und am Ufer rissen die Arme in die Höhe und stießen ein Jubelgeschrei aus. Fürs Erste schienen sich die Angreifer zurückzuziehen. Vier von ihnen blieben an dem zerstörten Tor zurück, alle übrigen versammelten sich und waren nach kurzer Zeit in den Büschen am Straßenrand untergetaucht.

Ein paar Minuten blieb Felix noch auf seinem Beobachtungsplatz, dann kletterte er den Hang hinunter. Rundum empfingen ihn zufriedene Gesichter. Man klopfte sich gegenseitig auf die Schultern, viele umarmten sich. Inmitten der Männer erkannte Felix den alten Gottlieb. Seine weiße Haarmähne leuchtete wie eine Siegestrophäe. Auch er wurde von allen Seiten beglückwünscht. Dennoch sah Felix, dass er ernst aussah. Als sich die Freude einigermaßen gelegt hatte, stieg er auf einen Stuhl und hob die Hand. Wie schon bei der Ratsversammlung, bei der Felix dabei gewesen war, wurde es sofort still.

Als Erstes erkundigte sich Gottlieb nach dem Mann, der von einem Pfeil getroffen worden war. »Was ist mit Ante? Weiß jemand, was mit Ante ist?«

»Es geht schon!«, antwortete eine Stimme. Die Männer traten zur Seite und gaben den Blick auf den Verletzten frei, der auf einem Stein saß. Sein linker Arm hing kraftlos herunter, in der anderen Hand hielt er einen Pfeil. Auf seinem Hemd hatte sich ein großer Blutfleck ausgebreitet. »Nur ein Steckschuss!«

»Ante ist ein harter Hund!«, hörte Felix eine weitere Stimme. »Er hat sich den Pfeil selber herausgezogen!«

Gottlieb nickte. »Du hast Glück gehabt. Dennoch möchte ich, dass dich sofort jemand zurück ins Lager begleitet. Luise wird dich versorgen. Was ist mit den anderen? Gibt es noch mehr Verletzte?«

Als niemand antwortete, breitete sich auf Gottliebs Gesicht Erleichterung aus. »Gott sei Dank! Es hätte viel schlimmer kommen können. Ich habe nicht mit der Niedertracht dieser Leute gerechnet. Aber das nächste Mal müssen wir noch vorsichtiger sein.«

»Das nächste Mal? Die haben doch genug! Oder glaubst du, dass die noch einmal kommen?«

»Das kann niemand wissen. Wir sollten darauf vorbereitet sein. Es ist zum Glück gut gegangen, der Drahtverhau hat uns gerettet. Aber es beunruhigt mich, dass sie so rasch das Tor einnehmen konnten. Ich schlage vor, dass wir sofort mit der Reparatur beginnen. Die anderen wechseln sich ab mit der Wache. Ehe wir nicht genau wissen, dass die Banditen wieder abgezogen sind, müssen wir auf alles gefasst sein.«

Sofort machten sich die Streuner an die Arbeit. Aus dem Lager wurden behauene Balken herbeigeschleppt, um eine neue Tür zusammenzufügen. Der Stacheldraht wurde repariert und so in Position gebracht, dass nur in der Mitte ein schmaler Durchgang für die Arbeiter blieb. Die Bogenschützen sammelten die übrig gebliebenen Pfeile ein und prüften sie. Felix half mit, außerhalb der Stützmauer zu beiden Seiten jeweils einen großen Holzstapel zu errichten. Nach Einbruch der Dunkelheit sollten sie in Brand gesteckt werden, um nicht durch einen erneuten Angriff überrascht zu werden. Neben ein paar anderen Männern und Frauen waren Ronny und Puck an seiner Seite. Sie waren sichtlich stolz.

»Hast du gesehen, wie ich den einen getroffen habe? Voll in den Oberschenkel!« Puck machte eine Zielbewegung, als ob er noch mitten im Kampf wäre. »Wenn nicht der Draht dazwischen gewesen wäre, würde der bestimmt nicht mehr kommen!«

»Meiner hat sich gerade weggedreht. Deshalb habe ich ihn nur an der Schulter erwischt. Das nächste Mal kommt er so nicht davon!«

»Wir sollten stärkere Bogen haben«, schlug Puck vor. »Ein paar Treffer sind einfach abgeprallt. Oder in den dicken Westen stecken geblieben. Wenn wir mehr Wucht hätten, sähe das anders aus.«

Felix beschlich ein seltsames Gefühl, als er die beiden

derart unbekümmert reden hörte. »Du würdest tatsächlich einen Menschen erschießen?«

Puck sah ihn überrascht an. »Ich weiß nicht, das …« Er schien erst jetzt zu merken, was er gesagt hatte. Dann straffte er sich. »Wir müssen uns doch verteidigen!«

»Und außerdem haben die anderen auch geschossen!«, kam ihm Ronny zu Hilfe. »Die haben uns angegriffen! Und bestimmt hätten sie uns auch umgebracht!«

»Es stimmt, sie haben uns angegriffen.« Der alte Gottlieb war neben ihnen aufgetaucht. »Und wir haben uns zu Recht verteidigt. Aber wer weiß, was geschehen wäre, wenn sie Erfolg gehabt hätten. Nicht jeder Bandit ist auch ein Mörder. Immerhin haben sie uns zuerst angeboten, dass wir unbehelligt abziehen könnten.«

»Aber sie haben uns betrogen!«, meinte Ronny, der nun sichtlich kleinlaut wurde. Puck zog ein düsteres Gesicht. Es war deutlich, dass die Worte des alten Mannes sie zum Nachdenken brachten.

»Sie haben uns betrogen, und vielleicht werden sie es wieder tun. Und wir werden uns wieder verteidigen. Und es ist möglich, dass es Tote geben wird.« Gottliebs Stimme klang ruhig und bestimmt. »Aber es ist meine feste Überzeugung, dass es dem Menschen nicht zusteht, das Leben eines anderen auszulöschen. Und schon gar nicht, damit zu prahlen.«

Die beiden Jungs sahen betreten zu Boden. »Aber wir wollten doch nur …«

»Ihr wolltet mithelfen, eure Eltern, eure Geschwister und alle anderen zu verteidigen. Das weiß ich, und darüber freue ich mich sehr. Natürlich rechne ich weiter mit euch.« Über sein Gesicht zog ein leises Lächeln. »Vor allem, weil ich weiß, dass ihr beide so gut zielen könnt, dass ihr genau das trefft, was ihr wollt.«

»Das werden wir! Ganz bestimmt!«, rief Puck eifrig. »Ich werde künftig noch mehr üben!«

»Ich auch!«, bekräftigte Ronny. »Komm, Puck, wir wollen nach Hause gehen und sehen, welche der Pfeile wir noch verwenden können.«

Gottlieb sah ihnen hinterher. »Es sind gute Jungs. Sie werden ihren Weg gehen.« Dann wandte er sich um. »Ich denke, die Holzstapel sind groß genug. Wichtig ist, dass Streichhölzer bereitliegen. Sobald es dunkel wird, zünden wir sie an.«

Carlo und drei weitere Männer blieben als Wache, die anderen liefen über den Damm zurück. Gottlieb benannte eine kleine Gruppe, die in Bereitschaft bleiben sollte, um rechtzeitig Alarm schlagen zu können. Felix schloss sich den übrigen an und eilte zurück zur Siedlung. Er war froh, als er zurück bei Elsa und den anderen war.

Leo und die Kinder begrüßten ihn freudig. »Spielst du mit uns? Hannes hat einen Ball!«

Felix schob ein paarmal mit den anderen den Ball hin und her, dann schüttelte er den Kopf. »Macht ohne mich weiter. Ich muss etwas trinken.«

»Und etwas essen!«, sagte Elsa. »Ich habe euch etwas gekocht.«

*

Gottlieb sollte recht behalten. Kaum hatte die Dämmerung eingesetzt, schallten erneut die Alarmstäbe durch die Siedlung. Aus allen Türen eilten die Streuner nach draußen.

»Sie haben wieder angegriffen! Rasch, wir müssen den anderen helfen!«

Als Felix an den Damm kam, war erneut ein heftiger Kampf im Gange. Carlo, der an der Wange eine blutende

Verletzung hatte, klärte Felix auf. »Sie kamen mit allen Mann. Die Tür war noch nicht so weit, dass sie ernsthaft Widerstand bieten konnte. Sie hatten dicke Decken dabei, mit denen sie sich vor dem Stacheldraht schützten. Mit Seilen und Haken haben sie eine Bresche geschlagen. Wir waren zu wenige, um sie aufzuhalten. Wir konnten gerade noch die Holzstämme in den Weg rollen. Aber sie werden nicht durchkommen!«

Felix sah, was er meinte. Die drei Meter breite Straße war mit etlichen dicken Hölzern verkeilt, hinter der die Banditen kauerten. Die Streuner hatten sich hinter der zweiten Mauer verschanzt und schickten Pfeil um Pfeil auf die Angreifer. Als die Banditen sahen, wie rasch vom Lager her die Verstärkung eintraf, stießen sie ein Wutgeheul aus. Ein paar von ihnen versuchten, über die Sperre zu gelangen, doch sie wurden sofort mit Stangen und Wurfgeschossen zurückgedrängt. Felix sah, wie Ronny und Puck auf einen Baum kletterten und von der Seite her Pfeil um Pfeil hinter die Deckung schickten. Schon nach wenigen Minuten rief der Anführer zum Rückzug. Ein paar der Verteidiger drängten ihnen nach, um zu verhindern, dass sich die Angreifer zwischen Draht und Mauer verschanzten.

»Das gibt uns Luft, das Tor zu reparieren und zu verstärken«, meinte Carlo, als Felix wieder mit ihm zusammentraf. »Noch einmal werden sie es selbst mit der Ramme nicht so einfach schaffen.«

»Glaubst du, sie werden es noch einmal versuchen?«

»Darüber sollten wir uns keine Gedanken machen. Wir müssen die Atempause nützen, um die Verteidigung so gut es geht wieder aufzubauen.«

Inzwischen war die Sonne untergegangen. Auf dem Damm wurde fieberhaft gearbeitet. Felix sah immer wieder durch das Fernrohr, doch es wurde zunehmend schwieriger, etwas zu erkennen. Nichts bewegte sich, kein Feuer wurde angezündet.

»Wenn wir nur wüssten, wie viele Angreifer es noch sind«, meinte Carlo. »Ein paar von ihnen haben wir wohl erwischt, die werden nicht mehr kämpfen können.«

»Und damit werden ihre Chancen immer geringer.«

»Das stimmt. Ehrlich gesagt wundere ich mich, warum sie uns überhaupt angegriffen haben. Sie mussten doch wissen, dass wir gut geschützt sind.«

»Mit der Ramme haben sie euch aber ganz schön überrascht. Und wo hatten sie beim zweiten Angriff so schnell die Decken her?« Felix schob das Fernrohr zusammen und steckte es in seinen Gürtel.

»Das stimmt«, meinte Gottlieb, der sich zu ihnen gesellt hatte. »Das ist genau das, was auch ich merkwürdig finde. Es sieht so aus, als wüssten sie genau, was sie tun müssten. Die Angriffe waren gut vorbereitet.«

»Aber wann hätten sie das tun sollen?«, warf Felix ein. »Die verschiedenen Trupps wollten doch erst in ein paar Tagen zusammenkommen!«

»Das ist das, was du am Titisee gehört hast. Das ist das, was deren Anführer den Männern gesagt hat«, meinte Carlo.

»Ich erinnere mich genau, da gibt es keine Zweifel«, nickte Felix.

»Aber wer sagt, dass das überhaupt stimmt?«, meinte Gottlieb nachdenklich. »Ich schätze, dass die Anführer immer nur das Nötigste weitergeben. Die trauen ihren eigenen Leuten nicht.«

Auf dem Damm brannte inzwischen ein Feuer. Felix sah, dass ein paar Leute immer noch mit dem zerstörten Tor beschäftigt waren. Am Ufer waren etwa zehn Verteidiger zurückgeblieben. Auch sie hatten ein Feuer angezündet. Ein paar spielten Karten, die meisten lagen ausgestreckt auf dem Boden und dösten.

»Du kannst gerne zurück zu Elsa gehen«, wandte sich Carlo an Felix.

Felix widersprach energisch. »Das kommt nicht infrage. Natürlich bleibe ich hier!«

»Aber du, Gottlieb, warum legst du dich nicht ein wenig hin?«

Gottlieb schüttelte den Kopf. Er hatte sich in der Zwischenzeit eine Decke übergeworfen. Der Widerschein des Feuers ließ seine Gesichtszüge noch deutlicher hervortreten. Seine weiße Mähne umgab seinen Kopf wie ein Lichtkranz.

»Mich beschäftigt noch etwas anderes.« Er sprach langsam und bedächtig. Felix hatte den Eindruck, dass er jedes Wort genau abwog.

»Nach allem, was ich bisher über diesen Wagner gehört habe, scheint er zu den klügeren Köpfen zu gehören. Der beste Beweis dafür ist, dass er die anderen, von denen jeder nur auf seinen eigenen Vorteil aus ist, dazu gebracht hat, eine große gemeinsame Aktion durchzuführen.«

»Klug?«, unterbrach ihn Felix. »Für mich ist das ein berechnender, heimtückischer, brutaler Gangster!«

»Berechnend.« Gottlieb ließ sich nicht beirren. »Das ist das, was mir Sorge bereitet. Irgendetwas passt nicht zusammen. Die Drohung, die vorbereiteten Angriffe – das war gut durchdacht. Aber er hätte schon vorher wissen müssen, dass das nicht genügt. Unser Damm ist praktisch uneinnehmbar. Erst recht, wenn wir gewarnt sind.« Er hielt inne und überlegte. »Warum hat er den Angriff dann trotzdem befohlen? Und sogar noch ein zweites Mal, obwohl sie schon geschwächt waren? Entweder er hat noch etwas Großes in der Hinterhand, von dem wir nichts ahnen, oder …« Plötzlich straffte sich sein Gesicht. Seine Augen funkelten. »Ich hätte schon längst darauf kommen müssen. Die Angriffe sind nicht sinnlos. Sie hatten nur einen Zweck.«

Carlo begriff sofort. »Du meinst – Ablenkung?«

»Natürlich! Das Ganze ist nichts weiter als ein riesiges geschicktes Ablenkungsmanöver!«

Felix starrte ihn an. »Was soll das heißen? Wovon sollen wir denn abgelenkt werden?«

»Während wir zusammensitzen und reden und uns über unsere Erfolge freuen, geschieht in der Zwischenzeit etwas ganz anderes.«

»Schiffe!«, rief Felix. »Sie kommen über den See!«

»Oh nein«, sagte Carlo. »Sie kommen genau dort, wo keiner von uns damit rechnet. Gottlieb, wir müssen sofort alle Männer zusammenrufen! Hoffentlich ist es noch nicht zu spät!«

»Warte«, hielt ihn Gottlieb zurück. »Wir müssen besonnen bleiben. Vor allem darf keiner von ihnen merken, dass wir ihren Plan durchschaut haben.«

»Was schlägst du vor?«

»Hier am Damm lassen wir alles so, wie es ist. Vielleicht starten die Banditen in der Nacht noch einmal einen Scheinangriff. Wir drei gehen so rasch wie möglich zurück in die Siedlung. Wenn wir uns beeilen, können wir sie gebührend empfangen.«

»Und wenn nicht?«

Gottlieb antwortete nicht. Er rief den Männern am Damm ein paar Worte zu, dann liefen sie den See entlang los. Schon nach wenigen Schritten umfing sie die Dunkelheit. Obwohl Carlo durch seine Verletzung immer noch gehandicapt war, schlug er ein flottes Tempo an. Felix war überrascht, dass auch Gottlieb trotz seines Alters in bester körperlicher Verfassung war. Nach kaum einer Viertelstunde tauchten auf der gegenüberliegenden Seite einer kleinen Bucht die Umrisse der Lagerbefestigung vor ihnen auf. Carlo befahl eine knappe Verschnaufpause.

»Wir haben alle zu kurz gedacht«, meinte er. »Erinnerst du dich, Felix, was du mir über Bruno und den Wegweiser erzählt hast? Das war nur ein Teil des Planes, für seine Männer gedacht. Er hatte von Anfang an vor, den Wegweiser nicht nur dafür zu nutzen, um über Falkau zum See zu gelangen. Er hatte auch nie vor, sich mit den anderen Trupps zusammenzuschließen. All das diente nur dazu, seine Männer zu beruhigen. In Wahrheit hatten er und Wagner von vornherein geplant, uns von hinten zu überfallen. Dort, wo keiner von uns damit rechnet.«

Jetzt verstand Felix. »Der Weg auf der rückwärtigen Seeseite! Aber du hast doch gesagt …«

»Ich weiß. Dort ist die Spinne, und sie ist unberechenbar. Selbst mit einem Wegweiser ist es höchst riskant, dort durchkommen zu wollen. Aber das war den Anführern egal. Solange unsere Aufmerksamkeit auf den Damm gerichtet war, würden sie genug Zeit haben.«

Felix schlug vor Aufregung das Herz bis zum Hals. Er konnte es kaum abwarten, bis sie das Tor erreicht hatten. Von innen wurde der Riegel beiseitegeschoben, und sie schlüpften hinein. Gottlieb winkte einen der Wächter zu sich und wechselte ein paar Worte. Sofort verschwand der Mann in Richtung der Hütten.

»Er wird die Leute zusammentrommeln. Es ist besser, nicht laut Alarm zu schlagen. Die Angreifer sollen ruhig glauben, dass wir unvorbereitet sind.«

Als die drei Männer vor der Terrasse des Unterkrummenhofes anlangten, empfing sie dort bereits eine Gruppe bewaffneter Streuner. »Bisher ist alles ruhig«, sagte Ante, der verletzte Bogenschütze, den Felix an seiner verbundenen Schulter erkannte.

»Also sind sie noch nicht durch«, meinte Karl. »Sie sollen eine Überraschung erleben!«

Zusammen mit den übrigen Männern schlich Felix leise an ein paar Ställen und Einfriedungen vorbei bis zum entfernten Ende des Lagers. Zu seinem Erstaunen gab es an dieser Stelle zum Wald hin keine Befestigung. Die Palisade entlang des Sees führte noch ein paar Meter am Ufer weiter und endete an einem vorspringenden Fels.

»Die Spinne ist unser bester Verbündeter«, erklärte Carlo. »Wir waren sicher, dass hier nie jemand durchkommen würde. Bis heute.«

»Was wollt ihr tun?«, fragte Felix.

»Wir haben Glück gehabt, dass wir rechtzeitig gekommen sind. Jetzt heißt es einfach abwarten.«

Felix sah sich um. Die Gruppe hatte sich inzwischen weiter vergrößert. Etwa 15 Bewaffnete standen in einem großen Halbkreis um die Stelle, an der deutlich sichtbar ein Pfad aus dem Unterholz herausführte. Direkt in der Mitte und zu beiden Seiten des Eingangs hatten sich Bogenschützen postiert.

Gottlieb trat vor. Er ließ seinen Blick über die Männer schweifen und nickte zufrieden. »Macht es euch bequem, aber seid wachsam. Wenn wir leise sind, können wir sie vielleicht hören.«

Felix suchte sich einen etwas erhöhten Platz auf einem kleinen Hügel, von dem aus er über den Zaun auf den See schauen konnte. Die dunkle Oberfläche war kaum zu erkennen. Ein leiser Wind frischte auf und trug den Geruch von Wasser vor sich her.

Eine feuchte Schnauze stieß in seine Seite. Leo winselte leise vor Freude. Felix fiel ein, dass er heute noch keines seiner Leckerli bekommen hatte. »Ein bisschen Geduld noch, Alter. Hunger wirst du ja wohl nicht haben. Ich denke, Lux hat dir bestimmt etwas übrig gelassen.« Leo drehte sich zwei-, dreimal um sich selbst und kuschelte sich dann an Felix' Seite auf den Boden. Felix suchte die Stelle hinter seinem Kopf und kraulte ihn zärtlich. Er spürte, wie Leo sich entspannte. Auch bei den Männern löste sich nach dem ersten Alarm allmählich die Anspannung. Die meisten saßen und lagen auf dem Boden, ihre Waffen griffbereit. Die drei Bogenschützen blieben aufmerksam. Gottlieb war auch im Dunkeln an seinen hellen Haaren gut zu erkennen. Er saß ganz in der Nähe von Felix und behielt die Stelle im Auge, an der die Angreifer erscheinen mussten.

Felix bewunderte den Alten. Trotz der bedrohlichen Lage strahlte er eine Ruhe aus, die auf die übrigen Männer und Frauen überging. Er fragte sich, wie ein Mann wie Gottlieb in Freiburg oder sonst wo außerhalb der Sperrzone leben würde. Würden ihm die Menschen dort eine ebensolche Anerkennung zollen? Oder wäre er in ihren Augen nichts weiter als einer der vielen Rentner, die alle Zeit der Welt hatten und nicht wussten, was sie mit sich anfangen sollten? Felix hätte gerne einen Großvater wie ihn gehabt. Jemanden, der sich nicht von den Wirrnissen und von der Hektik des Alltags überwältigen ließ, jemanden, der sich Zeit nahm, die wirklich wichtigen Dinge zu sehen und danach zu handeln. Vielleicht war sein Onkel so. Nach dem, was Tante Veronika erzählte, musste er ein starker und selbstbewusster Mann gewesen sein. Felix hatte seinen Abschiedsbrief in der Hand gehalten und seine letzten Worte gelesen, die ganz allein an ihn gerichtet waren. Er hatte sich geopfert, er könnte noch leben, wenn er nicht jahrelang seine Kraft bei der Suche nach Felix' Eltern gelassen hätte. Die Eltern. Vielleicht betrachtete in diesem Moment sein Vater denselben aufgehenden Mond. Vielleicht spürte in diesem Moment seine Mutter die Gedanken ihres Sohnes. Es war noch nicht zu spät. Er würde sie finden, und alles würde gut sein. Felix genoss die Wärme von Leos Körper an seiner Seite. Es war ein wahrhaft königliches Geschenk, mit dem Josef und Joana ihn verabschiedet hatten. Leo war mehr als ein Gefährte. Sie waren erst wenige Tage beisammen, doch längst kam es Felix so vor, als seien sie nie voneinander getrennt gewesen. Gerne hätte er Annas Notizbuch bei sich gehabt, um seine Gedanken zu Worten und zu Bildern zu machen. Er überlegte, ob er zu Carlos Haus zurückgehen sollte. Von hier aus waren es keine fünf Minuten. Bisher hatte sich überhaupt nichts geregt, und es konnte noch die halbe Nacht so weitergehen. Doch etwas hielt ihn zurück. Felix richtete sich auf und zog den Wegweiser aus seiner Jackentasche. Ein weiteres Geschenk, das ihm mit auf den Weg gegeben worden war. Ohne das er es niemals so weit geschafft hätte. Er hielt das Rindenstück auf seiner flachen Hand. Das Spiel der Farben, das Leuchten, die lebendigen Bewegungen – alles war wie immer. Keine Gefahr.

Felix fragte sich, was der Wegweiser in der Hand eines Menschen bewirkte, der ihn mit anderen Absichten benutzte. Jemand, der nicht nur einen sicheren Weg suchte, sondern jemand, der die Kraft und das Geheimnis der Farben nutzte, um anderen zu schaden. Bruno hatte ihn ihr mit Gewalt abgenommen. Und heute würde er ihn zum ersten Mal nach seinem Willen einsetzen. Was hatte Lena darüber gesagt? »Nutze ihn nicht leichtfertig!« Dieser Satz kam ihm erneut zu Bewusstsein. Ihre Erklärungen hatten wie eine Warnung geklungen: Niemand weiß genau, wie er entstanden ist und warum er sich so verhält. Und niemand kann voraussagen, was alles geschehen wird, wenn er zu lange und zu oft benutzt wird. Felix steckte das Rindenstück zurück in die Tasche. Hatte er sich verändert, seit er es besaß? Bisher war der Wegweiser äußerst hilfreich gewesen. Er hatte ihm den Weg vom Höllental nach Hinterzarten gezeigt, er hatte ihm geholfen, den verborgenen Zugang zum Mathisleweiher zu finden, und er hatte ihn zu Chiara geführt. Ohne den Wegweiser hätte er nicht den Mut aufgebracht, sich den Gefahren der Spinne zu stellen. Ja, er hatte sich verändert. Er war ein Stück größer geworden.

Alles blieb ruhig. Zwischendurch sah Felix, wie eine dunkle Gestalt von außerhalb der Gruppe zu Gottlieb eilte, sich kurz mit ihm unterhielt und dann rasch verschwand. Gottlieb winkte Carlo zu sich, der daraufhin der Reihe nach zu den Männern eilte, um seine Botschaft weiterzugeben.

»Drüben am Damm ist alles ruhig«, sagte Carlo, als er sich neben Felix niedersetzte. »Keine Bewegungen, keine Angriffsversuche, nicht einmal ein Feuer.«

»Glaubst du, sie haben es aufgegeben?«

»Ich glaube nicht, Gottlieb erwartet mindestens einen weiteren Versuch. Vielleicht im Morgengrauen. Unsere Leute bleiben wachsam.«

Felix gähnte. »Willst du nicht doch lieber nach Hause und schlafen?«, meinte Carlo. »Ich verspreche dir, dich sofort zu holen, sobald etwas geschieht.«

Felix schüttelte den Kopf. »Nein, nein«, erwiderte er tapfer, obwohl er inzwischen so müde war, dass er auf der Stelle hätte einschlafen können. Allmählich fragte er sich, warum die Männer überhaupt ausgerechnet hier warteten. Falls

Bruno und seine Leute den Durchbruch schaffen sollten, hätten sie bei einem Kampf Mann gegen Mann viel größere Chancen als irgendwo auf einem schmalen Weg zwischen Gestrüpp und Bäumen.

»Warum gehen wir ihnen eigentlich nicht entgegen?«

»Wie meinst du das? Das wäre doch Unsinn!«

»Gar nicht.« Felix sprach aus, was er dachte. »Außerdem wüssten wir, wo sie sind«, fügte er hinzu. »Vielleicht war das Ganze auch nur ein Irrtum und sie kommen überhaupt nicht.«

Carlo überlegte. »Warum eigentlich nicht? Wir sollten es zumindest prüfen. Falls Bruno und seine Truppe sich doch den anderen anschließen, sieht es gleich wieder anders aus. Ich werde mit Gottlieb sprechen.«

Er ging zu dem Alten hinüber und kauerte sich neben ihn auf den Boden. Felix sah, wie die beiden Männer ein paar Sätze miteinander wechselten. Dann stand Gottlieb auf und kam zu ihm herüber.

»Ein kluger Gedanke. Wir sollten uns nach allen Seiten absichern. Aber die Männer bleiben hier. Es genügt, wenn Carlo und ich den Pfad auskundschaften.«

Felix sprang auf. »Ich gehe mit! Und Leo auch!« Er zog den Wegweiser aus der Tasche. »Ich kann helfen!«

Gottlieb sah ihn für einen Moment an. Dann zog ein eigentümliches Lächeln über sein Gesicht. »Na gut. Es ist deine Entscheidung. Aber ich bestehe darauf, dass du hinter uns bleibst. Das Netz der Spinne ist höchst gefährlich.«

Carlo hatte inzwischen die Männer informiert. »Sie werden uns sofort zu Hilfe kommen, wenn etwas passiert«, meinte er.

»Wir werden nur schauen, nicht kämpfen«, meinte Gottlieb.

Schon wenige Schritte hinter dem Waldrand hörte Felix ein entferntes Summen. Es klang, als verberge sich der Wald unter einer großen, leise tönenden Glocke.

»Der Gesang der Wächter!« Gottlieb blieb stehen. »Von hier an werden wir jeden einzelnen Schritt sorgfältig abwägen müssen. Wir gehen hintereinander. Carlo macht den Anfang, ich direkt dahinter, Felix bleibt am Ende. Und nehmt eure Wegweiser heraus.«

Der Sternenhimmel spendete gerade so viel Licht, dass sie die Lücke im Gebüsch fanden. Der Pfad war fast zugewachsen, doch Carlo ging zielsicher voran. Jeder der Männer hielt seinen Arm ausgestreckt und achtete konzentriert auf das Farbenspiel in der Hand.

»Bisher waren die ersten Meter immer problemlos«, sagte Gottlieb leise. »Nach etwa 100 Schritten werden wir auf eine alte Eiche stoßen. Sie ist unser Orientierungspunkt. Dort zieht die Spinne ihre Fäden.«

Von allen Seiten umschloss sie Dunkelheit. Felix strengte vergeblich seine Augen an, um irgendetwas erkennen zu können. Ohne die beiden anderen wäre er hoffnungslos vom Weg abgekommen. Felix wagte es kaum, den Blick von seinem Wegweiser zu lösen. Die Farben waren nur unmerklich abgedämpft. Dennoch war er auf alles gefasst. Jeden Moment erwartete er, in dem leisen Summen jenen tiefen Ton zu hören, dem er bereits einige Male begegnet war. Doch seltsamerweise blieb das Tönen die ganze Zeit über gleich. Es kam von allen Seiten und umgab die Männer wie ein riesiger Mantel.

»Da vorne ist es!« Carlo war stehen geblieben. Nur wenige Meter vor ihm sah Felix die Umrisse eines Baumes. Seine Äste waren schwer und hingen tief herunter. »Hört ihr etwas?«

Felix wagte kaum sich zu rühren. An seiner Seite blieb Leo vollkommen still. Nur der Atem der drei Männer hob sich von dem allgegenwärtigen Gesang ab. Sekundenlang blieben die drei stehen.

»Seltsam«, raunte Gottlieb. »Eigentlich müsste man von hier aus hören, wenn jemand durch den Wald geht. Zumindest das Knacken von Zweigen oder das Rascheln der Blätter. Aber da ist nichts.«

»Vielleicht haben wir uns doch alle geirrt«, meinte Carlo. »Wir sollten zurückgehen und die ganze Lage neu überdenken.«

In diesem Moment spürte Felix, wie Leo sich anspannte. Gleichzeitig hob er die Schnauze in die Luft und witterte. »Wartet noch«, sagte er. Leo hat etwas gewittert.«

Wieder blieben alle drei unbewegt stehen. »Vielleicht ein Tier«, flüsterte Carlo.

»Nein, das ist es nicht. Ich kenne das. Leo will uns auf etwas aufmerksam machen.« Er drängte sich an Gottlieb und Carlo vorbei nach vorn. »Lasst uns noch ein Stückchen weitergehen, wenigstens bis zu dem Baum.«

Langsam und vorsichtig setzten sich die drei wieder in Bewegung. Schritt für Schritt näherten sie sich dem mächtigen Stamm, als Leo plötzlich ein Knurren ausstieß. Mit einem Satz sprang er vorwärts.

»Da sitzt einer!«

Kaum sichtbar kauerte zwischen den Wurzeln des Baumes eine menschliche Gestalt. Sie regte sich nicht. Nur ein leises Wimmern war zu hören.

»Vorsicht!« Carlo hielt Felix zurück. »Es könnte eine Falle sein!«

»Das ist keine Falle.« Gottlieb riss ein Streichholz an. Das plötzliche Licht ließ die Umrisse der Gestalt gespenstisch hervortreten. Das Antlitz des Mannes sah furchterregend aus. Dicke, blutunterlaufene Kratzer zogen sich über die Stirn, die Wangen waren dreckverschmiert, die Nase war seltsam verbogen und schien gebrochen.

Felix erkannte den Mann sofort. Niemals würde er dieses Gesicht vergessen. »Das ist Bruno!«

Sofort drehte sich Carlo um und ging in Verteidigungsstellung. Doch um sie herum regte sich nichts. Alles blieb still.

Felix zündete ebenfalls ein Streichholz an. Bruno schien die drei Männer überhaupt nicht wahrzunehmen. Stattdessen hielt er die Augen halb geschlossen und starrte regungslos vor sich hin.

»Er hat etwas in der Hand!« Erst jetzt bemerkten die Männer, dass Bruno mit seiner Faust etwas fest umklammerte. Carlo versuchte, ihm die Finger zu öffnen. Als der Wegweiser zum Vorschein kam, stieß Bruno einen fürchterlichen Schrei aus. Gleichzeitig schlug er wild um sich. »Geh weg! Geh weg!«

»Die Spinne hat ihre Opfer gefunden«, meinte Gottlieb. »Niemand kann ungestraft etwas erzwingen, was sie nicht will.«

»Er muss Schreckliches erlebt haben!«, sagte Carlo. »Schaut euch die Augen an.«

Fassungslos betrachtete Felix den Mann, dessen kühle Überlegenheit ihm seit ihrer ersten Begegnung ein ungutes Gefühl eingejagt hatte. Was er vor sich sah, hatte mit Bruno nichts mehr zu tun. Übrig geblieben war eine erbärmliche Hülle, der jeder eigene Wille genommen war.

»Er ist irre geworden!« Carlo steckte den Wegweiser behutsam in seine Tasche. »Was machen wir mit ihm?«

»Eines ist klar: Wir können ihn nicht zurücklassen«, meinte Gottlieb.

»Er ist unser Feind!«, widersprach Carlo. »Er und seine Leute hätten uns ohne Skrupel überfallen!«

»Aber er ist ein Mensch. Er braucht Hilfe.« Gottlieb fasste Brunos Hände. Nach seinem heftigen Ausbruch war er wieder in teilnahmslose Apathie zurückgefallen. »Er ist eiskalt! Ich schlage vor, wir bringen ihn ins Lager.«

Carlo fasste ihn an der Hand und zog ihn hoch. Gottlieb legte von hinten beide Hände auf seine Schultern. Zu Felix' Erstaunen ließ Bruno sich vollkommen widerstandslos führen. Er schien die Welt um sich herum überhaupt nicht wahrzunehmen.

Ehe er den anderen folgte, wandte Felix sich noch einmal um. Die Eiche lag wieder vollkommen im Dunkeln. Was war mit den übrigen Männern geschehen? Felix schauderte bei dem Gedanken, dass sie irgendwo im Wald bewegungslos lagen. Ob sie überhaupt noch lebten? Er begann zu ahnen, was mit ihnen geschehen war. Er hatte die furchtbare Wirkung der Spinne im Wald hinter Waldkirch zum ersten Mal gesehen. Der Schritt des Soldaten war immer langsamer geworden, bis der Mann mitten in der Bewegung erstarrt war, als sei er zu Stein geworden. Niemand würde Brunos Männern helfen können.

Felix drehte sich um und folgte den anderen, Leo lief voraus. Zurück bei den Männern ließen sie Bruno zu Boden gleiten. Sofort waren alle um sie herum. Gottlieb erklärte, was geschehen war. Nicht alle Streuner waren mit der Entscheidung einverstanden.

»Ihr hättet ihn lassen sollen, wo er war!«

»Mit so einem habe ich kein Mitleid!«

»Ihm helfen? Die Kerle hätten uns umgebracht!«

Gottlieb hob die Hand. »Ich verstehe eure Erregung. Ich will mich nicht über euch hinwegsetzen. Wir werden einen

Rat abhalten und eine Entscheidung treffen. Doch jetzt für den Moment sehe ich in dem Unglücklichen nur einen Menschen, der unsere Hilfe braucht.«

Ante kam Gottlieb zu Hilfe. »Seht euch den Kerl doch an. Von dem droht uns keine Gefahr mehr.«

»Viel wichtiger für uns ist, dass die Bedrohung vorüber ist!« Carlo richtete sich auf. »Der Hinterhalt ist misslungen. Ich denke, wir können nach Hause gehen.«

Die Männer brachen in ein lautes Jubelgeschrei aus. Schon nach kurzer Zeit gingen alle auseinander. Felix war immer noch aufgelöst von dem, was er in der letzten Stunde erlebt hatte. Er bat Gottlieb, mitkommen zu dürfen. »Ich muss wissen, wie es weitergeht! Außerdem kenne ich Bruno schon länger, bestimmt kann ich euch helfen!«

»Das kannst du. Aber morgen ist auch noch ein Tag. Luise wird wissen, was zu tun ist. Wir bringen Bruno zu ihr, dort soll er sich zuerst einmal ausruhen.«

Widerwillig folgte Felix Gottliebs Aufforderung, nach Hause zu gehen. Als er in Carlos Haus eintrat, war alles dunkel und still. Er tastete sich zu seinem Schlafplatz, zog die Schuhe aus und kuschelte sich unter seine Decke. Von der Bettstatt der Kinder hörte er regelmäßige Atemgeräusche. Auf dem Boden in der Mitte knisterten die Reste der Glut.

Im nächsten Augenblick fiel über Felix ein schwarzer Vorhang und er schlief tief und fest.

*

»Dong, dong, dong-dong. Dong, dong, dong-dong.«

Felix brauchte einen Moment, um zu begreifen, dass die Schläge nicht zur Dorfkirche in Herdern gehörten. Dies war keine Glocke. Durch das Lager tönten die Metallstäbe und riefen zur Wachsamkeit.

Von seinem Schlaflager aus sah Felix, wie Elsa die Glutreste vom Vortag vorsichtig wieder anfachte. Carlos ältester Sohn hockte daneben und fütterte das Feuer mit kleinen Holzspänen. Die Tür stand offen, draußen war es dämmrig, frische Morgenluft drang herein.

»Gottlieb ruft den Rat ein. So hat er es gestern versprochen. Aber um diese Zeit?« Felix setzte sich schlaftrunken auf.

Elsa hob den Kopf. »Bist du aufgewacht? Ich will sehen, was los ist.« Sie stand auf und überließ das Feuer ihrem Sohn. Dann warf sie eine Decke um die Schulter und trat hinaus vor die Tür.

»Dong, dong, dong-dong.«

Felix stand auf, fuhr Leo mit der Hand über den Kopf und begrüßte den Jungen am Feuer. Auf wackligen Beinen stapfte er zu Elsa vor die Tür. Die morgendliche Kühle umfing ihn und ließ ihn rasch wach werden.

»Es ist nicht der Rat«, sagte Elsa so, dass es Hannes nicht hörte. »Es ist das Alarmzeichen!«

»Alarm? Was ist passiert? Ist Bruno …?«

»Die Banditen greifen wieder an. Carlo ist schon unterwegs zum Damm.«

In aller Eile zog Felix seine Schuhe an und warf die Jacke über. Dann packte er die Heugabel und eilte, so rasch er konnte, den Uferweg entlang in Richtung Damm. Leo hatte sich ihm sofort angeschlossen und freute sich über den morgendlichen Auslauf. Das Gras um ihn herum war noch taufrisch, über dem See hingen Nebelfetzen.

Felix fragte sich, was die Absicht der Banditen sein könnte. Wenn er Gottlieb richtig verstanden hatte, war es selbst mit einer Vielzahl von Angreifern so gut wie unmöglich, den Damm zu überwinden. Hatten sich Wagner in der Zwischenzeit noch weitere Gruppen angeschlossen, von denen sie nichts wussten? Wollten sie mit ständigen Angriffen die Streuner zermürben? Für die Verteidiger zählte jeder Ausfall doppelt. Noch hatte es keine Toten gegeben. Doch das konnte sich ändern. Die Szenerie, die Felix erwartete, ähnelte der des Vortages. Wagners Männer hatten mit einem Überraschungsangriff das erste Tor überwunden und sich in der Mitte des Dammes hinter den Holzbalken und dem Stacheldraht verschanzt. In der vorderen Reihe trugen die Angreifer Schilder aus Blech und Holz vor ihrem Körper, um die Pfeile und Wurfgeschosse abzuwehren.

»Der Angriff hat vor einer Stunde begonnen.« Felix hatte sich zu Gottlieb gesellt, der aus sicherer Entfernung seine Anweisungen gab. »Unsere Männer wurden im Schlaf überrascht. Ehe die Wachen Alarm schlagen konnten, hatten die Banditen bereits das Tor durchbrochen. Wir hatten es seit gestern noch nicht ganz reparieren können.«

»Wie viele sind es?«

»Wir wissen es nicht genau. Es ist noch nicht hell genug, um mit dem Fernglas drüben Einzelheiten erkennen zu können.«

»Was hältst du davon?«, fragte Felix nachdenklich. »Warum haben sie nicht längst aufgegeben? Jetzt, da Bruno und seine Männer ausgeschaltet sind, müssten sie doch einsehen, dass es aussichtslos ist. Wenn Wagner wirklich so klug ist, wie du glaubst«, fügte er hinzu.

»Ich kann nur vermuten, dass sie es noch gar nicht wissen. Es ist ein weiter Weg um den See herum. Falls einer von Brunos Männern überlebt hat, bräuchte er eine Weile, um hierherzugelangen.«

Die Bogenschützen der Angreifer begannen, brennende Pfeile abzuschießen. Felix beobachtete, wie leuchtende Geschosse über die Absperrung flogen.

»Das nützt ihnen wenig«, meinte Gottlieb. »Das ist gleich gelöscht. Solange sie nicht herübergelangen, brauchen wir uns keine Sorgen zu machen. Und selbst dann würden wir uns zu wehren wissen.«

Felix brannte darauf, die Verteidiger zu unterstützen. Doch wie den meisten blieb ihm nichts anderes übrig, als zu beobachten und abzuwarten. Solange die Angreifer keine neue Überraschung bereithielten, würde sich nichts ändern.

»Und wenn ihr es ihnen zeigt?«, rief er plötzlich. »Was würden sie wohl tun?«

Gottlieb fuhr herum. »Natürlich! Du hast recht. Wir können das Ganze abkürzen. Du bringst mich auf eine Idee. Wir werden sie überraschen!«

Er winkte einen der Männer zu sich heran, deutete in Richtung Lager und gab ihm ein paar kurze Anweisungen. Der Mann machte sich sofort auf den Weg.

Eine halbe Stunde später sah Felix eine kleine Gruppe Männer, die den Uferweg entlangkamen. Sie führten Bruno in ihrer Mitte. Sogar von Weitem war zu erkennen, dass der frühere Anführer am Ende war. Er ging mit schleppendem Schritt, hielt den Blick gesenkt und musste von zwei Helfern von beiden Seiten gestützt werden. Als die Männer am Zugang zum Deich angelangt waren, ließen die übrigen die Waffen sinken. Auf einen Wink bildeten sie eine Gasse zur zweiten Sperre. Bruno wurde weiter vorwärtsgeschoben, bis er direkt hinter der verschlossenen Tür stand.

Einer der Streuner hatte ein großes weißes Tuch an einem Stecken befestigt. Er stieg ein Stück die Leiter hoch, zeigte sich aber nicht. Stattdessen streckte er die Fahne hoch über die Mauerkrone und schwenkte sie hin und her. Unter den Angreifern brach lautes Geschrei aus. Die Vorderen kletterten auf die Balkensperre und schwenkten ihre Waffen, von hinten drängten weitere nach. Diesen Moment nutzte Carlo, den Felix in der vordersten Reihe ausmachte. Er ließ das Tor öffnen und schob den vollkommen apathischen Bruno auf die Dammstraße.

Sofort traf ihn ein Pfeil, zwei weitere flogen an ihm vorbei in die Luft. Bruno wurde herumgerissen, blieb aber stehen. Ungläubig betrachtete er den Schaft, der aus seiner Schulter herausragte. Auf seinem Hemd bildete sich ein Blutfleck, der rasch größer wurde. Jetzt erkannten die vordersten der Belagerer, wer vor ihnen stand. Der Jubel erstarb. Laute Rufe ertönten, Kommandos wurden gebrüllt. Alle Augen waren auf Bruno gerichtet. Langsam setzte er sich in Bewegung und torkelte vorwärts. Er stieß an die Holzstämme, schüttelte unwillig den Kopf und tastete sich weiter, bis er zu der steil abfallenden Begrenzungsmauer kam. Er drehte sich um, ging ein Stück zurück und begann schließlich, wie ein ungeschicktes Kind das Hindernis hinaufzuklettern. Er zog sich hoch, rutschte ab, schlug sich das Knie an, kletterte weiter. Kurz bevor er die Krone erreichte, hielt er plötzlich inne, als ob er gegen ein unsichtbares Hindernis gestoßen wäre.

»Geh weg! Geh weg!« Bruno begann, wie wild um sich zu schlagen. Er duckte sich, richtete sich wieder auf, fuchtelte mit den Armen, stolperte vorwärts, duckte sich erneut.

»Geh weg! Geh weg!« Bruno hatte vollkommen die Orientierung verloren. Unter seinen Füßen begannen die Balken zu schwanken und kamen ins Rollen. Er fiel, rappelte sich auf, versuchte sich festzuklammern, stürzte erneut und rutschte auf die Mauer zu. Für einen Moment gelang es ihm, seinen Fuß dagegenzustemmen, dann trat er ins Leere. Seine

Hände griffen vergebens in die Luft, ein letzter ungläubiger Blick – dann war er über der Mauer verschwunden.

Felix war wie erstarrt. Er glaubte, den Aufprall tief unten im Tal zu hören, doch er wusste, dass es Einbildung war. Um ihn herum war es totenstill.

Eine Ewigkeit später setzte sich die Welt wieder in Bewegung. Die Angreifer auf dem Deich erwachten wie aus einer Trance. Langsam wandten sie sich ab, gingen den Weg zurück über die Deichstraße, vorbei an der Drahtsperre und durch das zerstörte Tor.

Niemand blieb zurück. Keiner der Streuner drängte hinterher. Die meisten blickten betroffen vor sich hin, die wenigsten sprachen miteinander.

»Das ist das Ende der Bande. Davon werden sie sich nicht mehr erholen.« Felix wandte sich um. »Was glaubst du, Gottlieb?«

»Ich denke, du hast recht. Ob die Niederlage das Ende der Bande bedeutet, weiß ich nicht. Aber die Streuner werden erst einmal Ruhe haben. Trotzdem sollten wir nicht übermütig werden und wachsam bleiben. Noch heute wollen wir die nötigsten Maßnahmen besprechen.«

»Ist das notwendig?«, wandte Carlo ein. »Die Männer sind müde und erschöpft, einige sind verletzt. Und alle sind glücklich über den guten Ausgang. Du solltest sie nicht gleich wieder in die Pflicht nehmen.«

»Eines nach dem anderen«, sagte Gottlieb ruhig. »Die Banditen sind immer noch in Reichweite. Ich bin erst beruhigt, wenn wir sicher sind, dass keine Gefahr mehr droht. Das ist keine Pflicht, das ist Vernunft. Deshalb werden wir den Rat halten.« Wieder lächelte er. »Und je schneller wir fertig sind, desto früher können wir feiern.«

»Ein Fest? Das ist ein Wort!«

Elsa empfing Felix und Carlo mit einem Frühstück. Die Nachricht vom Abzug der Banditen hatte sich in Windeseile herumgesprochen. Auf dem Weg durch die Siedlung sah Felix überall fröhliche Gesichter. Selbst das Spiel der Kinder schien lebhafter zu sein als sonst.

Elsa hatte Eier gebraten. Der appetitliche Duft hing in jedem Winkel des Raumes. Zu dritt saßen sie am Tisch, die Kinder hatten schon gegessen und waren bereits nach draußen gegangen. Felix und Carlo erzählten abwechselnd von dem, was sich am Morgen am Damm abgespielt hatte.

»Ein schrecklicher Tod!« Elsa schüttelte nachdenklich den Kopf. »Er war ein Bandit, ein Verbrecher. Aber so etwas wünscht man niemandem.« Sie nahm sich etwas Salz aus einem kleinen Metalltopf.

»Ich frage mich, ob er überhaupt etwas davon mitbekommen hat«, meinte Carlo, der sich eben ein Stück Brot vom Laib abriss. »Er schien in einer anderen Welt zu sein. Am Ende kam er mir vor wie eine Hülle, deren Bewohner nicht zu Hause ist.«

Carlos Worte weckten in Felix die Bilder, die er mit der Spinne erlebt hatte. Der Soldat in Waldkirch, das Entsetzen des Waldmenschen am Mathisleweiher. Und seine eigene Begegnung mit dem Grauen beim Anstieg nach Sankt Märgen. Wenn Lena nicht bei ihm gewesen wäre, hätte er nicht mehr aus der anderen Welt zurückgefunden.

Die Welt der Spinne, der Wächter, der Uralten.

»Was habt ihr eigentlich mit seinem Wegweiser gemacht?«, fragte er.

»Luise hat ihn an sich genommen. Sie wird ihn prüfen und dann weitergeben, wenn er gebraucht wird. Die Wegweiser sind unser größter Schatz. Ohne sie könnten wir hier nicht leben. Vor allem könnten wir keine Händler sein.«

»Woher habt ihr sie eigentlich?« Felix hatte die Frage lange nicht mehr in sich aufkommen lassen. Vielleicht bekam er jetzt eine Antwort.

Carlo kniff die Lippen zusammen. »30 Streuner, 30 Antworten. Jeder von ihnen hat seine eigene Geschichte«, meinte er zögernd.

»Und du?«

»Wir haben einen für unsere Familie. Als ich hierherkam und Elsa traf, wurde er mir von Luise zugeteilt. Der Wegweiser war sozusagen die Eintrittskarte in die Gemeinschaft der Streuner.« Er nahm sich ein weiteres Stück Brot. »Bei den anderen weiß ich es selber nicht. Wir sprechen nicht viel darüber.«

Felix hatte das Gefühl, dass Carlo das Thema unangenehm war. Dennoch versuchte er es erneut. »Aber das ist doch wichtig! Gerade weil es die Grundlage eurer Existenz ist!«, rief er. »Ihr müsst doch wissen, wie der Wegweiser funktioniert! Und warum! Und wo er herkommt!«

»Es gibt Vermutungen, dass alle Wegweiser vom selben Ort kommen. Doch woher, weiß keiner genau. Manche glauben, der Ort sei in einem Wald irgendwo im Wiesental. Andere sagen, sie kommen von besonderen Bäumen aus der Wutachschlucht. Einer der Streuner brachte das Gerücht mit, die Wegweiser wachsen in Höhlen, tief unter der Erde. Aber das ist natürlich Unsinn.«

Elsa unterbrach das Gespräch und deutete auf Felix' Teller. »Du solltest vor lauter Reden das Essen nicht vergessen. Deine Eier sind bestimmt kalt geworden. Komm, ich stelle sie noch einmal kurz auf den Herd.«

»Elsa hat recht«, meinte Carlo. »Für sie sind unsere Hühner und Tauben wichtiger als die Frage, woher die Wegweiser kommen.« Er schenkte sich eine Tasse Tee ein. Kurz darauf mischte sich in den Duft der gebratenen Eier ein Hauch von Minze und Kamille. »Ich kann dir nicht mehr sagen. Die Wegweiser funktionieren, und sie helfen uns zu überleben. Manchmal müssen die einfachen Antworten genügen.«

»Mir würde das nicht reichen«, meinte Felix trotzig. Im Stillen ärgerte er sich. Wieder beschlich ihn das unangenehme Gefühl, nicht ganz ernst genommen zu werden.

»Du kannst Luise fragen«, sagte Carlo. »Wenn jemand mehr darüber weiß, dann sie. Wolltest du nicht sowieso zu ihr? Sie wird dir sagen können, wohin Fusch gegangen ist und wann er wiederkommt.«

Fusch! Felix biss sich auf die Lippen. Warum hatte er nicht längst daran gedacht. Die Gefahr war vorüber, jetzt konnte er sich wieder um sein eigentliches Ziel kümmern. Er musste endlich wissen, woran er war. Vielleicht konnte er hier bei Carlo und Elsa auf ihn warten. Wenn er aber auf einer längeren Tour unterwegs war, würde er aufbrechen und ihn suchen.

»Ich werde gleich zu ihr gehen«, sagte er und stand auf.

»Nichts da!« Elsa brachte in diesem Moment die Eier zurück. Daneben lagen noch zwei weitere und ein schmaler Streifen Speck. »Es wird zuerst gegessen. Außerdem glaube ich nicht, dass sie Zeit für dich hat. Sie wird zur Versammlung gehen wie alle anderen. Und sie gehört zu den Fünf Weisen. Auf ihren Rat wird gehört.«

Wie zur Bekräftigung ertönte von draußen das Lagersignal. Carlo schob den Teller von sich und stand auf »Es wird nicht lange dauern. Die Kinder spielen draußen. Bitte schau nach ihnen, bis wir wiederkommen. Dann kannst du sofort los.«

Felix blieb mürrisch am Tisch zurück. Wieder hatten sie ihn nicht eingeladen mitzukommen. Allmählich dämmerte ihm, dass die Gemeinschaft der Streuner mehr war, als es auf den ersten Blick schien. Es waren nicht nur die Wegweiser, die ihnen ihre Lebensweise ermöglichten. Es war das bedingungslose Vertrauen in den anderen. Ein Vertrauen, das über Leben und Tod entscheiden konnte. Sicher, er hatte einen der ihren gerettet, gemeinsam hatten sie gerade noch rechtzeitig die Warnung überbracht. Aber um dazuzugehören, würde es mehr brauchen. Er würde sich bedingungslos dem Ganzen verschreiben müssen. Und das würde bedeuten, für immer hierzubleiben.

Langsam aß er den Teller leer. Mit dem Rest Brot wischte er die Pfanne aus. Lange hatte er nicht mehr so etwas Gutes gegessen. Er stellte das Geschirr zusammen und trat vor die Tür. Die drei Kinder spielten mit ein paar anderen im Hof in der Sonne, dazwischen lief Rikki-Tikki umher, die eifrig Gras zupfte. Eine Gruppe Gänse wackelte schnatternd vorüber und pickte nach jedem Grashalm.

Felix setzte sich auf die Bank vor dem Haus. Er streckte die Beine aus und genoss die Maiensonne. Gleich nach der Ratsversammlung würde er zu Luise gehen und sie fragen. Sein Kopf sank auf die Brust. Mit dem Gedanken an Fusch und den silbernen Anhänger nickte er ein.

Ein energisches Zupfen an seinem Fuß weckte ihn. Als er die Augen öffnete, fiel sein Blick auf die Ziege, die besonderes Gefallen an seinem linken Hosenbein zu haben schien. Er fasste sie an einem der Hörner und zog ihren Kopf weg. »Du stehst mit allen vier Beinen mitten im Essen! Was willst du mit der alten Hose?« Die Ziege schien einzusehen, dass das frische Futter doch besser schmeckte, und wandte sich einem Löwenzahn zu. Die Sonne stand hoch am Himmel, es war warm. Ein Stück weiter spielten die Kinder an einem der Bäche, die vom Wald her durch das Lager flossen. Sie hatten einen Staudamm gebaut, ließen Schiffchen fahren und planschten herum. Felix hatte einen leichten Brummschädel. Er musste eine ganze Weile geschlafen haben. Er stand auf, ging zum Brunnen und hielt seinen Kopf unter das fließende Wasser. Dann spülte er den Mund aus, wusch sich Hals und Ohren und trank ein paar Schlucke. Die Siedlung der Streuner lag friedlich vor ihm. Nichts deutete auf die Gefahr hin, die noch bis vor wenigen Stunden die Gemeinschaft bedroht hatte. Ob er sich hier auf Dauer wohlfühlen könnte? Vieles war völlig anders als das, was er bei den Riesles und bei Josef und Joana kennengelernt und erlebt hatte. Die Menschen stellten sich auf ihren Handelstouren ständig neuen Herausforderungen. Sie kamen mit anderen Menschen zusammen, und sie hatten keine Angst vor dem Unbekannten. Dagegen beschieden sich die anderen mit dem, was sie hatten und was sie im täglichen Überlebenskampf der Natur abringen konnten.

Felix nahm einen letzten Schluck von dem frischen, kühlen Wasser. Auf dem Weg zurück sah er, wie es auf den Pfaden zwischen den Häusern lebendig wurde. Die Ratsversammlung schien zu Ende zu sein. In kleinen Gruppen standen und liefen die Menschen. Alle redeten lebhaft miteinander. Auch Carlo und Elsa kamen zurück. Schon von Weitem sah Felix, dass sie darauf brannten, ihm etwas mitzuteilen.

»Überraschung!«, freute sich Carlo. »Fusch ist da!«

Felix brauchte einen Moment, ehe er begriff, was das bedeutete. »Ist das wahr? Habt ihr ihn gesehen?«

»Er platzte mitten in die Ratsversammlung hinein«, nickte Elsa.

»Aber wollte er nicht erst viel später zurück sein?«

»Das stimmt!«, entgegnete Carlo. »Doch er meldete sich gleich zu Wort. Er hatte bereits nach zwei Tagen per Zufall einen Händler getroffen, der von Süden heraufkam und mit dem er bestens ins Geschäft kam. Mit dem wenigen, was übrig war, hätte es sich kaum gelohnt, die geplante große Tour anzugehen. Er entschied sich deshalb, wieder ins Lager zurückzukehren und seine Vorräte neu zusammenzustellen.«

»Und er hatte Glück!«, sagte Elsa. »Er wusste nichts von der Belagerung und wäre fast den Banditen in die Hände gelaufen! Sie hätten ihn mit Sicherheit als Geisel benutzt. Alles wäre anders gekommen.«

»Er hatte sich spontan entschieden, für den letzten halben Tag eine Abkürzung zu nehmen«, fuhr Carlo fort. »Vom Berg auf der anderen Seite des Dammes aus sah er dann aus der Ferne, was los war. Er verhielt sich ruhig und beobachtete. Und heute Morgen sah er, dass alle Belagerer abgezogen waren.«

Während die beiden berichteten, war Felix immer aufgeregter geworden. »Und wo ist er? Ich muss unbedingt mit ihm sprechen!«

»Er ist zu Hause und versorgt seine beiden Packesel«, sagte Elsa. »Wir haben ihm schon von dir erzählt. Er erwartet dich, wann immer du willst.«

Felix sprang auf. »Dann jetzt! Wo muss ich hin?«

Carlo deutete auf zwei Hütten, die etwas abseits direkt am oberen Waldrand standen. »Dort oben. Fusch ist ein Eigenbrötler. Aber du wirst mit ihm klarkommen.«

Fünf Minuten später stand Felix am Eingang des kleinen Gehöfts. Eines der beiden Häuser hatte im Gegensatz zu den übrigen Gebäuden im Lager ein zweites Stockwerk unter der Dachschräge. Davor war aus Steinen und Holzbalken eine Einfriedung abgeteilt. Dort begrüßte ihn Fusch, der eben seine beiden Esel striegelte.

»Hallo, Felix«, meinte er gut gelaunt. Er klang, als ob er ihn schon ewig kennen würde. »Darf ich dir meine beiden besten Freunde vorstellen?« Er klopfte mit der Bürste auf das Fell des Esels, der daraufhin einen eigentümlich gluckernden Laut von sich gab. »Gestatten: Willi. Willi der Gutmütige. Den bringt noch nicht einmal eine Maus aus der Ruhe.« Dann fasste er dem zweiten Tier hinters Ohr. Es war etwas kleiner und hatte einen dunkelgrauen Streifen quer über den Rücken. »Und das ist Fritz, der Lausbub. Der stibitzt schon mal etwas von seiner Ladung, wenn ihm danach ist.«

Felix musste lachen. Die beiden erinnerten ihn an die Darsteller einer Fernsehserie, die er ab und zu gesehen hatte. »Hallo«, sagte er und tätschelte beide am Hals. »Schöne Tiere!«, meinte er anerkennend.

»Das will ich meinen! Ihr Herr pflegt sie mehr als sich selber«, lachte Fusch. »Wenn du willst, kannst du mithelfen. Dort drüben liegt noch eine Bürste.«

Während Felix den Rücken von Fritz abrieb, betrachtete er Fusch. Er war viel jünger, als er es sich vorgestellt hatte. Ein wilder Lockenkranz umrahmte sein braun gebranntes Gesicht, sein Bart war lang und ungekämmt. Auf dem Kopf trug er trotz der Wärme eine Strickmütze, die irgendwann einmal ein buntes Muster gehabt haben musste.

»Wohnst du allein?«, fragte Felix.

»Allein mit Fritz und Willi. Das genügt. Keine Familienstreitereien, kein Futterneid, getrennte Betten.«

Felix konnte das Grinsen über den seltsamen Vogel nicht verhindern. Trotzdem hatte er das Gefühl, dass er unter der jovialen Oberfläche etwas verbarg. Was brachte ihn dazu, sein Leben mit zwei Eseln zu verbringen? Vielleicht war er vor etwas davongelaufen. Er nahm sich vor, Elsa zu fragen. Doch jetzt war etwas anderes wichtig. Felix zögerte, er wusste nicht genau, wie er anfangen sollte. Die nächsten Minuten würden seine ganze Zukunft bestimmen. Wenn er von dem Händler nicht die Auskunft bekam, die er brauchte, war alles vergebens.

Zu seiner Überraschung nahm Fusch ihm die Entscheidung ab. »Wir machen nachher weiter«, sagte er und nahm Felix die Bürste aus der Hand. »Du bist nicht wegen der Esel gekommen.« Er winkte Felix, in das kleinere der Gebäude mitzukommen. Es war kaum größer als ein Schuppen. Innen gab es lediglich einen einzigen Raum. Ein paar Kisten standen entlang der Wände, ein Tisch mit einem Stuhl, ein einfacher Herd – das war alles. Im Hintergrund ein Matratzenlager auf dem Boden.

»Willkommen in meinem bescheidenen Reich!«, sagte Fusch. »Ich bin selten zu Hause«, fügte er wie entschuldigend hinzu. »Setz dich!« Er deutete auf den Stuhl.

Felix sah sich um. Durch das Fenster schien helles Licht herein. Trotz der kargen Einrichtung war der Raum hell und sauber. An einer der Wände entdeckte er ein Bücherregal.

»Darf ich mal sehen?«

»Aber immer.« Fusch holte zwei Gläser und stellte sie auf den Tisch. »Lesesaal Mediathek Schluchsee. Außenstelle Unterkrummen!«

Felix war erstaunt über die Vielfalt der Bücher. Da er zu Hause selbst gerne und viel gelesen hatte, kannte er vieles von dem, was er sah. »Die rote Zora, Griechische Götter- und Heldensagen, Der Herr der Ringe, Der Schatz im Silbersee«, las Felix, während er mit der Hand über die Buchrücken fuhr. »Du magst gerne Geschichten – so wie ich.«

»Ich liebe Geschichten. Manchmal nehme ich mir sogar eine mit für unterwegs. Einfach mal wegträumen. Tut gut. Manchmal.«

Aus einer Ecke holte Fusch eine bauchige Korbflasche. Er zog den Stöpsel ab und roch an der Öffnung. »Der wird immer besser! Ein Schlückchen Heidelbeerwein gefällig? Selbst gemacht. Ausschließlich Naturprodukte«, grinste er.

Die beiden prosteten sich zu. »Wenn du zurückkommst, kannst du auch ein Buch darüber schreiben«, meinte Fusch. »Aber jetzt sage mir, was du wissen willst.«

Felix atmete einmal tief durch, dann zog er vorsichtig die Kette mit dem Anhänger über den Kopf und legte sie auf den Tisch. »Sieh sie dir genau an. Hast du diesen Anhänger schon einmal gesehen?«

Fusch wurde mit einem Mal ernst. Das heitere Lächeln aus seinem Gesicht verschwand. Zögerlich griff er nach der Kette und drehte das silberne Schiffchen nach allen Seiten. »Ich erinnere mich«, sagte er langsam und ließ sie zurück auf die Tischplatte gleiten.

Felix' Herz schlug höher. »Tatsächlich? Überlege genau!«

»Da gibt es nichts zu überlegen. Diese Kette habe ich einmal eingehandelt. Wie kommst du dazu?«

»Das erzähle ich dir später«, antwortete Felix aufgeregt. »Zuerst muss ich wissen, woran du dich erinnerst.«

Fusch schenkte sich sein Glas voll und trank es mit einem Zug leer. Dann griff er ein zweites Mal zu dem Anhänger. »Da war ein Mann, der wollte sie unbedingt. Ein Geschenk für seine Frau, sagte er. Ja, jetzt weiß ich es wieder. Er wollte ihr eine Freude bereiten.«

»Wo? Wo war das?«

»Das war … irgendwo zwischen Bärental und Hinterzarten. Ich habe ihn zufällig im Wald getroffen. Johannes hieß er, glaube ich. Oder Jochen.«

»Josef?«

»Kann auch Josef gewesen sein. Es war ein guter Tausch.

Billigschmuck will normalerweise keiner. Ich war froh, dass ich es auf diese Weise losgeworden bin. Auch noch einen Schluck?«

Felix schüttelte den Kopf. »Ich habe noch, danke.« Der Beerenwein war gut angegoren und stieg ihm schon nach einem halben Glas in den Kopf. »Fällt dir noch etwas ein? Ich muss unbedingt wissen, wo du den Anhänger herhast.«

Ein drittes Glas verschwand in der Kehle des Händlers. Dann lehnte er sich zurück. »Ich spreche nicht gern darüber. Aber Carlo hat mir schon gesagt, wie wichtig es für dich ist.« Er schloss die Augen und schien nachzudenken. Von draußen hörte man das Schnauben der beiden Esel, kurz darauf dumpfes Hufgetrappel.

»Eines der dunkelsten Kapitel meines Händlerlebens«, begann Fusch. »Ich gehörte von Anfang an zu denen, die auch mal die sicheren Pfade verlassen, um mit etwas Glück Neues zu entdecken. Manchmal klappt es, und der Gewinn ist entsprechend. Aber manchmal …« Er unterbrach und schenkte sich ein weiteres Mal nach. »Du hast ja inzwischen selbst mitbekommen, was die besondere Lage unserer Siedlung ausmacht. Im Norden der See, im Westen der Feldberg, im Süden die Wächter des Waldes. Bester Schutz für uns und unsere Waren. Andererseits sind dadurch natürlich unsere Wege eingeschränkt und oft kompliziert.«

Wieder machte er eine Pause. Felix konnte es vor Aufregung kaum aushalten. Vor seinen Augen leuchtete das silberne Schiffchen auf, als sei es von innerer Glut erfüllt.

»Schon bald, nachdem ich zu den Streunern gestoßen war, juckte es mich, Neues zu versuchen. Vor allem der Süden und der Westen waren kaum bekannt. Zu gefährlich, hieß es immer. Das lohnt nicht, sagten andere. Dann erfuhr ich von Menzenschwand.«

Fusch deutete mit dem Finger zu der Wand, an der das Bücherregal hing. »Der Ort liegt in diese Richtung, hinter dem Berg, gar nicht weit von hier. Ich wurde sofort neugierig und habe alle ausgefragt, bis ich glaubte, genug zu wissen. Kennst du den Unterschied zwischen Mut und Leichtsinn?«, fragte er unvermittelt. Doch er wartete nicht auf die Antwort. »Am westlichen Ende des Sees, dort, von wo aus Bruno versucht hat, uns hinterrücks zu überfallen, genau dort war früher die Verbindung nach Menzenschwand. Die Straße gibt es heute noch, bestens ausgebaut. Ich war leichtsinnig und wollte unbedingt dort einen Durchgang suchen. Trotz aller Warnungen. Esel gepackt, ein paar der gängigen Tauschwaren dazu, den Wegweiser in der Hand – so bin ich los.«

Er griff nach dem Glas, setzte es aber wieder ab. »Anfangs ging alles glatt, das Netz der Spinne war weit genug weg, um bis auf wenige Umwege gut vorwärtszukommen. Kurz vor dem Pass ins Nachbartal habe ich ihn dann gefunden.«

»Was – den Anhänger?«

»Einen Mann. Alleine. Er saß zusammengesackt auf einer alten Aussichtsbank. Neben ihm im Gras lagen ein Rucksack und zwei Taschen. Ich dachte zuerst, er schläft. Oder er sei tot. Doch es war noch Leben in ihm.« Es fiel ihm sichtlich schwer zu sprechen.

Felix hielt es vor Spannung kaum mehr aus. Er sah deutlich, wie die Erinnerungen auf Fusch lasteten.

»Ich gab ihm zu trinken und legte ihn auf den Boden. Er schien mich gar nicht wahrzunehmen. Seine Augen flackerten, sein Blick ging durch mich hindurch. Immer wieder überwältigten Zuckungen seinen Körper, so als hätte er Schüttelfrost.«

Wie bei Bruno!, dachte Felix. Die Spinne! Er musste der Spinne in die Hände gefallen sein.

Fusch stieß einen Seufzer aus. »Er starb in meinen Armen. Es war nichts mehr zu machen. Ich weiß nicht einmal, wie er hieß.«

»Und er hat nichts gesagt?«

»Doch. Aber ich konnte nur zwei Worte verstehen. Menzenschwand und Spinne. Der Rest war unverständliches Gebrabbel.« Fusch gab sich einen Ruck und richtete sich auf. »Ich habe den armen Kerl an Ort und Stelle begraben, so gut ich es ohne Werkzeug konnte. Eine Erdmulde und ein paar große Steine mussten genügen. Mehr konnte ich nicht tun. Danach habe ich mir sein Gepäck angesehen. Bei dem, was ich bei ihm fand, musste er wie ich ein Händler gewesen sein. Ich habe dann nicht groß nachgedacht und mitgenommen, was ich tragen konnte und was mir wichtig schien. Den Rest habe ich liegen lassen.«

»Und der Anhänger? Was war mit dem Anhänger?«

»Es war seltsam. Das Schiffchen fand ich in einem Lederbeutel, verschnürt mit einer geflochtenen Kordel. Daneben ein Stück Papier, nass und unleserlich. Ich wollte es zuerst bei ihm lassen, denn als Tauschware schien es mir wertlos. Aber irgendetwas hat mich dazu getrieben, es einzustecken. Weil es so klein und leicht war, habe ich es dann auf meinen späteren Touren mitgenommen, ohne große Hoffnung, es jemals wieder loszuwerden. Bis ich Josef traf.« Er wandte Felix seinen Blick zu. »Und jetzt kommst du und bringst es mir zurück. Aber ich will es nicht«, sagte er mit schwerer Stimme. »Du kannst es behalten.«

Felix hatte bei Fuschs letzten Sätzen gebannt zugehört. Es gab keinen Zweifel mehr für ihn. Der tote Händler war in Menzenschwand gewesen. Und dort musste er den Anhänger bekommen haben. Seine Mutter lebte!

»Ich rede zu viel«, brummte Fusch. »Jetzt sage du, warum du das alles wissen willst! Was ist mit meinem Anhänger?«

»Dies hier ist nicht dein Anhänger.« Felix straffte sich. »Das Schiffchen, das du gefunden hast, hängt am Hals einer Frau am Fuße des Feldbergs.« Dann begann er zu erzählen.

*

Als Felix zurück zu Elsa und Carlo kam, begann er sofort, seine Sachen zusammenzusuchen. »Ich muss nach Menzenschwand! Am besten heute noch. Ich weiß, woher der Anhänger stammt.«

»Was hat Fusch erzählt?«, fragte Elsa, die erschöpft auf einem Stuhl saß und Wasser trank. Die Hitze machte ihr sichtlich zu schaffen.

Felix berichtete von dem, was er von Fusch gehört hatte. »Und deshalb muss ich los«, schloss er. »Es tut mir leid, dass ich euch so schnell verlassen muss. Aber ich spüre, dass ich kurz vor dem Ziel bin.«

Die beiden hatten gespannt zugehört. »Seltsam. Davon hat er nie etwas erzählt«, sagte Carlo. Wie seine Frau war er vor der Mittagshitze in das kühle Innere des Hauses geflüchtet. Er saß auf einem aus Aststücken und Kissen zusammengebauten Sessel und schnitzte an einem Kochlöffel. »Aber nach dem, was du von ihm erfahren hast, hatte er seine Gründe.«

»Fusch ist anders, als er auf den ersten Blick wirkt«, meinte Elsa. »Als er zu uns kam, hatte ich von Anfang an den Eindruck, dass er etwas mit sich herumträgt, das ihn bedrückt. Etwas sehr Tiefsitzendes. Ich habe ihn einmal danach gefragt, doch er ist nicht darauf eingegangen. Es freut mich, dass wenigstens du ihn ein bisschen erreichen konntest.«

In der offenen Tür erschienen zwei Kinder, die Felix bisher noch nicht gesehen hatte. Das Mädchen und der Junge waren etwa so alt wie Carlos ältester Sohn. Anscheinend hatte man sie als Boten geschickt.

»In einer Stunde auf dem Platz vor dem großen Haus.« Das Mädchen bemühte sich sichtlich, wichtig zu klingen. »Ein Fest! Alle sollen kommen. Auch der fremde Mann!«

»Und jeder bringt etwas zu essen und zu trinken mit«, ergänzte der Junge. »Und Teller und Becher. Und Besteck.«

Elsa lachte. »Ich glaube, wir haben es verstanden. Danke für die Nachricht! Und jetzt macht euch auf die Socken, damit alle davon erfahren und keiner zu spät kommt.«

»Ja, Elsa.« Beide nickten gleichzeitig.

»Und vergesst Fusch nicht. Er ist wieder zu Hause!«

»Ja, Elsa, das machen wir.« Sie drehten sich um und sprangen davon.

»Du hast es gehört!«, wandte sich Carlo an Felix. »Du hast sogar eine Extraeinladung.«

Felix war hin und her gerissen. »Aber dann komme ich vor morgen früh nicht los!«

»Ich würde mich freuen!«, sagte Elsa.

»Ich auch«, meinte Carlo. »Außerdem würde ich an deiner Stelle nichts überstürzen.« Er legte das Messer weg und stand auf. »Nach Menzenschwand zu kommen, wird nicht einfach werden. Soviel ich weiß, war von unseren Leuten seit langer Zeit niemand mehr nach Süden unterwegs. Es ist höchst riskant und aufwendig. Keiner weiß, wie es derzeit dort aussieht.«

»Es ist mir egal, ob es riskant ist«, stieß Felix hervor. »Bisher habe ich alles geschafft!«

»Das weiß ich«, beruhigte ihn Carlo. »Und ich bin sicher, dass du dein Bestes versuchen wirst. Dennoch schlage ich vor, dass wir uns als Erstes kundig machen. Dann kannst du entscheiden, was du tun wirst.«

Carlos Worte klangen ernüchternd. Felix biss sich auf die Lippen. Er hätte von selbst darauf kommen können, dass er nicht einfach losspazieren konnte. »Kundig machen? Eben hast du noch gesagt, dass ihr seit Monaten keine Informationen mehr bekommen habt!«

»Wir werden Gottlieb fragen. Komm!«

Sie trafen den Alten auf der Terrasse des Unterkrummenhofes. Um ihn standen drei Männer, die sich eben von ihm verabschiedeten. »Und gebt mir Bescheid, sobald ihr mehr wisst!«, hörte Felix ihn den dreien hinterherrufen.

»Er hat ein Zimmer im oberen Stock«, erklärte Carlo. »Wir haben ihm schon ein paarmal angeboten, bei einem eigenen Häuschen zu helfen. Aber er will nicht. Er sagt, das reicht ihm.«

»Und was ist mit dem übrigen Hof?«

»Lager. Es gibt Waren, die uns gemeinsam gehören. Die sind alle dort untergebracht. Trocken und sicher. Auch Lebensmittel für die Gemeinschaft. So muss nicht jeder seine eigenen Vorräte haben.«

Gottlieb begrüßte sie herzlich. »Hallo, Felix, schön, dass du zu unserem Fest kommst. Die Vorbereitungen laufen schon!« Er wies auf ein paar junge Männer in Felix' Alter, die aus dem Keller des Hofes Bierbänke und Tische heranschleppten. »Vor allem, weil ich denke, dass du uns schon bald verlassen willst.«

»Deswegen sind wir gekommen«, meinte Carlo. »Aber sage zuerst, ob das, was der Rat beschlossen hat, auch klappen wird?«

»Das wird es«, antwortete Gottlieb. »Gleich morgen werden wir anfangen.« Er wandte sich zu Felix. »Die Gefahr ist vorbei. Trotzdem hat der Angriff uns gezeigt, dass wir wachsam bleiben müssen. Wer weiß, wie es ohne deine Hilfe ausgegangen wäre.« Er winkte sie zu den herumstehenden Gartenstühlen, und sie setzten sich. Der Alte nahm seinen Strohhut ab und fächelte sich frische Luft ins Gesicht. »Als Erstes werden wir die Befestigung auf dem Damm wiederherstellen. Es gibt noch ein paar Ideen, was wir verbessern wollen. Einen Brückenkopf auf der anderen Seite befestigen, zum Beispiel. Inzwischen werden die drei Männer, die eben noch hier waren, die Spur der Banditen verfolgen. Wir müssen sehen, ob sie wirklich verschwinden. Zwar glaubt keiner, dass sie es erneut versuchen werden. Aber sicher ist sicher. Und dann gibt es noch das Traurige, das getan werden muss.« Er hielt inne und trank einen Schluck Wasser.

»Hat es doch Tote gegeben? Oder schwere Verletzungen?«, fragte Felix erschrocken.

»Nein, zum Glück nicht. Aber wir wollen versuchen, Bruno zu bergen.«

»Bruno!«, stieß Felix hervor. »Was wollt ihr mit ihm machen?«

»Er liegt noch dort, wo er abgestürzt ist. Es ist nicht einfach, an die Stelle heranzukommen. Aber wir werden ihn nicht dort liegen lassen. Genauso wenig wie seine Männer. Das wird noch aufwendiger.«

»Was wollt ihr tun?«

»Wir müssen versuchen, Stück für Stück an sie heranzukommen. Ich hoffe, es gelingt uns, dass wir sie ordentlich begraben können.«

»Und wenn die Spinne den Weg nicht freigibt?«

»Dann wird die Natur die Arbeit übernehmen.«

Felix schauderte. Der Soldat. Der Zug in Bärental. Die Spinne kannte keine Gnade.

Seine düsteren Erinnerungen wurden von dem Geschehen um ihn herum abgelenkt. Eben wurden die letzten Bänke und Stühle aufgestellt, die Tische an der Seite füllten sich mit Schüsseln, Töpfen, Ofenblechen und Tellern. Körbe mit Obst standen neben Glasflaschen in allen Formen und Farben. Auf der Terrasse stimmte eine junge Frau eine Violine. Girlanden mit bunten Stofffetzen wanden sich über Zäune und Bäume.

Felix atmete tief durch und riss sich zusammen. Das Leben ging weiter, auch wenn das Grauen nur wenige Hundert Meter weiter lauerte. »Ich muss nach Menzenschwand! Wie komme ich dorthin?«

Gottlieb zögerte einen Moment. »Ich kann es dir nicht sagen«, meinte er ernst.

Felix bekam große Augen. »Du weißt es nicht? Aber ich dachte …«

»Ich habe ihm gesagt, du würdest es am ehesten wissen«, erklärte Carlo.

Wieder dachte Gottlieb nach, ehe er antwortete. »Menzenschwand liegt im Tal hinter dem Berg im Westen. Keine zehn Kilometer von hier. Und trotzdem weiter weg als das Meer. Es ist Jahre her, dass jemand von uns dort war. Egbert und Olivio haben es damals versucht.«

Felix sprang auf. »Wo sind die beiden? Was haben sie erzählt? Ich muss sie sprechen!«

Gottlieb schüttelte den Kopf. »Du wirst sie nicht mehr fragen können. Sie sind vor zwei Jahren von einer Tour nicht zurückgekehrt.«

»Aber warum versucht es dann keiner?« Felix war nicht zu beruhigen. »Wenn sie dort waren, kann ich es auch schaffen. Ich muss nur wissen, wohin ich gehen muss!«

Der Alte bat ihn, sich wieder zu setzen. »Die Sache ist einfach. Erschreckend einfach.« Er schenkte sich ein weiteres Glas Wasser ein und trank es in langsamen Schlucken.

»Einen Teil kennst du bereits. Die ganzen Berge im Süden und der Wald sind uns versperrt. Unsere Sicherheit ist unser Gefängnis. Fusch hat es über die alte Landstraße versucht. Du weißt inzwischen, was er dort erlebt hat. Noch weiter westlich ist der Feldberg. Dort ist überhaupt kein Durchkommen.«

»Und was ist mit dem Abfluss aus dem Schluchsee? Entlang des Wassers gibt es fast immer einen Weg!«

»Die Schwarza?« Wieder überlegte der Alte. »Theoretisch schon«, meinte er zögernd. »Das Flüsschen fließt ziemlich genau nach Süden.«

»Was heißt theoretisch? Ist es gefährlich? Hat es jemand versucht?«

»Wir sind Händler. Wenn wir losziehen, haben wir immer reichlich Gepäck dabei. Viele von uns sind mit Eseln unterwegs. Das Bachbett ist viel zu schmal und zu steinig. Es würde viel zu lange dauern, bis wir die nächsten Siedlungen erreichen.«

»Und welches sind die nächsten Siedlungen? Wo sind sie?«

»Häusern und Höchenschwand. Etwa zehn Kilometer von hier. Beide liegen auf der Anhöhe. Beide sind verlassen. Weiter zum Rhein hin könnte es vereinzelte Gehöfte geben. Wenn die Menschen überlebt haben.«

»Überlebt?«

»Nicht alle schaffen es, sich eine dauerhafte Versorgung aufzubauen. Schon eine Missernte kann alles zunichtemachen.«

Zu der Geigenspielerin hatten sich inzwischen ein Mann mit einer Querflöte und ein Junge mit einer Mundharmonika gesellt. Erste dünne Melodien klangen über den Platz.

»Wie weit ist es bis zum Rhein?«, fragte Felix.

»Vielleicht 30, 40 Kilometer«, meinte Carlo. »Drei Tage

würde das schon dauern, mindestens. Solange du immer das Flusstal entlanggehst.«

»Und dann?«

»Du könntest bis nach Waldshut gehen oder nach Albbruck, je nachdem, welchen Weg du wählst. Von dort den Rhein entlang und eines der Flusstäler wieder hoch in den Schwarzwald. Die Wehra entlang oder die Wiese.«

»Oh Gott«, stöhnte Felix, »das dauert ja ewig!«

»Ja, und es ist leider noch nicht alles«, meinte Gottlieb. »Du müsstest durch ein Gebiet, das stärker von Strahlen belastet ist als alle andere. Vielleicht weißt du, dass es zwei Jahre vor der Katastrophe am Oberrhein schon einmal einen Störfall gegeben hat, auf Schweizer Seite. Schon damals wurde vieles vertuscht. Es gab viel mehr Strahlenkranke und Tote, als offiziell zugegeben wurde. Bis heute wird das gesamte Stück Grenzgebiet besonders streng bewacht. Überall sind Soldaten.«

Die Worte der beiden Männer ließen Felix' Aufbruchstimmung sinken. Er kämpfte sichtlich mit sich. »Gibt es keinen anderen Weg? Irgendeine Möglichkeit?«

Carlo und Gottlieb wechselten einen raschen Blick. Felix entging nicht, dass Carlo kaum merklich den Kopf schüttelte und die Augen senkte. Dennoch schöpfte er sofort wieder Hoffnung. Schon einmal war ihm ein Weg als zu gefährlich und nicht möglich verwehrt worden, und er hatte es trotzdem geschafft.

»Wollt ihr es mir nicht sagen?«

Gottlieb stieß einen tiefen Seufzer aus. »Na schön. Es gibt eine Möglichkeit«, sagte er langsam. »Ob es ein Weg sein kann, weiß ich nicht.«

»Wo? Wo ist er?«

Er dachte einen Moment nach. »Weiter südlich gibt es

ein Flüsschen, die Alb. Wenn du sie erreichen würdest ... Dort entlang könntest du versuchen, nach Sankt Blasien zu gelangen, und von dort weiter nach Menzenschwand.« Er stand auf und nahm einen Stock. »Pass auf, ich will es dir zeigen!« Sie gingen ein paar Schritte zum Rand des Platzes. Dort waren mehrere Beete mit Salat und Gemüse angelegt, eines davon war leer. Gottlieb begann mit der Spitze seines Stockes auf den Boden zu zeichnen.

»Dieser Kreis hier soll der Schluchsee sein«, erklärte er. »Hier unten ist das Dorf, rechts die Staumauer.« Er kratzte eine lange Linie nach unten. »Die alte Bundesstraße. Sie führt bis zum Rhein nach Waldshut. Im ersten Teil immer auf der Höhe, den Berg entlang.« Ein Stück von der Staumauer entfernt fügte er ein paar Buchstaben hinzu. »Hier ist Häusern, danach kommt Höchenschwand. Beide liegen direkt an der Straße. Sankt Blasien ist im Tal auf der anderen Seite. Von dort sind es noch etwa zehn Kilometer bis nach Menzenschwand.«

»Aber dann ist es doch einfach!«, rief Felix. »Ich gehe die Schwarza entlang, danach nach Sankt Blasien, und von dort weiter bis zum Ziel. Das dauert nicht länger als ein, zwei Tage.«

»Leider nicht«, sagte Gottlieb. »Die Schwarza fließt zum größten Teil von der Staumauer aus links von der Straße und biegt dann nach Südosten weg. Das Albtal ist aber im Westen. Das bedeutet, du müsstest über die Höhe!«

»Und genau dort sitzt die Spinne«, bekräftigte Carlo.

»Hat es denn schon einmal jemand versucht?«, fragte Felix.

»Vielleicht haben Egbert und Olivio damals eine Möglichkeit gefunden. Niemand weiß es.«

Felix dachte nach. »Angenommen, ich gehe den Fluss entlang. Woher weiß ich, wie weit ich laufen muss? Kann ich die Orte sehen?«

»Vielleicht, vielleicht auch nicht. Aber es gibt dort ganz in der Nähe einen weiteren Stausee, einen kleineren als diesen hier.« Er fügte einen Kreis zu den Linien auf dem Boden hinzu. »Von hier aus könntest du es versuchen. Sankt Blasien liegt ziemlich genau auf der anderen Seite des Bergkammes.«

Felix betrachtete die groben Linien. »Wenn ich es richtig verstehe, habe ich die Wahl zwischen der Spinne und den Strahlen. Wie Odysseus auf seiner Heimfahrt nach dem Krieg in Troja. Skylla und Charybdis, die Ungeheuer. Beide bringen den Tod.« Er atmete tief durch. »Es ist aber auch die Wahl zwischen drei Tagen und drei Wochen. Oder Monaten.«

Carlo legte ihm den Arm um die Schulter. »Lass es dir alles noch einmal in aller Ruhe durch den Kopf gehen. Du kannst so lange bei uns bleiben, wie du willst.«

Felix hob den Kopf. »Das ist lieb von dir. Aber ich habe mich bereits entschieden. Ich werde es versuchen! Morgen früh breche ich auf. Es wird kommen, wie es kommt.«

Carlo sah ihn ernst an. Dann nickte er. »Wenn du gehen musst, ist es so. Niemand wird dich aufhalten.« Er deutete auf den Platz, wo inzwischen die ganze Gemeinschaft versammelt war. Es wurde gegessen, getrunken und gelacht. »Dann ist unser Freudenfest auch gleichzeitig ein Abschiedsfest!«, rief er. »Und wir wollen nicht mehr länger warten. Ich will tanzen!«

*

Die drei Kinder schliefen noch, als Felix sich seinen Rucksack überwarf und mit Carlo vor die Tür des Hauses trat. Elsa wollte sie wecken, doch Felix schüttelte den Kopf.

»Lass sie nur. Es war ein langer Abend gestern. Richtet ihnen meine Grüße aus. Sie werden mich sowieso schnell vergessen haben.«

»Im Gegensatz zu mir!« Elsa umarmte ihn und gab ihm auf beide Wangen einen Kuss. »Es war schön, dass du bei uns warst. Es war eine Freude, dich kennengelernt zu haben.«

»Ich danke dir für alles«, erwiderte Felix. Elsas praller Bauch, den sie an ihn drückte, machte ihn verlegen. »Passt gut auf euch auf. Ich wünsche euch und dem Kind viel Glück.«

Elsa lächelte. »Noch zwei Monate. Es wird ein Sommerjunge. Und er wird Felix heißen.«

Felix staunte. »Woher weißt du …?«

Carlo lachte. »Frauen wissen so etwas. Manchmal sind sie uns eben doch über.«

»Manchmal?« Elsa stieß ihm mit dem Zeigefinger in den Bauch. »Was soll das heißen?«

»Er liebt dich!« Jetzt war es Felix, der lachen musste. »Das soll es heißen!«

Carlo nahm die Hand seiner Frau und küsste sie. »Siehst du! Hier spricht die ganze Lebenserfahrung eines jungen Mannes.« Er grinste und streichelte zärtlich ihre Wange. Dann drehte er sich um. »Jetzt müssen wir aber los. Sonst hätten wir genauso gut auch länger schlafen können!«

Die Sonne war noch hinter den Baumwipfeln verborgen, als sie aufbrachen. Das Wetter hatte sich über Nacht spürbar verändert. Der Himmel hing voller Wolken, der Morgen war frisch und kühl. Der See lag dunkel und unbewegt.

»Es wird Regen geben«, meinte Carlo, während sie den Weg am Ufer entlang in Richtung Staumauer gingen.

Leo freute sich sichtlich, wieder unterwegs zu sein. Aufgeregt sprang er um die beiden Männer herum, lief vor und zurück und erforschte mit seiner feuchten Nase jede verborgene Duftspur entlang des Weges. Auf der Straße über der Staumauer waren noch die Reste des Kampfes zu sehen. Überall lagen Steine und Holzknüppel, dazu ein paar Hacken und Spieße. Die Holzbalken und der Drahtverhau bildeten ein großes Durcheinander. Am Rande der Straße kauerten zwei Gestalten unter einer Decke.

»Nichts Besonderes. Alles ist ruhig«, brummte eine schlaftrunkene Stimme. »Seid ihr die Ablösung?«

»Ein bisschen müsst ihr euch noch gedulden«, gab Carlo zurück. »Gottlieb hat euch nicht vergessen.«

»Dann komm her, mir ist kalt!«

Felix musste lächeln, als er eine weibliche Stimme hörte. Offenbar war die Nachtwache doch nicht so mühsam, wie es zunächst aussah.

Carlo winkte Felix zum Rand der Staumauer. Die mächtige Betonwand fiel fast senkrecht ab, ihr Fuß lag noch im Dunkel und war kaum zu erkennen. Nach Süden hin erstreckte sich ein enges Tal mit einem Meer von Fichtenwipfeln, das sich irgendwo in der Ferne verlor. Felix spürte, wie sein Mut sank.

»Wie soll ich da hinunterkommen?«

»Nicht hier. Wir wollen versuchen, ein Stück den Waldweg zu nutzen. Wenn wir Glück haben, ist uns die Spinne gnädig, und die Wächter lassen uns ein Stück am Rand ihres Gebiets entlanggehen. Auf diese Weise sparst du ein paar Hundert Meter.«

»Ein paar Hundert Meter!«, stieß Felix hervor. Allmählich wurde ihm bewusst, dass Gottliebs Schilderung der Schwierigkeiten keineswegs übertrieben war. Mit einem tiefen Atemzug sprach er sich selbst Mut zu. »Gehen wir!«

An der Stelle, an der der Uferweg auf den Damm einbog, stand einer der Schilderpfähle, die Felix inzwischen schon oft gesehen hatte. Er las Namen wie Blasiwald, Eisenbreche und Äule. Sogar der Unterkrummenhof hatte ein eigenes Schild.

»Die Gegend um den Schluchsee war früher ein beliebtes Wandergebiet«, erklärte Carlo. »Alles bestens erschlossen, alles bestens markiert. Alles vorbei.« Er deutete auf die schmale Straße, die an dieser Stelle abzweigte. »Hier entlang. Und nimm deinen Wegweiser heraus. Ab sofort müssen wir aufpassen.«

Die ehemalige Straße führte leicht bergab und erinnerte eher an einen Waldweg. An vielen Stellen war der Asphalt aufgebrochen, in den Ritzen wuchs Gras. Vom Hang herunter waren Steine und Erdreich abgerutscht. Überall lagen Holz und vertrocknete Fichtenzapfen auf dem Boden.

Nach ein paar Kurven tauchten auf der rechten Seite Häuser auf. Es waren nur wenige, doch sie waren allesamt gut erhalten. Lediglich die früheren Gärten waren zur Wildnis geworden.

»Das ist der Ort Eisenbreche«, meinte Carlo. »Anfangs hatten wir hier einen kleinen Stützpunkt. Doch es ist zu mühsam und zu gefährlich. Es gibt Zeiten, in denen der Zugang vollkommen versperrt ist.« Er wies zu der Abzweigung. »Von hier aus müssen wir uns links halten«, fuhr er fort. »Die Schwarza ist direkt unter uns den Hang hinunter, auch wenn du sie von hier nicht siehst. Ein Stück weiter stößt der Weg dann auf die B 500. Wenn wir es bis dorthin schaffen, hättest du ein gutes Stück eingespart.«

In der Zwischenzeit war es heller geworden. Dennoch blieb der Himmel wolkenverhangen. Obwohl die Straße gut zu begehen war, schlugen sie ein langsames Tempo an. Schon nach wenigen Minuten zeigte sich, dass Carlos Vorsicht berechtigt war. Beide Wegweiser begannen im selben Moment zu zucken, gleichzeitig legte sich ein Schleier über die Farben. Leo sprang aufgeregt hin und her und schnupperte.

»Wenn wir Glück haben, ist es nur ein schwächerer Ausläufer«, sagte Carlo. Doch Felix' Hoffnung war vergebens. Mit jedem Schritt verblassten die Farben mehr und bewegten sich träger. Aus dem Dunkel des Waldes erhob sich von Weitem ein leises Summen.

»Wir dürfen nicht weiter!«, sagte Carlo. »Am besten, wir gehen ein Stück zurück. Ich glaube, ich habe einen Weg gesehen, der abzweigt.«

Tatsächlich fanden sie hinter der letzten Kurve neben einer Einbuchtung in der Rinde einer Fichte ein eingewachsenes Blechschild mit einer verwitterten Raute. »Wahrscheinlich ein früherer Wanderweg zur Staumauer. Hier kannst du versuchen, hinunter zum Bach zu gelangen.«

Felix sah besorgt den steilen, dicht bewachsenen Hang hinunter. »Und du?«

»Ich kann dir nicht weiterhelfen. Das ist der Moment unseres Abschieds.«

Felix schluckte. Nun war es also so weit. Von jetzt an war er völlig auf sich alleine gestellt. Wieder einmal. Doch dieses Mal spürte er eine unbestimmte Furcht. Furcht vor dem Alleinsein. Furcht vor der endgültigen Antwort, die irgendwo im Dunkel des Waldes auf ihn wartete.

»Ich bin kein Freund von Abschieden.« Carlo hatte sichtlich Mühe sich zu beherrschen. »Bringen wir es hinter uns. Ich wünsche dir Glück und Erfolg.« Die beiden Männer umarmten sich. »Ach ja, und hier noch etwas, das dir vielleicht nützlich sein kann.« Carlo brachte ein flaches Metallkästchen zum Vorschein. Es war kaum größer als eine Streichholzschachtel. Er klappte es auf.

»Ein Kompass!«, rief Felix. »Ich wusste gar nicht, dass es so etwas überhaupt noch gibt.«

»100 Prozent analog.« Über Carlos Gesicht zog ein verschmitztes Lächeln. »Er zeigt das Wesentliche. Das kann manchmal nützlich sein.«

Felix beobachtete, wie sich die Nadel über der Windrose einpendelte. Sekunden später drehte sie sich unvermittelt wie wild, um dann erneut zur Ruhe zu kommen.

»Die Spinne!«, erklärte Carlo. »Wenn sie in der Nähe ist, spinnt er ein bisschen.«

Jetzt mussten beide lachen. Noch einmal umarmten sie sich.

»Nicht vergessen: bis zum Stausee. Mindestens. Von dort an kannst du versuchen, über die Straße zu gelangen.«

Felix nickte. »Drück mir die Daumen. Komm, Leo!«

Schon wenige Schritte später schlug das Dickicht hinter ihm zusammen.

6. KAPITEL

Der Pfad führte zuerst ein paar Meter in den Wald hinein und fiel dann plötzlich steil ab. Felix musste sich an herabhängenden Zweigen und kleinen Bäumen festhalten, um nicht abzurutschen. Der Rucksack drückte schwer auf seinen Schultern. Als er endlich die Talsohle erreichte, schmerzten seine Knie. Der Bach, an dem er angelangt war, war nicht mehr als ein Rinnsal. Überall lagen dick mit Moos bewachsene Felsbrocken.

Felix beugte sich hinunter zum Wasser, um zu trinken. Auch Leo schlabberte gierig. »Und jetzt los!«

Er kam nur äußerst langsam vorwärts. Der Bach war von allen Seiten überwuchert mit Büschen, Schlinggewächsen und dicht stehendem Farn. Ständig musste er über Steine klettern und dabei die tief hängenden Zweige und Ranken beiseitewischen. In kleinen Teichen hatte sich das Wasser knietief gestaut, sodass er gezwungen war, langsam hindurchzuwaten. Immer wieder rutschte er ab und stolperte. Schon nach den ersten Metern wurde Felix deutlich, was Gottlieb mit seiner Warnung gemeint hatte. Ein Händler mit seinem Packesel wäre hier keine 20 Meter weit gekommen.

Auch Leo hatte es schwer. Mit seinen schmalen Pfoten fand er kaum Halt auf den feuchten Felsbrocken. Ständig schüttelte er sich, um das Wasser aus seinem Fell zu bekommen. Schon nach kurzer Zeit gab er es auf, an Felix' Seite bleiben zu wollen. Bei jeder Gelegenheit schlüpfte er ins Unterholz, um einen für sich besseren Weg zu finden. Der trübe Tag machte es Felix nicht leichter. Von der Sonne war nichts zu sehen. Schon bald kam er sich vor wie in einem Gefängnis im Urwald, von allen Seiten umgeben und eingesperrt in ein Durcheinander von Ästen, Zweigen, Blättern, Schlingpflanzen und stacheligen Ranken. Überall war es feucht. Von Blättern und Gräsern tropfte es herunter. Seine

Hosenbeine waren nass bis zur Hüfte, seine Haare verklebt vor Schweiß. Er wusste nicht, ob er eine Stunde unterwegs war, oder ob der Tag bereits halb um war.

Ein paarmal versuchte Felix, oberhalb des Bachlaufs einen Weg durch das Dickicht zu finden. Doch schon nach wenigen Metern mühsamer Kletterei begann der Wegweiser in seiner Hand unruhig zu flackern, sodass er rasch aufgab.

Aus dem Nichts tauchte plötzlich ein unerwartetes Hindernis auf. Die Senke wurde schmaler, von der linken Seite schob sich ein steil aufragender Erdwall heran, der sich wie ein riesiger Keil in den Weg stellte. Der Bach floss direkt darauf zu und verschwand in einer niedrigen Öffnung. Felix versuchte, sich an Gottliebs Skizze auf der Erde zu erinnern. Dies musste die Stelle sein, an der die Schwarza auf die gegenüberliegende Seite der Bundesstraße wechselte. Hatte Gottlieb nicht davon gesprochen, dass er ein paar Kilometer weiter südlich die Straße erneut überqueren musste, um hinüber ins Albtal und nach Sankt Blasien zu kommen? Felix kam eine Idee. Was wäre, wenn er erst gar nicht hinüberwechselte? Seine Hoffnung wurde rasch zerstört. Der Anstieg hoch zur Straße war derart steil, dass er alle Kraft aufwenden musste, um überhaupt zwei bis drei Meter zu schaffen. Zudem gab der Wegweiser eindeutige Signale. Die Spinne ließ ihm keine Chance, er musste beim Bach bleiben. Felix untersuchte den Durchfluss genauer. Zum Glück war die gemauerte Höhlung groß genug, dass es für ihn reichen würde hindurchzukriechen. Der Ausgang war als heller Halbkreis auf der anderen Seite gut zu erkennen. Dennoch merkte Felix rasch, dass es Schwierigkeiten gab. Der Eingang war auf seiner ganzen Breite mit angestautem Holz, abgebrochenen Ästen und dicken verfilzten Polstern aus Gras und Laub verbarrikadiert. Alles war hoffnungslos ineinander verkeilt. Irgendwo dazwischen suchte sich das Wasser seinen Weg. Es fehlte nicht viel, und an dieser Stelle würde ein weiterer kleiner See angestaut werden. So fest er konnte, zog Felix an dem Holz. Selbst Leo half mit, indem er sich mit heftigem Knurren in das Hindernis verbiss und wütend daran zerrte. Nach mehreren vergeblichen Versuchen erinnerte sich Felix an das Schweizermesser in seinem Rucksack. Die Säge war zwar nur wenige Zentimeter lang, doch es genügte, einen der Äste so weit einzukerben, dass er ihn durchbrechen konnte. Anschließend schlang er sein Seil um das Holz, warf es sich über Schulter und Oberarm und zog mit aller Kraft. Ein paarmal rutschte er ab und klatschte ins Wasser, ehe der Aststumpf schließlich nachgab. Als die erste Lücke entstanden war, wurde es nicht einfacher. Immer wieder drückte das Wasser dagegen. Erst als es Felix gelang, auch den zweiten Ast zu lockern, löste sich mit einem Ruck ein größeres Stück. Sofort floss Wasser nach und half mit, die Öffnung so weit zu verbreitern, bis Felix sich und den Rucksack hindurchzwängen konnte.

In der Röhre war es kalt. Felix watete durch knöcheltiefes Wasser. Auch hier musste er sich Meter für Meter durch Gestrüpp, Zweige und angeschwemmten Schlamm durcharbeiten. Als er endlich auf der anderen Seite an das trübe Tageslicht kam, war er völlig erschöpft. Er zog den Rucksack ab und ließ sich auf den nächsten größeren Stein niedergleiten. Obwohl ihm die Anstrengung den Schweiß aus allen Poren getrieben hatte, war ihm kalt. Eigentlich musste er dringend seine nassen Sachen wechseln. Doch der Blick auf den grünen Dschungel vor ihm machte ihm wenig Hoffnung. Mit einem Seufzer entschloss er sich, es noch eine Weile zu versuchen. Ewig konnte es schließlich nicht so weitergehen.

Seit er den Bach entlanglief, war die Nässe überall, sodass Felix es zunächst gar nicht merkte, dass es zu regnen begonnen hatte. »Wir haben unsere Schirme vergessen«, brummte er mit einem Blick auf Leo. Der Hund hatte schon seit einer Weile aufgegeben, das Wasser aus dem Fell zu schütteln. Mit gesenktem Kopf trottete er neben Felix her und schien den Spaß an seinen Abenteuerausflügen gänzlich verloren zu haben. Der Regen wurde rasch stärker. Felix war inzwischen alles egal. Zwischendurch holte er ein Stück Brot aus dem Rucksack und spendierte Leo ein Extraleckerli aus seinem Beutel. Schritt für Schritt, Meter um Meter kämpften sich die beiden vorwärts.

Erst ganz allmählich veränderte sich der Bachlauf. Der dichte Bewuchs trat zurück, die Ufer wurden weniger steil. Unverhofft tauchte auf der linken Seite eine kleine Lichtung auf. Sogleich kletterte Felix ein Stück den Hang hinauf. Seine Überraschung wurde noch größer, als er merkte, dass sich an den freien Platz ein Weg anschloss. Er sah, dass an dieser Stelle offenbar früher einmal Holz geschlagen wurde. Etliche Baumstümpfe ragten aus dem Moos hervor, am Rande des Weges waren mehrere Beugen aufgestapelt, die zurechtgesägten Äste dicht mit Baumpilzen bewachsen.

Vorsichtig probierte Felix seinen Wegweiser. Die Farben waren zwar nicht so leuchtend, wie er es gewohnt war, aber der Weg schien gangbar. Das Gras zwischen den beiden Traktorspuren wuchs brusthoch. Dennoch war es hier wesentlich einfacher. Leo war sofort wie verwandelt. Er streifte durch das Gras, schlüpfte in den Wald und schnappte nach Käfern, die irgendwo in den Zweigen saßen. Der Weg führte nah am Bach entlang. Auf der linken Seite breitete sich ein dichter Wald aus Fichtenstämmen aus, am gegenüberliegenden Ufer führte der Hang fast senkrecht nach oben. Felix sah nun immer öfter die Leitplanken der Bundesstraße durch die Bäume hindurchschimmern. Nach etwa 300 Metern tauchte an der Seite eine einfache Hütte auf. Auch hier war überall Holz gestapelt. Felix legte eine kurze Pause ein. Gerne hätte er ein Feuer zum Wärmen angezündet und die Kleider zum Trocknen aufgehängt. Doch es gab keine Möglichkeit, sich unterzustellen. Die Hütte war mit einem Sicherheitsschloss fest verriegelt, Fenster gab es keine. Felix ärgerte sich nicht lange. Seit er den Bach verlassen konnte und auf einem einigermaßen freien Weg war, hatte sich seine Stimmung wieder deutlich gehoben. »Nasser als nass geht nicht mehr«, meinte er zu Leo. Wie zur Bekräftigung bellte Leo kurz und flitzte in die Büsche.

Mit jedem Schritt kehrte ein Stück mehr von Felix' Optimismus zurück. Das Tal der Schwarza weitete sich immer mehr. Auf vereinzelte Lichtungen folgten kleine Wiesenstücke, in die Fichten und Tannen mischten sich Birken, Eichen und Hainbuchen. Am Ufer des Baches wuchsen vereinzelt Weiden und Erlen.

Allmählich ließ auch der Regen nach. Der Tag wurde heller und freundlicher. Der Weg mündete in einen größeren, der schräg aus dem Wald vom Berg herunterführte. Sogleich entdeckte Felix eines der vertrauten Blechschilder mit der Raute. »Zurück in der Zivilisation«, lachte er. »Jetzt kann es nicht mehr weit bis zur nächsten Bushaltestelle sein.«

Es dauerte nicht lange, bis er an eine ehemalige Ruhebank kam. Die Balken der Sitzfläche waren halb verfault, daneben hing an einem Stahlrohr ein Abfallkorb aus Draht. »Gemeinde Häusern«, las Felix.

War das nicht einer der beiden Orte, von denen Gottlieb gesprochen hatte? Felix sah aufmerksam nach oben in Richtung Straße, doch es war kein Haus zu sehen. Er zog den

Kompass hervor und klappte den Deckel auf. Es dauerte einen Moment, ehe die Nadel zur Ruhe kam. »Wenigstens die Richtung stimmt. Jetzt kann es nicht mehr weit sein.«

Felix setzte sich auf die Bank, deren morsches Holz verdächtig knirschte. Gerne hätte er etwas Warmes getrunken. Doch es wäre sinnlos gewesen, ein Feuer zu machen. Alles Holz um ihn herum war triefend nass. Stattdessen aß er eine weitere Scheibe Brot, dazu ein hart gekochtes Ei, das Elsa ihm eingepackt hatte. Leo streifte derweil im Wald herum. Obwohl er fror und völlig durchnässt war, wäre Felix fast eingenickt. Inzwischen hatte er jegliches Zeitgefühl verloren. Nur sein immer noch knurrender Magen deutete darauf hin, dass er schon viele Stunden unterwegs sein musste. Mit einem Seufzer packte er die Sachen wieder zusammen. Bei der nächsten Gelegenheit würde er eine ausgedehnte Rast einlegen.

Der Weg führte nun deutlich abwärts. Der Bach an seiner Seite floss rascher, dazwischen gab es immer wieder kleine Steinstufen, über die das Wasser gurgelnd hinunterstürzte. Mit Sorge bemerkte Felix, dass die Straße, die ihn die ganze Zeit hoch oben an der Waldkante begleitete, immer weiter von ihm wegrückte. Der Kompass bestätigte seine Vermutung. Der Weg wand sich langsam, aber stetig in Richtung Südosten. Nachdenklich betrachtete Felix das Tal, das vor ihm lag. Was war, wenn Gottliebs Angaben nicht stimmten? Der Alte hatte selbst zugegeben, dass seine Informationen nur spärlich waren. Immer nach Süden bis zum nächsten Stausee, dann über den Bergkamm in das Tal auf der anderen Seite. So hatte er es in Erinnerung. Doch die Richtung stimmte nicht, und von einem See war nichts zu sehen. Wenigstens war der Weg nicht sonderlich schwierig zu gehen. An vielen Abschnitten waren im Lauf der Jahre zur Befestigung Bauschutt, Sand und zerschlagene Dachziegel aufgeschüttet worden. Auch schien der Weg früher regelmäßig von Fahrzeugen genutzt worden zu sein. Der Boden war fest, nur in der Mitte und an den Rändern hatte sich die Natur wieder ausgebreitet.

Die kurze Pause hatte Felix gutgetan. Er versuchte sogar, ein etwas forscheres Tempo anzuschlagen, was Leo sichtlich ermunterte. Doch der frische Schwung war nur von kurzer Dauer. Unter seinem Fußballen spürte er plötzlich einen dumpfen Schmerz. Kurz darauf meldete sich der andere Fuß mit einem Stechen an der Achillessehne. Felix versuchte beides zu ignorieren und ging weiter. Doch es half nichts. Schon wenige Minuten später waren die Schmerzen so stark, dass aus dem Gehen ein Humpeln wurde.

Bei der nächsten Bank setzte er sich und zog Schuhe und die nassen Strümpfe aus. Es war, wie er befürchtet hatte: Beide Stellen waren heftig gerötet, unter dem großen Zeh am linken Fuß hatte sich eine Blase gebildet, die bereits die Größe einer Geldmünze erreicht hatte.

»Das fehlte gerade noch!«, fluchte Felix vor sich hin. So konnte er unmöglich weiter. Wenn er seine Füße zu stark strapazierte, konnte es sein, dass er für Tage lahmgelegt war.

Er sah sich um. Das Tal war wieder etwas näher zusammengerückt. Ein paar Schritte vor ihm kam von links oben eine Straße den Berg herunter, die über eine Brücke den Bach überquerte und gleichzeitig den Blick nach vorne verstellte. Mit den Socken in der einen und den Schuhen in der anderen Hand stolperte er langsam weiter. Ohne Schuhe ließ der nächste Schmerz sofort deutlich nach. Trotzdem bewegte er sich vorsichtig. Er wollte nicht riskieren, dass die Blase aufplatzte.

Felix war völlig überrascht, als er zu der Brücke kam. Vor ihm tat sich ein Blick auf, mit dem er überhaupt nicht gerechnet hatte. Das Tal weitete sich in einem großen Bogen nach links. Unter ihm lag eine große freie Fläche, üppig mit Gras bewachsen, dazwischen ein paar junge Birken. Überall gab es Pfützen, Teiche und Tümpel. An manchen Stellen waren Kieshaufen aufgeschüttet. Mitten hindurch schlängelte sich die Schwarza und verlor sich ein gutes Stück weiter hinter einer Waldzunge, die von rechts ins Tal hereinragte. Mitten in der Wiese stand ein Bagger. Seine Raupen hielten ihn am Rande eines Schuttkegels fest, die Schaufel mit den langen Zacken ragte empor wie die Krallen eines vorzeitlichen Ungeheuers. Unter wucherndem Efeu glänzte der regennasse gelbe Anstrich. Es sah aus, als sei das Fahrzeug mitten in der Arbeit abgestellt worden und warte nur darauf, dass der Fahrer von der Mittagspause zurückkam. Für einen Moment vergaß Felix seine schmerzenden Füße und hielt Ausschau. Doch nirgendwo war ein Zeichen menschlichen Lebens zu sehen. Dafür fielen ihm am rechten Rand des Talkessels mehrere große Gebäude auf. Von Weitem wirkten sie wie Mietskasernen aus den 50er-Jahren. Sie waren einfach gebaut, mehrere Stockwerke hoch mit nur wenigen Fenstern. Auf dem flachen Dach waren die Reste von Antennen und verschiedenen anderen Aufbauten zu sehen. Am Rande der Straße, die von der Brücke aus zu den Häusern hinführte, standen mehrere Kipplaster, dahinter eine Reihe metallener Absperrgitter.

Felix beschloss, bei den Gebäuden einen Unterschlupf zu suchen. Er überquerte die Brücke und ging die gut ausgebaute Straße entlang. Nach und nach sah er Anzeichen dafür, dass hier eine Baustelle gewesen sein musste. Ein paar meterhohe Haufen Kies und Sand, ein Zementsilo, ein Baucontainer, zwei hellblaue Dixiklos. Dazwischen eine Planierraupe und ein weiterer kleiner Bagger.

Als er bei den Gebäuden anlangte, staunte er über eine seltsame Anlage auf der Hangseite. Mitten in den Wald war eine schnurgerade Schneise geschlagen. Parallel nebeneinander führten zwei riesige Röhren steil nach oben. Jede von ihnen war höher als Felix selbst. An der Seite führten Schienen entlang, etwa 30 Meter über ihm war eine offene Plattform auf Rädern zu sehen, die hochgezogen werden konnte. Direkt darüber befand sich eine Art Stellwerk, kaum größer als eine Telefonzelle. Das obere Ende der Röhren verschwand unter den Bäumen und war nicht zu sehen. Allmählich dämmerte ihm, wo er sich befand. Ähnliche Röhren hatte er schon unterhalb der Schluchseestaumauer gesehen. Die ganze Anlage musste etwas mit dem Stausee zu tun haben, den Gottlieb ihm beschrieben hatte. Aber wo war das Wasser?

Felix' Blick fiel auf ein meterhohes Hinweisschild. »Werksführungen – hier anmelden«, las er. Ein Firmenzeichen und eine große Aufschrift auf dem gegenüberliegenden Gebäude verrieten ihm, was er vor sich hatte. »Pumpspeicherwerk Südschwarzwald AG«.

Felix versuchte hineinzugelangen, doch die große Eingangstür war abgeschlossen. Er ging ein paar Schritte weiter in den Innenhof. Beim Pförtnereingang hatte er mehr Glück. Er zog die Tür auf und kam in einen langen Gang, von dem aus mehrere Türen abzweigten. Am Ende des Flures wurde es hell. Hinter der Glastür fand sich Felix in einem Raum wieder, der an die Lobby eines Hotels erinnerte. Auf zwei Seiten gab es unter der Decke mehrere Fenster, durch die Tageslicht hereinfiel. Verteilt im Raum standen mehrere niedere Tische mit Ledersesseln. Große, mit Tonkügelchen gefüllte Container mit kümmerlichen vertrockneten Pflanzenresten erinnerten daran, dass der Raum ehemals für Besucher eingerichtet war. An drei Wänden hingen großformatige gerahmte Fotos und einige Skizzen.

Ein meterhoher Modellbau vor der vierten Wand fand Felix' besondere Aufmerksamkeit. Er studierte ihn ausgiebig und stellte fest, dass er die gesamte Anlage vor sich hatte. Die verschiedenen Gebäude, die Zufahrtsstraße und die Röhren am Berg waren detailgenau nachgebildet. Von der Talseite des Werkes aus führten Leitungen zu großen Strommasten auf der anderen Seite. Ganz am Rande entdeckte Felix ein Bauwerk, das ihm die Erklärung für die gesamte Anlage gab. Eine Staumauer! Felix musste über sich selbst grinsen. Den Stausee musste er nicht mehr suchen! Die gerahmten Fotos und Pläne an den Wänden verdeutlichten, was es mit der Baustelle auf sich hatte. »Sanierungs- und Erhaltungsmaßnahmen am Schwarza-Staubecken. Erster Bauabschnitt.« Die große Wiese im Talgrund war nichts anderes als das Staubecken, dessen Wasser für die Bauarbeiten abgelassen worden war. Felix war an seinem Etappenziel angelangt, Gottlieb hatte recht gehabt.

Zu seiner Freude entdeckte Felix eine Karte, auf dem das gesamte Gebiet eingezeichnet war. Demnach hatte er sich gar nicht so weit aus der Südrichtung entfernt, wie er befürchtet hatte. Von hier an konnte er versuchen, den Übergang zum Nachbartal zu schaffen.

Der Karte nach führte die Werkstraße am Rande des Tales entlang bis zur Staumauer. Von dort schlängelte sie sich in engen Kurven durch den Wald hoch nach Höchenschwand. Beim genaueren Hinsehen entdeckte Felix eine weitere Möglichkeit. Die riesigen Röhren am Hang führten weiter nach oben, als er es vermutet hatte. Vom oberen Ende war es nicht mehr weit bis zur Straße. Er erinnerte sich an den Lastenaufzug und die Treppe. Kein mühsamer Kampf durch dichten Wald! Nur die Stufen hinaufsteigen! Das war die Gelegenheit. Er könnte es versuchen.

Durch den Gang ging Felix zurück nach draußen. Die Tür zum Zaun, der die Röhrenanlage absicherte, stand offen. Felix sah nach oben. In den Fugen und Ritzen wuchs überall Gras und Moos, doch er fand guten Tritt. Stück für Stück, Stufe um Stufe stieg er nach oben.

Noch nie hatte er eine derart steile Treppe erlebt. Selbst die Stufen im Turm des Freiburger Münsters waren dagegen ein Familienspaziergang. Schon auf halber Höhe des Verwaltungsgebäudes brauchte er eine Verschnaufpause. Seine wunden Füße begannen wieder zu schmerzen. Als er bei dem Kontrollhäuschen anlangte, das er von unten gesehen hatte, konnte er nicht mehr weiter. Seine Lunge pumpte wie ein alter Blasebalg, die Oberschenkel brannten. Sogar Leo schien das Ganze an seine Grenzen zu bringen. Er zog sich von Stufe zu Stufe aufwärts, als müsse er zusätzlich eine schwere Last schleppen. Je höher Felix kam, desto flauer wurde ihm beim Blick zurück nach unten. Hinter den Gebäuden des Elektrizitätswerks breitete sich vor seinen Augen der leere Stausee in seiner ganzen Größe aus. Der Bagger wirkte wie Spielzeug, die Staumauer schimmerte hellgrau zwischen den Bäumen hervor. Die Röhren an der Seite neben ihm fielen fast senkrecht ab. Das Wasser, das hier einmal hinuntergestürzt war, musste eine gewaltige Kraft entwickelt haben. Felix wandte den Blick wieder nach oben. Die Fallröhren machten an dieser Stelle einen Knick nach hinten und führten dann noch einmal mindestens genauso weit höher wie von seinem Ausgangspunkt an der Straße. Über den Himmel schoben sich immer noch schwere Regenwolken. Überall roch es nach feuchtem Gras.

Felix zwang sich, weiter hinaufzusteigen. Doch kaum setzte er den Fuß auf die nächste Stufe, als Leo plötzlich zu bellen begann und auf der kleinen Plattform hin und her sprang. Sofort ahnte er, was das bedeutete. Er zog den Wegweiser heraus, den er die ganze Zeit in der Tasche getragen hatte, um die Hände frei zu haben. Felix erschrak, als er die Farben sah. Wieder war Leos Gespür deutlich empfindsamer gewesen als seine Wahrnehmung. Wie konnte er nur so blauäugig sein! Die Spinne saß ausgebreitet auf dem Bergrücken und verwehrte ihm den Zutritt! Verzweifelt sah er nach oben. Noch etwa 50 Meter lagen vor ihm. Er musste es versuchen! Vielleicht hatte er Glück, und die Kraft war so weit abgedämpft, dass er einen Durchgang fand.

Mit dem Wegweiser in der ausgestreckten Hand kam er noch langsamer voran. Jeder Schritt war ein Kampf. Leo winselte verzweifelt. Er machte zwei, drei Versuche, Felix zu folgen, doch jedes Mal sprang er zurück. Felix kam nicht weit. Mit größter Mühe schaffte er weitere sieben Stufen, als er mit einem Mal das bekannte Summen vernahm. Der Wegweiser verdüsterte sich, die riesigen Metallzylinder neben ihm schienen von innen heraus zu vibrieren.

Noch eine Stufe. Noch eine.

Es ging nicht.

Der Abstieg wurde zu einer Mutprobe. Felix steckte den Wegweiser zurück in die Tasche, um beide Hände frei zu bekommen. Trotzdem traute er sich kaum vorwärts. Es war unmöglich, die Stufen wie eine Treppe zu benutzen, schon der Blick nach unten machte ihn schwindelig. Er musste sich umdrehen, um sich mit dem Gesicht zum Hang langsam auf allen vieren bewegen zu können. Jeden Schritt musste er sich erkämpfen, sein ganzes Gewicht mitsamt dem Rucksack drückte auf seine Knie.

Nach der letzten Stufe warf sich Felix völlig erschöpft ins Gras. Nie wieder würde er auch nur einen Schritt gehen! Er wollte nur noch liegen, atmen, schlafen. Doch die Schmerzen in den Beinen und an den Füßen ließen ihn nicht zur Ruhe kommen. Schon wenige Minuten später rappelte er sich mühsam auf und stolperte vorwärts. Für heute war es genug. Jetzt ging es nur noch darum, einen geeigneten Platz für die Nacht zu finden. Mit dem letzten Rest seiner Energie suchte Felix auf dem Baugelände ein paar Stücke Holz zusammen und schichtete sie im Innenhof des Verwaltungsgebäudes zu einem Stapel auf. Brennholz im Wald zu suchen, schaffte er nicht mehr. Stattdessen schlurfte er ein zweites Mal in die Lobby, raffte einen Stapel Werbematerial zusammen und nutzte das Papier, um das Holz anzuzünden.

Der Regen hatte inzwischen aufgehört. Doch es blieb frisch. Als das Feuer einigermaßen brannte, zog Felix seine nassen Sachen aus und hängte sie über ein Metallgitter. Unten aus seinem Rucksack kramte er seinen Pulli heraus und rubbelte seine Haut, bis sie rot wurde. Er war froh, dass er Ersatzkleidung dabeihatte. Die trockenen Hosen, ein neues Hemd und Pulli halfen, seine Lebensgeister allmählich zurückkehren zu lassen. Er zog eine der herumliegenden Holzpaletten nahe ans Feuer und setzte sich. Die Wärme tat ihm zusätzlich wohl. Ganz allmählich entspannt er sich. Nur seine Füße bereiteten ihm Sorge. Zu der Blase, deren Haut inzwischen zum Platzen gespannt war, war unterhalb der Achillessehne eine zweite dazugekommen, die ebenfalls eine beachtliche Größe erreicht hatte. Felix überlegte, ob er in den Büroräumen nach einem Erste-Hilfe-Kasten suchen sollte. Doch er verzichtete darauf. Jeder Schritt war ein Schritt zu viel. Zudem war es ziemlich wahrscheinlich, dass die Pflaster, Binden und Salben nicht mehr zu gebrauchen waren. Stattdessen suchte er wieder nach seinem Messer und klappte es auf. Die dünne, schmale Klinge schien ihm für sein Vorhaben geeignet. Er hielt die Spitze ein paar Sekunden in die Glut, dann drückte er sie von der Seite in die Haut über der Blase. Ein kurzer, heftiger Schmerz – dann floss eine helle klare Flüssigkeit heraus. Sofort spürte er die Erleichterung, als der Druck auf die entzündete Stelle nachließ. Mit der zweiten Blase verfuhr er ebenso. Auch hier verschwand der Druck sofort. Felix steckte das Messer wieder ein und zog vorsichtig frische Socken über. Wenn er Glück hatte, würden die Wunden am nächsten Morgen zugeheilt sein.

Das Feuer war noch nicht halb heruntergebrannt, als Felix die Müdigkeit endgültig übermannte. Er löschte den Rest der Glut, dann nahm er seinen Rucksack auf. »Leo, heute übernachten wir im Hotel!« In der Empfangshalle fand er ein kleines Sofa, dessen Polster noch nicht ganz von Mäusen zerfressen war. Er zog eines der Tischchen heran und ging seine Essensvorräte durch. Elsa hatte ihn gut versorgt mit Brot, Käse, Speck und geräuchertem Fisch. Sogar ein Stück getrocknetes Ziegenfleisch hatte sie ihm eingepackt. Er nahm von allem ein bisschen, bis er satt und zufrieden war. Das Trockenfleisch warf er Leo zu, der sich sofort begeistert darüber hermachte. Am Ende packte er alles zusammen und hängte den Beutel über eine Lampe an die Wand. Auch wenn er wusste, dass Mäuse klettern konnten, wollte er es ihnen nicht zu einfach machen.

Inzwischen war es dunkel geworden. Durch die Fenster kam nur noch spärliches Licht. Felix bereitete sein Nachtlager vor. Eines der besser erhaltenen Sitzpolster diente als Kopfkissen, seine Decke breitete er über die Länge des Sofas aus. Seine Kleider behielt er an.

»Ist ja richtig gemütlich, findest du nicht, Leo?« Der Hund kaute immer noch auf dem steinharten Fleisch herum. »Unsere Belohnung für den anstrengenden Tag!«

Aus dem Rucksack holte Felix das Notizheft und den Stift heraus. Er drehte sich auf die Seite und begann zu schreiben.

»Liebe Anna, wieder einmal bin ich mit Leo allein unterwegs. Der Tag war unglaublich anstrengend, ich bin fix und …«

Im nächsten Augenblick fielen ihm die Augen zu. Er sank zurück in das Polster und war sofort eingeschlafen.

*

Er schlief wie ein Stein, tief und traumlos. Am Morgen weckte ihn Leo mit leisem Winseln. Felix braucht eine ganze Weile, bis er wusste, wo er war. Er streckte sich ausgiebig, dann setzte er sich auf. Der Blick zum Fenster zeigte ihm, dass es schon Tag sein musste. Durch die Oberlichter fiel helles Licht herein. Zum Frühstück knabberte er an einem harten, süßlichen Täfelchen, das ihm Elsa stolz als Keks mitgegeben hatte. Dazwischen steckte er sich kleine Stückchen getrocknetes Obst in den Mund. Leo bekam einen Streifen Speck, den er mit einem einzigen Happs verschlang.

Als er fertig war, rollte Felix die Socken herunter. Seine Hoffnung hatte sich erfüllt. Über Nacht war über beiden Blasen die Haut angetrocknet. Auch die Rötung war deutlich zurückgegangen. Felix nickte zufrieden, zog die Socken wieder hoch und schlüpfte in die Schuhe. Sie waren vom Vortag noch ein wenig feucht, doch er achtete nicht darauf. Am Ende faltete er die Decke zusammen und steckte sie ein.

»Es geht weiter, mein Alter!« Leo war sofort bereit. Kaum hatte Felix die Tür aufgemacht, als er schon den Gang hinaus ins Freie flitzte. Über Nacht hatte sich das Wetter vollkommen verändert. Als Felix über den Innenhof zurück auf die Straße gelangte, empfing ihn blauer Himmel. Die Luft war angenehm warm. Mit einem letzten respektvollen Blick auf die mächtigen Wasserröhren machte Felix sich auf den Weg. Die Werkstraße führte eng am Rande des Tales entlang. Links und rechts standen weitere Baufahrzeuge. An der Staumauer befand sich der Großteil der Baustelle. Zementsilos, Stapel mit Baumaterialien, Stahlträger, Eisenmatten und mehrere Haufen Sand und Kies reichten bis dicht an den Damm heran. Von Weitem sah Felix in der Mitte der Staumauer die Öffnung, an der damals gearbeitet worden war. Das Stahlrohrgerüst hatte die Jahre überstanden. Direkt unterhalb floss das Wasser der Schwarza herunter und setzte seinen Weg ins Tal fort. Gerne wäre Felix auf die andere Seite hinübergegangen, um sich alles näher anzusehen. Doch er wollte sich nicht lange aufhalten. Zu seiner Freude sah er, dass die Straße weiter dem Lauf des Flüsschens folgte. Solange ihm die Spinne nicht den Weg verwehrte, würde er nicht zur Talsohle absteigen müssen. Felix kam sich vor wie verwandelt. Der helle Tag und die angenehme Temperatur ließen ihn die Anstrengungen von gestern rasch vergessen. Die Straße war bis auf wenige Hindernisse gut zu gehen. Seine Füße spürte er kaum noch. Selbst der Rucksack schien leichter geworden zu sein.

Er mochte ungefähr zwei Kilometer weit gegangen sein, als er an eine kleine Brücke kam. Fast hätte er sie übersehen, erst das Metallgeländer auf beiden Seiten der Straße machte ihn darauf aufmerksam. Er beugte sich über die Streben an der Bergseite. Vom Hang herab floss ein Bach. Er nahm sich vor, jede Gelegenheit zu nutzen. Nach kurzem Überlegen kletterte er die Böschung hinunter. Als er am Rande des Bachlaufes angelangt war, hob er den Kopf. Was er sah, machte ihn wenig zuversichtlich. Zwar war das Unterholz weit weniger dicht als das, was er gestern erlebt hatte. Trotzdem trat der Bach nur an wenigen Stellen unter Moos und Laub hervor. Zudem war der Hang sehr steil. Felix war daher nicht einmal sonderlich enttäuscht, als er schon nach ein paar Metern die Alarmzeichen auf dem Wegweiser sah und umkehren musste. Insgeheim hoffte er auf einen Anstieg, der weniger anstrengend sein würde. Trotzdem würde er es weiter versuchen müssen. Jeder Wasserlauf konnte derjenige sein, der ihn seinem Ziel näher brachte.

Zu seiner Enttäuschung war auch der bequeme Weg viel zu schnell zu Ende. Die Fahrstraße machte unvermutet einen scharfen Knick nach rechts, hinter einer Kurve ging es steil nach oben. Felix versuchte es, doch auch hier war nach wenigen Metern der Durchgang verwehrt. Enttäuscht sah Felix dem schmalen Asphaltband hinterher. Es wäre zu schön gewesen. Wenn er Pech hatte, stand ihm eine ähnlich mühsame Kraxelei bevor wie am Tag zuvor. Unterhalb der Kurve entdeckte Felix einen Waldweg, der die ursprüngliche Richtung entlang der Schwarza weiterführte. Der Wegweiser blieb ruhig, sodass er beschloss, dem Pfad so lange wie möglich zu folgen. Immer wieder wanderte sein Blick den Hang hinauf. Er musste nur rauf bis zur Straße und auf der anderen Seite wieder hinunter. Sein Ziel lag so nahe! Felix versuchte alles. Er probierte jeden Bachlauf, jedes Rinnsal, das von oben kam, jeden Pfad. Jedes Mal war das Ergebnis ernüchternd. Mehr als ein paar Meter ließ ihn die Spinne nicht näher kommen. Je weiter der Tag fortschritt, desto wärmer wurde es. Als Felix auf dem Weg für kurze Zeit aus dem Wald hervortrat, sah er, dass die Sonne hoch am Himmel stand. Nur wenige weiße Schönwetterwolken waren über dem Blau zu sehen. Felix bekam Durst. Er ärgerte sich, dass er heute Morgen vergessen hatte, seine Flasche zu füllen, und überlegte, ob er nicht doch zur Schwarza absteigen sollte. Doch er verwarf den Gedanken. Solange er auf dem Waldweg war, blieb ihm zumindest die Illusion, schon ein Stück des Hindernisses überwunden zu haben.

Als er eine Waldhütte mit einer Bank davor entdeckte, entschloss er sich zu einer Pause. Er prüfte die beiden Wunden an den Füßen, doch alles war gut. Während er zwei weitere Kekse aß, überlegte er, was er anders machen konnte. Doch er kam zu keinem Ergebnis. Letztlich blieb ihm nur die Möglichkeit, es immer wieder zu versuchen. Falls ihm der Weg weiter verwehrt sein würde, gab es als Letztes immer noch die Alternative, den weiten Weg über den Hochrhein zu nehmen. Den Gefahren, von denen Gottlieb gesprochen hatte, würde er sich stellen, wenn es so weit war.

Der Blick auf den Kompass bereitete ihm zusätzlich Sorge. Er merkte, dass sich die Südostrichtung, die ihm schon gestern aufgefallen war, noch mehr verstärkte. Wenn er sich vorstellte, wo Menzenschwand lag, musste er feststellen, dass er derzeit genau in die entgegengesetzte Richtung lief. Mit jedem Schritt entfernte er sich weiter von seinem Ziel.

Sein Vater. Seine Mutter. Kaum einen Tagesmarsch entfernt und dennoch unerreichbar! Felix wusste nicht, warum ihm ausgerechnet jetzt Gottliebs Bemerkung zu den Siedlungen in Richtung Hochrhein einfiel. »Wenn sie nicht aufgegeben haben. Nicht alle haben es geschafft, eine dauerhafte Versorgung aufzubauen.« Was war, wenn es seinen Eltern genauso ergangen war? Seit Fusch den Anhänger von dem sterbenden Händler an sich genommen hatte, war eine lange Zeit verstrichen. Monate, Jahre. Eine einzige Missernte konnte die Lebensgrundlage zerstören. Was war, wenn er niemanden mehr in Menzenschwand antraf? Was sollte er dann tun?

Durch die viele Kletterei war Felix schon bald so verdreckt und verschwitzt wie am Tag zuvor. Allmählich begannen seine Füße wieder zu schmerzen. Trotzdem versuchte er es immer wieder. Bei seinen beiden letzten Versuchen hatte er den Eindruck, als ob er jedes Mal ein paar Meter weiter nach oben gelangte, ehe er abbrechen musste. Es dauerte deutlich länger, ehe die Farben reagierten. Konnte es sein, dass die Kraft der Spinne allmählich nachließ? Beim darauffolgenden Anstieg war es tatsächlich so weit. Der Bach, an dem Felix emporkletterte, war breiter und führte deutlich mehr Wasser als alle anderen zuvor. Der Wegweiser reagierte zwar auch hier, doch Felix traute sich nun, ein paar Schritte weiterzugehen. Aufmerksam beobachtete er das Holzstück in seiner Hand. Noch einmal dämpften sich die Farben ab, und die Bewegungen wurden langsamer. Doch zu Felix' großer Freude blieben die Anzeichen konstant. Auch Leo schien nicht beunruhigt zu sein. Er witterte und schnupperte mehr als sonst, doch er bellte nicht. Stattdessen blieb er an Felix' Seite und lief sogar ein paar Schritte voraus. Felix achtete auf nichts anderes mehr. Der Waldweg, von dem aus er aufgestiegen war, war längst weit unter ihm im Dickicht der Zweige und Blätter verschwunden. Nach oben hin hatte Felix den Eindruck, dass es allmählich heller wurde.

Eine Viertelstunde später trat Felix aus dem Dunkel der Bäume heraus. Was er sah, ließ sein Herz höher schlagen. Vor ihm erstreckte sich eine offene, mit Gras und vereinzelten Obstbäumen bewachsene Fläche. Zu seiner Rechten führte der Wald noch ein Stück weiter aufwärts. Von Ferne waren Häuser zu sehen. Der Bach wurde so schmal, dass er im Gras kaum noch zu erkennen war. Trotzdem entschloss sich Felix, so gut es ging am Rande des Wassers zu bleiben. Kurz bevor er endgültig die Anhöhe erreichte, wurde er von einem unerwarteten Hindernis aufgehalten. Der Boden wurde auf einmal weicher, und schon wenige Schritte später versank sein Fuß bis über die Knöchel im Sumpf. Überall war es feucht. Statt Gras wuchsen Binsen, kleine Inseln mit Wollhaargras zitterten im Wind, vereinzelt hatten Sumpfdotterblumen ihre goldgelben Blütenknospen geöffnet.

Felix war gezwungen auszuweichen. Er wandte sich nach rechts, wo immer mehr Häuser zu sehen waren. Die ganze Zeit über betrachtete er aufmerksam seinen Wegweiser. Er hoffte inständig, dass er so kurz vor dem Ziel keine böse Überraschung mehr erleben würde. Die Vorstellung, den ganzen Weg zurück ins Schwarzatal hinuntersteigen zu müssen, war kaum auszuhalten. Doch er hatte Glück. Der Wegweiser flackerte einige Male verdächtig, doch ebenso rasch beruhigte er sich wieder. Am Rande des Hochmoores stieß Felix auf einen Feldweg. Mit jedem Schritt, den er an Höhe gewann, wuchs seine Zuversicht. Weitere Häuser tauchten auf. Es waren einfache Lagerhallen und kleine Werksgebäude. Im Hof eines früheren Gebrauchtwagenhändlers standen ein paar völlig verrostete und überwucherte Autos. Bald kam er an den ersten Wohngebäuden vorbei. Hinter einem grasbewachsenen Hügel stieß Felix unvermittelt auf die große Straße. Er zweifelte nicht, dass dies die B 500 war, die vom Schluchsee herunter in Richtung Waldshut führte. Sie war breit und gut ausgebaut, sogar der Mittelstreifen war noch zu erkennen. Auf der anderen Seite lief am Rand eine durchgehende Leitplanke. Felix kletterte auf den Hügel, um besser sehen zu können. Ein atemberaubendes Panorama breitete sich vor ihm aus. Zum ersten Mal, seit er von Freiburg aufgebrochen war, sah Felix den Schwarzwald von so weit oben. Direkt hinter der Straße begann eine weite offene Grasfläche. Vereinzelt sah er Scheuern und Heustadel und ein paar wenige Baumgruppen. Ein Stück weiter fiel das Gelände ab, das Ende war von seinem Platz aus nicht auszumachen.

Völlig überwältigt war Felix von dem Blick zum Horizont. Ringsum sah er vor sich die Bergkette des Hochschwarzwaldes. Gipfel um Gipfel reihten sich wie ein blaugraues Band aneinander. Vereinzelt konnte er Ansiedlungen erkennen, die in der Sonne aus der Ferne wie kleine weiße Flecken aufschimmerten. Weit im Süden leuchtete schemenhaft die Silhouette der Schweizer Alpen. Felix konnte sich an dem Anblick kaum sattsehen. Er beschloss, eine kleine Pause einzulegen. Er knabberte an einer der gelben Rüben, die Elsa ihm mitgegeben hatte. Sie war zwar vom Vorjahr und bereits etwas eingeschrumpelt, aber schmeckte ausgezeichnet. Dabei betrachtete Felix das Gelände etwas genauer. Nicht weit von seinem Platz bog ein Weg von der Hauptstraße ab, an dessen Seite ein Turm stand. Er war viereckig und überragte die Straße um ein gutes Stück. Davor sah er Parkplätze und ein paar kleinere Gebäude. Felix überlegte, ob er versuchen sollte, dorthin zu gelangen. Es war nicht weit, und vielleicht konnte er von dort aus noch mehr erkennen. Irgendwo hinter der Hochfläche musste das Albtal sein.

Mit dem Rest der Rübe in der Hand rutschte er den Hügel hinab. Auch wenn der Weg auf verlockend einfache Weise vor ihm lag, zwang er sich zur Vorsicht. Er dürfte sich nicht verleiten lassen, unaufmerksam zu sein. Der schönste Ort, den er bisher erreicht hatte, war gleichzeitig auch einer der gefährlichsten. Er streckte den Wegweiser in der gewohnten Haltung aus und ging langsam die Straße entlang, bis er zu der Abzweigung kam. Auch in diesem Abschnitt blieben die Farben unverändert – abgedämpft und in der Bewegung langsamer als sonst, aber trotzdem klar und lebendig. Felix blieb darauf gefasst, dass sich das Ganze in jedem Moment ändern konnte. Bisher hatte er zwar noch nicht erlebt, dass die geheimnisvolle Kraft sich bewegte. Doch er konnte ihr jederzeit ungewollt so nahe kommen, dass es gefährlich wurde.

Die Gebäude unterhalb des Turmes entpuppten sich aus der Nähe als ein Restaurant und ein Fitnesscenter. Als Felix die Einfahrt zum Parkplatz erreichte, zeigte sich, dass seine Vorsicht nicht übertrieben war. Kaum hatte er den Weg verlassen, als der Wegweiser heftig ausschlug. Geistesgegenwärtig sprang er zurück und lief ein paar Meter nach hinten weg. Die Reaktion erinnerte an die, die er beim Anstieg zu der Quelle oberhalb des Mathisleweihers erlebt und die ihm Josef vor der Karte an der Wand erklärt hatte. Es sah aus, als sei er erneut auf eine der Strahleninseln gestoßen, die als Reste des radioaktiven Niederschlags zurückgeblieben waren.

Enttäuscht verzichtete Felix auf den Plan, auf den Turm zu steigen. Er hätte versuchen können, sich von der anderen Seite zu nähern. Doch es schien ihm zu gefährlich. Zudem wollte er keine weitere Zeit mehr verlieren. Er winkte Leo zu und ging weiter. Kurz unterhalb des Parkplatzes teilte sich der Weg. Nach rechts führte ein Pfad unterhalb des Turmes nach oben zurück zur Straße. Geradeaus ging es weiter abwärts, und das war die Richtung, die er wollte.

Nach etwa zehn Minuten hatte Felix den Waldrand erreicht. Der Pfad endete unvermittelt davor. Direkt vor ihm ging es steil abwärts in den Wald hinein. Felix war unschlüssig, was er tun sollte. Er lief ein paar Schritte am Rand der Wiese entlang. Doch rasch wurde ihm klar, dass er keinen anderen Weg finden würde. Der Blick zurück zeigte ihm, dass er inzwischen so weit unterhalb des Bergkammes und der Straße war, dass er nicht einmal mehr den Aussichtsturm sah. Es widerstrebte ihm, den Berg wieder hochzusteigen, um irgendwo weiter südlich einen weniger steilen

Abstieg zu finden. Zudem war nicht sicher, ob es einfacher werden würde. Es konnte gut sein, dass der Weg immer öfter durch Strahleninseln versperrt war und vielleicht sogar völlig unpassierbar wurde. Schließlich musste er damit rechnen, irgendwann auf eine Patrouille zu stoßen. Die Erinnerung an die Soldaten in Waldkirch war Felix noch sehr gegenwärtig. Wacker hatte bei seinem Besuch angedeutet, dass die Behörden alle Überlebenden aus dem Wald als potenzielle Gefahr betrachteten. Die Soldaten würden nicht lange fackeln.

Felix stapfte zurück zum Endpunkt des Weges. Der Wald unter ihm war so steil, dass er nur mit Klettern weiterkommen würde. Die Entscheidung war schwierig. Was war, wenn er mitten im Hang von der Spinne überrascht wurde? Was war, wenn er gezwungen war, wieder hochzusteigen? Würde es ihm überhaupt gelingen? Mitten in seine Gedanken tönte plötzlich lautes Bellen. Etwa fünf Meter unterhalb stand Leo mitten im Unterholz, hob seine Schnauze und knurrte ihm herausfordernd zu. Sein Hund hatte eine Möglichkeit gefunden. Es war wie ein Signal. Er würde es versuchen. Felix blickte sich um. Rechts unterhalb gab es ein paar junge Buchen, an deren Stamm er sich festhalten konnte. Die ersten Meter machten ihm Mut. Langsam setzte er Fuß um Fuß und klammerte sich bei jeder Gelegenheit an einen Ast oder einen Baumstamm. Er kratzte sich die Arme auf, spürte Nadeln in seinem Gesicht und stach sich am Laub eines riesigen Stechpalmenbusches. Doch er kam voran. Bald war der Waldrand über ihm nur noch als heller Streifen zu erkennen.

Die ganze Zeit über war Leo ein Stück vor ihm. Der Hund hatte ein erstaunliches Geschick, auch an den schwierigsten Stellen Halt zu finden. Sein Bellen machte Felix Mut. Am meisten beruhigte ihn jedoch, dass er nichts zu wittern schien, was gefährlich werden konnte. Solange er nicht anschlug, konnte Felix auf den Wegweiser verzichten. Er steckte ihn in die Tasche, um beide Hände frei zu haben. Dennoch wurde es immer schwieriger. Der Hang fiel nahezu senkrecht ab. Felix bewegte sich nur noch auf allen vieren. Dabei peilte er einen der ihm am nächsten stehenden Bäume an und versuchte, irgendwie auf ihn zuzurutschen, um sich dann wieder rasch festzuklammern. Bald waren seine Hände aufgerissen und bluteten. Gesicht, Arme und seine Kleider waren völlig verschmiert von Erde, Nadeln und altem Laub. Plötzlich ging es nicht mehr weiter. Leo blieb mit zitternder Flanke neben einem dunklen Felsen stehen, der aus dem Hang herausragte. Als Felix zu ihm aufschloss, sah er, warum sich der Hund nicht weiter fortbewegte. Sie waren am Rand eines steil abfallenden Felsens angelangt. Doch es war etwas anderes, das ihn in Aufregung versetzte. Am Fuß der Steilwand wuchsen Gras und Büsche, doch nur wenige Meter dahinter konnte er das dunkelgraue Band einer Straße erkennen. Ein weiteres Stück dahinter glänzten Sonnenstrahlen im Wasser eines Flusses.

Das Albtal!

In Felix' Freude mischte sich Verzweiflung. Wie sollte er hier hinunterkommen? Felix kam es so vor, als stehe er in einem der oberen Stockwerke eines Hochhauses. Schon der Blick nach unten machte ihn schwindelig. Der Fels fiel nahezu senkrecht ab. Bis auf vereinzelte Moospolster und ein paar dürre Sträucher gab es nur blanken Stein. Er sah nichts, woran er sich hätte festhalten können. Selbst ein geübter Kletterer hätte ohne Ausrüstung keine Chance. Hektisch sah Felix sich um. Er stand in den Wurzeln einer Tanne, die sich an der Kante des Abhangs festgeklammert hatte und deren Stamm schräg nach vorne überhing. Gleich hinter dem Baum setzte sich der Fels nach oben fort, sodass es auch hier kein Weiterkommen gab. Auf der anderen Seite trat unter einem dichten Bewuchs mit Heidelbeersträuchern das Erdreich hervor. Es war von unten ausgewaschen und würde allenfalls Leos Gewicht aushalten. Felix lehnte sich zurück an den Stamm. Er war ratlos. War das das Ende?

Erneut ließ er seinen Blick wandern. In die unteren Zweige der Tanne hatten sich Ranken einer Schlingpflanze gewunden. Einige ihrer Enden hingen frei in der Luft nach unten, viel zu schwach, um sich daran festzuhalten. Doch der Anblick brachte Felix auf die Idee. Er hatte ein Seil! Der kleine Vorsprung, auf dem er stand, bot kaum genug Platz, dass er sich bewegen konnte. Er hatte Mühe, überhaupt das Gleichgewicht zu halten. Als er einen einigermaßen sicheren Tritt gefunden hatte, streifte er vorsichtig den Rucksack ab und löste mit ein paar Griffen das Seil. Ob es überhaupt lang genug war? Er band sich eines der Enden um den Arm, das andere rollte er auf und ließ es nach unten gleiten. Mit Schrecken sah er, dass sich das lose Ende einige Meter über dem Boden auspendelte. Vor Wut und Enttäuschung traten Felix Tränen in die Augen. Jetzt war alles verloren. Warum war er ausgerechnet an dieser Stelle gelandet? Warum konnte das Seil nicht ein paar Meter länger sein? Die Gedanken schossen ihm wild durch den Kopf. Vielleicht sollte er versuchen, den Strick zu verlängern! Er hatte Geschichten von Gefängnisausbrüchen gehört, bei denen die Flüchtenden Betttücher aneinandergeknotet und sich daran abgelassen hatten. Doch was hatte er? Eine Hose, zwei Hemden, einen Gürtel? Die Schulterriemen seines Rucksacks? Sollte er seine Schlafdecke in Streifen schneiden? Es machte keinen Sinn. Felix zwang sich zur Ruhe. Vielleicht gab es doch etwas, das er übersehen hatte. Der Felsabsturz bot auf den zweiten Blick ein paar Löcher und Vorsprünge, wo er sich festklammern konnte, doch es war trotzdem zu steil. Ohne Absicherung würde er schon nach den ersten Metern abstürzen. Schräg unter ihm wuchs eine Hainbuche, die ihm ihre breite Laubkrone entgegenstreckte. Doch sie war viel zu weit entfernt, als dass er sie erreichen konnte. Auf der anderen Seite gab es mehrere große Büsche. Zweige und Blätter standen dicht und reichten bis an den Fuß des Felsens heran. Felix kam eine verrückte Idee. Wenn es ihm gelang, das Seil in Schwung zu versetzen, konnte er sich vom Ende aus mit etwas Glück dort hineinfallen lassen und hoffen, dass der Aufprall genügend gedämpft wurde. Noch einmal betrachtete er das Seil. Das fehlende Stück bis zum Boden war von oben nur schwer zu schätzen. Als er es jedoch hin und her schwang, reichte das Ende fast bis zu den Büschen. Er musste es versuchen!

Felix streifte das Seil von seinem Arm ab und schlang es fest um den Stamm der Tanne. Er überlegte, ob er zuerst seinen Rucksack hinunterwerfen sollte. Doch er entschied sich anders. Er verschnürte alles, setzte ihn auf und schnallte die Trageriemen um, so fest er konnte. Als alles fertig war, trat er an den Rand und sah nach unten. Plötzlich stellte er fest, dass er vor einem Problem stand, an das er nicht gedacht hatte. Bei seinem Abstieg ins Höllental hatte er sich das Ende des Seiles als große Schlaufe unter die Schultern gelegt, und Lena hatte ihn von oben langsam herabgelassen. Doch jetzt war er allein. Felix steckte den Wegweiser in seine Jackentasche, schlang sich das freie Ende des Seiles um sein Handgelenk, dann griff er mit beiden Händen an die Stelle des Seils, die über der Hangkante lag. Noch einmal zerrte er fest daran, um den Halt zu prüfen. Dann drehte er sich mit dem Gesicht zum Hang und rutschte vorsichtig über die Kante.

Felix war nicht sonderlich schwer, doch sein Gewicht und das des Rucksacks ließ das Seil sofort tief in seine Haut schneiden. Der Schmerz übermannte ihn, doch er zwang sich, nicht darauf zu achten. Stattdessen suchten seine Füße die Felswand, um Abstand zu halten. Gleichzeitig ließ er Seil nach und hangelte sich langsam Stück um Stück abwärts. Der Zug war so heftig, dass er sich kaum festhalten konnte. Nicht loslassen! Nicht loslassen! Ruhig bleiben!

Noch ein Stück. Noch eines.

Vor Schmerz und Anstrengung wurde ihm schwindelig. Er blickte nach unten und sah, dass er noch ein gutes Stück vor sich hatte. Doch dann merkte er, wie seine Kräfte rasch nachließen. Verzweifelt sah er um sich. Ein Stück unterhalb ragte ein dünnes Kiefernstämmchen aus dem Fels, das er von oben nicht bemerkt hatte. Er ließ sich so weit herab, dass er es mit der freien Hand greifen konnte, und zog sich eng an den Fels. Am Arm mit dem Seil spürte er sofort ein klein wenig Erleichterung. Dennoch brannte die Haut in seiner Hand wie glühende Kohlen. Er musste den Abstieg so rasch wie möglich hinter sich bringen. Wieder griff er so kräftig zu, wie er konnte, und stieß sich ab. Im selben Moment hörte er von oben ein lautes Bellen. Siedend heiß fiel ihm Leo ein. Er schaute nach oben und sah, wie die Schnauze des Hundes über die Kante ragte. »Ruhig, Leo, ruhig!«, rief er verzweifelt. Doch es half nichts, der Hund bellte weiter und ließ zwischendurch ein verzweifeltes Winseln hören. Was war, wenn er abrutschte? Einen solchen Sturz würde er nicht überleben! Er musste zurück. Felix versuchte sich hochzuziehen. Doch sofort merkte er, dass ihm die Kraft fehlte. Nicht einmal ein kleines Stück schaffte er. Zudem war der Schmerz in seinen Händen kaum noch auszuhalten. Er versuchte, den Griff zu wechseln, doch es half nichts. Langsam, aber stetig glitt er abwärts. Sein Griff ließ nach, das Seil rutschte durch seine Hände. Der Busch!, schoss es ihm durch den Kopf. Ich muss den Busch treffen!

Er geriet ins Taumeln, schlug hart an den Fels. Seine Füße suchten Halt, ein verzweifeltes Strampeln, ein heftiger Schlag auf die Brust, ein Tritt, Splitter, Schmerz. Rasend schnell zogen Bilder an ihm vorbei – der Schluchsee, der Wolf, Chiara, Soldaten, Tante Veronika, sein Zimmer in Freiburg …

Schwärze.

Erinnerungsbilder platzten, stiegen erneut auf, versprühten.

Ein Raunen, lockender Gesang.

Der Fischmensch drehte ihm den Rücken zu. »Du wirst die Antwort hier nicht finden!«

Das Bild der Mutter.

»Ich warte auf dich!«

Eine feuchte Zunge leckte über sein Gesicht. Felix schlug die Augen auf. Langsam kam er zu sich. Er lag auf der Seite im Gras, seine Hüfte schmerzte, die Schulter war verdreht, seine Hände glühten.

Leo stieß ein freudiges »Wuff!« aus. Felix sah ihn überrascht an. »Leo! Wo kommst du denn her?« Als er seinen Namen hörte, war Leo nicht mehr zu halten. Er sprang um Felix herum, bellte, winselte und fiepte abwechselnd. Wieder und wieder stieß er Felix mit der Schnauze an.

»Ist ja gut, ist ja gut!« Mit wackligen Beinen stand Felix auf. Der Rucksack hing ihm schräg über der Schulter. Um ihn herum lagen geknickte Äste und abgerissene Blätter. Ein gutes Stück über ihm baumelte das Ende des Seiles. Es sah aus, als habe er den Sturz einigermaßen unbeschadet überstanden. Die Buschkrone hatte den Aufprall abgefangen, wie er es gehofft hatte, dazu das dichte Gras, das in dicken Polstern um ihn herum wuchs. Als er den Rucksack abstreifte, spürte er, wie seine Schulter schmerzte. Hüfte und Knie taten höllisch weh. Seine Hände sahen fürchterlich aus. Die gesamte Innenfläche war leuchtend rot, tiefe blutige Kratzer zogen sich über die Haut, an einer Stelle trat das rohe Fleisch hervor. Mit jedem Pulsschlag pochte von innen heraus ein dumpfer Schmerz. Alles brannte wie Feuer.

Felix setzte ein paar vorsichtige Schritte. Es schien nichts gebrochen zu sein. »Wir haben es geschafft, mein Alter! Wenn ich nur wüsste, wie du heruntergekommen bist.« Felix suchte die Stelle hinter Leos Kopf und streichelte ihn vorsichtig, so gut er den Schmerz aushielt. »Ich wollte dich bestimmt nicht zurücklassen. Sieh es mir nach, dass ich zu spät an dich gedacht habe.« Leo sah ihn mit großen Augen an. Dann sprang er davon.

Nach der Beschreibung musste dies das Albtal sein. Auf den ersten Blick war es sehr schmal, die Bäume am Hang gegenüber waren nur einen guten Steinwurf entfernt. Am Fuße des Felsens führte eine Straße entlang, direkt dahinter sah Felix den Fluss. Wie überall war auch hier das Ufer von Erlen, Pappeln und Weiden gesäumt. Felix kletterte die flache Böschung hinunter, kniete sich nieder und steckte beide Hände ins Wasser. Fast hätte er aufgeschrien. Es war eiskalt. Er atmete ein paarmal heftig ein und aus, dann spürte er Erleichterung. Das Brennen ging etwas zurück, lediglich der pochende Schmerz im Innern ließ nicht nach. Die Anstrengung machte ihn schwindelig, und er musste sich setzen. Seine Hände zitterten, sein Herz klopfte, in seinen Ohren rauschte es.

Felix suchte nach einer Stelle, an der er sich ausruhen konnte. Die Alb war nicht breit und führte kaum Wasser. Große Steine schauten überall heraus, bleich und trocken von der Sonne. Auf dieser Seite des Hügelkamms schien es nicht geregnet zu haben. An beiden Ufern waren Sand und feiner Kies angeschwemmt, dazwischen lagen überall abgebrochene Zweige. Felix fand eine Sandkuhle, die ihm geeignet schien. Er warf den Rucksack ins Gras daneben, dann streifte er Schuhe und Strümpfe ab. Inzwischen war es so warm geworden, dass er auch seine restlichen Kleider ausziehen konnte. Der Sturz hatte etliche Spuren hinterlassen. Sein Körper war übersät mit rosa und roten Flecken in allen Formen und Größen. Hals und Arme waren zerkratzt, am linken Ellbogen zog er einen Holzsplitter heraus. Leo planschte derweil in den Pfützen umher, schnappte nach Fischen und Libellen und schüttelte sich zwischendurch immer wieder ausgiebig, wobei ihn jedes Mal eine funkelnde Wolke aus glitzernden Wassertropfen umgab. Felix watete ein paar Schritte ins Wasser, das sich hier in einem flachen Halbkreis gesammelt hatte. Winzige Fische flitzten nach allen Seiten davon. Ein kleiner grauer Vogel, den er nicht bemerkt hatte, flog erschrocken auf und verschwand in Sekundenschnelle mit einem hellen Zwitschern. Am liebsten hätte Felix sich ganz hineingelegt, doch es war ihm zu kalt. Stattdessen begann er, wieder und wieder die Hände einzutauchen und sich das Wasser über Waden und Schenkel zu schütten. Vorsichtig wusch er sich Gesicht, Hals, Schultern und Brust, so gut es seine schmerzenden Hände erlaubten. Ganz allmählich trat ein wenig Erleichterung ein. Bald fühlte er sich deutlich besser.

Als Felix genug hatte, untersuchte er seine Kleider. Die Jacke hatte einen langen Riss abbekommen, am Hemd hing ein Stück vom Ärmel herunter. Das war alles. Auch der Inhalt des Rucksacks war weitgehend unversehrt geblieben.

»Glück gehabt!«, freute er sich. »Jetzt hält uns nichts mehr auf, nicht wahr, Leo?« Er war immer noch voller Bewunderung über seinen Gefährten, dem es irgendwie gelungen war, den steilen Abstieg zu überwinden. Er spendierte ihm eine Extraportion Speck, dann zog er sich an und schulterte den Rucksack.

»Nächstes Ziel: Sankt Blasien!«, rief er übermütig. Seine Zuversicht war groß. Wenn alles gut ging, konnte er spätestens am nächsten Tag in Menzenschwand sein. Der Wegweiser war vollkommen unauffällig. Die Farben leuchteten, die Bewegungen waren frisch und lebendig. Felix steckte ihn in seine Jackentasche. Er vertraute darauf, dass ihm entlang der Alb keine Gefahr mehr drohen würde. Schließlich gab es auch noch Leo, der ihn bisher jedes Mal frühzeitig und zuverlässig gewarnt hatte.

Doch schon nach den ersten Schritten wurde deutlich, dass Felix sich zu früh gefreut hatte. Arme, Beine und besonders die Hüfte schmerzten bei jeder Bewegung. Das Dröhnen in seinem Schädel mahnte ihn, dass er auch am Kopf etwas abbekommen hatte. In kurzen Abständen war er zu Pausen gezwungen. Immer wieder kühlte er die schmerzenden Stellen mit Wasser aus dem Fluss. So kam er langsamer voran, als er gehofft hatte. Felix staunte, dass es auch hier einen Stausee gab. Dem Hinweisschild nach gehörte er zu derselben Gesellschaft, die auch für die Schwarzasperre und den Schluchsee verantwortlich war. Auf der Skizze war ersichtlich, dass die Becken irgendwie in Verbindung standen. Als das Ganze noch in Betrieb war, wurde anscheinend von hier aus der halbe Südschwarzwald mit Strom versorgt. Am oberen Ende des Stausees verengte sich das Tal ein weiteres Mal. Die Berghänge auf beiden Seiten rückten so weit zusammen, dass außer dem Flussbett und der Straße kaum Platz mehr blieb. Längst war die Sonne hinter den Wipfeln im Westen verschwunden. Der Talgrund lag im Schatten, es wurde merklich frischer. Trotzdem war es noch hell. Felix hatte keine Ahnung, wie spät es war. Er nahm sich vor, auf jeden Fall bei Tageslicht noch ein gutes Stück voranzukommen.

Hinter einem mächtigen Fels, der sich wie ein Sporn von der linken Seite in das Tal hereinschob, standen die ersten Häuser des Ortes. Felix kletterte hoch zur Straße. An einem Kreisverkehr liefen die Wege in verschiedene Richtungen auseinander. Das Tal, aus dem er gekommen war, führte dem Schild nach im Süden weiter bis nach Albbruck am Hochrhein, den Berg hinauf zur B 500 gab es eine breit ausgebaute Straße. Felix schaute ihr wehmütig hinterher. Hier herunter wäre der Abstieg so viel einfacher gewesen! Sein Herz klopfte, als er auf dem Hinweisschild für die Ortsumgehung zum ersten Mal den Namen las, der ihn seit der Begegnung mit Fusch vorwärtsgetrieben hatte: Menzenschwand. Sein Ziel war keine zehn Kilometer mehr entfernt!

Eine weitere, schmalere Straße war mit dem Wort »Ortsmitte« gekennzeichnet. Von hier aus konnte er nicht sehen, welcher der beiden Wege für ihn der bessere war. Er entschloss sich, weiter dem Flüsschen zu folgen, und bog nach rechts ab.

Felix war überrascht von dem, was er sah. Die Alb war im Ortsinneren in ein großzügiges Bett gefasst, die Wände am Rand waren aus Beton und mehrere Meter hoch. Entlang des Geländers, an dem ausgeblichene Blumenkästen hingen, waren Parkplätze auf dem Boden markiert, die leer waren bis auf einen zurückgelassenen Lieferwagen mit der Aufschrift eines Elektrofachhandels. Was Felix jedoch am meisten erstaunte, war die ununterbrochene Häuserreihe auf der anderen Straßenseite. Unterhalb des Berghanges reihte sich ein Geschäft an das andere. Es gab Blumen- und Schmuckläden, ein Modegeschäft, ein Geschäft für Haushaltswaren. Er sah ein Reisebüro, einen Versicherungshändler und eine Postfiliale. Dazwischen gab es die üblichen Souvenirshops und Restaurants, zwei Cafés und eine Eisdiele. Überall verstreut auf dem Boden lagen Stühle, Postkartenständer, Werbeaufsteller und ausgeblichene Sonnenschirme. Felix versuchte sich vorzustellen, wie es hier einmal ausgesehen haben musste. Die Parkplätze besetzt mit Autos aus Norddeutschland und Motorrädern aus der Schweiz, die Cafés im Sommer mit Tischen voller Kirschtorten, Pizzas und Eisbecher. Das Ganze sah nach heftigem Rummel aus. All das mitten im tiefsten Schwarzwald! Doch es war nicht nur die idyllische Lage des Ortes in den Bergen, die die Leute hierhergetrieben hatte. Die Hauptattraktion sah Felix schon von Ferne. Auf der gegenüberliegenden Seite der Alb erhob sich ein Gebäude, das er hier überhaupt nicht erwartet hatte. Auf den ersten Blick erkannte er nicht einmal, was es war. Am Rande eines offenen, mit Steinplatten ausgelegten Platzes führte eine breite Treppe zum Eingangsportal. Das ausladende Vordach wurde gestützt von massigen Säulen, die Flügeltüren waren mehrere Meter hoch. Am meisten erstaunte ihn jedoch die riesige Kuppel, die sich über das Ganze wölbte und mit lebensgroßen Skulpturen geschmückt war. Eine weithin sichtbare goldene Kugel mit einem schlichten Kreuz krönte den Bau. Eine Kirche! Felix erinnerte sich an Bilder, die er in der Schule aus Florenz und Rom gesehen hatte. Dabei hatte er gestaunt über den Petersdom im Vatikan, der sich völlig unterschied von den Kirchen, die er aus seiner Heimat kannte. Doch es war etwas ganz anderes, ein solches Bauwerk aus nächster Nähe zu sehen. Normalerweise interessierten ihn Kirchen weniger. Doch jetzt brannte er darauf, sich das Ganze genauer anzusehen. Mit jedem Schritt, den er auf den Dom zuging, verstärkte sich der überwältigende Eindruck. Die Säulen am oberen Rand der Freitreppe waren so dick, dass sie selbst zu zweit nicht zu umspannen waren. Das Kapitell am oberen Ende befand sich auf der Höhe des dritten Stocks eines Wohnhauses. Durch die Türen hätte ein Reiter auf dem Pferd mit erhobenem Schwert reiten können. Felix bekam große Lust, das Gebäude von innen zu sehen. Der Reihe nach versuchte er, eine der riesigen Türen aufzustoßen, doch sie waren fest verschlossen und rührten sich keinen Millimeter. Erst am Rande der Treppe hatte er Glück. Die Tür der kleinen Pforte hatte ein altertümliches Schloss und war nur angelehnt. Felix drückte die Klinke nieder und trat ein. Was er sah, überwältigte ihn vollends. Vor ihm öffnete sich ein gewaltiger Raum. Der Boden war mit glänzenden Steinplatten bedeckt, in der Mitte standen mehrere Reihen Bänke. Ringsum waren im großen Kreis dieselben riesigen Säulen wie vor dem Eingang angeordnet. Sie zogen Felix' Blick entlang der Wände nach oben zur Decke, die sich weit über ihm wölbte. Er glaubte, in einem Traum zu sein. Alles war weiß. Der Boden, das Holz der Bänke, die Säulen, die Altäre entlang der Wand, die Geländer und Pforten, die Figuren und Treppen. Das milchige Licht, das von oben durch ausgebleichte Fenster hereinschimmerte, verstärkte den Eindruck.

Langsam schritt Felix den Mittelgang entlang. Es war so still, dass er nur seinen eigenen Atem hörte. Direkt unter der Kuppel blieb er stehen und sah nach oben. Über die gesamte Innenseite erstreckte sich ein riesiges Gemälde. In blassen Farben erschien der Himmel, so wie ihn sich die Menschen vorstellten: die Gottheiten, die Jungfrau Maria, Engel und Wolken. Felix war wie benommen. Er ließ sich leise auf einer der Bänke nieder, so als scheue er sich, den Eindruck zu stören. Jetzt erst fiel ihm auf, dass von dem allgegenwärtigen Staub, den er sonst überall in verlassenen Gebäuden angetroffen hatte, nichts zu sehen war. Die Bänke sahen aus wie frisch gewischt, die Sitzpolster waren unversehrt. Der Marmorboden schimmerte wie blank poliert. Noch während er sich darüber wunderte, sah er auch etwas anderes. Vor dem Zutritt zum Altarraum an der Hinterseite der Rotunde standen auf dem Boden eine Vase mit frischen Blumen, daneben ein großer weißer Kandelaber mit einer armdicken Kerze.

Die Kerze brannte.

Noch ehe Felix sich von seinem Schreck erholte, erhob sich um ihn ein gewaltiges Tönen.

Felix war vor Entsetzen wie gelähmt. Die Spinne! Er war im Herzen der Spinne gelandet! Doch schon nach wenigen Augenblicken merkte er, dass dies etwas völlig anderes war als der Gesang der Wächter. Er kannte diesen Klang. Im letzten Jahr hatte er im Rahmen des Musikunterrichts mit der Klasse ein Konzert im Freiburger Münster besucht und ganz ähnliche Töne gehört. Dies war eine Kirchenorgel! Felix vergaß seine Schmerzen völlig. Die Töne schwollen an, wurden mehr, begegneten und steigerten sich. Von allen Seiten wurde er eingehüllt in ein Bad von Klängen, Melodien und Figuren. Felix verstand nichts von Kirchenmusik und klassischen Kompositionen, doch was er hörte, war überwältigend schön. Woher kam die Musik? Wer spielte die Orgel? War es derselbe, der die Kerze angezündet hatte? Felix kam sich vor wie ein Eindringling. Er wagte es kaum, sich zu rühren oder gar zu rufen. Stattdessen blickte er sich vorsichtig um. Hinter den Blumen und der Kerze öffnete sich nach hinten der Altarraum. Auf der Empore darüber schimmerten im Halbdunkel Dutzende riesiger Orgelpfeifen. Direkt davor auf einer Bank saß eine Gestalt, die ihm den Rücken zuwandte.

Felix konnte nicht erkennen, ob es ein Mann oder eine Frau war. Wer war das? Wie war es möglich, dass die Orgel überhaupt erklingen konnte? Oder war dies am Ende ein Ort, an dem es Strom gab? Aber warum brannte dann nirgendwo ein Licht? Felix beschloss zu warten und den Klang der Melodie zu genießen. Er hatte lange keine Musik gehört, seit Freiburg erst wieder bei dem Fest der Streuner an seinem letzten Abend bei Carlo und den anderen. Die Musik fehlte ihm, seine Gitarre fehlte ihm. Er nahm sich vor, irgendwie zu einem Instrument zu gelangen. Ein kleines würde genügen, eine Flöte vielleicht oder eine Mundharmonika. Zeit zum Üben hatte er reichlich. Und es würde eine wunderbare Möglichkeit sein, seine Gefühle und Stimmungen auszudrücken. So wie der unbekannte Orgelspieler über ihm.

Mitten in seinen Gedanken brach die Musik plötzlich ab. Die Melodie steigerte sich zu einem gewaltigen Schlussakkord und klang dann aus. Sekundenlang hallten die Schwingungen unter der Kuppel wider. Dann war es still. Die Gestalt vor der Orgel blieb sitzen, bis der allerletzte Ton verklungen war. Beim Aufstehen sah Felix, dass es ein Mann war. Er drehte sich um und stieg gemessenen Schrittes die Treppe zum Altarraum hinunter.

»Das war schön!«, brach es spontan aus Felix heraus.

Der Mann blieb sofort stehen. Anscheinend hatte Felix ihn erschreckt, denn er antwortete nicht.

»Sie sind ein Meister! Es hat mir gut gefallen, was Sie gespielt haben.«

Der Mann antwortete immer noch nicht. Er schien zu überlegen, dann trat er ein paar Schritte nach vorn und winkte Felix, zu ihm zu kommen. Felix nahm seinen Rucksack und folgte der Aufforderung. Seltsamerweise wartete der Mann nicht und lief stattdessen vorneweg. Felix sah eben noch, wie er durch eine kleine Seitentür verschwand. Er folgte ihm hinaus auf einen langen schmalen Gang. Hier sah es völlig anders aus als im Innenraum der Kirche. Der Boden war mit unregelmäßigen Natursteinplatten belegt, an den Wänden hingen kaum entzifferbare Relieftafeln und verblichene Heiligenbilder, in den Fensternischen standen riesige Töpfe mit Erde, in denen irgendwann einmal Pflanzen gewachsen waren. Auch hier blieb der Mann ein Stück voraus. Er öffnete eine Tür und winkte erneut. Felix sah, dass er einen schwarzen Anzug trug, seine Haare fielen ihm weit bis über die Schultern herab. Das Gesicht hielt er zur Seite gewandt, so als ob er nicht erkannt werden wollte.

Seltsamer Vogel, dachte Felix. »Warten Sie doch!«, rief er. Es drängte ihn, mit ihm zu sprechen. Das Orgelspiel hatte ihn sehr berührt, er fand es schade, dass es nicht länger gedauert hatte. Vielleicht konnte der Mann ihm sogar weiterhelfen, einen geeigneten Weg nach Menzenschwand zu finden. Hinter der Tür führte eine Wendeltreppe nach unten. Dort erwartete Felix ein weiterer Gang. Er war schmaler und niedriger, von irgendwo kam spärliches Licht herein. Zu beiden Seiten gab es Türen, eine davon stand offen. Felix schüttelte den Kopf. Wollte der Fremde ihm eine Überraschung bereiten? Oder wohnte er sogar hier unten? Neugierig trat er näher und sah in die offene Tür. Das wenige Licht fiel auf eine Kiste auf dem Boden, der Rest des Raumes lag im Dunkel.

Als Felix das Geräusch neben sich hörte, war es bereits zu spät. Ein heftiger Stoß traf ihn in den Rücken, sodass er nach vorne zu Boden stürzte. Im nächsten Augenblick wurde die Tür hinter ihm zugeschlagen, ein Schlüssel drehte sich im Schloss. Von draußen hörte er, wie sich Schritte rasch entfernten.

»He, hallo! Was soll das?« Felix ärgerte sich. »Machen Sie auf, ich mag solche Scherze nicht!«

Es kam keine Antwort.

»Hallo! Aufmachen! Sofort aufmachen!« Felix rüttelte an der Klinke. Sie war aus Eisen und so groß, dass er den Griff mit der Hand kaum umschließen konnte. Doch es half nichts, die Tür bewegte sich nicht. Er versuchte es noch einmal, vergebens. Merkwürdig, dachte Felix. Was das wohl bedeuten sollte? Ein Spiel, es musste ein skurriles Spiel sein, das der Mann mit ihm veranstaltete. Eine seltsame Art makabren Humors. Oder hatte er ihn verschreckt? Vielleicht wäre es ihm ähnlich ergangen, wenn plötzlich aus dem Nichts ein Unbekannter aufgetaucht wäre. Aber ihn deshalb einschließen? Oder hatte er etwa Angst vor ihm? Die Tür war fest verschlossen. Dennoch gab es ein paar winzige Ritzen, durch die Licht hereinfiel, gerade genug, um ein paar wenige Umrisse zu erkennen. Felix legte das Ohr an das Holz. Er hörte nichts. Kein Rascheln, keine Schritte.

»Hallo!« Er versuchte es erneut. »Hallo? Ich bin Felix! Felix aus Freiburg. Ich will Ihnen nichts Böses!« Er merkte, wie banal die Worte klangen. Doch etwas Besseres fiel ihm nicht ein.

»Hallo?« Felix schrie, so laut er konnte.

Keine Antwort. Er hatte das Gefühl, dass seine Stimme von den Mauern um ihn herum verschluckt wurde.

Felix streifte seinen Rucksack ab und lehnte ihn an die Wand neben der Tür. Die Streichhölzer fielen ihm ein und die beiden Kerzen, die er dabeihatte. Er entzündete eine Flamme und sah sich um. Der Raum schien eine Art Abstellkammer zu sein. Die Kiste, die er beim Eintreten gesehen hatte, war nur eine von mehreren, die kreuz und quer herumstanden. Dazwischen schwere Kerzenständer in allen Größen. In einer der Ecken türmte sich ein Berg voller halb zerbrochener Stühle, dahinter verborgen befand sich ein mächtiger Schrank, der bis zur Decke reichte. Alles war mit Staub bedeckt und roch alt und abgestanden. Felix öffnete eine der Kisten. Verfleckte, angefaulte Gesangbücher lagen wild durcheinander, dazwischen halb abgebrannte Wachslichter, die noch in ihren roten Hüllen steckten, vertrocknete Pflanzenstängel und zerbrochene Vasen. Felix nahm eine der Kerzen heraus und zündete sie an. Der Docht schien zu verglimmen, dann knisterte es und eine winzige Flamme erschien. Wenigstens Licht würde er haben. Er zündete noch drei weitere an und stellte sie an mehreren Stellen auf, sodass er den Raum einigermaßen überblicken konnte. Er entdeckte ein niedriges Regal mit allerlei Gerümpel und nicht zu identifizierenden Holzgegenständen. Auf dem Boden davor lag ein zusammengerollter Teppich, der fürchterlich stank, gleich daneben lehnte an der Wand ein meterhohes Kruzifix aus Metall mit geschmiedeten Verzierungen. Neben dem Berg mit den Stühlen stand auf einer Kommode eine Heiligenfigur, deren rechter Arm abgebrochen war.

Nichts, was ihm weiterhelfen konnte.

Felix ging zurück zur Tür und lauschte ein weiteres Mal, doch alles blieb still. Er wischte den Deckel der größten Kiste ab, die mitten im Raum stand, und breitete seine Decke darauf aus. Bei den Stühlen fand er einen, der noch einigermaßen intakt war. Er zog ihn heraus und setzte sich neben die Kiste, die ihm als Tisch diente. Der Blick in seine Essensvorräte zeigte, dass er sich wenigstens darum keine Sorgen machen musste. Lediglich vom Wasser in der Flasche war nicht mehr viel übrig.

Stille breitete sich um ihn aus.

Wie es Leo wohl erging? Als Felix die schwere Eingangstür der Kirche hinter sich zugezogen hatte, war er, wie es seine Gewohnheit war, irgendwo umhergelaufen. Ob er ihn suchte? Doch anders als bei seinem missglückten Abstieg über die Felswand würde Leo dieses Mal keine Chance haben, zu ihm zu finden. Die Tür war ein unüberwindbares Hindernis. Immer wieder stand Felix auf, ging zur Tür und lauschte. Doch alles blieb unverändert. Allmählich blieben die winzigen Ritzen dunkel. Wahrscheinlich war es längst Nacht geworden. Felix widerstrebte es, sich zum Schlafen auf den Boden zu legen. Er suchte und fand einen weiteren brauchbaren Stuhl, der einigermaßen stabil war. Er stellte ihn vor sich auf und legte die Beine hoch. Dann zog er die Decke um sich. Es wurde kühl.

Als Felix irgendwann die Augen aufschlug, sah er nur Dunkel um sich. Der Geruch von verbranntem Wachs hing in der Luft und erinnerte ihn daran, wo er sich befand. Durch die wenigen Ritzen in der Tür fiel schwaches Licht herein. Felix hatte keine Ahnung, wie lange er geschlafen hatte und wie weit der Tag schon fortgeschritten war.

Als er versuchte aufzustehen, spürte er seinen ganzen Körper. Der Hals schmerzte von der ungewohnten Sitzhaltung, ein Bein war eingeschlafen. Die Wunden, die er sich beim Sturz zugezogen hatte, pochten bei der kleinsten Bewegung. Am schlimmsten waren die Hände. Als er sich zum Aufstehen abstützte, musste er die Zähne zusammenbeißen, um nicht laut aufzuschreien. Der Mann war immer noch nicht zurückgekommen. Was hatte er vor? Wollte er ihn gefangen halten? Aber was konnte er von ihm wollen? Den Rucksack? Vielleicht würde er ihn holen, während Felix schlief. Und dann? Felix trank einen Schluck und beschloss, sich den Rest einzuteilen. Ebenso wollte er die Kerzen nur sparsam benutzen. Seine Augen hatten sich inzwischen an die Dunkelheit gewöhnt, sodass zwei der Teelichter genügten, um das Nötigste zu sehen. Er hatte keine Ahnung, wie lange das alles dauern würde.

Felix aß eine Scheibe Brot und ein Stück Käse. Dann machte er sich daran, die Tür näher zu untersuchen. Sie bestand aus drei eng aneinandergefügten dicken Brettern, die mit breiten eisernen Beschlägen zusammengehalten wurden. Die Scharniere saßen auf der Außenseite, sodass es keine Möglichkeit gab, sie irgendwie zu lockern. Ein Schlüsselloch gab es nicht. Das Mauerwerk der Tür bestand aus massiven Steinquadern, die sogar einem Vorschlaghammer widerstanden hätten. Felix schleppte sich zu seinem Sitz zurück und ließ sich auf den Stuhl fallen. Hier würde er nicht hinauskommen. Er würde warten müssen.

Felix musste noch einmal eingenickt sein, bevor er plötzlich hochfuhr. Es war kein Traum. Irgendwoher kam ein Brummen. Es hob an, brach ab, kam wieder. Felix sprang auf und legte sein Ohr an die Tür. Doch aus dem Flur hörte er nichts. Das Brummen wurde lauter. Die Spinne? Felix kramte rasch sein Rindenstück aus seiner Tasche, doch er sah nichts Auffälliges. Es musste etwas anderes sein. Felix stellte sich aufrecht mitten in den Raum und lauschte nach allen Seiten, bis er sich sicher war. Es gab keinen Zweifel. Es waren Töne, Töne, die sich zu einer entfernten Melodie verbanden. Er war verblüfft, dann wurde ihm klar, was es bedeutete. Es war die große Orgel im Altarraum. Sein Wärter spielte wieder.

Für einen Moment spürte Felix Erleichterung. Es war nicht der bedrohliche Gesang, dem er völlig schutzlos preisgegeben sein würde. Und er war nicht allein. Der Mann war noch da. Dennoch beschlich Felix ein ungutes Gefühl. Der Mann schien sich nicht um ihn zu kümmern. Hätte er nicht spätestens heute am Morgen nach ihm sehen müssen? Ihn fragen, was er wollte? Ihm zumindest etwas zum Trinken bringen? Das Spiel verklang so unvermutet, wie es begonnen hatte. Felix hatte die leise Hoffnung, dass der Mann endlich nach ihm sehen würde. Doch nichts geschah. Wieder legte sich die lähmende Stille um ihn wie ein zäher Brei.

Warten.

Der Mann kam nicht.

Wieder nickte Felix ein. Dieses Mal wachte er auf, als er seine Blase spürte. Es hatte keinen Sinn, es unterdrücken zu wollen. Eine Kiste in der entfernten Ecke musste herhalten. Noch mehr Gerüche.

Warten.

Felix versuchte in einem der fleckigen Bücher zu lesen. Doch es gab nichts zu lesen außer Kirchenliedern. Großer Gott, wir loben dich. Kerzenverschwendung.

Warten.

Die Ritzen in der Tür. Dunkel. Hell. Orgelspiel.

Der letzte Schluck Wasser, schal, abgestanden. Ein, zwei Tage würde er es ohne Trinken aushalten. Aber es gab keine Tage mehr.

Licht in den Ritzen der Tür. Orgelspiel.

Stille.

Allmählich dämmerte Felix, was das Ganze bedeutete. Es war die einzige Erklärung. Der Mann wollte überhaupt nichts von ihm. Er wollte ihn einfach nur weghaben. Er war ein Eindringling, den man entfernt, so wie man eine lästige Stechmücke erschlägt. Wegsperren, fertig. Es war sinnlos, weiter darauf zu warten, dass etwas geschehen würde. Felix bearbeitete die Tür mit seinem Schweizermesser. Die Tür war dick und schwer und fest. Nicht einmal die Lichtritzen konnte er vergrößern. Es war so vergeblich, als ob er mit Fingernägeln die Wand aufkratzen wollte.

Es gab keine Hoffnung. Sitzen, wegdämmern. Verdursten.

Felix begann, den Raum abzusuchen. Der Boden – irgendwo eine Ritze, eine lockere Steinplatte, eine verborgene Falltür? In den Abenteuerfilmen gab es immer eine verborgene Falltür. Der Graf von Monte Christo grub sich in seinem Verlies mit einem Löffel durch den Boden in die Nachbarzelle. Zentimeter für Zentimeter. Wochenlang. Er untersuchte jede Kiste, jedes Regal. Ein Kerzenständer als Hebel? Ein Feuer an der Tür? Seine Fantasie schlug Blasen.

Der Schrank. Gerümpel. Kerzenreste. Stofffetzen. Noch mehr Bücher.

Enttäuschung. Frust. Zorn. Felix packte das Holzkreuz und schlug zu. Krachen, Splittern. Das alte Möbel fiel zusammen wie ein Kartenhaus. Staub wirbelte auf, Felix zog den Hemdärmel vor das Gesicht.

Dann sah er es.

An der Stelle, an der der Schrank gestanden hatte, fehlte ein Stück des hellen Kalkanstriches. Stattdessen einfaches Mauerwerk. Die rohe Stelle hatte Form und Größe dessen, wonach Felix sich sehnte.

Eine Tür.

Sekundenlang starrte Felix auf das dunkle Rechteck. Das Mauerwerk war ohne große Sorgfalt ausgeführt. Einfache Ziegel grob aneinandergefügt, der Mörtel ungleichmäßig und brüchig. Felix klopfte mit den Fingerknöcheln darauf, ein hohler Klang antwortete. Er griff nach dem größten der eisernen Kerzenständer und schlug zu. Einmal, noch einmal. Der erste Stein zerbrach und fiel heraus. Ein zweiter folgte, der dritte brach nach hinten weg. Ein Loch. Nicht größer als eine Zigarettenschachtel. Luft drang herein.

Und neuer Mut. Felix arbeitete wie ein Besessener. Es gab keine Schmerzen mehr, keine Erschöpfung, keinen Durst. Es gab diese kleine Öffnung. Und sie wurde größer. Weitere Steine lösten sich, bis mit einem mächtigen Schlag fast das gesamte Mauerwerk herausbrach. Erschöpft ließ er den Kerzenständer sinken, sein Atem ging schwer. Die Öffnung war dunkel. Er nahm die größte der Kerzen, die er noch hatte, und leuchtete hinein. Die Flamme warf flackernde Schatten. Auf den ersten Blick war die Kammer dahinter leer. Er zwängte sich durch die Öffnung und hob die Kerze hoch. Ein niedriger Raum, getragen von zwei gedrungenen Säulen. Dahinter in der Wand eine Nische, kaum so breit wie ein Tisch. Davor ein einfacher Altar. Die Wände des Raumes waren leer und ohne Schmuck, der Boden staubbedeckt. Hinter einem Mauervorsprung eine schlichte Tür. Felix stieß sie auf, dahinter führte eine schmale Wendeltreppe nach oben. Eine weitere Tür – und er schlug sich erschrocken die Hände vor das Gesicht. Taghelles Licht empfing ihn. Noch einmal kroch Felix den Weg zurück. Er packte alles zusammen, was er in den letzten Stunden und Tagen ausgebreitet hatte, dann schob er den Rucksack durch das Loch und setzte ihn auf. Als er den Fuß auf die Treppe setzte, hielt er inne. Die Orgel! Die Musik klang deutlich lauter als die Tage zuvor, sie schien direkt über ihm zu sein. Ein Altarraum unter dem Altarraum! Seltsamer Zufall.

Doch Felix nahm sich nicht die Zeit, darüber nachzudenken. Das Orgelspiel bedeutete, dass der Mann beschäftigt war und ihm für die nächsten Minuten nicht in die Quere kommen würde. Als er zum zweiten Mal hinaus in den Gang trat, war er auf die Helligkeit besser vorbereitet. Er hielt die Hand vor das Gesicht und ließ nur einen schmalen Sehschlitz frei. Zusätzlich kniff er die Augen zusammen und wandte den Blick von der Fensteröffnung weg hin zur Wand.

Der Gang, auf den er gestoßen war, hatte noch eine weitere Tür an der Seite, die jedoch verschlossen war. Felix ging bis zum Ende weiter. Nach der letzten Tür stand er mit einem Mal im Freien. Vor ihm reihten sich elegante Arkadenbögen, dahinter ein verwilderter Innenhof mit einem Brunnen ohne Wasser. Von der Musik war nichts mehr zu hören. Was war, wenn er dem Mann doch noch über den Weg lief? Felix tastete nach dem Messer an seinem Gürtel. Noch einmal würde er sich nicht überraschen lassen.

Doch es geschah nichts. Vom Kreuzgang aus durchquerte Felix noch mehrere Gänge und Flure, bis er endlich ganz hinausfand. Vor ihm war ein Parkplatz mit kleinen Namensschildern, die die einzelnen Parkbuchten kennzeichneten. Der Platz war von einer Mauer eingezäunt, dahinter ragten mehrere Bürogebäude hervor. Als er sich umdrehte, merkte er, dass er in einem Seitengebäude des Domes gewesen war. Felix war erleichtert, als er zu seiner Linken die Ladenzeile entlang der Alb sah. Seine Augen hatten sich wieder so weit an die Helligkeit gewöhnt, dass er loslaufen konnte. Er fand eine Stelle, an der er zum Fluss hinuntersteigen konnte. Sofort warf er den Rucksack ab, kniete nieder und trank in gierigen Zügen. Als er genug hatte, watete er durch das Wasser auf die andere Seite und stieg eine Treppe hoch. Kaum war er oben angekommen, als von Weitem das vertraute Bellen erklang. Wie ein Blitz schoss Leo auf ihn zu. Der Anprall warf ihn fast um.

Der Hund war außer sich vor Freude. Er sprang an Felix hoch, leckte ihm Gesicht und Hände und war kaum zu beruhigen. Felix fiel ein Stein vom Herzen. Sein Gefährte schien unversehrt.

»Gut, gut. Alles ist gut. Hast du mich gesucht?« Wieder und wieder kraulte er ihn. »Ist ja gut!«

Er griff in seine Tasche und reichte Leo drei seiner Hundekekse auf einmal. »Das ist die Belohnung für das Warten.«

Der Hund musste verzweifelt gewesen sein. Felix' einzige Spur führte zu der Eingangstür des Domes. Und von da an war der Weg versperrt.

»Und jetzt machen wir, dass wir hier wegkommen!« Felix verwarf sämtliche Rachegelüste ebenso wie die Neugier, mehr über den merkwürdigen Unbekannten zu erfahren. Er wollte nur noch weg. Dieses Mal war er der Schwelle zu einer anderen Welt sehr nahe gekommen. Doch ganz anders, als er es je beabsichtigt hatte.

Wie schon vor Tagen ging er die Reihe der Geschäfte entlang, wieder fiel sein Blick auf das imposante Gebäude auf der anderen Seite der Alb. Die goldene Kugel mit dem Kreuz auf dem Dach funkelte in der Nachmittagssonne. Auf dem Petersplatz in Rom wölbte sich die Kuppel über das Grab eines der Apostel. Seit Jahrhunderten pilgerten Menschen dorthin, um die Erinnerung zu wahren. Von seinem Grab unter dem Dom in Sankt Blasien hätte nie irgendjemand etwas erfahren. Je weiter Felix die Straße entlangging, desto mehr Wohnhäuser gab es. Anders als er es in Hinterzarten oder Bärental gesehen hatte, waren viele von ihnen mehrstöckig. Bestimmt hatte die Enge des Tals die Bewohner gezwungen, Platz zu sparen. Felix hielt sich nicht weiter auf. Eine Viertelstunde später war er am Ortsausgang angelangt. Kurz dahinter mündete die Straße in die Ortsumgehung. »Menzenschwand, Bernau, Todtnau«, las Felix auf dem Schild, das nach rechts zeigte. Sein Blick schweifte über die ansteigenden Hänge zu beiden Seiten des Tals. Alles war dicht mit dunklen Nadelbäumen besetzt. Dazwischen gab es kleine, in hellem Grün aufleuchtende Inseln überall dort, wo es eine Buche, eine Eiche oder ein Ahorn geschafft hatte, nach oben bis ans Licht zu kommen. Der Talgrund war bewachsen mit Gras, Büschen und jungen Birken. Am Rande der Wiese dahinter tauchte das vertraute Band der Bäume und Sträucher auf, die das Wasser liebten. Die Alb folgte die meiste Zeit dem Waldrand und würde ihn von jetzt an bis zu seinem Ziel begleiten.

Immer wieder gab es Stellen, an denen sich das Wasser ungehindert ausgebreitet hatte. Felix erkannte die sumpfigen Bereiche inzwischen an den dicht stehenden Binsen. Vereinzelt wuchsen sogar schlanke Schilfrohre. Zum ersten Mal seit Langem kam Felix wieder ohne größere Hindernisse voran. Der Weg die Straße entlang war gut zu bewältigen und führte sanft ansteigend durch das Tal. Wie fast überall war alles so weit zugewachsen, dass ein Fahrzeug längst nicht mehr durchgekommen wäre. Doch der Untergrund war fest und allemal besser zu gehen als entlang des Baches oder durch die dicht bewachsene Wiese. Leo streunte die ganze Zeit über irgendwo im Wald oder im Gras umher. Ein paarmal sah Felix, wie er Vögel aufstöberte, die mit aufgeregtem Gezwitscher davonflogen. Dennoch schien es ihm, als seien die letzten Tage an Leo nicht spurlos vorübergegangen. Öfter als sonst kam er zurück, so als ob er sich vergewissern wollte, dass Felix noch da war. Das vertraute Wuff ertönte, der Nasenstüber in Felix' Kniekehle – dann verschwand er wieder. Sonst blieb alles still. Dennoch war dies eine andere Stille als die, vor der er geflohen war. Felix' Sinne öffneten sich. Er sog den harzigen Duft der Tannen ein, genoss das Licht auf seiner Haut und lauschte dem zarten Spiel des Windes in den Baumwipfeln. Besonders froh war er, dem allgegenwärtigen Gestank von Moder und Verwesung entkommen zu sein. Lediglich der Geruch, den seine Kleider ausströmten, erinnerte ihn unangenehm an sein Gefängnis. Es würde Tage und wahrscheinlich mehrere Waschgänge brauchen, um das wieder loszuwerden. Am liebsten hätte er alles auf der Stelle verbrannt.

Nach einem kurzen Waldstück erreichte Felix eine weitere Abzweigung. Die Hauptstraße führte von hier geradeaus weiter nach Bernau und Todtnau, rechts ging es ab nach Menzenschwand. Zu Felix' Freude folgte auch der Bach dieser Richtung. Der Weg führte eine leichte Steigung nach oben. Auf einer kleinen Anhöhe blieb Felix stehen. Vor ihm schmiegte sich das Albtal wie eine weite Bucht in das dunkle Meer der Bäume. Am Horizont begrenzten Berge den Blick, deren Gipfel deutlich über die anderen hinwegragten. Am meisten freute er sich, als er die Häuser sah. Wie Blätter an einem Zweig folgten sie der Richtung des Tales und der Alb. Die Straße führte direkt darauf zu.

»Menzenschwand!«, flüsterte er.

Felix zweifelte nicht eine Sekunde. Vor ihm lag der Ort, den er suchte. Das Ziel seiner Wünsche. Er hatte es endlich geschafft! Als er das Ortsschild erreichte, schrie er seine Freude hinaus. In diesem Moment waren alle Mühen vergessen, alle Schmerzen ohne Bedeutung. Wenn sie ihn jetzt sehen könnten – Josef und Joana, Carlo und Elsa, Lena und Anna, Tante Veronika in Freiburg! Chiara! Alle standen um ihn herum und jubelten ihm zu. Selbst Leo schien zu spüren, was dieser Moment bedeutete. Er bellte kräftig und sprang aufgeregt hin und her. Felix spürte, wie sein Herz klopfte. Jetzt würde es nicht mehr lange dauern. »Wenn sie nicht aufgegeben haben. Nicht alle haben es geschafft …« Gottliebs Mahnung geisterte immer noch durch seinen Kopf, doch er wischte die Zweifel beiseite. Alles würde gut werden.

Die Dorfstraße zog sich in leichten Windungen in Richtung Talende. Felix passierte ein kleines Gewerbegebiet, ehe zu beiden Seiten die ersten Wohnhäuser auftauchten. Der Ort war völlig anders als der, aus dem er kam. Im Gegensatz zu Sankt Blasien waren fast alle Gebäude in der traditionellen Art der Gegend gebaut. Ein tief heruntergezogenes Dach als Schutz gegen Schnee und Kälte, darunter ein umlaufender Balkon mit geschnitztem Geländer, die Außenwände mit eng übereinanderliegenden Schindeln verkleidet. Überall hingen geschnitzte oder kunstvoll gemalte Schilder, die Pensionen und Ferienwohnungen anzeigten. Felix kam an Hotels, Restaurants, Cafés und kleinen Läden vorbei, es gab Hinweise auf ein Museum, ein Gesundheitsbad, einen Wasserfall und Skilifte. Auch hier hatte es anscheinend früher viele Touristen gegeben.

Jetzt war alles still und leer. Der Ort zog sich scheinbar endlos. Ein Haus reihte sich an das andere. Überall hatte sich die Natur breitgemacht. Dort, wo es Gärten gegeben hatte, wuchsen alle möglichen Büsche und Blumen, die Hecken waren zu gewaltigen Mauern emporgeschossen. Felix kam an einer Kapelle vorbei, in deren umfriedeten Kirchhof die letzten Forsythienblüten goldgelb aus dem frischen Grün hervorleuchteten. Kurz dahinter zweigte eine Straße nach rechts ab und führte steil den Berg hinauf. Felix vermutete, dass dies der Weg war, der vom Schluchsee hierherführte und von dem Fusch erzählt hatte. »Alle Richtungen«, wies das Straßenschild aus. Felix musste lächeln. Alle Wege führen nach Rom. Kein Weg führte nach Menzenschwand.

Allmählich regten sich leise Zweifel. Inzwischen konnte er schon das Ortsende erkennen, dahinter verlor sich die Straße in einem Meer aus Grün. Bisher hatte er noch keine Spur von Menschen entdeckt. Ob es vielleicht noch andere Straßen gab? War der Hof des Onkels irgendwo außerhalb in einem Seitental? Sollte er vielleicht einfach laut rufen und irgendwie auf sich aufmerksam machen?

Leo, der sich in den letzten Minuten ganz an seiner Seite gehalten hatte, blieb plötzlich stehen, hob den Kopf und witterte. Sofort war Felix alarmiert. Sollte hier …? Doch Leo reagierte ganz anders als beim letzten Mal. Er sah kurz zu Felix hoch, dann sprang er los und verschwand hinter der nächsten Häuserecke. Felix ging vorsichtig hinterher. Er war auf alles Mögliche gefasst. Doch nicht auf das, was er jetzt sah.

Mitten auf der Dorfstraße spielten zwei Mädchen. Sie trugen einfache Gewänder, die von einem Gürtel zusammengehalten wurden. Zwischen ihnen sprang Leo hin und her und wedelte freudig mit dem Schwanz. Das größere der Mädchen umarmte und streichelte ihn. Felix hatte kaum Zeit, sich von seiner Überraschung zu erholen, als die Kleine ihn entdeckte und mit lautem Rufen auf ihn zeigte. Rasch blickte er sich um, doch die beiden schienen allein zu sein. Als sie auf ihn zurannten, sah er, dass sie barfuß waren. Ihre Haare waren lang und hinter dem Kopf zusammengebunden.

»Bist du Felix?« Die Größere war um die zehn Jahre alt und blickte Felix unerschrocken und neugierig entgegen.

»Woher – woher weißt du, wie ich heiße?« Felix war nun vollends verblüfft.

»Mama hat gesagt, du kommst heute. Wir haben auf dich gewartet!«

»Schön.« Felix hatte Mühe, die richtigen Worte zu finden. Einen solchen Empfang hatte er nicht erwartet. »Und wie heißt du?«

»Felicitas. Und das ist Vroni. Sie ist erst vier.«

Die Kleine hatte sich hinter ihrer Schwester versteckt und sah mit großen dunklen Augen zu Felix empor. Die Gesichter der beiden Mädchen rührten etwas an, das vertraut war. Eine Erinnerung, die tief in ihm verborgen lag.

Er wusste, wer die beiden waren.

»Kannst du Hüpfkästchen springen?« Vroni wurde mutig. »Feli kann das besser als Maxi und Alex. Aber Maria ist noch zu klein. Ich kann schon bis zur Mitte. Soll ich es dir zeigen?« Die Worte sprudelten geradezu aus ihr hervor.

Felix musste lachen. »Sind das alles eure Geschwister?«

»Nee, die wohnen woanders. Die müssen arbeiten. Und Maria schläft. Kommst du?« Sie griff nach Felix' Hand und zog ihn vorwärts. »Du riechst aber komisch. Wie eine tote Maus!«

An der Stelle, wo die beiden gespielt hatten, war eine große Form auf den Boden gemalt. Ein paar viereckige Kästchen hintereinander, am Ende ein Kreis, der in zwei Hälften geteilt war. Vroni nahm einen flachen Kiesel, der an der Seite lag, warf ihn auf eines der Kästchen und begann auf zwei Beinen hinterherzuhüpfen wie ein Frosch.

Leo bellte und schloss sich begeistert dem neuen Spiel an. Ein kurzer Rempler und Vroni lag auf dem Boden. »Das gilt nicht!«, rief sie. »Dein Hund hat mich gestoßen!«

»Das war bestimmt keine Absicht«, lachte Felix. »Komm, Leo, lass Vroni zeigen, was sie kann.« Er versuchte, ihn hinterm Kopf zu streicheln, doch Leo stürzte sofort wieder los.

»Du hast einen schönen Hund!«, sagte Felicitas. »Ich habe eine Katze. Willst du sie sehen?«

»Ja, klar. Wo wohnt ihr denn?«

Felicitas wies auf eines der Häuser entlang der Straße. »Dort drüben.«

Erst jetzt bemerkte Felix das Haus, das sich von den anderen unterschied. Auf den ersten Blick sah er, dass es bewohnt war. Die Kästen am Balkon waren mit bunten Blumen bepflanzt, der Garten war gepflegt, die Wege sauber. Aus dem Schornstein auf dem Dach kringelte sich weißer

Rauch. Doch sein Blick wurde von etwas anderem gefesselt. Am Eingang zum Garten standen ein Mann und eine Frau. Sie trug einen langen dunkelblauen Rock, darüber eine bunte Bluse. Ihre Haare waren lang und fielen zu beiden Seiten über die Schultern herab. Der Mann war groß, schlank und kräftig. Er hatte seinen Arm um ihre Schulter gelegt. Beide schauten zu ihm herüber. Felix ging langsam auf die beiden zu. Er war wie benommen. Alles um ihn herum war vergessen. Als er stehen blieb, brachte er kein Wort heraus. Er sah das Gesicht, das er kannte wie kein anderes. Er begegnete dem eigenartigen Blick, der tief in ihn drang und seine Seele berührte. Und er sah ihre Lippen, die sich langsam bewegten.

»Felix! Du bist gekommen!«

*

Die Sonne war längst untergegangen, als Felix immer noch mit seinen Eltern auf der Veranda vor dem Haus saß. Das Wetter war angenehm mild, auf den Wiesen zirpten die Grillen. Der Himmel war bis auf wenige Wolken klar. Leo lag auf den warmen Steinplatten und hatte sich zufrieden zusammengerollt. Die beiden Mädchen waren längst im Bett, nachdem sie ausgiebig den neuen Bruder bestaunt hatten. Beim Essen, Waschen und Umziehen hatten sie jede seiner Bewegungen begleitet. Felix kam sich vor wie im Traum. Er trug frische Kleider und trank mit großem Genuss von dem mit Holunderblütensirup versetzten Wasser. Felix trug so viele Fragen in sich, dass er nicht wusste, wo er anfangen sollte. Gleichzeitig war er so übervoll von Geschichten und Erlebnissen, dass er das Gefühl hatte, tagelang erzählen zu müssen. Dennoch redeten die drei nur wenig. Jeder spürte, dass dieser Abend so kostbar war, dass sie ihn mit Worten kaum zu stören wagten. Natürlich tauschten sie trotzdem das Allerwichtigste aus. »Ja, du hast zwei Schwestern«, sagte Nadja, seine Mutter. »Felicitas wird im Sommer zehn, Veronika ist vier. Thomas, dein Bruder …« Sie stockte.

Felix hob den Kopf hoch. »Ich habe einen Bruder? Ist er … gestorben?«

»Er hat es nicht geschafft.« Martin kam seiner Frau zu Hilfe. »Er wurde ein gutes Jahr nach dir geboren. Die Welt war zu schwer für ihn.«

Nadja nickte. »Wir waren damals alle zu schwach. Es sollte nicht sein. Wir haben ihn hinterm Haus begraben.« Sie nippte an ihrem Becher. »Du wirst sicher wissen wollen, warum wir nicht zu dir zurückgekommen sind. Kurz nachdem wir hierhergelangt waren, habe ich gemerkt, dass ich mit ihm schwanger war. Es ist eine lange Geschichte.«

»Wir haben Zeit, Nadja. Viel Zeit«, sagte Martin ruhig. Er hatte sehr betroffen reagiert, als Felix ihm vom Tod seines Bruders Thomas erzählt hatte. »Die Zeit ist der große Tröster.«

Über dem Haus gingen der Reihe nach die Sterne auf und begannen zu funkeln. Felix ahnte, dass er diese Nacht für immer in sich tragen würde. Alles war gut. Er war glücklich.

*

Das Zimmer, in dem er erwachte, war schlicht und sauber. Bett, Schrank, Kommode, ein Tisch und zwei Stühle. Neben dem Bett ein Nachttisch mit einer Kerze und Streichhölzern, auf der Kommode ein Krug mit Wasser, an der Wand ein Ölbild vom Schwarzwald. Über einem der Stühle hingen Kleider, die er nicht kannte – Jeans, ein graues T-Shirt, handgestrickte Socken. Nur die Schuhe gehörten ihm. Alles roch frisch, aber auch fremd. Der Raum hatte zwei Fenster, dazwischen führte eine Tür ins Freie. Felix zog sich an und trat hinaus auf den Balkon. Es war heller Tag, dennoch sah er, wie die Sonne sich langsam dem Bergkamm näherte. Es wurde bereits wieder Abend. Er musste viele Stunden geschlafen haben. Auf der Treppe nach unten hörte er Gesang. Eine Frauenstimme. Felix folgte ihr und kam in die Küche, wo seine Mutter am Tisch saß und Kartoffeln schälte.

»Wie lange habe ich geschlafen?« Er fühlte sich immer noch benommen.

Nadja begrüßte ihn mit einem Lächeln. »Lange. Die ganze Nacht und fast den ganzen Tag. Möchtest du etwas trinken?«

Felix nickte. Er setzte sich an den Tisch, während Nadja eine Handvoll Kräuter in eine Kanne warf und Wasser darüber goss. Nach wenigen Augenblicken breitete sich ein angenehmer Duft aus.

»Frische Minze aus dem Garten. Den Rest können wir später kalt trinken.«

»Ich habe lange nicht so gut geschlafen.« Felix nahm eines der Messer und griff nach den Kartoffeln. »Und ich könnte mich schon wieder hinlegen.«

Wieder lächelte Nadja. »Passen die Anziehsachen?«

»Ein bisschen eng, aber es geht schon. Wem gehören die?«

»Das T-Shirt ist von mir, die Hose habe ich von den Nachbarn ausgeliehen.«

»Nachbarn? Gibt es noch andere Menschen hier?«, fragte Felix erstaunt. »Ich habe niemanden gesehen.«

»Zwei Familien. Die Winterhalters wohnen weiter hinten im Tal beim Wasserfall, die Trenkles oben am Berg. Du wirst sie noch kennenlernen.«

Felix erinnerte sich an die große Riesle-Familie und an die Siedlung der Streuner. »Ihr wohnt nicht zusammen?«

»Anfangs waren wir alle auf dem großen Hof von Martins Onkel. Dann haben wir gemerkt, dass es geschickter ist, die Kräfte aufzuteilen. Jetzt hat jeder verschiedene Aufgaben übernommen. Martin und ich haben zum Beispiel Bienen, bei den Winterhalters stehen zwei große Webstühle. Die Felder und das Vieh machen wir gemeinsam.«

Sie holte zwei Becher und goss sich und Felix von dem heißen Tee ein. Ein paarmal blies sie über ihre Tasse, dann trank sie vorsichtig.

Eine Weile arbeiteten sie schweigend miteinander. Die Schüssel mit den Kartoffeln füllte sich zusehends. »Wie kommt Veronika ohne Thomas zurecht?«, fragte Nadja unvermittelt.

Felix antwortete nicht sofort. »Ich weiß nicht«, sagte er langsam. »Sie hat nie mit mir darüber gesprochen. Erst als ich das Päckchen und den Brief aus dem Bankschließfach geholt und ihr gezeigt habe, hat sie einiges erzählt. Ich glaube, es war schlimm für sie, als er krank wurde und früh starb.«

»Hat sie keinen neuen Partner gefunden?«

Felix zuckte die Schultern. »Ich glaube nicht. Sie ist zur Arbeit gegangen und hat sich um mich gekümmert. Für mich war das alles normal, so wie es war.«

Wieder entstand eine kurze Pause. Felix hörte Leo bellen.

»Hat sie dich einfach so gehen lassen?«

»Einfach ist nicht das richtige Wort. Ich denke, ich war ganz schön heftig zu ihr, nachdem sie mir von dir und Papa erzählt hatte. Ich bin mir immer noch nicht sicher, ob ich ihre Gründe verstanden habe, warum sie es mir 16 Jahre lang verheimlicht hat.« Felix warf eine Kartoffel in die Schüssel und griff sich die nächste. »Als ich dann alles wissen wollte, hat sie mich unterstützt, so gut sie konnte. Sie hat mir die Bilder gezeigt und mir den Anhänger geschenkt. Ich glaube, sie hat gespürt, dass ich gehen musste. Aber einfach war es für sie sicher nicht.«

Nadja sah auf. »Der Anhänger – zeigst du ihn mir?«

Felix legte das Messer zur Seite und wischte die Hände an der Hose ab. Dann griff er sich um den Hals, streifte das Kettchen ab und reichte es ihr.

Nadjas Augen leuchteten. »Das kleine Segelschiff! Und hier: N. B., mein Name! Ich hatte schon nicht mehr daran geglaubt, es wiederzusehen.«

»Ihr wart gute Freundinnen, nicht wahr?«

»Mehr als das. Wir waren wie Schwestern. Sie war der einzige Mensch, dem ich dich anvertrauen konnte. Für einen einzigen Tag. Der Tag, an dem ich dich zum letzten Mal gesehen habe.« Ihre Stimme stockte, als die Erinnerung zurückkehrte. Sie schluckte und schnäuzte sich die Nase. »Und nun hat der Anhänger uns wieder zusammengeführt. Die gute Veronika! Wie gerne würde ich sie einmal wiedersehen.«

Felix wusste nicht, was er antworten sollte. Von hier aus nach Freiburg war es mit dem Auto höchstens eine Stunde. In einer anderen Welt. In einem anderen Leben.

»Wie kam es eigentlich, dass du deinen Anhänger nicht mehr hast?«, fragte er. »Ich war mir ganz sicher, du würdest ihn nie hergeben. Zumindest nicht freiwillig.«

Nadja sah ihn lange an, dann legte sie alles beiseite und stand auf. »Komm mit. Ich denke, es ist Zeit, dir die ganze Geschichte zu erzählen.«

Sie führte Felix durch ein angrenzendes Zimmer zur Rückseite des Hauses. Dort gab es einen kleinen Kräutergarten, umrahmt von Beerensträuchern und Sonnenblumen, die ihre großen Blütenknospen in die Höhe reckten.

Hinter den Beeten schloss sich ein Steingarten an. Dazwischen führte eine Treppe den Hang hinauf. Auf der Höhe des Hausdaches trat der Hang in einer weiten Nische nach hinten zurück. Der hintere Teil war mit mannshohen Steinen begrenzt, dahinter ging es steil nach oben. Aus dem Fels sprudelte eine Quelle, deren Wasser zuerst über Moos und Stein plätscherte und sich dann in einem Becken sammelte, das kaum größer war als eine Waschschüssel. An der Seite stand eine gezimmerte Holzbank, in der Mitte wuchsen niedrige grüne Büsche mit winzigen weißen und blauen Blüten. Direkt davor sah Felix einen schön geformten flachen Stein, in dessen Mitte ein faustgroßer Bergkristall glitzerte. Staunend betrachtete Felix den hübsch angelegten Terrassengarten. Nadja beugte sich zu dem Kristall hinunter und strich mit den Fingern darüber. Felix schluckte. In diesem Moment wusste er, was er vor sich hatte.

»Das ist Felix, dein Bruder«, sagte sie leise.

Nadja verharrte kurz, dann stand sie auf und deutete auf die Bank. »Komm, wir setzen uns.«

Für eine Weile saßen beide schweigend nebeneinander. Es war nichts zu hören außer dem Plätschern der Quelle. Die Sonne war inzwischen bereits ein Stück hinter dem Bergkamm verschwunden, das Abendlicht bekam einen zarten rötlichen Schimmer. Ein Krähenschwarm zog über sie hinweg in den Abend.

»Wir hatten mit viel Mühe den Abstieg vom Feldberg nach Menzenschwand gefunden und waren mitten in der Nacht am Hof von Martins Onkel angelangt«, begann Nadja. »Wir konnten uns nicht erklären, was auf dem Berg geschehen war. Meine Sturzverletzung machte mir schwer zu schaffen, ich konnte kaum noch laufen. Wir hatten alle das Gefühl, dass die Welt aus den Fugen geraten war. Das Wetter spielte tagelang verrückt. Onkel und Tante waren völlig verängstigt. Martin hat in den ersten Tagen alles versucht, um herauszubekommen, was geschehen war. Doch er kam nicht weit. Von allen Seiten drängte das schreckliche Summen an uns heran. Wir saßen im Hof in ständiger Sorge, den nächsten Tag nicht mehr zu erleben.« Nadja hielt kurz inne, dann fuhr sie fort. »Nach zehn Tagen tauchten plötzlich ein Mann und eine Frau auf. Wir wussten nicht, wie sie es geschafft hatten, zu uns zu finden. Von ihnen erfuhren wir einiges von dem, was geschehen war. Als ich von dem Reaktorunglück hörte, wurde ich fast verrückt vor Sorge. Ich wollte unbedingt zurück, wollte wissen, was mit dir geschehen war. Doch wir hatten keine Chance.«

»Was ist aus dem Mann und der Frau geworden?«, wollte Felix wissen.

»Es war schrecklich. Sie wollten auf jeden Fall weiter, trotz der tödlichen Gefahr. Der Mann ist vor den Augen seiner Frau in die große Lähmung gelaufen. Ein Anblick, den ich nie vergessen werde. Keiner konnte ihm helfen. Die Frau tobte, dann wurde sie trübsinnig und saß tagelang nur noch herum. Am Ende ist sie ihrem Mann nachgegangen.« Sie deutete den Hang hinauf in Richtung der Straße, die zum Schluchsee führte. »Viel später hat sich die Spinne von dort zurückgezogen. Als wir die Stelle erreichten, war nicht mehr viel übrig. Wir konnten sie nicht einmal ordentlich begraben.«

Felix wurde flau im Magen. Wieder einmal wurde ihm bewusst, von welch tödlicher Gefahr sie umgeben waren.

»Es war wie eine Mahnung. Als ich dann merkte, dass ich schwanger war, entschlossen wir uns, zunächst auf alle weiteren Fluchtversuche zu verzichten. Zumal es auch den beiden Alten nicht gut ging. Wir hätten sie unmöglich alleine lassen können. Zusammen mit den Winterhalters haben wir uns dann eingerichtet, so gut es ging. Wir haben Gärten und Felder angelegt und das Vieh genutzt, das überlebt hatte oder nicht weggelaufen war. Was uns gefehlt hat, haben wir in Sankt Blasien zusammengesucht. Ein paar Monate später tauchten die Trenkles auf. Es war viel Arbeit, jeden Tag. Doch wir kamen zurecht.«

Die Sonne war jetzt so weit gesunken, dass nur noch ein schmaler roter Rand zu sehen war. Für ein paar Minuten genossen sie schweigend das Schauspiel.

»Am schlimmsten war die Ungewissheit. Anfangs wussten wir sehr wenig über die seltsame Kraft. Wir vermuteten, dass sie etwas mit der Radioaktivität zu tun haben könnte, aber erklären konnten wir sie nicht. Warum ausgerechnet das Dorf verschont geblieben war, wissen wir bis heute nicht. Erst allmählich fanden wir heraus, dass es in der Nähe von Wasser einigermaßen sicher war. Trotzdem hatten wir große Angst, jeden Tag und jede Nacht.«

Felix hörte wie gebannt zu. Er spürte, wie die Erinnerungen Nadja aufwühlten.

»Mit Thomas war es von Beginn an schwierig. Während der Schwangerschaft musste ich viel liegen, die Geburt war äußerst anstrengend. Und dann …« Ihre Stimme stockte. »Martin hat es gestern Abend schön formuliert. Die Welt war zu schwer für ihn. Ob ich zu sehr geschwächt war oder ob es an der Strahlung lag – ich weiß es nicht. Es war, als ob ihm der Wille fehlte, ganz auf die Erde zu kommen. Drei Wochen nach der Geburt haben wir ihn hier begraben. Manchmal höre ich, wie er durch das Plätschern der Quelle ruft.« Nadja sah ihn an. »Ja, ich begegne ihm manchmal. So wie ich dir begegnet bin. Ich konnte nicht zu dir, aber du warst da.«

»Dann sind der Reihe nach die Tante und der Onkel gestorben«, fuhr sie fort. »Sie haben wir im Dorf auf dem Kirchhof begraben. Irgendwann haben wir beschlossen, das Beste aus dem zu machen, was wir hatten. Der Alltag war anstrengend, und ich habe mich lange nicht erholt. Außen und innen.« Sie schwieg und betrachtete versonnen das kleine Beet mit dem Kristall. Felix spürte die Trauer, die in ihrer Stimme mitschwang. Es musste eine fürchterliche Zeit gewesen sein. Er legte schüchtern seine Hand auf ihren Arm.

Nadja erwiderte die Berührung. »Etwa zwei Jahre später haben Tobi und Rainer, die ältesten Söhne unserer Nachbarn, einen neuen Versuch gestartet. Sie waren monatelang weg, und wir dachten schon, sie wären tot. Doch sie hatten Erfolg. Sie brachten Antworten mit und zwei Wegweiser, so wie du einen hast.«

Felix horchte auf. »Sind sie die Alb entlanggegangen?«

»Nein. Sie hatten Glück und fanden einen Weg ins Bernauer Tal und noch weiter bis ins Wiesental. Nach dem, was sie erlebt haben und erzählten, haben wir uns endgültig entschieden, hierzubleiben. Zumal ich wieder schwanger wurde. Felicitas und Veronika sind richtige Schwarzwaldkinder. Wir wollten, dass sie hier aufwachsen. Später können sie selbst entscheiden, was sie wollen.«

»Das heißt, du hältst es für möglich, von hier wegzukommen?«

»Martin hat immer wieder alles Mögliche erwogen und durchgespielt. Der Gedanke an Freiburg hat ihn nie ganz losgelassen. Aber das hier ist jetzt unsere Heimat. Und sie wird es bleiben.«

»Kam denn nie jemand zu euch? Vielleicht ein Händler?« Felix fiel ein, was Gottlieb erzählt hatte.

»Ein einziges Mal. Das muss vor drei, vier Jahren gewesen sein. Vroni war noch ganz klein. Ihm habe ich meinen Anhänger mitgegeben.«

»Warum? Hast du etwas Besonderes dafür bekommen?«

»Nein, gar nicht. Du hast selbst gesagt, dass ich ihn nie hergegeben hätte. Es war eine spontane Idee. Als ich hörte, dass er Richtung Norden und irgendwann einmal wieder aus der Zone herauswollte, sah ich eine Gelegenheit, dir und Veronika ein Zeichen zu geben, dass wir noch am Leben sind. Er versprach, den Anhänger und einen Brief nach Freiburg zu bringen und euch irgendwie zu finden.«

»Er ist nicht weit gekommen«, meinte Felix. »Der Brief ist verloren gegangen. Aber der Anhänger hat alles ausgelöst.« Jetzt war es an ihm, seinen Teil der Geschichte zu erzählen. Wie Fusch die Kette an sich nahm, wie er sie an Josef weitergab, wie Georg sie am Mathisleweiher gesehen hatte.

»Seltsam, wie das Schicksal spielt«, sagte Nadja, als Felix geendet hatte. »Es sieht so aus, als habe jemand extra für uns eine Geschichte geschrieben, die genau so verlaufen musste.«

»Vielleicht ist es so.«

»Meinst du, die Geschichte ist schon zu Ende?«, fragte Nadja nach einer Weile.

»Diese Geschichte schon. Ich habe euch gefunden. Das war es, was ich wollte. Ich bin sehr glücklich.«

»Ich auch. Für mich ist es, als ob sich mein Traum erfüllt hat. Dich zu sehen, dich zu spüren, mit dir zu sprechen – es ist wie ein Wunder. Ich habe das Gefühl, dass mein Leben wieder vollständig ist.«

Inzwischen war es fast dunkel geworden. Der Schatten des Hauses war längst zu ihnen hoch und über sie hinweggekrochen. Es wurde frisch. »Von nun an werde ich wieder nach vorne blicken können.« Sie wandte sich um und sah Felix an. »Und du? Weißt du schon, was du tun willst?«

Felix brauchte einen Moment, ehe er verstand, was sie meinte. »Was ich tun will? Das … ich …« Er konnte nicht antworten. Er hatte sein großes Ziel erreicht, seine Mutter saß neben ihm, er war so zufrieden, wie er nur sein konnte. Nadjas Frage ernüchterte ihn.

Doch schon auf dem Weg durch den Garten zurück ins Haus, ahnte er, dass er sich der Frage stellen musste.

*

In den nächsten Tagen war Felix die meiste Zeit mit Martin unterwegs. Er half bei der Arbeit mit den Bienenstöcken, lernte Ziegen zu melken und Zäune zu reparieren. Und er hackte Holz. Martin nutzte die Gelegenheit, mehr von dem zu erfahren, was Felix gesehen und erlebt hatte. Am meisten beeindruckte ihn dessen Begegnung mit dem Einsiedlerwolf.

»Ich weiß selber nicht genau, wie das alles vor sich ging«, musste Felix zugeben. »Ich hatte eine solche Angst! Ich war sicher, dass in den nächsten Sekunden alles vorbei sein würde. Und genau in diesem Moment war es, als könne ich hinter die Dinge sehen. Der Wolf und ich – wir waren irgendwie eins. Er muss es gespürt haben.«

»Das hat er. Es war ein Geschenk.«

»Ein Geschenk? Von wem?«

Martins Antwort klang rätselhaft. »Seit wir hier sind, haben Nadja und ich beides erfahren. Das Gute wie das Bedrohliche. Manches verstehen wir, anderes nicht. Aber wir haben gelernt, es anzunehmen und damit umzugehen. In diesem Fall ist es gut ausgegangen.«

Felix dachte eine Weile nach, ehe er fortfuhr. »Und der Orgelspieler? Was ist mit dem?«

»Das ist eine seltsame Geschichte. Nach Sankt Blasien komme ich immer mal wieder. Aber den Mann habe ich noch nie gesehen. Ich frage mich, was mit ihm los ist. Was du erzählt hast, klingt so, als wolle er mit niemandem etwas zu tun haben.«

»Aber er hätte mich verhungern lassen!«

»Der Schwarzwald hat die Menschen verändert. Nicht jeden. Aber du hast es erlebt. Manche scheinen sich selbst nicht aushalten zu können.«

Felix dachte an Joanas Bruder, der nicht mehr in der Lage war, bei seiner Familie zu leben. »Du meinst, der Orgelspieler hatte gar keine bösen Absichten? Was ist, wenn er plötzlich hier auftaucht?«

»Das glaube ich nicht. Es hört sich eher so an, als wolle er für sich bleiben. Ehrlich gesagt, macht mich das Ganze ziemlich ratlos. Es ist besser, wenn wir deine Mutter nicht ängstigen. Seit Thomas von uns gegangen ist, ist sie nicht mehr die Frau, die sie einmal war.« Martin setzte einen neuen Klotz auf und schlug zu. »Ich muss ihn im Auge behalten. Außerdem wüsste ich gerne, wie er nach Sankt Blasien gekommen ist.« Er warf ein paar frisch gespaltene Scheite in einen großen Weidenkorb. »Du hast viel Mut gehabt, einen Abstieg zu finden. Und riesiges Glück!«

»Und ein Seil!«, grinste Felix, während er sich an einem großen Stück abmühte. Die Arbeit strengte ihn an. Vor allem, weil seine Hände immer noch nicht ganz ausgeheilt waren. »Ein Seil ist immer wichtig, das hat schon Sam der Gärtner gewusst, als er mit Frodo auf die Reise ging.« Jetzt mussten beide lachen.

»Leider hängt es jetzt an einem Felsen über dem Albtal«,

seufzte Felix. »Ich werde ein neues brauchen, wenn ich …« Er brach ab.

»Du meinst, wenn du wieder losziehst?«, meinte Martin. »Ausgerechnet jetzt, wo ich einen unverhofften Helfer für die anstrengende Holzhackerei gefunden habe!«

Felix gab keine Antwort. Stattdessen war er ein wenig erschrocken, was ihm eben herausgerutscht war. Wozu brauchte er ein Seil?

»Wozu braucht ihr überhaupt so viel Brennholz? Der Stapel an der Hauswand ist jetzt schon meterhoch!«

»Die Winter sind lang und kalt«, gab Martin zurück. »Das Holz darf nie ausgehen. Wenn alles zugeschneit ist, ist es doppelt mühsam, im Wald welches zu holen.«

Felix erinnerte sich an das Schild im Dorf mit dem Hinweis auf den Skilift. »Habt ihr viel Schnee?«

»Es wird jedes Jahr mehr. Als ich früher in den Schwarzwald gegangen bin, wurden die Winter immer milder, Schnee gab es nur noch ganz oben, zum Beispiel auf dem Feldberg oder auf dem Belchen. Aber jetzt ist es anders. Es hat sich umgekehrt. Im Winter sind wir hier vollkommen eingeschneit. Abgeschnitten von der Welt sozusagen. Wenn wir es nicht sowieso schon wären.«

Wieder mussten beide lachen. Im Stillen bewunderte Felix seinen Vater und dessen unerschütterlichen Optimismus. Erst recht, nachdem Nadja von den vielen Schicksalsschlägen erzählt hatte.

»Die Alb«, griff er den Faden wieder auf, »ist es nicht möglich, von Sankt Blasien aus nach Süden zu gelangen? Sie fließt doch in den Rhein, die Schwarza auch. Es könnte doch weiter südlich eine Verbindung geben?«

»Könnte. Ich weiß es nicht. Wir hatten herausgefunden, dass die Kraft anscheinend das Wasser verschont. Als Tobi und Rainer die Wegweiser mitgebracht hatten, habe ich es einmal versucht. Aber ich bin nicht weit gekommen.«

»Was ist passiert?«

»Unterhalb des Stausees wird das Tal immer schwieriger, sodass fast kein Durchkommen möglich ist. So ähnlich, wie du es an der Schwarza erlebt hast. Zweimal bin ich in gefährliche Nähe von Strahlennestern gekommen. Und am Ende hat mich fast eine Patrouille erwischt.«

»Soldaten?«

»Ich war völlig überrascht, weil ich mir nicht vorstellen konnte, dass ein derart verwilderter und schwer erreichbarer Zugang bewacht werden würde. Es waren zwei mit einem Hund. Die beiden haben ohne Vorwarnung auf mich geschossen. Ich wurde zum Glück nicht getroffen und konnte zurück in Deckung. Sie haben es nicht gewagt, mich zu verfolgen. Nur der Hund ist mir noch ein Stück hinterher.«

»Hat er dich angefallen?«

Martin schüttelte den Kopf. »Ich war schneller. Und ich hatte ein Messer dabei.«

Eine Weile arbeiteten die Männer weiter, ohne zu reden. Nur die Axtschläge und das Klappern der herunterfallenden Holzscheite waren zu hören. Der Korb füllte sich zusehends. »Nadja und die Mädchen wollen dir morgen den Wasserfall zeigen. Hast du Lust?«

Felix nickte. »Ja, klar. Gerne.« Er war froh, dass Martin das Thema wechselte. »Ist es weit von hier?«

»Gar nicht. Hinten im Tal, unterhalb der Berge. Keine halbe Stunde von hier.«

»Das machen wir!« Felix ließ die Axt heruntersausen. »Leo wird sich freuen!«

*

In diesen Tagen schlief Felix lange und gut. Er aß mit großem Appetit und spürte, wie seine Kräfte zurückkehrten. Die Schmerzen verschwanden, und seine Wunden heilten schnell. Bei den täglichen Arbeiten half er gerne mit und fand dazu noch Zeit, mit den beiden Mädchen zu spielen. Leo bekam von seinen täglichen Leckerli, die allmählich zur Neige gingen.

Die Tage vor Beginn des Sommers waren mild und angenehm. Jeden Abend saßen Felix, Nadja und Martin vor dem Haus. Felix erzählte von seinen Erlebnissen und Begegnungen der letzten Wochen, aber auch von dem, was sich in Freiburg und in der Region getan hatte.

Er vermisste nichts. Es war, als dürfe er mit seinen Eltern noch einmal seine Kinder- und Jugendzeit erleben. Doch wenn Felix abends angenehm müde ins Bett sank, konnte er nicht einschlafen. Die ersten Abende führte er es auf seine Aufregung zurück. Alles war neu, alles war anders. Und er hatte eine Familie gefunden. Seine Familie. Doch das Übermaß an Gefühlen war nur das eine. Es gab so vieles mehr, auf das er immer noch keine Antwort gefunden hatte. Er wusste nicht, warum er sich scheute, mit Nadja und Martin über die andere Welt zu sprechen. Er konnte es nicht. Nicht weil er keine Antworten erwartete. Doch tief in seinem Innern spürte er, dass dies allein mit ihm zu tun hatte. Jeden Abend krochen die Gedanken an ihn heran, verdichteten sich zu Fragen, ließen neue Rätsel entstehen. Tagsüber lebte Felix das zufriedene Familienleben eines 16-Jährigen. Am Abend flüsterte zu ihm die Anderwelt. Er sehnte sich nach Chiara. Ihre Nähe und Wärme hätten ihm gutgetan, wenn er sich nackt und alleine vorkam. Doch nicht nur das. Ihre Augen. Die Augen, die ihn vom ersten Tag an fasziniert und zugleich verwirrt hatten.

Die Augen, die Fenster waren in eine Welt, in der alle Antworten auf ihn warteten.

»Sieh, was ist!«

Felix versuchte sich zu erinnern, er versuchte, die Bilder wieder in sich wachzurufen. Doch je mehr er sich mühte, desto mehr schien er sich zu entfernen. Seine Gedanken suchten nach Erklärungen, aber sie standen ihm deswegen erst recht im Weg, setzten sich zusammen zu einer Mauer, hinter der der Rest der Erinnerung allmählich zu verblassen drohte.

Mit Beginn der zweiten Woche zog Felix jeden Abend Annas Heft heraus. Doch auch das war ihm keine Hilfe. Die Worte geronnen zu leeren Hülsen, die seinen Gefühlen und Ahnungen nicht gerecht wurden. Und wenn es ihm endlich gelang, sich mit ihr zu unterhalten, blieb nicht mehr übrig als nette Belanglosigkeiten. Wo war die Antwort? Wo gab es den Schlüssel zu dem großen Geheimnis, das über dem Schwarzwald lag – die seltsame Kraft, die alles durchdrang, die schlief und wachte zugleich, die das Leben bewachte und den Tod brachte? Woher kam das Singen, das betörend und lockend klang und dennoch Verderben und Unheil mit sich brachte, wie der Gesang der Sirenen, dem Odysseus nur mit knapper Not entkommen war? Was war das Geheimnis des Wegweisers, der das Überleben sicherte und dennoch unberechenbar und unendlich fremd blieb? Der unheimliche Fischmensch – gab es ihn wirklich, oder hatte ihn seine Fantasie erschaffen, um überhaupt ein Gegenüber zu bekommen?

»Du wirst die Antwort hier nicht finden!«

Was war, wenn er bisher noch nicht einmal die richtigen Fragen gefunden hatte?

Felix ertappte sich dabei, wie sein Blick beim Aufstehen am Morgen immer öfter auf seinen Rucksack fiel, der seit dem ersten Tag in seinem Zimmer neben dem Bett stand. Er würde Kleider brauchen, Streichhölzer, genügend zu essen. Und ein Seil.

Und er wusste, dass es noch nicht zu Ende war.

DANKSAGUNG

Mein Dank gilt allen, die zum Entstehen dieses Buches beigetragen haben.

Im Besonderen

Dr. Gerrit Müller, der mich an seinen umfassenden Kenntnissen des Auerhahns und dessen Verhalten teilhaben ließ,

Ralf Wolter, der mir geduldig die Funktionsweise (insbesondere die ohne Elektrizität!) einer Kirchenorgel nahegebracht hat,

Rosemarie Erle für ihre detaillierten und liebevollen Hinweise zur jahreszeitlichen Gartengestaltung.

Weitere Titel finden Sie auf den folgenden Seiten und im Internet:

WWW.GMEINER-VERLAG.DE

1€